BASTEI
LÜBBE
TASCHENBUCH

Weitere Titel des Autors:

Der Hexer-Zyklus
Bd. 1 Die Spur des Hexers
Bd. 2 Der Seelenfresser
Bd. 3 Engel des Bösen
Bd. 4 Der achtarmige Tod
Bd. 5 Buch der tausend Tode
Bd. 6 Das Auge des Satans
Bd. 7 Der Sohn des Hexers
Bd. 8 Das Haus der bösen Träume

Die Chronik der Unsterblichen
Bd. 1 Am Abgrund
Bd. 2 Der Vampyr
Bd. 3 Der Todesstoß
Bd. 4 Der Untergang
Bd. 5 Die Wiederkehr
Bd. 6 Die Blutgräfin
Bd. 7 Der Gejagte
Bd. 8 Die Verfluchten
Bd. 9 Das Dämonenschiff
Bd. 10 Göttersterben
Bd. 11 Glut und Asche
Bd. 12 Der schwarze Tod
Bd. 13 Der Machdi
Bd. 14 Pestmond
Bd. 15 Nekropole
Bd. 16 Dunkle Tage

Anubis
Blutkrieg
Der Hammer der Götter/Der Orkling
Der Inquisitor
Der Widersacher
Die Chroniken der Elfen: Elfenblut
Die Chroniken der Elfen: Elfentod
Die Chroniken der Elfen: Elfenzorn
Die Heldenmutter
Die Töchter des Drachen/Der Thron der Libelle
Die Tochter der Midgardschlange
Dunkel
Horus
Thor
Wolfsherz

Titel auch als Hörbuch und E-Book erhältlich

Als E-Book erhältlich
Der Hammer der Götter
Der Hexer, Band 1 – 68
Die Moorhexe
Die Schatten des Bösen
Horror Factory – Pakt mit dem Tod
Intruder
Märchenmond (mit Heike Hohlbein)

Als Hörbuch erhältlich
Als der Meister starb
Auf der Spur des Hexers
Das Haus am Ende der Zeit
Das Paulus-Evangelium
Die Chronik der Unsterblichen
Die Chrono-Vampire
Die Wolf-Gäng
Feuer
Horror-Factory – Pakt mit dem Tod
Intruder
Kevin von Locksley
Kevins Schwur
Tage des Wahnsinns

Über den Autor:

Wolfgang Hohlbein, 1953 in Weimar geboren, lebt mit seiner Frau Heike und seinen Kindern am Niederrhein, umgeben von einer Schar Katzen und Hunde. Er ist einer der erfolgreichsten deutschen Autoren der Gegenwart. Seine Werke wurden in 47 Sprachen übersetzt und mit über zwanzig nationalen und ungezählten internationalen Preisen ausgezeichnet.

Wolfgang Hohlbein

JOHN SINCLAIR

OCULUS

Im Auge des Sturms

Ein John Sinclair Roman

BASTEI LÜBBE TASCHENBUCH

BASTEI LÜBBE TASCHENBUCH
Band 20878

Dieser Titel ist auch als Hörbuch und E-Book erschienen

MIX
Papier aus verantwortungsvollen Quellen
FSC® C083411

www.john-sinclair.de

Originalausgabe

Textredaktion: Jan F. Wielpütz, Bergisch Gladbach
Sinclair-Expertise: Florian Hilleberg, Göttingen
Titelillustration: © shutterstock/bluecrayola
Umschlaggestaltung: Thomas Krämer
Satz: two-up, Düsseldorf
Gesetzt aus der Chaparral
Druck und Verarbeitung: CPI books GmbH, Leck – Germany
Printed in Germany
ISBN 978-3-404-20878-4

1 3 5 6 4 2

Sie finden uns im Internet unter www.luebbe.de
Bitte beachten Sie auch: www.lesejury.de

Weymouth, Britannien. Irgendwann

Einstmals musste es eine wunderschöne Stadt gewesen sein, gelegen in einer malerischen Bucht, deren Topografie ihr selbst vor dem schlimmsten Wüten des Meeres Schutz bot, und auf der anderen Seite von einer ebenso sanften wie dicht bewaldeten Hügelkette vor den Unwettern des Landes geschützt. Man hätte nur die Augen schließen müssen, um das fröhliche Lachen von Kindern zu hören, die in den von Bäumen und schmucken Häusern gesäumten Straßen spielten, die Rufe der Erwachsenen, die über sie wachten, und das Knarren der Schiffsrümpfe, die sich in der Dünung wiegten. Fast meinte man, den Duft von frisch gebackenem Brot und Sommerblumen und Kuchen wahrzunehmen und das Streicheln der warmen Meeresbrise auf dem Gesicht zu spüren. Eine Stadt, in der sich die Menschen beschützt und sicher fühlten und ein glückliches Leben lebten.

Aber das war vorbei. Diese glückliche Stadt gab es nicht mehr.

Die schmucken Häuschen mit den liebevoll gepflegten Vorgärten waren verbrannt und ihre Ruinen niedergewalzt. Die ehedem so sauberen Straßen waren mit schwarzem Schlamm bedeckt, zu dem der letzte Regen die Asche der Gebäude und möglicherweise auch ihrer Bewohner gemacht hatte. Aus dem ölig schimmernden Wasser des Hafens ragten die verkohlten Überreste eines Schiffes wie das Skelett eines gestrandeten Tiefseeungetüms. Das Kinderlachen war verstummt und würde nie wieder die Straßen erfüllen, und die eisige Brise, die das Meer gegen das Land spie, stank nach faulendem Tang und verwesenden Tierkadavern – und nach noch etwas Anderem, für das die menschliche Sprache kein Wort hatte. Die einzigen Spuren einst menschlichen Lebens, die von der Höhe des Hügels aus noch zu sehen waren, bestanden aus einer Anzahl verkohlter und in Stücke gerissener Skelette, die halb im schwarzen Morast versunken waren.

Unter meinen Schuhsohlen knirschte zerbrochenes Glas, als ich den Hügel hinabging; Trümmer, die wie von einer gewaltigen Kraft bis hier heraufgeschleudert worden waren. Obwohl ich sicherlich noch eine halbe Meile von den ersten Häusern entfernt war und über eine Wiese voller saftigem Gras und bunten Wildblumen ging, dünstete der Boden einen Gestank aus, als liefe ich am Rande einer überlaufenden Jauchegrube.

Mein Herz klopfte, und tief in meiner Kehle war der bittere Geschmack der Furcht, der mit jedem Schritt, zu dem ich meine zitternden Knie zwang, noch schlimmer wurde. Instinktiv hatte ich die Hände längst zu Fäusten geballt.

Ich hatte Schlimmeres gesehen, Verheerung, der ganze Kontinente zum Opfer gefallen waren, Monster, die Welten verschlingen konnten, und Mächte, die sich am Leid der Menschen und den Qualen Unschuldiger labten. Und Dinge, die nicht nur zu schlimm waren, um davon zu berichten, sondern sogar zu schlimm, um sie auch nur zu denken.

Und doch hatte mich selten etwas so erschüttert wie der Anblick dieser verbrannten Stadt.

Allerdings erinnerte ich mich weder daran, wie diese Stadt hieß noch wie ich hierhergekommen war.

Ich erinnerte mich nicht einmal an meinen Namen.

Oder wer ich war.

Diese Erkenntnis hätte mich erschrecken sollen, aber sie hatte allenfalls etwas vage Irritierendes. Vielleicht war der Anblick der verbrannten Stadt einfach zu entsetzlich, um irgendeinen anderen Gedanken zuzulassen; wofür ich in diesem Augenblick allerdings fast dankbar war.

Außerdem – auch wenn es nicht den geringsten Grund für diese Hoffnung gab, aber nichts anderes war es – spürte ich, dass meine Erinnerungen zurückkehren würden. Sie waren da, nicht vergessen, sondern nur verschüttet, vielleicht nur blockiert durch den Schock dessen, was mich hierher gebracht hatte.

Ich war nur nicht sicher, ob ich mich tatsächlich erinnern wollte.

Ein seltsames Geräusch drang an mein Ohr, nicht besonders laut, aber so fremd und unheimlich, dass mir der Gedanke entglitt und ich mich wieder umso mehr auf meine Umgebung konzentrierte, obwohl sie mich zugleich so sehr erschreckte, dass es mich immer mehr Kraft kostete, nicht einfach auf dem Absatz herumzufahren und schreiend davonzulaufen.

Der Laut kam irgendwo aus der Richtung des Durcheinanders aus brandgeschwärzten Trümmern und schwarzem Schlamm, das einmal der Hafen dieser geschändeten Stadt gewesen war. Aber es war seltsam: Je mehr ich mich auf seinen Ursprung zu konzentrieren versuchte, desto weniger wollte es mir gelingen, ihn wirklich zu lokalisieren. Mal schien er vom Hafen zu kommen, mal über das ölige Meer heranzuwehen, dann wieder aus dem verkohlten Herz der Stadt mit den Windböen heranzuschleichen, um mich zu umkreisen und zu verspotten.

Während ich mich mit solcherlei Überlegungen beschäftigte, hatte ich den ehemaligen Stadtrand erreicht, eine nicht ganz klar definierte Linie aus nasser Asche, hinter der aus lebendigem Grün und atmender Erde etwas ... Anderes wurde, ein klebriger schwarzer Morast aus verbrannter Erde und verderbtem Leben, das nicht einfach nur ausgelöscht, sondern zu etwas Anderem gemacht worden war, dessen bloßes Dasein etwas tief in mir aufschreien und sich wie einen getretenen Wurm krümmen ließ.

Der Laut wiederholte sich, um eine Nuance erweitert, die mir noch mehr Angst gemacht hätte, hätte ich mir gestattet, ihn wirklich zu hören, aber nun glaubte ich immerhin die Richtung zu erkennen, aus der er kam: Vom Meer und dem, was einmal ein kleiner Hafen gewesen war. Um dorthin zu kommen, würde ich die Stadt durchqueren müssen. Aber sie war nicht sehr groß, und ich hatte ohnehin vorgehabt, sie zu erkunden. Und etwas sagte mir, dass es wichtig war, den Ursprung dieses unheimlichen Geräuschs herauszufinden.

Mein Herz klopfte immer stärker, während ich zwischen den zerstörten Häusern entlangmarschierte. Der grässliche Gestank, den ich schon aus der Entfernung wahrgenommen hatte, hüllte mich mittlerweile zur Gänze ein, tränkte meine Kleider und mein Haar, legte sich als unsichtbarer schmieriger Film auf mein Gesicht und drang in meine Nase, meinen Rachen und die Lungen, wo er mir das Atmen schwer machte. Er war unbeschreiblich ekelhaft. Anfangs hatte ich gedacht, er wäre mit der launischen Brise über das Meer herangeweht, und das stimmte auch, doch je tiefer ich in die verheerte Stadt eindrang, desto klarer wurde mir, dass es auch die Ruinen selbst waren, die diesen fauligen Odem verströmten: jeder zerbrochene Stein, jeder verkohlte Balken und jede geborstene Dachschindel; als hätte sich das – was immer diese Stadt auch heimgesucht hatte – nicht damit zufriedengegeben, sie einfach nur zu zerstören, sondern sie auch mit diesem höllischen Miasma geschändet, um sie für alle Zeiten als nicht mehr zu dieser Welt gehörig zu brandmarken.

Ich zwang mich, meine gesamte Konzentration auf meine Umgebung zu richten. Es konnte nicht schaden, meine momentane Lage mit den Augen eines solchen zu betrachten.

Womit ich auch unverzüglich begann.

Von der Höhe des Hügels aus betrachtet, hatte es ausgesehen, als wäre die Stadt Opfer einer verheerenden Brandkatastrophe geworden, und im Großen und Ganzen stimmte das wohl auch. Aber das war nicht alles. Obwohl mich der Anblick mit einem immer stärker werdenden Unbehagen erfüllte, zwang ich mich, eine der Ruinen genauer in Augenschein zu nehmen, wobei ich es allerdings nicht wagte, die imaginäre Grenze dessen zu überschreiten, was einmal ein liebevoll gepflegter Vorgarten gewesen sein musste, jetzt aber zu einem eitrigen schwarzen Sumpf geworden war, aus dem verbrannte spitze Trümmerstücke ragten wie archaische Kavalleriesperren. Einige von ihnen hatten unangenehme Ähnlichkeit mit zersplitterten menschlichen Knochen. Es war, als warne mich eine lautlose innere Stimme, diese unsichtbare Grenze nicht zu überschreiten, um nicht etwas unsagbar Böses und Gewalttätiges zu wecken, das dahinter lauerte.

Es war nicht meine eigene Fantasie, die Amok lief und alles in ihrer Macht Stehende tat, um mich fertigzumachen. Etwas war hier, das spürte ich ganz deutlich. Etwas, das nicht hier sein sollte, nicht in dieser Stadt, und nicht einmal in dieser Welt.

Nur mit Mühe gelang es mir, mich auf die Ruine zu konzentrieren.

Es war nicht einmal mehr zu erahnen, wie das Gebäude früher einmal ausgesehen hatte – allerdings sah es nicht so aus, als wäre das Feuer allein für diese Verwüstung verantwortlich. Das Wenige, was von den Mauern noch stand, war wie das Dachgebälk nach außen gedrückt worden und zerborsten, als wäre es von den Faustschlägen eines Riesen getroffen worden, der in dem Haus eingesperrt gewesen war und sich in einem Anfall von Raserei befreit hatte. Das Feuer konnte erst danach ausgebrochen sein – und es war alles gewesen, nur kein normales Feuer. Selbst manche der Steine, die ich sah, waren geschmolzen, und hier und da schien selbst die Asche noch einmal zusätzlich verbrannt zu sein.

Erneut konnte ich mich eines eisigen Fröstelns nicht erwehren. Diese Ruine war nicht die einzige ihrer Art. Einmal darauf aufmerksam geworden, entdeckte ich dieselbe unheimliche Zerstörung auch an zahlreichen weiteren Gebäuden, eine Verheerung unbeschreiblicher Dimension. Hätte es einen entsprechenden Krater gegeben und wäre ich nicht vor wenigen Minuten noch über saftiges Gras geschritten, ich hätte geschworen, mich am Ground Zero einer Nuklearexplosion zu befinden.

Der sonderbare Laut war inzwischen verstummt, doch ich setzte meine Erkundung fort und ging weiter in Richtung Hafen.

Unter dem klebrigen Schlamm, durch den ich waten musste, knirschten und zerbrachen Dinge, die sich jetzt nicht mehr nach zerborstenem Glas anhörten und von denen ich gar nicht so genau wissen wollte, was sie einmal gewesen waren. Manchmal glaubte ich schattengleiche wabernde Bewegung inmitten des Chaos ringsum zu erkennen, aber sie war auch immer wieder verschwunden, wenn ich genauer hinzusehen versuchte. Schließlich kam ich zu der Überzeugung, dass es sich wohl nur um eine Ausgeburt meines überstrapazierten Nervenkostüms handelte.

Ich verzieh es ihm. Ganz gleich, was immer ich auch in dem Leben gesehen haben mochte, das ich vergessen hatte: Niemand wandert durch die Apokalypse und bleibt davon völlig unberührt. Es war nicht einmal das Ausmaß der Zerstörung. Es war die Absicht, die ich dahinter spürte, die vollkommene Negierung jeglichen Lebens, die darin zum Ausdruck kam. Was ich sah, erschreckte mich nicht nur, es erschütterte meine Menschlichkeit.

Den Hafen zu erreichen dauerte nicht lange, denn die Stadt war nicht besonders groß gewesen, und auch der Hafen im Grunde wenig mehr als ein Anleger, der allerhöchstens einer

Handvoll Yachten oder zwei oder drei Fischerbooten Platz geboten hatte. Der mit faulig schillernden Muscheln besetzte Kiel eines solchen Bootes ragte gekentert aus den öligen Fluten, und das einzig andere Schiff war jenes auf der Seite liegende Wrack, das ich schon aus der Entfernung gesehen hatte.

Es musste ein beeindruckender Schoner gewesen sein. Trotz der schrecklichen Wunden, die er davongetragen hatte, war die Eleganz und Kühnheit seiner Linienführung noch immer deutlich zu erkennen. Das Schiff war viel zu groß für den Hafen, nicht nur für den einzelnen Landesteg, der wie eine verbrannte Zunge schräg ins Meer hinabreichte, sondern auch für die Wassertiefe, das bewies allein der Umstand, dass es gekentert auf der Seite lag und nicht gesunken war. Die gesplitterten Stümpfe der beiden Masten wiesen wie die Speere riesiger Pikeniere auf das offene Meer hinaus, bereit, einen ebenso unsichtbaren wie monströsen Angreifer abzuwehren.

Eine einzelne, träge Welle schwappte über die Ufermauer und brach sich mit einem fleischigen Klatschen daran, und ich wich instinktiv ein paar Schritte zurück, um nicht von den ölschillernden Spritzern getroffen zu werden. Eine halbe Sekunde später erwies sich das als gute Idee, denn wo die Tropfen den Boden berührten, zischte es, und grauer, ätzend riechender Dampf stieg auf.

Was immer die Lagune füllte, es war kein Wasser.

Jedenfalls keines, wie ich es kannte.

Ich hielt inne. War da eben eine Bewegung gewesen, irgendwo dicht unter der Oberfläche der schwarzen Fluten, wie von etwas Riesigem, sich schlängelnd Windendem, das mich aus unsichtbaren Augen anstarrte und näher kam?

Die Antwort auf diese Frage hätte mir noch sehr viel weniger gefallen, also verzichtete ich vorsichtshalber darauf, mir weiter den Kopf darüber zu zerbrechen, und drehte mich mit einem Ruck weg, und diesmal sah ich die Bewegung ganz deutlich; zwar auch jetzt wieder nur aus den Augenwinkeln, aber zu klar, um sie als bloße Einbildung abzutun. Als hätte sich etwas an mich heranzupirschen versucht und im letzten Moment wieder weggeduckt, um nicht entdeckt zu werden. Aber eben nicht schnell genug.

Das Problem war, dass es in der entsprechenden Richtung absolut nichts gab, was als Versteck hätte herhalten können. Der Hafen war von Ruinen gesäumt, aber zwischen ihnen und dem Wasser lag ein sicherlich zwanzig Schritte messender freier Streifen, der früher einmal als Uferpromenade zum Flanieren eingeladen hatte. Jetzt war er wie von einem Ozean aus Teer von dem allgegenwärtigen schwarzen Morast bedeckt.

Es dauerte noch einen Moment, bis ich es wirklich sah, dann aber dafür umso deutlicher, und begleitet von einer Woge schieren Entsetzens: Der schwarze Morast bewegte sich. Wellen und winzige, schmatzende Eruptionen kräuselten seine Oberfläche und spien Klumpen aus schwarzem Rotz in die Luft, die mit widerlichen Geräuschen auseinanderplatzten, wenn sie zurückfielen. Der Gestank wurde so schlimm, dass mir ernsthaft übel zu werden drohte und sich saurer Speichel unter meiner Zunge sammelte, wodurch alles nur noch schlimmer wurde.

Das Wogen und Zittern nahm weiter zu, und die Wellen wurden größer – sie türmten sich aufeinander und wuchsen immer weiter. Bald bildete sich ein formloser schwarzer Klumpen, der zitternd in die Höhe zu wachsen begann und Schleim triefende Fäden in alle Richtungen abschoss, um noch mehr der unheimlichen Masse aufzusaugen und der seinen hinzuzufügen. Es vergingen wenige Augenblicke, bis das Gebilde eine Höhe von fast zwei Metern erreicht hatte und sich abermals zu verändern begann. Über den lichtschluckenden schwarzen Leib liefen zuckende Wellen, als kämpfe er nach wie vor darum, seine grässliche Ungestalt aufrecht zu halten. Zugleich bildete sich ein Kranz aus peitschenden, mit Saugnäpfen übersäten Tentakeln an seinem oberen Ende – acht an der Zahl, soweit ich das in meiner Aufregung richtig mitbekam –, und sein unteres Drittel teilte sich, wie um zwei plumpe Beine ohne Knie oder Gelenke zu formen. Einen Kopf sah ich nicht, aber dort, wo bei einem Menschen die Brust gewesen wäre, öffnete sich ein schwarzes, faustgroßes Auge über gleich mehreren, von spitzen Zähnen starrenden Mäulern.

Der Anblick war so grotesk und grauenerregend zugleich, dass ich einfach nur wie gelähmt dastand und das Ding anstarrte, während es seine grotesken Beine mit einem widerlichen Schmatzen aus dem Morast zog.

Vielleicht war es einzig das Gefühl einer neuen Gefahr hinter mir, das mich rettete, denn ich sah alarmiert über die Schulter.

Und schrie gellend auf.

Kaum zwei Schritte hinter mir war ein weiteres dieser kopflosen Ungetüme aufgetaucht. Es war etwas kleiner als das erste (aber immer noch größer als ich), dafür aber deutlich massiger, und es hatte sich bereits aus dem stinkenden Schlamm befreit und waberte und glitt mit erstaunlicher Schnelligkeit auf mich zu.

Wahrscheinlich war es reines Glück, dass ich doch noch im richtigen Moment zurückwich. Zwei der taudicken Tentakel verfehlten ihr Ziel vollkommen, der dritte streifte meinen Hals und hätte sich wie eine Peitschenschnur darum gewickelt, hätte mich nicht ein weiterer Fangarm wie ein Hammerschlag an der Schulter getroffen und herumwirbeln lassen. Die Berührung an meinem Hals war kaum mehr als ein Hauch gewesen, und dennoch explodierte sofort ein so grässlicher Schmerz an der Stelle, der sich einen Sekundenbruchteil später auf meine gesamte linke Gesichtshälfte ausweitete. Es fühlte sich an, als wäre ich mit kochender Säure überschüttet worden. Mit wild rudernden Armen und vor Schmerz keuchend, taumelte ich zurück – geradewegs in die ausgebreiteten Tentakel des zweiten Ungeheuers.

Beinahe jedenfalls.

Ich verschwendete keinen Gedanken daran, wie es dem Ding gelungen sein mochte, sich so schnell loszureißen und hinter mich zu gelangen, sondern warf mich instinktiv zur Seite und tauchte mit einer Rolle buchstäblich um Haaresbreite unter den peitschenden Tentakeln hindurch. Als ich wieder auf die Füße kam, offenbarte sich mir die Lösung des Rätsels, wie das Monster so rasch hinter mich hatte gelangen können: Es gab ein drittes Tentakelmonster. Und ich war nicht einmal mehr wirklich überrascht zu sehen, dass es auch noch ein viertes und fünftes Schlammungeheuer gab und sich weitere genau in diesem Moment triefend aus dem Morast erhoben.

Die gesamte Uferpromenade war zu blubbernder, wabernder schwarzer Bewegung erwacht. Vier, fünf, sechs der Albtraumkreaturen bewegten sich in meine Richtung. Das groteske Äußere und ihre scheinbare Mühe, ihre eigenen Bewegungen zu koordinieren, ließen sie langsamer und schwerfälliger erscheinen, als sie waren.

Doch ich war längst eingekreist. Und in den wenigen Lücken, die es in diesem rasch kleiner werdenden Kreis noch gab, wuchsen bereits weitere Ungeheuer aus dem schwarzen Morast.

Instinktiv griff ich mit der rechten Hand nach meiner Brust, als suchte ich dort nach einem Hilfsmittel, einem Rettungsanker, einer – Waffe. Doch da war nichts.

Mein Hals und mein Gesicht schmerzten nicht mehr ganz so unerträglich, aber sie brannten immer noch wie Feuer, und dabei hatte mich der Tentakel kaum gestreift. In die Umarmung eine dieser Bestien zu geraten, war zweifellos auf der Stelle tödlich. Wenn ich Glück hatte.

Blitzartig visierte ich eine der wenigen Lücken in der Front der Ungeheuer an, stürmte darauf zu und warf mich dann im letzten Moment zur Seite, als ich wohl eher instinktiv als wirklich bewusst registrierte, wie die Gesamtheit der Monster auf meinen Fluchtversuch reagierte und die Lücke zu schließen begann. Irgendwie gelang es mir, die lebendige Schlinge auf anderem Wege zu durchbrechen und weder verbrannt noch in Stücke gerissen zu werden. Lediglich ein einzelner Tentakel streifte meinen gekrümmten Rücken. Ich spürte keinen Schmerz, aber die schiere Wucht brachte mich aus dem Gleichgewicht und warf mich auf ein Knie, und der Geruch nach verbranntem Stoff mischte sich in den allgemeinen Gestank. Hinter mir wuselte die ganze Meute herum und setzte Tentakel schwingend und blubbernd zur Verfolgung an, und wirklich unangenehm nahe vor mir wuchs gerade ein weiteres schwarzes Ungetüm aus dem Boden. Noch war es nicht so weit, sich losreißen zu können, aber in einer oder zwei Sekunden schon.

So lange wartete ich nicht, sondern sprang auf und raste im Zickzack zwischen den brodelnden Ungetümen hindurch. Schon nach den ersten Schritten wurde mir klar, dass die Albtraumkreaturen tatsächlich kaum schneller waren als ein zügig ausschreitender Mensch. Kein Problem, ihnen davonzulaufen – wenn es nur nicht so viele gewesen wären. Ich wich zwei, drei weiteren Kreaturen aus und wäre um ein Haar in eine vierte hineingerannt, die sich deutlich schneller als die anderen und so unmittelbar vor mir aus dem Morast formte, als hätte sie gewusst, wohin ich laufen würde.

Ich wich auch diesem halbgeborenen Monster aus, registrierte eine weitere Bewegung aus den Augenwinkeln und begriff vielleicht zu spät, dass ich mich selbst in eine Falle hineinmanövriert hatte. Aus zwei Richtungen näherten sich mindestens ein Dutzend Tentakel schwingender Monster, hinter mir erhoben sich die verbrannten Ruinen, und in der einzigen noch verbliebenen Richtung lag das ölig schimmernde

Wasser der Lagune, in dem etwas womöglich noch viel Schlimmeres lauerte.

Ich fuhr auf dem Absatz herum und stürmte auf eines der niedergebrannten Häuser zu. Natürlich war es ein Fehler. Ich wusste es, noch bevor ich auch nur den ersten Schritt getan hatte, aber ich hatte lediglich die Wahl zwischen dem sicheren Tod und einer aberwitzig kleinen Chance. Hinter mir erhob sich der unheimliche Laut, der mich letztendlich erst hergelockt hatte, zu einem kreischenden, quiekenden und pfeifenden Chor, und als ich im Laufen über die Schulter zurücksah, erkannte ich, dass die vermeintlich imaginäre Grenze zwischen den Trümmern des Hauses und der Straße möglicherweise gar nicht so imaginär war, denn nicht eines der Monster wagte es, sie zu überschreiten. Ihre Tentakel peitschten ebenso wütend wie gierig in meine Richtung, aber nicht ein einziges näherte sich mir auf mehr als fünf Schritte.

Vielleicht hinderte sie die Angst vor dem zerstörten Haus daran, mir zu folgen.

Ich hatte den Gedanken noch nicht ganz gedacht, da begannen sich die verkohlten Trümmer zu bewegen. Schutt und verbrannte Balken rutschten zur Seite, und etwas ungemein Großes und Pechschwarzes begann sich in die Höhe zu arbeiten.

Im ersten Moment dachte ich, einem weiteren Schlammmonster gegenüberzustehen. Es gab eine gewisse Ähnlichkeit in Form und Größe, doch das Wesen vor mir war weitaus perfekter ausgebildet, irgendwie ... realer, soweit man das bei einem Geschöpf sagen konnte, das eigentlich gar nicht existieren durfte. Waren die Ungeheuer hinter mir nur die bloße Idee einer Kreatur aus der Hölle, so erhob sich nun vor mir das, wozu sie vielleicht irgendwann einmal werden würden.

Diese Kreatur war größer, um ein Vielfaches kräftiger und agiler und auch schneller, das konnte ich ihr ansehen, obwohl sie sich kaum bewegte, und ihre Haut kämpfte auch nicht ununterbrochen gegen die Auflösung, sondern sah eher aus wie uraltes schwarzes Leder. Ihre Tentakel waren länger und so dick wie mein Handgelenk, und aus jedem der zahllosen runden Saugnäpfe, mit denen sie nur so übersät waren, wuchs ein winziger gebogener Papageienschnabel, der aussah, als könnte er Eisen schneiden.

Das Allerschlimmste aber war das Auge. Es war ebenso schwarz und riesig wie das der anderen Monster und starrte mich mit derselben Mischung aus Gier und reiner Bosheit an. Doch darunter war noch etwas viel Schlimmeres, eine heimtückische, verschlagene Schläue und eine Intelligenz, die der eines Menschen in nichts nachstanden. Ich war Geschöpfen begegnet, die wortwörtlich in der Hölle zu Hause waren, und doch war ich sicher, dass selbst sie vor dem zurückgeschreckt wären, was ich in diesem einzelnen, starrenden Auge las.

Der Verzweiflung nahe, wich ich so weit vor dem Ungetüm zurück, wie ich es gerade noch konnte, ohne wirklich in Reichweite des Waldes aus peitschenden Tentakeln hinter mir zu geraten, während sich das Ungetüm langsam zu seiner vollen Größe von weit über zwei Metern aufrichtete. Es bewegte sich immer noch fast behäbig, aber ich hatte das unbehagliche Gefühl, dass das nicht daran lag, dass es nicht schneller konnte, sondern vielmehr daran, dass es sich seiner Beute vollkommen sicher war.

Und das vermutlich zu Recht, denn ich saß in der Falle.

Rechts und links von mir befanden sich weitere, ausgebrannte Ruinen, aber mir war plötzlich klar, dass es sich in Wahrheit wohl eher um Nester handelte, schwarze Abgründe in der Wirklichkeit, in denen das Grauen lauerte. Wozu sollte die Bestie sich beeilen? Ich konnte ihr nicht entkommen.

Aber ich würde auch ganz bestimmt nicht aufgeben.

Rasch bückte ich mich nach einer verkohlten Dachlatte, brach sie über dem Knie entzwei und gelangte so in den Besitz zweier formidabler Knüppel. Mit dem einen schlug ich nach dem oberen Ende des Monsters, während ich mit dem gesplitterten Ende des anderen nach seinem Auge stieß.

Es war fast zu leicht. Ich hatte nicht wirklich mit einem Erfolg gerechnet, sondern diesen ersten Angriff eher als Test betrachtet, um die Schnelligkeit und Stärke des Ungeheuers zu prüfen, aber das Ding versuchte nicht einmal, meiner doppelten Attacke auszuweichen. Der Knüppel schlug mit einem sonderbar weichen Geräusch auf die leere Stelle zwischen seinen Schultern und ließ die schwarze Lederhaut aufplatzen, wobei er mir gleichzeitig aus der Hand geprellt wurde. Das gesplitterte Ende meiner zweiten Waffe bohrte sich fast ohne fühlbaren Widerstand tief in das glotzende Auge und löschte es aus. Schwarzes Blut und Schleim spritzten, und das Ungeheuer stieß einen schrillen, trällernden Pfiff aus und fiel mit wild peitschenden Tentakeln auf die Seite. Zugleich legte sich ein großer Schatten über mich und einen Großteil der Straße, als glitte etwas von immenser Größe über den Himmel, aber ich wagte es nicht, auch nur einen einzigen Blick nach oben zu werfen, sondern behielt meinen vermeintlich geschlagenen Gegner aufmerksam weiter im Auge.

Wie sich zeigte, zu Recht. Das Ungeheuer schrie und tobte noch einen weiteren Moment mit wild peitschenden Fangarmen am Boden umher, hörte aber auch schon wieder damit auf und wälzte sich schwerfällig auf die Seite. Der schwarze Blutstrom aus dem ausgestochenen Auge versiegte, und das Fleisch brodelte und kochte wie geschmolzenes schwarzes Wachs ... und formte sich neu!

Noch war das Auge trüb und starrte nur in blindem Hass in die ungefähre Richtung, in der es mich vermutete, aber die tiefe Wunde zwischen seinen Schultern hatte sich bereits wieder geschlossen und war so spurlos verschwunden, als hätte es sie nie gegeben. Und auch das gepeinigte Zucken der hin und her peitschenden Tentakel beruhigte sich zusehends. Nur noch wenige Momente, und die Bestie würde wieder vollkommen unversehrt vor mir stehen.

Zudem registrierte ich nun auch in den Nestern rechts und links von mir unruhig-tastende Bewegung, als hätten ihre Bewohner auf den Schmerz ihres Bruders reagiert und machten sich nun bereit, ihn zu rächen.

Zeit, von hier zu verschwinden.

Ich ergriff meinen verbliebenen Knüppel fester, setzte mit einem beherzten Sprung über die gestürzte Monstrosität hinweg und ließ mir die Gelegenheit natürlich auch nicht entgehen, ihr noch einen weiteren, kräftigen Hieb zu versetzen, der sie erneut zu Boden schleuderte. Dann war ich vorbei und konzentrierte mich allein darauf, auf dem unebenen Grund nicht das Gleichgewicht zu verlieren oder mich an einem spitzen Trümmerstück selbst aufzuspießen. Der logische Teil meines Denkens, der sich bisher vornehm zurückgehalten hatte, meldete sich mit der Frage, woher ich eigentlich die Überzeugung nahm, dass nur ein einziges dieser Ungeheuer zwischen den Trümmern hauste, und ich stürmte nur noch schneller und wäre prompt um ein Haar in ein jäh aufklaffendes Loch im Boden gestürzt, unter dem sich wohl das ehemalige Kellergeschoss befand.

Etwas bewegte sich dort unten, etwas Großes und Schlängelndes, aber ich verschwendete keinen Sekundenbruchteil damit nachzusehen, sondern sprang über den kaum hüfthohen Rest der rückwärtigen Mauer und gestattete mir ein Gefühl vorsichtiger Erleichterung, als eine weitere, mit schwarzem Schlamm bedeckte Straße vor mir auftauchte. Hinter mir schwoll der Chor aus wütenden und enttäuschten Pfiffen und Trällern noch weiter an, und nun hörte ich auch noch einen anderen Laut, ein an- und abschwellendes, vibrierendes Brummen, das tief genug war, um in den Zähnen zu schmerzen.

Ich riskierte einen Blick über die Schulter zurück und schöpfte einmal mehr vorsichtige Hoffnung. Auch das Ungeheuer, das ich niedergestochen hatte, war bereits wieder auf den Füßen und glitt und waberte hinter mir her. Es war tatsächlich schneller als die anderen Kreaturen, die noch immer eine Wand aus wütend peitschenden Fangarmen und schnappenden Mäulern hinter ihm bildeten, aber trotzdem nicht einmal annähernd so schnell wie ein rennender Mensch. Ihm zu entkommen war kein Problem.

Hochmut kommt bekanntlich vor dem Fall, und in diesem Moment sogar wortwörtlich. Mein Fuß verfing sich an einem Hindernis, das unter dem schwarzen Morast verborgen war, und ich schlug der Länge nach hin und landete nicht nur mit dem Gesicht in der stinkenden Pampe, sondern verspürte auch einen neuerlichen und noch eisigeren Schrecken, als ich die halb geschmolzene, gut handlange Glasscherbe sah, die keine zehn Zentimeter neben meinem Gesicht aus dem Morast ragte. Das Pfeifen hinter mir klang jetzt eindeutig triumphierend, und es war schon bedrohlich nahe.

Sogar noch näher, als ich ohnehin gefürchtet hatte, denn als ich mich hastig auf die Ellbogen stemmte und umblickte, ragte das Ungeheuer direkt über mir auf. Einer seiner peitschenden Tentakel zuckte in meine Richtung, und ich erkannte einen Unterschied zu den Monstern, mit denen ich es zuerst zu tun gehabt hatte: Am Ende dieses Tentakels befand sich ein rasiermesserscharfer, mit bösartigen Widerhaken besetzter Dorn.

Ich riss den Arm schützend vor das Gesicht und schaffte es irgendwie, die lebendige Peitsche zur Seite zu schlagen, aber prompt wickelte sich ein zweiter Tentakel um meinen Unterarm und zog sich blitzartig zusammen. Es tat weh – vorsichtig ausgedrückt –, und der Stoff meiner Jacke begann zischend zu qualmen. Eine Unzahl winziger scharfer Messerklingen machte sich augenblicklich daran, sich durch meine Jacke zu wühlen; und danach mit Sicherheit durch meinen Arm.

Ich versuchte mich loszureißen, erreichte damit aber nur, dass sich die lebendige Schlinge noch fester zusammenzog und schlug ein zweites Mal schwer auf den Rücken. Mein Arm knackte, als wollte er wie ein trockener Ast einfach zerbrechen, und weitere Tentakel wickelten sich blitzartig um meine Beine und versuchten, mich zu der tobenden Bestie zu zerren. Instinktiv griff ich mit meiner einzigen freien Hand um mich und keuchte vor Schmerz, als ich jene scharfkantige Glasscherbe zu fassen bekam, an der ich mich eben fast aufgespießt hätte.

Statt loszulassen, packte ich fester zu, brach sie mit einem Keuchen ab und schlug aus derselben Bewegung heraus nach dem Tentakel, der meinen anderen Arm fesselte. Schwarzes Blut spritzte, und das abgetrennte Ende des Fangarms zog sich noch einmal fester zusammen, sodass ich nun endgültig das Gefühl hatte, mit dem Arm in eine Schrottpresse geraten zu sein.

Ich ignorierte den neuerlichen Schmerz – zum Jammern war später noch Zeit genug, wenn es denn ein Später für mich gab – und durchtrennte mit meiner Glasklinge rasch auch noch die anderen Tentakel, woraufhin die riesige Kreatur ein gepeinigtes Pfeifen hören ließ und mit wild peitschenden Gliedmaßen zurück prallte, während sie mich mit stinkendem schwarzen Blut besudelte und mit den verbliebenen Tentakeln nach mir hieb. Den meisten konnte ich ausweichen, aber einer traf mich wie ein Hammerschlag an der Schulter und warf mich auf die Knie. Der Dorn eines zweiten schlitzte meine Jacke auf und hinterließ eine höllisch brennende Spur auf der Haut darunter. Ich revanchierte mich, indem ich dem Wesen die Glasscherbe in das gerade erst wieder entstandene Auge rammte, woraufhin es kreischend nach hinten kippte und auf dem Boden liegend einen regelrechten Tobsuchtsanfall bekam.

Aber ich registrierte auch zu meinem nicht geringen Entsetzen, dass die abgetrennten Tentakel schon wieder nachwuchsen, und auch das schwarze Zyklopenauge würde sich wohl in spätestens einer Minute wieder öffnen und nach dem frechen Winzling Ausschau halten, der die Dreistigkeit besessen hatte, ihm dermaßen wehzutun.

Aber in einer Minute kann man weit laufen, vor allem, wenn sämtliche Dämonen der Hölle hinter einem her sind.

Ohne meine mit Blut und stinkendem schwarzen Schleim besudelte Scherbe loszulassen sprang ich auf, raste los und brachte sogar das Kunststück fertig, die Straße zu erreichen, ohne noch einmal zu stürzen.

Die Frage war, ob mich das retten würde, denn die Straße war nicht mehr leer. Überall in dem schwarzen Morast brodelte und zitterte und wogte es. Noch hatte sich keines der Tentakelmonster wirklich ausgebildet, aber ich meinte an hunderten Stellen zitternde und schlängelnde Bewegung wahrzunehmen, und hier und da entstanden auch schon wieder winzige brodelnde Schlammgeysire, und es schienen mehr zu werden, je näher sie mir waren. Konnte es sein, dass diese unheimliche Masse auf meine Nähe reagierte?

Ich lief langsamer und ging schließlich das Risiko ein stehen zu bleiben, um meine Beobachtung zu verifizieren. Tatsächlich nahm das zitternde Erwachen und Beben ab, je größer die Entfernung wurde, während es in meiner unmittelbaren Nähe umso schneller war. Ich musste hier raus. Aus dieser Straße und am besten aus der ganzen Stadt, und das so rasch wie möglich.

Den immer größer werdenden Ansammlungen der schwarzen Höllenmaterie ausweichend, lief ich den Weg zurück, den ich gerade gekommen war. Vorhin war die Stadt buchstäblich tot gewesen, jetzt gewahrte ich überall beginnende Bewegung, ein beständiges Zittern und Tasten und Erwachen, das noch nicht wirklich bedrohlich war, aber zunahm. Ich sollte mich besser beeilen.

Wie um mich in dieser Überlegung noch zu bestärken erscholl hinter mir ein schrilles, trällerndes Pfeifen. Die Straße war leer, als ich einen raschen Blick über die Schulter zurückwarf, doch der Ruf wurde erwidert, und ich konnte regelrecht spüren, wie etwas Düsteres und Uraltes rings um mich herum zu erwachen begann – etwas, das tausendmal gefährlicher war als das Monster, dem ich gerade mit Mühe und Not entkommen war.

Durch die Verwüstung und das allgegenwärtige Schwarz sah hier alles irgendwie gleich aus, sodass ich schon längst die Orientierung verloren hatte. Ich richtete mich einfach nach dem Hügel, den ich vorhin herabgekommen war. Sehr viel, was mir den Blick verstellen konnte, gab es hier nicht mehr. Noch eine oder zwei Querstraßen, schätzte ich, und ich hatte es geschafft.

Mein Optimismus hielt sogar noch vor, als ich die nächste Biegung der schwarz besudelten Straße hinter mir hatte, dann lag die vermutlich allerletzte Abzweigung vor mir, und ich blieb wie vom Donner gerührt stehen. Mindestens ein Dutzend Tentakelmonster blockierten die Straße auf ganzer Breite. Und sie standen nicht einfach nur so da. Sie alle starrten mich an, und das war kein Zufall.

Sie hatten auf mich gewartet.

Aus purem Selbstschutz – und um nicht gänzlich in Hysterie zu verfallen – redete ich mir ein, dass ich mich zu wichtig nahm und einfach nur Pech gehabt hatte, aber was ich sah, behauptete das genaue Gegenteil. Die Ungeheuer standen wie eine Reihe höllischer Trauerweiden mit sanft hin und her wiegenden Tentakeln da und starrten mich aus ihren schrecklich Zyklopenaugen an, und hätte ich auch nur den geringsten Zweifel daran gehabt, dass ich hier in eine gut vorbereitete Falle getappt war, hätte er sich spätestens in dem Moment erledigt, in dem ich über die Schulter zurücksah und auch dort ein Dutzend tentakelpeitschende Gestalten erblickte, die einen Moment zuvor noch nicht da gewesen waren – zusammen mit einem guten alten Bekannten: Es war ganz eindeutig dasselbe schwarze Ungeheuer, dem ich mit Mühe und Not entkommen war. Ich erkannte es ohne jeden Zweifel. Etliche seiner Fangarme waren dünner und kürzer, als ich sie in Erinnerung hatte, und die knöchernen Dornen an ihren Enden glichen eher dünnen Nadeln. Das Auge blinzelte ununterbrochen und weinte schwarze Tränen, und ich bildete mir ein, die Raserei zu sehen, die hinter diesem gnadenlosen Blick wütete. Dieses Ding war nicht einfach nur ein Raubtier auf der Jagd nach Beute. Was ich in seinem Auge las, das war blanker Hass. Ich hatte es verletzt, und es war gekommen, um mich dafür zu bestrafen.

Und vermutlich würde es sein Ziel auch erreichen, dachte ich schaudernd. Aber ich würde es ihm nicht leicht machen und mein Leben so teuer verkaufen, dass es noch lange an diesen Tag zurückdenken würde. Als es sich pfeifend und wankend in Bewegung setzte, suchte ich nach festem Stand, drehte mich seitlich und ergriff meine Glasscherbe mit beiden Händen.

Wie es aussah, hatte ich dem Ungetüm doch zumindest einen gewissen Respekt eingeflößt, denn es wankte zwar noch ein kleines Stück auf mich zu, hielt dann aber an und wackelte einen Moment lang unschlüssig hin und her. Dann drehte es sich blitzartig zur Seite und packte einen seiner kleineren Brüder mit der Hälfte seiner muskulösen Tentakel, während sich die Dornen an den Enden der anderen tief in dessen schwarzes Fleisch senkten.

Das gefangene Ungeheuer begann schrill zu pfeifen und mit den eigenen Tentakeln auf seinen größeren Bruder einzuschlagen, doch seine Bewegungen und Rufe wurden auch rasch schwächer, und ich beobachtete etwas ganz und gar

Grässliches: Das gefangene Monster begann zu schrumpfen. Sein Körper wurde kleiner und schmaler und schien den inneren Halt zu verlieren, die Tentakel verdorrten und zogen sich verschrumpelt in den zerschmelzenden Leib zurück. Und im gleichen Maße begann das andere Ungeheuer anzuschwellen und zu regenerieren. Sein Körper war jetzt größer und massiger, die Tentakel wieder so dick und kraftvoll wie am Anfang und seine Bewegungen fließend und eindeutig schneller. Als es von seinem Opfer abließ, hatte dieses ein Drittel seiner Körpermasse verloren und zerfloss auf dem Boden endgültig zu körnigem schwarzen Brei. Die nun vollständig wiedererstarkte Kreatur, stieß ein triumphierendes Trällern aus und fuhr mit peitschenden Tentakeln erneut zu mir herum – und explodierte.

Etwas, das wie geschmolzenes Silber blitzte und viel zu schnell war, um es mit Blicken zu erfassen, raste so dicht an mir vorbei, dass ich einen scharfen Luftzug spürte. Es schlug mit einem nachhallenden nassen Klatschen in den schwarzen Leib der Kreatur und brach in einer Explosion aus Schleim und brodelnden Fleischfetzen aus seinem Rücken wieder hervor, um auch noch ein zweites Monster zu treffen und nahezu in zwei Hälften zu schneiden, und noch bevor der zischelnde Todesschrei der Kreatur ganz verklungen war jagten zwei weitere silberne Blitze an mir vorbei und rissen die nächste Kreatur in Stücke.

»Laufen Sie!«, brüllte eine Stimme hinter mir. »Schnell!«

Die Worte gingen fast in dem ohrenbetäubenden Chor aus schrillen Pfiffen und kreischenden Schreien unter, der im gleichen Sekundenbruchteil losbrach, in dem die übrig gebliebenen Tentakelmonster aus ihrer Schockstarre erwachten und sich alle zusammen auf mich stürzten.

Etwas blitzte, und der dumpfe Donner einer viel zu nahen Explosion rollte über mich hinweg und hätte mich um ein Haar aus dem Gleichgewicht gebracht, riss mich aber auch im letzten Moment wieder in die Wirklichkeit zurück, sodass ich auf dem Absatz herumfahren und wie von Furien gehetzt davonjagen konnte.

Unangenehmerweise warteten dieselben Furien auch nur ein paar Schritte vor mir, und obwohl ich nicht richtig hinsah, erkannte ich trotzdem, dass auch die verbrannten Ruinen beiderseits der Straße zu peitschendem Leben erwacht waren. Aber ich rannte trotzdem weiter und versuchte eine Lücke in dem lebendigen Wald vor mir zu entdecken, und ich war gerade so weit mir einzugestehen, dass es keine gab, als es erneut silbern aufblitzte. Zwei, drei, vier Tentakelmonster wurden einfach in Stücke gerissen, sodass sich eine Bresche in der gerade noch undurchdringlichen Wand vor mir auftat. Ohne auch nur darüber nachzudenken, rannte ich hindurch, entging mit einem Hechtsprung einem Tentakelhieb und kam mit einer Rolle wieder auf die Füße, nur um mich sofort einem weiteren Schlammmonster gegenüberzusehen, diesmal einem der besonders großen, unangenehmen Sorte, die in den verbrannten Ruinen hausten.

Ein Schuss fiel, und nur ein Stück unter dem glotzenden Zyklopenauge erschien ein faustgroßes Loch in der blubbernden schwarzen Masse, das sich aber auch beinahe sofort wieder schloss. Die Verletzung hielt das Ungetüm auch keineswegs auf, sondern schien es eher noch wütender zu machen. Ein zweiter und dritter Schuss stanzten weitere vollkommen wirkungslose Löcher in das schwarze Fleisch der Bestie, dann jagte etwas Silbernes und rasend Schnelles heran und riss sie zwar nicht in Stücke, rasierte ihr aber gut die Hälfte ihrer Tentakel ab und ließ sie mit einem gepeinigten Pfeifen zurückprallen.

»Verdammt noch mal, lauf, du Idiot!«, erklang die Stimme erneut, auch jetzt wieder überlagert vom Krachen einer weiteren Explosion, die diesmal wohl deutlich näher stattgefunden haben musste, denn ich sah nicht nur einen grellen Lichtblitz in den Augenwinkeln, sondern spürte auch eine Woge intensiver Hitze auf dem Gesicht. Ich taumelte trotzdem weiter, glaubte einen Schatten zu erkennen, der irgendwie anders war als die wild peitschenden Monster und verwettete mein Leben darauf, nicht nur einer verzweifelten Hoffnung aufgesessen zu sein. Rings um mich herum tobte das reine Chaos. Überall zerbarsten Tentakelmonster, nur um praktisch sofort von neuen Ungeheuern ersetzt zu werden, die sich aus dem schwarzen Schlamm erhoben. Die Luft vibrierte vom Kreischen und Pfeifen der sterbenden Ungeheuer und dem Krachen der immer schneller aufeinanderfolgenden Explosionen, und auch das tiefe Brummen und der Schatten waren wieder da.

Ohne in meinem verzweifelten Zickzackspurt innezuhalten, sah ich nun doch in den Himmel hinauf, erblickte dort etwas, das viel zu bizarr und einfach zu groß war, um existieren zu dürfen, und versuchte erst gar nicht, es zu begreifen, sondern rannte nur noch schneller. Vor mir explodierten weitere Monster in stiebenden Wolken aus schwarzem Blut und Schleim, aber da waren noch andere Gestalten, schlanker und deutlich agiler und schneller, die in stroboskopisch abgehackt wirkenden Bewegungen zwischen den Bestien hin und her sprangen und Feuer und silbernen Tod in alle Richtungen verteilten. Der Schatten glitt erneut über die Straße, kehrte zurück und blieb schließlich an Ort und Stelle. Ich sah noch einmal nach oben.

Auch wenn ich immer noch nicht verstand, was ich da eigentlich sah, war der Anblick doch im wahrsten Sinne des Wortes atemberaubend: Ein Koloss von ganz und gar unmöglichen Ausmaßen mit eisengrauen Flanken, der den Himmel verdunkelte und von gewaltigen Motoren angetrieben wurde, jeder einzelne so groß wie ein kleines Kriegsschiff, und gespickt mit Antennen, sonderbaren Aufbauten und Waffen, die grelle Blitze und Feuer auf die Erde herabspien.

Wieder jagte eine ganze Salve silberne Blitze vorbei, traf irgendetwas hinter mir, das mit einem trällernden Todesschrei starb, und plötzlich wuchs eine weitere, zu meiner Erleichterung eindeutig menschliche Gestalt vor mir auf, packte mich mit einem eisenharten Griff am Arm und zerrte mich so brutal hinter sich her. Noch mehr Gestalten tauchten ringsum auf, ganz eindeutig Menschen, und überall war Feuer, peitschten Schüsse und krachten flammende Explosionen – und unter alledem war noch etwas. Etwas Uraltes und unvorstellbar Mächtiges und Böses, das näher kam.

»Kommen Sie hierher! Er ist gleich da! Schnell!«, rief die Stimme, als hätte ihr Besitzer meine Gedanken gelesen, und die Hand, die mich so rücksichtslos weitergezerrt hatte, ergriff mich an der Schulter und stieß mich weiter. Etwas explodierte in meiner direkten Nähe, sodass ich erschrocken die Augen schloss und für eine einzelne, aber entsetzliche Sekunde das Gefühl hatte, Feuer zu atmen.

Ich wurde weitergezerrt, und alles wurde noch chaotischer. Schüsse peitschten in immer schnellerer Folge, das Krachen von Explosionen und Schreie erfüllten die Luft – nicht alle davon stammten von den Schlammungeheuern –, und das Brummen wurde noch einmal lauter und begann nun tatsächlich in meinen Zähnen und im Hinterkopf zu schmerzen. Dann wurde ich an beiden Armen gepackt und in eine Art Geschirr aus knarrendem Leder und Metall gezwängt, das mich weit genug einschnürte, um mir das Atmen schwer zu machen. Ein Gesicht tauchte vor mir auf, schmal und schweißglänzend und von pechschwarzem Haar eingerahmt, aber es war zu schnell wieder verschwunden, um es wirklich zu erkennen. Etwas glühend Heißes streifte meine Seite und riss ein Stück aus meinem Hosenbein, ohne aber die Haut darunter auch nur anzukratzen, und plötzlich war die Gestalt wieder da, ein dünnes Drahtseil mit einem schweren Karabinerhaken in der Hand, den sie mit einer tausendfach geübten Bewegung an dem Geschirr hinter meinem Rücken einrastete.

Mir blieb endgültig die Luft weg, als das Seil mit einem brutalen Ruck gespannt und ich regelrecht in die Höhe katapultiert wurde. Meine Rippen knackten mit meinen Trommelfellen um die Wette, und es tat so weh, dass mir die Tränen in die Augen schossen. Ich wurde so schnell nach oben gerissen, als wären die Stadt und der gesamte Planet unter mir in einen Abgrund gestürzt, der ganze Galaxien verschlingen konnte. Binnen einer einzigen Sekunde schrumpfte die Welt unter mir zur Größe einer Modelleisenbahnlandschaft zusammen, dann kam ich mit einem harten Ruck zum Halten, der mir fast das Bewusstsein raubte. Hände griffen nach mir, lösten das Drahtseil und das Geschirr und fingen mich auf, als mich die Kräfte verließen. Der Ohnmacht nahe und mit einem Herz, das sein Allerbestes tat, um meinen Brustkorb von innen heraus zu sprengen, sank ich auf Hände und Knie und registrierte nur beiläufig, dass ich mich in einer nur schwach erleuchteten rechteckigen Kammer befand und von etlichen aufgeregt durcheinander rufenden Gestalten umgeben war. Erregte Stimmen schwirrten, und ich spürte, dass zumindest ein Teil dieser drängenden Worte mir galten, achtete aber immer noch nicht darauf, sondern kroch zu der rechteckigen Luke zurück, durch die ich hereingezerrt worden war.

Die Stadt lag nun gute hundert Meter unter mir und hatte sich in ein Schlachtfeld verwandelt. Überall brannte es. Explosionen blitzten in ununterbrochener Folge und rissen die verbrannten Trümmer auseinander, und überall waren schwarze Gestalten, die zu kämpfen schienen, manche formlos und mit peitschenden Armen, andere eindeutig menschlich – und dann lenkte etwas meinen Blick auf die Lagune und das schillernde Wasser des Hafens.

Ich hatte mich nicht getäuscht, wobei sich mein Verstand

noch weigerte, das als real zu akzeptieren, was ich dort unten sah. Im Wasser war etwas Dunkles und Gigantisches – und es machte sich gerade in diesem Moment daran, die Meeresoberfläche zu durchbrechen.

Eine der winzigen Menschengestalten schoss plötzlich in die Höhe und verschwand aus meinem Sichtfeld, dann eine zweite und dritte, und schließlich begann sich die ganze Stadt unter mir zu drehen und weiter in die Tiefe zu sinken. Eine Gestalt schoss auf mich zu, und ein schwarzer Kampfstiefel verfehlte mein Gesicht so knapp, dass ich den fauligen Schlamm riechen konnte, der daran haftete. Der Besitzer des Stiefels polterte neben mir auf den Boden, und die Stadt drehte sich noch einmal schneller zur Seite und kippte dann gänzlich weg.

Aber nicht schnell genug, um mich nicht noch einen letzten Blick auf den Hafen erhaschen zu lassen, und das gigantische, schlängelnde schwarze Etwas, das aus dem schäumenden Wasser auftauchte und nach oben griff.

Der Boden unter mir begann zu vibrieren, und meine Ohren knackten, als das gewaltige Fahrzeug, in dem ich mich offensichtlich befand, schnell an Höhe gewann. Meine Nase begann zu bluten, und zugleich schob sich eine schwere Metallplatte vor die Öffnung und verriegelte sich mit einem schweren Klacken. Ein heftiger Schlag ließ den Boden erneut erbeben, und ich hörte einen Laut, der mich bis ins Mark erschauern ließ; ein Geräusch wie von diamantharten Krallen, die über Glas oder Metall schrammten. Das Brummen schwoll noch einmal an, und ich spürte, wie sich das riesige Gefährt gegen eine gewaltige Kraft stemmte, die es festzuhalten und wieder in die Tiefe zu reißen versuchte – und dann kam es mit einem Ruck frei.

Ich wurde umher geschleudert. Rote Schlieren tanzten vor meinen Augen, und ich musste all meine Willenskraft aufbieten, um Schlimmeres zu vermeiden, als mir vor Schmerz übel wurde.

Dann ergriff eine Hand meine Schulter und riss mich in die Höhe.

»Was …?«, begann ich.

Die Antwort auf diese Frage musste warten, denn ich wurde weitergestoßen. Mir war noch immer übel, und alles verschwamm vor meinen Augen.

»Später!«, bellte dieselbe Stimme. »Sie müssen aus den Sachen raus und unter die Dusche! Schnell!«

Ich verstand immer weniger, aber darauf nahm mein rabiater Helfer wenig Rücksicht. Fast schon brutal wurde ich weiter durch eine Tür gestoßen, die im letzten Moment zischend vor uns zur Seite glitt, einen kurzen Gang mit Wänden aus grauem Metall entlang und in einen weiteren großen Raum mit blitzend verchromten Wänden und ebensolchem Boden. Eine Woge feuchter Wärme schlug mir entgegen und nahm mir schier den Atem, und ich registrierte fast beiläufig, dass ich mich in einer Art Duschraum befinden musste. Eine zweite, ganz in schwarz gekleidete Gestalt kam hinter uns herein, eilte zu einer der Duschen und drehte sie auf. Ich konnte nicht einmal protestieren, da wurde ich schon von den beiden Männern gepackt und unter den dampfend heißen Strahl geschoben. Noch während ich nach Luft japsend darum kämpfte, die Übelkeit irgendwie im Zaum zu halten, zerrten und schnitten mir die beiden Kerle sämtliche Kleider vom Leib und begannen, mich mit groben Bürsten am ganzen Körper abzuschrubben.

Sie ließen erst von mir ab, als ich ernsthaft glaubte, gleich gehäutet zu werden. Keuchend und mit zitternden Knien sank ich gegen die verchromte Wand, drehte das Gesicht aus dem dampfenden Strahl und investierte sicherlich eine Minute darin, wieder zu Atem zu kommen. Schließlich richtete ich mich mit einem Ächzen auf, trat ganz aus dem heißen Wasserstrahl heraus und fuhr mit beiden Händen durch das Gesicht.

Ich blinzelte ein paarmal, aber es wurde nicht besser. Mein

Blick blieb verschwommen, was nicht nur an den dichten Dampfschwaden lag, die mittlerweile den gesamten Duschraum füllten. Die beiden Gestalten blieben unscharfe Schemen, die ich nur mit Mühe als menschlich identifizieren konnte (oder es wenigstens hoffte). Und ich sah, dass sie irgendwie seltsam gekleidet waren, auch wenn ich nicht sagen konnte, was genau mich an dem Anblick irritierte.

Einer der beiden trat an mir vorbei, drehte die Dusche ab und verließ ohne ein weiteres Wort den Raum, der andere deutete nach rechts.

»Da hinten liegen Handtücher und etwas zum Anziehen«, sagte er. »Trocknen Sie sich ab und überzeugen Sie sich noch einmal davon, dass das Zeug auch wirklich weg ist. Sind Sie verletzt?«

Ich schüttelte den Kopf, und das schien meinem rabiaten Fürsorger zu genügen, denn er ließ sich ohne ein weiteres Wort in die Hocke sinken und begann die Reste meiner zerschnittenen Kleidung aufzusammeln. Genau wie die seines Kameraden waren auch seine Hände zerschunden und mit zahlreichen mehr oder weniger tiefen Wunden übersät, was ihn aber nicht zu stören schien.

Ich nutzte die Gelegenheit, um ihn noch ein wenig genauer in Augenschein zu nehmen. Mein Blick hatte sich immer noch nicht ganz geklärt, aber ich erkannte immerhin, dass es sich um einen dunkelhaarigen Burschen schwer zu schätzenden, aber noch nicht sehr hohen Alters handelte. Er hatte ein hartes, trotzdem aber sympathisches Gesicht und war in schwarzes Leder und Kevlar gekleidet, wie eine wilde Mischung aus Motorradkluft und militärischer Kampfmontur, die insgesamt aussah, als wäre er aus einem der Mad-Max-Filme entsprungen. Natürlich war er bewaffnet, mit einem schweren Messer, das fast schon als kleines Schwert durchgegangen wäre, einer großkalibrigen Pistole und einer Waffe, wie ich sie noch nie zuvor gesehen hatte. Sie besaß einen klobigen Griff und einen an einen Fön oder einen Entenschnabel erinnernden Lauf, der ein bisschen aussah wie ein normaler Pistolenlauf, der unter eine Hochdruckpresse geraten war. .

Nachdem er alles eingesammelt hatte, was von meinen Habseligkeiten noch übrig war, wandte er sich wortlos um und humpelte zur Tür, die mit einem hydraulischen Zischen aufglitt.

»Warten Sie!«, rief ich. »Was hat das alles hier zu ...?«

»Es kommt gleich jemand, der sich um Sie kümmert«, unterbrach er mich. Und war verschwunden. Die Tür schloss sich hinter ihm, und ich vergeudete noch ein paar Sekunden damit, sie fast hasserfüllt anzustarren, war aber auch zornig auf mich selbst, dass ich den Kerl nicht einfach gepackt und so lange geschüttelt hatte, bis er endlich mit der Sprache rausrückte. Denn obwohl ich nach wie vor nicht einmal eine Ahnung hatte, wer ich war, spürte ich zugleich doch, dass ich, gemessen an meinem körperlichen Zustand, in meinem vergessenen Leben kein Schwächling gewesen war und mich durchaus meiner Haut zu wehren gewusst hatte.

Ich schüttelte die Gedanken ab und ging in die Richtung, in die der Mad-Max-Verschnitt gedeutet hatte. Der Dampf war immer noch so dicht, dass ich nur schemenhaft die Reihe verchromter Waschbecken erkannte, die sich über die gesamte Breite der Wand zog. Aber neben einem davon stand ein kleiner Hocker – ebenfalls aus Metall – mit einer Anzahl sauberer Handtücher, einem Bademantel, der sich bei genauerem Hinsehen schon als recht fadenscheinig erwies, und einem Paar dazu passender Frottee-Badelatschen. Ich ließ beides liegen, griff mir eines der Handtücher, die ungefähr so weich wie feinkörniges Schleifpapier waren, und begann mich gründlich abzutrocknen und meinen Körper einer eingehenden Inspektion zu unterziehen.

Von der stinkenden schwarzen Masse fand ich nicht mehr den winzigsten Rest; die beiden Männer hatten sie wirklich gründlich von mir heruntergeschrubbt – zusammen mit der obersten Hautschicht, denn ich sah am ganzen Leib aus wie ein frisch gekochter Hummer. Doch ich war nicht völlig unversehrt davongekommen: Ich entdeckte etliche mehr oder weniger tiefe Kratzer und Schnitte, denen die Begegnung mit den groben Wurzelbürsten meiner Peiniger nicht gerade gut getan hatte.

Aber das war nicht das eigentlich Verwirrende.

Es war vielmehr der Umstand, dass ich das Gefühl hatte, nicht meinen eigenen Körper zu untersuchen.

Was ich sah, war nicht schlecht. Ich war durchaus gut gebaut, nicht mehr ganz jung, aber auch noch nicht alt, und kräftig, ohne dass ich eine übertriebene Bodybuilder-Figur gehabt hätte, aber nichts davon passte zu dem, was ich erwartet hatte.

Verstört wandte ich mich wieder dem Waschbecken zu. Der Spiegel darüber war beschlagen, sodass ich eines der Handtücher benutzte, um ihn abzuwischen. Das Gesicht, das mich daraufhin anblickte war nicht mein eigenes.

Endlose Sekunden stand ich einfach da und starrte das Gesicht an, das so wenig zu mir gehörte wie die fast asketisch wirkenden Züge, der dunkle, pedantisch ausrasierte und kurzgeschnittene Bart oder das glänzend schwarze Haar, in dem eine wie ein gezackter Blitz geformte weiße Strähne schimmerte.

Mein Herz begann schneller zu schlagen, wenn auch jetzt aus einem vollkommen anderen Grund.

Etwas bewegte sich hinter meinem Nicht-Spiegelbild, und ich fuhr so hastig herum, dass ich auf dem feuchten Metallboden fast das Gleichgewicht verloren hätte und mich gerade noch am Waschbeckenrand festhalten konnte.

Die Tür war aufgegangen, ohne dass ich es gemerkt hatte, und eine dunkelhaarige Frau von vielleicht fünfunddreißig oder vierzig Jahren stand keine drei Schritt hinter mir. Sie trug eine sonderbare Frisur, die ich im ersten Moment nicht richtig einordnen konnte, und war wie jeder, den ich bisher hier getroffen hatte, ganz in schwarzes Leder und Kevlar gekleidet, trug allerdings keine Waffen.

Dann wurde mir klar, dass ich noch immer nackt war und griff hastig nach einem Handtuch, um es schützend über gewisse exponierte Körperpartien zu halten. Ich konnte spüren, wie sich mein ohnehin gerötetes Gesicht zu einem noch dunkleren Rot färbte.

In den Augen der dunkelhaarigen Frau blitzte es amüsiert auf. »Oh, nur keine Sorge«, sagte sie spöttisch, »ich habe so etwas schon einmal gesehen.«

Dann wurde aus dem Ausdruck gutmütiger Schadenfreude in ihrem Blick echte, tief empfundene Erleichterung, und sie trat einen weiteren Schritt auf mich zu und streckte die Hand aus. »Ich bin Marisa. Willkommen an Bord der Howard Phillips Lovecraft, Mister Sinclair.«

Providence, Rhode Island. 1937

Es war sehr still in dem großen viktorianischen Haus, doch es war keine friedliche Stille, sondern eher eine solche, die einen begreifen ließ, was das Wort Grabesstille wirklich bedeutete. Dabei war es nicht allzu lange her, da hatten in den großen Räumen die Stimmen und das fröhliche Lachen der zahlreichen Gäste widergehallt und manchmal auch das Klirren der Gläser.

Aber das war vorbei. Der Tod hatte an die Tür des altehrwürdigen Hauses geklopft, und obwohl es am Anfang kaum mehr als ein geflüsterter Hauch gewesen war, hallte das Echo dieses Klopfens noch immer in den Räumen und Gängen der Villa laut genug wider, um alle Fröhlichkeit und letztendlich auch das Leben darin zu ersticken.

Eine Woche, hatte der Arzt gesagt, mit sehr viel Glück zwei, und mit wirklich unglaublichem Glück einen Monat; wobei er keinen Zweifel daran gelassen hatte, dass das Wort Glück in diesem Zusammenhang mit äußerster Vorsicht zu genießen war. Die Schmerzen würden mit jedem Tag zunehmen, denn alle Medikamente und Mittel – selbst die eher zweifelhafter Zusammensetzung und Herkunft, auf die sie ohne sein Wissen schon seit längerer Zeit zurückgriffen – waren längst an ihre Grenzen gestoßen, und er würde nun jeden zusätzlichen Tag mit immer schlimmeren Schmerzen bezahlen. Noch waren sie auszuhalten, jedenfalls versicherte er das jedem, der es hören wollte – und jedem, der es nicht hören wollte übrigens auch.

Aber das musste nicht unbedingt die Wahrheit sein. Es war sogar ganz bestimmt nicht die Wahrheit.

Roberts Hand zitterte sacht, als er das Glas abstellte. Die Farbe des teuren Portweins darin erinnerte ihn mehr denn je an Blut, und der Geschmack, den er normalerweise über alles schätzte, kam ihm plötzlich fade und schon fast ein bisschen widerwärtig vor, als enthalte er eine Note von Verwesung und Fäulnis, kaum spürbar, aber ausreichend, um das Aroma des Weins gründlich zu verderben.

Er warf einen abschließenden traurigen Blick auf die sauber mit einer modernen Schreibmaschine beschrifteten Blätter, deren Inhalt er in den letzten beiden Stunden oft genug gelesen hatte, um jedes Wort und jedes Komma auswendig zu kennen, und steckte sie sorgsam zusammengefaltet in die Innentasche seines dunkelroten Gehrocks, bevor er aufstand und sich auf den Weg ins Arbeitszimmer machte.

Es war nicht mehr sehr weit. Seit die Schmerzen häufiger und schlimmer geworden waren, hatten sie das Arbeitszimmer von seinem eigentlichen Platz im ersten Stock nach unten verlegt, sodass er nur über den Flur gehen musste. Dennoch brauchte er fast zwei Minuten für die wenigen Schritte, denn vor der großen Doppeltür hielt er eine ganze Weile an und musste all seinen Mut zusammenraffen, bevor er sich überwand, den Knauf zu drehen und die dahinterliegende Mischung aus Arbeits- und Krankenzimmer zu betreten. Sein Herz schlug schnell.

Im Zimmer herrschte dasselbe graue Zwielicht wie an jenem Tag vor nunmehr zwei Monaten, an dem er das letzte Mal die Fenster geschlossen und die schweren Samtvorhänge zugezogen hatte. Obwohl es Sommer und hier drinnen schon fast eine Spur zu warm war, prasselte ein Feuer im Kamin, das nicht der Temperatur oder der Gemütlichkeit wegen brannte, sondern um den Geruch nach Krankheit und Siechtum zu überdecken, welcher trotz der peniblen Sauberkeit, dem versprühten Parfum und den duftenden Essenzen alles durchdrang. Robert wusste, wie sehr Howard darunter litt, selbst Quell dieses üblen Geruchs zu sein.

Als Allererstes fiel ihm die Stille auf, ein noch viel bedrückenderes, Atem abschnürendes Schweigen als im übrigen Haus, das sich wie eine unsichtbare Zentnerlast auf seine Seele legte und ihm schier die Luft abschnürte – vielleicht, weil diese Stille und der Tod, der sie geboren hatte, ihren Ursprung genau hier hatten. Sein Blick blieb für einen einzelnen Moment an einem kleinen und wie immer hoffnungslos mit Papierstapeln und Büchern überladenen Schreibtisch vor dem Kamin hängen – und an der modernen Schreibmaschine darauf. Ein flüchtiges Lächeln huschte über sein Gesicht, als er daran dachte, mit welch kindlicher Freude sich Howard auf dieses neumodische technische Spielzeug gestürzt hatte, als er es bekam.

Dann wurde sein Lächeln bitter, als er sich auch wieder daran erinnerte, wie oft sie um ein Haar aneinandergeraten waren, weil ihm das Klappern dieser technischen Höllenmaschine auf die Nerven gegangen war; zumal Howard zu jeder denkbaren Tages- und Nachtzeit darauf herumhämmerte, ohne auch nur auf den Gedanken gekommen zu sein, dass es vielleicht Leute gab, die einen halbwegs normalen Lebensrhythmus pflegten und nachts schliefen. Unzählige Male hatte das zu kleineren und mindestens einmal zu einem wirklich ernsthaften Disput zwischen ihnen geführt, nach welchem er wutentbrannt das Haus verlassen und eine geschlagene Woche geschmollt hatte.

Wie klein doch manche Dinge wurden, wenn das Ende nahte.

»Du darfst das ruhig lesen, Robert«, sagte eine Stimme aus dem hinteren Teil des Zimmers, das in noch blasserem Licht dalag. »Normalerweise hasse ich es, wenn meine unveröffentlichten Texte gelesen werden, aber bei dir mach ich eine Ausnahme.«

Robert sah noch einmal hin und bemerkte erst jetzt, dass noch ein Blatt in die Maschine eingespannt war. Es war halb beschrieben, und etliche weitere Blätter lagen mit der beschrifteten Seite nach unten auf dem Tisch daneben.

»Es ist der Anfang meines neuen Romans, und ich glaube, er wird wirklich gut. Vielleicht das Beste, was ich jemals geschrieben habe. Howard lachte leise, und für jeden anderen außer Robert selbst hätte es durchaus amüsiert geklungen. »Ich fürchte nur, dass ich ihn nicht mehr zu Ende schreiben werde. Deshalb habe ich überlegt, eine Kurzgeschichte daraus zu machen. Aber es wäre wirklich schade um die Idee.«

»Das steht dir nicht, alter Mann«, sagte Robert, indem er sich langsam vom Schreibtisch wegdrehte und die Augen anstrengte, um das Zwielicht zu durchdringen.

»Was meint du?«

»Dir selbst leidzutun.«

»Hey, ich darf das!«, behauptete Howard. »Ich liege im Sterben. Wann soll man sich denn sonst leidtun, wenn nicht jetzt?«

Immerhin konnte er Howards Gesicht jetzt als bleichen Schemen ausmachen. Howard behauptete, dass das Licht seinen Augen wehtat, aber Robert war ziemlich sicher, dass er nur nicht von jemandem so gesehen werden wollte.

»Wenn du das wirklich glaubst – dass es deine beste Geschichte werden könnte, meine ich –, dann solltest du dich einfach weigern zu sterben, bevor du sie nicht zu Ende geschrieben hast.« Er bewegte sich vorsichtig durch das für Howard typische Labyrinth aus Möbelstücken, Bücherstapeln und allem möglichen (und unmöglichen) Krempel auf das Bett zu. »Du könntest eine Serie daraus machen. Fangen wir mit zehn Bänden an.«

»Sie machen sich über einen Todkranken lustig, Mister Craven. Zumindest dort, wo ich herkomme, gilt so etwas als unhöflich.«

»So schnell stirbt es sich nicht«, log Robert. Er sah jetzt, dass er sich getäuscht hatte: Howard saß nicht aufrecht im Bett, wie meistens in letzter Zeit, sondern auf dem Lehnstuhl daneben. Gerade, als Robert näher kam, riss er ein Streichholz an, und eine zuerst rote, dann fast weißglühende Flamme tauchte sein Gesicht von unten in gespenstische Helligkeit. Der würzige Geruch von brennendem teurem Tabak stieg ihm in die Nase.

»Hat der Arzt dir das Rauchen nicht verboten?«

»Eindringlich sogar«, antwortete Howard, während er einen besonders tiefen Zug nahm. Der brennende Tabak knisterte. »Anders als viele seiner Kollegen hält er das Tabakrauchen für gesundheitsschädlich. Aber ich halte das für Unsinn.« Er hustete ein paarmal, und Robert nutzte die Zeit, um sich einen Stuhl heranzuziehen und leer zu räumen.

»Diese Ärzte sind ein verlogenes missgünstiges Pack, allesamt«, fuhr Howard fort, immer noch ein wenig kurzatmig, aber schon wieder an seiner Zigarre paffend. »Wahrscheinlich besteht ihr einziges Vergnügen darin, ihren Patienten auch noch den allerletzten kleinen Genuss zu nehmen, während sie auf ihr Ende warten.«

»Du bist ungerecht, Howard.« Robert ließ sich auf den Stuhl sinken und zwang sich nicht nur, Howards ausgemergeltes und von Krankheit gezeichnetes Gesicht anzusehen, sondern brachte auch noch das Kunststück fertig, ein ebenso düsteres wie boshaftes Lächeln auf seine Lippen zu zaubern. »Ich denke darüber nach, deine Vita zu ändern.«

»Du meinst einen wirklich erfolgreichen Autor aus mir zu machen?«

»Dazu brauchst du mich nicht«, antwortete Robert und meinte das vollkommen ernst. »Das erledigt die Nachwelt schon. Aber ich weiß, wie sehr du eine gute Zigarre zu schätzen weißt, und deshalb werde ich dafür sorgen, dass dich die zukünftigen Generationen als fanatischen Nichtraucher in Erinnerung behalten. Du weißt, dass ich das kann.«

»Und dass du boshaft genug wärst, es zu tun«, bestätigte

Howard. Er paffte weiter und hustete. »Wo wir schon einmal dabei sind, über die Zukunft zu reden… «

»Ja, ich habe den Unsinn gelesen, den du mir geschrieben hast«, bestätigte Robert.

»Dieses Urteil steht dir nun wirklich nicht zu«, beschwerte sich Howard. »Es reicht, wenn manche meiner Kritiker das behaupten. Dummköpfe, alle miteinander.«

»Ich meine deinen unmöglichen Brief«, antwortete Robert gereizt. »Ich werde ihn vernichten, sobald du von uns gegangen bist, mein Freund. Täte ich es nicht, dann würde ich deinen Ruf vielleicht wirklich beschädigen, weißt du? Es ist nicht unbedingt das Brillanteste, das du jemals zu Papier gebracht hast.«

»Das mag daran liegen, dass es die Wahrheit ist«, antwortete Howard. »Sie ist selten brillant, sondern zumeist eher simpel, und oft einfach nur brutal.«

»Unsinn«, polterte Robert. Er wollte es nicht, aber Howards Gerede machte ihn zornig. Vielleicht, weil er tief in sich spürte, dass es tatsächlich die Wahrheit war.

Aber wer hatte jemals behauptet, es wäre leicht, einem Freund beim Sterben zuzusehen?

Howard zog besonders kräftig an seiner Zigarre, hustete ausgiebig und wedelte den Qualm mit der freien Hand in Roberts Richtung. »Wenn du alles gelesen hast, dann solltest du anfangen, die nötigen Vorbereitungen zu treffen. Uns bleibt nicht mehr allzu viel Zeit.«

»Das werde ich ganz bestimmt nicht tun«, antwortete Robert, der immer heftiger gegen den Impuls ankämpfen musste, einfach davonzugehen, nur um Howard nicht länger zuhören zu müssen. »Selbst wenn ich all diesen Unsinn glauben würde, den du dir da zusammengereimt hast, wäre es unmöglich, und das weißt du auch.«

»Unsinn?«, fragte Howard in übertrieben gekränktem Tonfall.

»Ja!«, sagte Robert. Dann schüttelte er den Kopf. »Nein. Natürlich ist es kein Unsinn, und ich glaube sogar, dass du es ernst meinst. Aber ...« Er rang einen Moment nach den richtigen Worten, aber er fand sie nicht. »Ich meine, bist du sicher, dass du dir das nicht alles ...?«

»Dass ich mir das nicht alles nur zusammenfantasiert habe?«, fiel ihm Howard ins Wort. »Der Fieberwahn eines Sterbenden?« Er machte eine unwillige Geste, als Robert etwas sagen wollte. »Wir haben keine Zeit für Höflichkeiten mehr, Robert. Du weißt, dass es so ist, ebenso wie du weißt, dass ich Recht habe. Es geht nicht nur um mein Leben, oder deines, oder das von irgendeinem anderen in dieser Stadt oder möglicherweise diesem ganzen Land. Sondern um alle.«

»Das kannst du nicht wissen«, beharrte Robert stur, und wider besseres Wissen. »Seit wann kannst du in die Zukunft sehen?«

»Das konnte ich schon immer«, antwortete Howard hustend und paffend. »Und das weißt du auch. Aber bisher waren es nicht mehr als Ahnungen.«

»Und was bringt dich auf die Idee, es wäre diesmal mehr?«, fragte Robert. »Das Opium, das der Arzt dir gegen die Schmerzen gegeben hat?«

»Das weiß ich nicht«, gestand Howard zwar rundheraus, nickte aber umso überzeugter. »Doch es ist keine Ahnung, sondern Gewissheit.«

»Oder die Krankheit, die dich auffrisst«, antwortete Robert bewusst brutal.

»Diese verdammte Krankheit frisst meine Gedärme auf, nicht mein Gehirn«, erwiderte Howard hart. »Und ich weiß sehr wohl zwischen einer Möglichkeit und dem Todesschrei einer ganzen Welt zu unterscheiden. Du musst es tun!«

Robert wollte protestieren, aber er kannte Howard lange und gut genug, um zu wissen, wie wenig es fruchten würde. Er zwang sich zur Ruhe und sah Howard eine geschlagene Minute lang an, bevor er mit einem kaum angedeuteten Kopfschütteln antwortete: »Selbst wenn alles so wäre und selbst wenn ich dir glauben würde – es wäre viel zu gefährlich. Nicht in deinem Zustand. Es könnte dich das Leben kosten.«

»Oh, du meinst die ganzen ein oder zwei Wochen voller Schmerzen, Übelkeit und Scham, die mir noch bleiben?« Howard lachte spöttisch und schnitt ihm mit einem neuerlichen und noch heftigeren Kopfschütteln das Wort ab, bevor er überhaupt etwas sagen konnte. »Das spielt keine Rolle. Wie oft haben wir beide unser Leben riskiert, um den alten Feind aufzuhalten, Robert? Du, ich, Rowlf und alle anderen, die wir kannten? Wie viele sind gestorben, für einen kleinen Sieg? Jetzt haben wir die Möglichkeit, sie vielleicht ein für alle Mal zu schlagen, und du zögerst auch nur einen einzigen Moment? Außerdem täuschst du dich.«

»Inwiefern?«

»Es könnte mich nicht das Leben kosten«, antwortete Howard. »Es wird mich das Leben kosten. Ich könnte das nicht einmal dann überleben, wenn ich im Vollbesitz meiner Kräfte wäre, und nicht in meinem Zustand, wie du es so charmant ausgedrückt hast.«

»Und ich soll dir helfen, Selbstmord zu begehen? Du bist verrückt.«

Statt zu antworten, paffte Howard noch einmal ausgiebig an seiner Zigarre und zog dann seine Taschenuhr aus der Weste. Obwohl er dem Tod näher war als je zuvor und sich Robert nicht einmal vorzustellen wagte, welche Schmerzen er litt, saß Howard hoch aufgerichtet und so tadellos gekleidet wie immer in seinem Sessel, und nicht einmal seine geisterhafte Blässe und das unübersehbare Zittern seiner Hände vermochten die distinguierte Würde wirklich zu zerstören, die er ausstrahlte.

Der Anblick brach Robert schier das Herz.

Es war einfach nicht fair! Howard und er hatten Seite an Seite gegen Wesen gekämpft, deren bloßer Anblick die meisten anderen in den Wahnsinn getrieben oder auf der Stelle getötet hätte. Sie hatten Gefahren überstanden die nicht zu überstehen waren, und mehr als einmal das Leben Hunderter gerettet, wenn nicht Tausender – und das alles sollte von einer albernen Krankheit zunichtegemacht werden? Das war absurd!

»Ich werde dir nicht helfen, dich selbst umzubringen«, sagte er stur.

Howard ignorierte das. Seine Hand zitterte so stark, dass er Mühe hatte, den Deckel der Taschenuhr aufzuklappen, aber Robert rührte keinen Finger, um ihm zu helfen.

»Wartest du auf etwas Bestimmtes?«, fragte er, nachdem Howard die nächsten vier oder fünf Minuten damit zugebracht hatte, auf das Ziffernblatt zu starren.

»Ja.«

Weitere fünf Minuten später fragte Robert: »Und worauf?«

Howards Antwort – nach weiteren zwei oder drei Minuten – bestand darin, den Deckel zuzuklappen und die Uhr einzustecken. Selbst diese einfache Handlung schien ihn anzustrengen, aber Robert dachte immer noch nicht daran, ihm behilflich zu sein. Ganz im Gegenteil überlegte er ernsthaft, tatsächlich aufzustehen und das Zimmer und das Haus zu verlassen, nur um sich diesen Unsinn nicht länger anhören zu müssen – oder etwa in Versuchung zu geraten, Howard doch noch zu glauben.

Eine weitere Minute verging, und gerade als Robert zu dem Schluss gekommen war, dass es an der Zeit sei, wirklich unhöflich zu werden und Howard schlimmstenfalls mit sanfter Gewalt dazu zu zwingen, endlich Vernunft anzunehmen, drang das Geräusch der Türglocke an sein Ohr.

Schon weil er wusste, dass sie allein im Haus waren wollte

er sich erheben, doch Howard schüttelte den Kopf. »Wir haben noch ein wenig Zeit«, sagte er. »Nicht viel, aber auf ein paar Minuten kommt es nun auch wieder nicht an. Der Wagen wartet auf dich, keine Sorge.«

»Wagen?«, wiederholte Robert verwirrt. Ohne Howards Antwort abgewartet zu haben – die er vermutlich ohnehin nicht bekommen hätte – stand er auf, ging zum Fenster und zog den Vorhang weit genug zurück, um auf die Straße hinaussehen zu können. Vor dem Haus hatte tatsächlich ein Wagen angehalten, keine elegante Droschke, wie er sie bevorzugte, sondern ein Automobil, die seit nunmehr guten zwei Jahrzehnten in zunehmendem Maße die Straßen unsicher machten. Gerade als er hinaussah, wandte sich eine breitschultrige Gestalt mit einem bedrohlich wirkenden Stoppelhaarschnitt von der Tür ab und ging zu dem Wagen zurück.

Roberts linke Augenbraue rutschte ein Stück weit an seiner Stirn nach oben. »Rowlf? Ich dachte, er wäre in ...?«

»Ich habe ihn gebeten, herzukommen«, unterbrach ihn Howard. »Er bringt dich nach Boston.«

»Boston«, wiederholte Robert verständnislos. »Du weißt, was ich von diesen neumodischen Höllenmaschinen halte. Keine zehn Pferde kriegen mich auf diesen rollenden Folterstuhl!«

»Es wird nicht mehr lange dauern, und ein jeder wird einen solchen rollenden Folterstuhl haben wollen«, sagte Howard. »Du musst morgen früh in Boston sein. Mit einem Pferdewagen ist das nicht zu schaffen. Selbst mit diesem Automobil wird es knapp, aber Rowlf ist ein recht zügiger Fahrer. Ihr werdet es schaffen.«

»Boston?«, wiederholte Robert noch einmal. »Was um alles in der Welt soll ich in Boston?« Er hatte plötzlich ein sehr ungutes Gefühl.

»Von dort geht dein Flugzeug«, sagte Howard.

»Flugzeug«, ächzte Robert. Hatte Howard jetzt endgültig den Verstand verloren?

»Uns bleibt nicht mehr viel Zeit, Robert«, sagte Howard. Er hustete ausgiebig und erholte sich mit einem weiteren tiefen Zug an der Zigarre. »Selbst mit einem schnellen Schiff würdest du eine Woche bis London brauchen, und so lange bleibt uns nicht mehr – vor allem mir«, fügte er nach einem kurzen Zögern hinzu.

»Eher friert die Sonne ein, als dass ich auch nur einen Fuß in ein Flugzeug setze«, sagte Robert entschieden. »Ich kenne angenehmere Methoden, mich umzubringen.«

»Rowlf wird dich nach London begleiten«, fuhr Howard unbeirrt fort. »Er hat alles dabei, was ihr braucht, und ich habe ihm genaue Instruktionen erteilt. Du weißt, dass du dich auf ihn verlassen kannst. Vielleicht als Einzigen, der uns noch geblieben ist.«

»Ein Flugzeug?« Robert winkte entschieden ab. »Niemals!«

London, England. Morgen

Hätte er noch ein wenig fester zugeschlagen, wäre die Tür vermutlich aus den Angeln geflogen. Hinter dem Rahmen rieselten bereits Staub und kleine Putzsplitter hervor, und sein letzter Hieb hatte einen haarfeinen Riss in dem angeblich so stabilen Holz des Türblatts hinterlassen.

Das war nicht in Ordnung.

Suko kannte seine eigene Kraft und wusste sehr wohl, dass es ihm keine Mühe bereitete, so ziemlich jede Tür mit Ausnahme der eines Safes mit der bloßen Faust einzuschlagen, aber erstens hatte er nicht die Faust benutzt, sondern die flache Hand – schließlich wollte er John aufwecken, nicht seine Wohnung demolieren –, und zweitens war er dabei gewesen, als John diese angeblich einbruchssichere Wohnungstür für viel Geld hatte einbauen lassen, nachdem er wieder einmal von einer längeren Reise zurückgekommen war und festgestellt hatte, in seiner Abwesenheit ebenso ungebetenen wie unerwünschten Besuch gehabt zu haben.

Eindeutig zu viel Geld, wie Suko damals schon angemerkt hatte und was der Zustand der angeblichen Sicherheitstür nun auch zu bestätigen schien. Ganz offensichtlich hatten sie John gehörig übers Ohr gehauen und ihm minderwertigen Schund angedreht, vermutlich Made in China.

Dieser Gedanke ausgerechnet von ihm – immerhin einem waschechten Chinesen – entbehrte nicht einer gewissen Ironie, aber das dazugehörige Lächeln wollte Sukos Lippen nicht erreichen. Die Wahrheit war, dass er sich immer größere Sorgen um seinen Freund machte. Und er wusste nicht einmal warum.

Suko überlegte einen Moment ernsthaft, dem bösen Spiel ein Ende zu bereiten und heftig genug anzuklopfen, um (wortwörtlich) einzutreten und sich davon zu überzeugen, dass auch wirklich alles in Ordnung war, entschied sich aber dann dagegen und trat sogar einen Schritt zurück, um stattdessen sein ultramodernes Smartphone aus der Tasche zu ziehen und zum mindestens zwanzigsten Mal binnen ebenso vieler Minuten auf das Display zu blicken. Das Ergebnis war dasselbe wie bei den neunzehn Malen zuvor: kein Rückruf von John. Wider besseres Wissen wählte er die Nummer noch einmal, wurde wie erwartet mit einer automatisierten Abwesenheitsmitteilung belohnt und erwog nun wirklich ernsthaft, die Tür kurzerhand einzuschlagen, als ein helles Ping hinter ihm die Ankunft der Liftkabine verkündete und Shao und Bill Conolly (Johns ältester Freund) in den Flur heraustraten. Shaos wunderschönes Gesicht zeigte wie üblich einen Ausdruck asiatischer Undurchschaubarkeit, allerhöchstens in ihren Augen und für jemanden, der sie so gut kannte wie Suko war eine blasse Ahnung ihrer wahren Gefühle zu erkennen. Bill hingegen wirkte eindeutig besorgt, und zwar mehr als nur ein bisschen.

Er hielt sich nicht mit der Begrüßung oder irgendeiner anderen überflüssigen Freundlichkeit auf, sondern kam sofort zur Sache. »Was ist passiert?«

»Hat Shao dir nichts gesagt?« Suko war ein bisschen überrascht. Seine Freundin war nicht dafür bekannt, außergewöhnlich wortkarg zu sein.

»Doch«, bestätigte Bill. »Aber manchmal ist es lehrreich, dasselbe aus einem anderen Mund zu hören. Also?«

»Er macht nicht auf«, erklärte Suko das Offensichtliche. »Ich habe geklingelt, geklopft, drei E-Mails und ein Dutzend SMS geschickt, aber er reagiert nicht.«

»Und im Yard?«

»Ist er bisher nicht aufgetaucht. Glenda ist schon richtig in

Sorge. Ich konnte sie gerade noch davon abhalten, gleich ein ganz großes Fass aufzumachen. Du weißt ja, wie zuverlässig John normalerweise ist. Einfach zu verschwinden und niemandem etwas zu sagen, das ist nicht seine Art.«

»Sein Wagen steht auch noch in der Tiefgarage«, fügte Shao hinzu. »Dort haben wir zuerst nachgesehen.«

Bill wirkte immer noch unschlüssig. Es war schließlich schon häufiger vorgekommen, dass John zu einer geheimen (oder sehr eiligen) Mission aufgebrochen war, ohne jemanden zu informieren, und sei es nur, weil er keine Zeit dazu gehabt hatte oder besagte Mission gar in einer anderen Dimension stattgefunden hatte. Suko fragte sich auch nicht zum ersten Mal, ob er vielleicht eines Tages gar nicht mehr von einer solchen Mission zurückkehren würde.

Bill sah ihn immer noch zweifelnd an, aber auch immer noch ein bisschen misstrauisch. »Aber das ist nicht alles, nicht wahr?«, fragte er schließlich geradeheraus.

»Nein«, gestand Suko. »Da ist noch mehr, aber es ist schwer zu erklären. Es ist seltsam.«

»Aha«, sagte Bill.

»John ist in Gefahr«, sagte Shao. »Ich kann es spüren. Wir haben es beide gespürt. Ich kann nicht sagen was, aber es war ...« Sie suchte einen Moment nach Worten und rettete sich schließlich mit einem Schulterzucken. »Etwas Fremdes. Als hätte sich ein Fenster geöffnet, während draußen das allerschlimmste Gewitter tobt. John ist in großer Gefahr, das weiß ich einfach.«

»Ich auch«, sagte Suko – obwohl es das nicht einmal wirklich traf. Aber das Gefühl war so fremd und verstörend, dass er einfach nicht wusste, wie er es beschreiben sollte.

»Er hat dir nichts gesagt? Kein neuer Fall, an dem er arbeitet? Kein Verdacht, dem er nachgehen wollte, oder einfach ein komisches Gefühl?«

»Nur das Übliche«, antwortete Bill. »Ich habe mich vorgestern noch zum Essen mit ihm getroffen. Er war fast ein bisschen enttäuscht, weil es in letzter Zeit so ruhig war.« Er lachte leise und ohne wirklichen Humor. »Er hat sogar noch rumgewitzelt dass er seinen Job vielleicht ein bisschen zu gut gemacht hat und sämtliche Dämonen der Hölle sich anscheinend so sehr vor ihm fürchten, dass sie einen großen Bogen um ihn schlagen. Sogar um die ganze Stadt.«

Das deckte sich mit dem, was er auch Suko in den letzten Tagen mehrmals gesagt hatte. Zumindest was das anging, was allgemein als übersinnliche Phänomene bezeichnet wurden, war es schon seit einer Weile erstaunlich ruhig in London.

Auch Bill wirkte noch ein bisschen beunruhigter, deutete aber schließlich trotzdem ein Kopfschütteln an. »John mag es gar nicht, wenn man seine Privatsphäre missachtet, das wisst ihr«, gab er zu bedenken. »Ich meine: Was ist, wenn er drinnen gerade ein paar sehr private Stunden mit einem hübschen Mädchen verbringt und wir im allerungünstigsten Moment hereinplatzen?«

»Mach dich nicht lächerlich«, sagte Shao streng, und Suko fügte mit einer Kopfbewegung auf die schon leicht mitgenommene Tür hinzu: »Sie müssten schon taub sein. Beide.«

Bill nickte hastig. Ganz offensichtlich war ihm seine eigene alberne Bemerkung schon peinlich. »Aber du hast einen Schlüssel?« Demonstrativ schob Suko den beeindruckend kompliziert aussehenden Sicherheitsschlüssel, der zu diesem überteuerten Stück Hightechschrott gehörte, ins Schloss. Jedenfalls versuchte er es. Er ging nicht einmal halb hinein.

»Vielleicht steckt der Schlüssel von der anderen Seite?«, fragte Bill.

»Das macht bei dieser Art von Schloss keinen Unterschied«, antwortete Suko, »Und außerdem ...«

Sie spürten es alle im gleichen Sekundenbruchteil. Es war

tatsächlich so, wie Shao gesagt hatte: Als hätte sich ein Fenster in eine fremde und unsagbar feindselige Welt geöffnet, und ein unsichtbarer Schatten wäre zwischen ihnen hindurchgegangen. Erklärungen waren nicht mehr notwendig.

»Gehen wir rein«, sagte Bill grimmig, sah sich suchend um und wies dann auf den Feuerlöscher, der ein Stück entfernt an der Wand hing. »Warte, ich hole den ...«

Suko rammte den Handballen mit solcher Gewalt gegen die Tür, dass sie wie von einem Kanonenschlag getroffen nach innen flog und mit einer dazu passenden Geräuschentwicklung gegen die Wand krachte. Helles Sonnenlicht schlug ihnen entgegen und ließ ihre an das Halbdunkel des Flures gewöhnten Augen blinzeln, denn drinnen waren sämtliche Vorhänge zurückgezogen, und eines der großen Fenster stand sperrangelweit auf, obwohl es in der Nacht zuvor heftig geregnet hatte.

Trotzdem fiel Suko sofort der Geruch auf. Er war nicht einmal besonders stark, aber mit nichts zu vergleichen, dem er jemals begegnet wäre, und er berührte etwas tief am Grunde seiner Menschlichkeit, das ihn erschauern ließ. Mit der einen Hand bedeutete er Shao und Bill, zurückzubleiben, mit der anderen zog er seine Beretta aus dem Holster und entsicherte sie, hielt die Waffe in Schulterhöhe und richtete den Lauf gegen die Decke. Bill runzelte alarmiert die Stirn, als er die Waffe sah, blieb aber gehorsam zurück, während Shao ihm – natürlich – im Gegenteil so dicht folgte, dass er ihren Atem spüren konnte.

Suko trat nur wenige Schritte weit ein, ehe er wieder stehen blieb und sich aufmerksam umsah. Auf den ersten Blick schien alles in Ordnung, abgesehen von dem offenen Fenster vielleicht, durch das es tatsächlich hereingeregnet hatte, aber dann sah er die Tür genauer an und begriff, warum der Schlüssel nicht mehr ins Schloss gepasst hatte.

Es war geschmolzen. Wo es gewesen war, erblickte er nun etwas, das eher an die Ergebnisse des silvesterlichen Bleigießens erinnerte. Seltsamerweise war das Holz der Tür ringsum völlig unversehrt, und in der Luft hing nicht einmal der mindeste Brandgeruch, obwohl er schätzte, dass es gut und gerne tausend Grad brauchte, um eine solche Zerstörung an dem stabilen Schloss anzurichten.

»Eigentlich hätte der Feueralarm loslegen müssen«, murmelte Bill, dessen Überlegungen offensichtlich in dieselbe Richtung gingen. »Oder zumindest der Rauchmelder anschlagen.«

Suko nickte nur knapp zur Antwort, ließ seinen Blick noch einmal aufmerksam in die Runde schweifen und ging dann in die kleine Küche, um auch sie zu durchsuchen. Alles war so aufgeräumt und sauber, wie er es erwartet hatte, nirgendwo auch nur die Spur eines Kampfes. Und dasselbe galt auch für die anderen Zimmer des großzügig geschnittenen Apartments, die sie nacheinander durchsuchten, bis nur noch das Schlafzimmer übrig blieb. Suko registrierte, dass seine Tür als einzige in der ganzen Wohnung geschlossen war. Er klopfte an und wartete ein paar Sekunden auf eine Antwort, die aber nicht kam. Schließlich rief er noch einmal laut Johns Namen, drückte die Klinke herunter und zog die Tür auf.

Shao schlug mit einem entsetzten Keuchen die Hand vor den Mund, und auch Bill konnte ein erschrockenes Japsen nicht mehr unterdrücken. Suko selbst musste wohl instinktiv geahnt haben, was ihn erwarten mochte, denn er hatte im letzten Moment den Atem angehalten, sodass ihm das Allerschlimmste erspart blieb. Trotzdem traf ihn der Gestank mit solcher Wucht, dass es in seinem Magen zu rumoren begann und ihm die Tränen in die Augen schossen. Es war Verwesung, brennendes Gummi und Chemie und noch Schlimmeres, für das er nicht einmal ein Wort hatte, der höllische Odem einer fremden, durch und durch verdorbenen Welt.

Hinter ihm begann Shao zu würgen und rannte dann in Richtung Bad davon, und auch Bill schluckte ein paarmal schwer, hielt sich darüber hinaus aber wacker. Suko raffte all seinen Mut zusammen und trat durch die Tür.

Im ersten Moment konnte Suko kaum etwas sehen und nahm an, dass einfach die Vorhänge zugezogen oder das Licht ausgeschaltet waren, aber die Wahrheit war weitaus schlimmer. Die vorherrschende Farbe im Zimmer war Schwarz, ein so tiefes Schwarz, wie er es noch nie zuvor erblickt hatte. Mit Ausnahme des Spuks möglicherweise. Es beschränkte sich nicht nur auf das Mobiliar und den Boden, die Wände und sogar die Decke, sondern bildete eine dünne, schmierige Schicht, die selbst die Fenster bedeckte und das Licht nahezu vollkommen aussperrte. Beim ersten, schmatzenden Schritt erwies es sich auch als der Quell des grässlichen Geruchs, der Suko allmählich ernstliche Übelkeit bereitete, obwohl er nur flach atmete.

Dann fiel sein Blick auf das Bett und das, was darauf lag, und er vergaß den Gestank, die unheimliche schwarze Masse und auch alles andere.

»Shao!«, rief er, so laut er nur konnte. »Ruf einen Krankenwagen!«

An Bord der Lovecraft. Irgendwann

Auch die schuhkartongroße Kammer, in die man mich geführt hatte, bestand komplett aus Metall. Das Brummen geheimnisvoller Maschinen war zwar immer noch allgegenwärtig, nun aber auf ein erträgliches Maß herabgesunken.

Das alles hieß nicht, dass ich mich nennenswert besser gefühlt hätte. Ich kam mir immer noch vor wie frisch gehäutet, und die sauberen Kleider, die auf der bretthartn Pritsche auf mich gewartet hatten, machten es nicht wirklich besser. Sie waren schwarz wie anscheinend alles, was hier an Bord getragen wurde, und bestanden weder aus Leder noch aus Kevlar, scheuerten aber trotzdem so sehr auf meiner wunden Haut, dass ich mich äußerst vorsichtig bewegte.

Ich schätzte, dass ich seit einer Stunde hier war und die Decke über meinem Kopf anstarrte, die in einem sanften Sonnenschein-Gelb leuchtete, obwohl auch sie aus Metall war. Mein Zeitgefühl hatte mich längst im Stich gelassen. Meine persönlichen Habseligkeiten hatte man mir abgenommen, und eine Uhr gab es hier drinnen nicht. So fantastisch und schlichtweg unglaublich dieses gewaltige Luftfahrzeug auch sein mochte, so spartanisch war seine Einrichtung. Der Raum, in dem ich mich befand, bot kaum Platz für die schmale Pritsche, den tablettgroßen Tisch und einen halb in die Wand eingelassenen Spind. Von meiner Liege aus konnte ich in jede Richtung lediglich zwei Schritte gehen, und weiter würde ich nicht kommen, denn die Tür hatte nicht einmal eine Klinke, oder irgendeine andere Möglichkeit sie zu öffnen. Ich war eingeschlossen.

Meine Gedanken kreisten darum, wer ich war und was zum Teufel das alles hier zu bedeuten hatte.

Marisa, die sich mir lediglich vorgestellt und mich dann umgehend hierher gebracht hatte, hatte mich John Sinclair genannt, ein Name, bei dessen Klang sich tatsächlich etwas in mir regen wollte, der aber zugleich auch etwas eindeutig Falsches zu haben schien. Hinter meiner Stirn wirbelten die Erinnerungen und Gedanken nur so durcheinander, ohne dass ich sagen konnte, was davon nun echt war und was nicht. Ich war nicht mehr zuhause in London. Der Name dieser Stadt gehörte zu dem Wenigen, woran ich mich sicher erinnern konnte. Allerdings war ich nicht einmal mehr davon überzeugt, mich noch in England zu befinden, und wer weiß, möglicherweise nicht einmal mehr auf der Erde.

Die Vorstellung erfüllte mich mit einer tiefen, nagenden Furcht, der ich kaum etwas entgegenzusetzen hatte.

Doch darüber musste ich mich hinwegsetzen.

Plötzlich wurde das Licht ein wenig dunkler, dann wieder heller, und eine Sekunde später glitt die Tür mit einem hydraulischen Zischen auf, und der Mann in Mad-Max-Uniform kam herein.

»Mister Sinclair«, sagte er mit einem angedeuteten Nicken. »Ich hoffe, Sie fühlen sich ein wenig besser?«

»Danke der Nachfrage«, antwortete ich gepresst und setzte mich auf. »Ich würde mich allerdings noch besser fühlen, wenn ich nicht hier eingesperrt wäre. Bin ich euer Gefangener?«

»Eingesperrt?« Mad Max wirkte ganz eindeutig verwirrt, doch schon in der nächsten Sekunde machte sich ein Ausdruck sachter Betroffenheit auf seinen Zügen breit. »Oh, das tut mir leid. Ich fürchte, das war mein Fehler.«

»Ach?«, fragte ich bissig. »Welcher denn?«

Statt zu antworten, hob er den Kopf und begann mit der Decke zu sprechen. »Howard, Mister Sinclair genießt ab sofort uneingeschränkten Gästestatus an Bord.«

»Ganz wie du willst, Saron«, antwortete die Decke. Sie hatte eine warme, androgyne Stimme, die nach einer Pause hinzufügte: »Herzlich willkommen an Bord, Mister Sinclair.«

Ich klappte den Mund wieder zu, und ein winziger Teil meiner verloren gegangenen Erinnerungen meldete sich zurück. Vielleicht brauchte mein Gedächtnis ja nur ab und zu einen kleinen Schubs. »Ich verstehe«, sagte ich. »Das ist die künstliche Intelligenz des Schiffes.«

Saron schmunzelte. »Nein, nicht im Entferntesten«, sagte er. »Ich erkläre Ihnen gern später alles und beantworte auch alle Ihre Fragen, aber jetzt sollten wir gehen. Admiral Baines möchte Sie sehen.«

»Admiral Baines?«

»Sie kennen sie aus dem Duschraum«, erklärte die Stimme aus dem Nichts.

»Marisa Baines«, fügte Saron hinzu. »Sie ist die Kommandantin der Lovecraft. Und die Oberbefehlshaberin unserer Streitkräfte. Es wundert mich nicht, dass sie Ihnen das noch nicht gesagt hat. Sie liebt es manchmal, Leute zu verblüffen.«

Das war ihr gelungen. An ihrer Kleidung war kein Rangabzeichen gewesen. Anscheinend musste ich wirklich noch eine Menge über meine neue Umgebung lernen. Wortlos stand ich auf und machte eine Kopfbewegung zur Tür, woraufhin sich Saron ebenso schweigend herumdrehte und in einen Gang zurückwich, der zwar schier endlos lang schien, auf seine Art aber ebenso beengt war wie meine Unterkunft. So gigantisch mir dieses Fahrzeug auch vorgekommen war, als es den Himmel über mir verdunkelt hatte, so sehr schienen ihre Erbauer mit Platz für die menschliche Besatzung geknausert zu haben.

Ich folgte meinem Führer in zwei Schritten Abstand. Mir fiel auf, dass er zwar immer noch sein schwarzes Lederoutfit trug, die Kevlar-Panzerung aber ebenso abgelegt hatte wie seine Waffen, und da war auch noch etwas: Vorhin, als sein Kumpel und er mich im Duschraum so genüsslich geschrubbt hatten, waren seine Hände und sein Gesicht kaum weniger zerschunden und blutig gewesen als meine eigene Haut, und er hatte beim Hinausgehen auch leicht gehumpelt. Von beidem war jetzt nichts mehr zu sehen.

Obwohl wir etliche Minuten unterwegs waren, begegneten wir nur sehr wenigen Menschen – vielleicht war es ja gar nicht nötig, hier Platz für eine große Mannschaft zu schaffen. Ich verlor schon bald die Orientierung, weil hier schlicht und ergreifend alles gleich aussah. Das nachgeahmte Sonnenlicht folgte uns an der Decke, indem es immer ein kleines Stück vor uns aufglomm und in der gleichen Entfernung hinter uns wieder erlosch.

»Was ist das hier eigentlich?«, fragte ich schließlich.

»Die Lovecraft?« Saron sah im Gehen über die Schulter zu mir und schenkte mir ein so strahlendes Lächeln, als hätte ich ihm gerade ein ganz besonderes Kompliment gemacht. »Unser Flaggschiff. Das größte, das wir haben, und der Stolz der Flotte.«

»Flotte?«, ächzte ich. »Soll das heißen, es gibt noch mehr von diesen Dingern?«

Saron wollte antworten, doch in diesem Moment ertönte aus dem Nichts ein gewollt gekünsteltes Räuspern, und die mir bereits bekannte geschlechtslose Stimme sagte in ebenso freundlichem wie tadelndem Ton: »Nichts für ungut, Saron, aber diese Information deckt sich nicht mehr mit Mister Sinclairs Gästestatus, fürchte ich.«

Mein Führer zuckte zusammen, und die Stimme des Schiffes fügte nun in eindeutig besänftigenderem Tonfall hinzu: »Außerdem kann ich mir denken, dass Admiral Baines unserem Gast diese Information gern selbst geben würde.«

Saron ging ein wenig schneller und trat durch eine weitere Tür, die in einen winzigen Würfel aus dem allgegenwärtigen grauen Metall führte, und von dem ich annahm, dass es sich wohl um eine Art Liftkabine handelte. Es gab keinerlei Knöpfe oder andere Instrumente, doch kaum hatte sich die Tür hinter uns geschlossen, spürte ich, wie wir uns in Bewegung setzten. Nur wenige Augenblicke später glitt die Tür mit dem schon obligaten Zischen wieder auf, und ich trat in eine vollkommen andere Welt hinaus.

Vor mir lag ein Saal von der Größe eines kleinen Amphitheaters, der auch wie ein solcher in mehreren geschwungenen Terrassen abfiel und vor einer gewaltigen Panoramascheibe endete, hinter der sich ein schier endloser Ozean aus watteweißen Wolken erstreckte, wie ein Meer aus erstarrtem Schaum. Fast direkt über uns schien eine winzige Sonne, die mir viel zu groß und stechend vorkam. Unmittelbar vor der riesigen geschwungenen Scheibe, deren Glas so klar war, dass es praktisch unsichtbar wurde, stand eine einzelne, schlanke Gestalt, die das grelle Gegenlicht zu einem tiefenlosen Scherenschnitt machte. Ihre Winzigkeit machte mir erst völlig klar, wie gewaltig der Raum war, der sich unter mir ausbreitete. Ich zweifelte nicht daran, dass es sich um Marisa handelte, ebenso wie ich ziemlich sicher war, dass sie jedes noch so kleine Detail dieses Augenblickes sorgsam choreografiert hatte, um mich gebührend zu beeindrucken.

Im krassen Gegensatz zu all der Science-Fiction-Technik, die mir bisher hier begegnet war, führte eine scheppernde Metalltreppe auf die erste der großen Stahlterrassen hinab. Ich ging diese langsamer als notwendig hinunter, weniger weil ich der etwas wackelig aussehenden Konstruktion nicht traute, sondern um Zeit zu gewinnen und mich noch ein wenig umzusehen. Auf jedem der großen, terrassenförmigen Absätze stand eine Anzahl kompliziert anmutender Pulte voller Instrumente, Hebel und Bildschirme, auf denen unzählige winzige bunte Lichter flackerten. Die meisten waren leer und sahen auch so aus, als wären sie schon lange nicht mehr benutzt worden, doch an einigen saßen auch Männer oder Frauen, die konzentriert ihrer Beschäftigung nachgingen. Während ich die unterschiedlich hohen Terrassen hinabstieg, fiel mir vor allem zweierlei auf: Die Besatzungsmitglieder waren relativ jung, irgendwo zwischen zwanzig und dreißig, und sie alle sahen gesund und sportlich aus, als wären sie eher nach optischen als fachlichen Kriterien ausgesucht worden. Das alles hier war wirklich sehr seltsam.

Sosehr ich auch herumtrödelte, irgendwann erreichte ich die riesige Panoramascheibe. Das Glas war so klar, dass ich es tatsächlich selbst aus unmittelbarer Nähe nicht sehen konnte und mich nicht gewundert hätte, den Fahrtwind unserer Reise im Gesicht zu spüren. Baines drehte sich genau im richtigen Moment herum, um mich ihr edles Profil im hellen Gegenlicht bewundern zu lassen.

Was für die Männer und Frauen an den Steuerkonsolen hinter mir galt, das galt auch für sie: Admiral Baines sah ausgesprochen gut aus, vielleicht ein paar Jahre älter als die anderen und sicherlich keine Hochglanzschönheit, wie man sie auf den Covern einschlägiger Magazine findet, aber dennoch eine wirklich sehr attraktive Frau.

»Mister Sinclair«, begrüßte sie mich mit einem strahlenden Lächeln, in dem ich trotz aller Anstrengung nichts Gespieltes entdecken konnte. »Es geht Ihnen besser, wie ich sehe. Das freut mich.«

»Vielleicht wäre eine kleine Stippvisite bei Ihrem Bordarzt nicht das Schlechteste gewesen. Aber ja, ich fühle mich besser«, antwortete ich.

Baines bedeutete mir mit der Hand, neben sie zu treten.

»Ein fantastischer Ausblick«, sagte ich. »Wie hoch sind wir?«

»Hoch genug«, antwortete sie kryptisch.

Hoch genug für was? Ich sprach die Frage nicht laut aus, schon weil ich ahnte, dass ich keine Antwort bekommen würde, jedenfalls keine, die aufschlussreich gewesen wäre.

»Ich habe mich noch gar nicht bei Ihnen und Ihren Leuten bedankt. Sie haben mir das Leben gerettet«, sagte ich stattdessen.

Baines lächelte. »Das ist wahr. Aber ich fürchte, dass Sie ohne uns auch gar nicht erst in diese Situation geraten wären.«

»Wie meinen Sie das?«

Statt zu antworten, stellte sie eine eigene Frage. »Woran erinnern Sie sich genau – nach Ihrem Erwachen, meine ich?«

»Ich war oben auf diesem Hügel mitten im Wald. Ich muss eine Zeit lang durch das Dickicht geirrt sein, und dann habe ich die Stadt gesehen und bin hinuntergegangen. Wohl nicht die allerbeste Idee.«

Baines schwieg. Dann sagte sie: »Machen Sie sich keine Sorgen, Mister Sinclair …«

»John«

»John.« Baines lächelte flüchtig. »Aber nur, wenn Sie mich Marisa nennen. Und kommen Sie bloß nicht auf die Idee, Admiralin zu mir zu sagen. Das tun hier schon viel zu viele.«

»Und worüber soll ich mir keine Sorgen machen, Marisa?«

»Ihre Erinnerungen. Sie kommen zurück, aber das kann noch eine Weile dauern. Das ist ganz normal nach einer Wiedererweckung«

»Wiedererweckung?«

»Wahrscheinlich hatten Sie großes Glück, die Stadt entdeckt zu haben. Die Wälder dort sind sehr dicht. Unsere Drohnen hätten Schwierigkeiten gehabt, Sie im Unterholz aufzuspüren.«

»Drohnen.«

»Sie hätten beim Schiff bleiben sollen, John«, seufzte sie. »Wir haben das Wrack gefunden, aber Sie waren nicht mehr da. Natürlich trifft Sie keine Schuld. Sie konnten es ja nicht wissen.«

»Was für ein Schiff? Wo bin ich hergekommen?«

»Aus London«, antwortete Marisa. »Jedenfalls zeigen das unsere Aufzeichnungen. Das Schiff, das Sie abholen sollte wurde angegriffen und ist in der Nähe von Weymouth abgestürzt, aber Sie wurden in London extrahiert.«

»Was hat das alles zu bedeuten?«, fragte ich, nun in schärferem Ton. »Und wo zum Teufel bin ich?«

Marisas Blick verdüsterte sich. »Sie haben jedes Recht, zornig zu sein, John. Ich kann Sie nur um Verzeihung bitten, und um ein wenig Geduld, bis wir im Oculus angekommen sind.«

»Oculus?«

Diesmal lächelte Marisa nicht. »Unser Ziel«, sagte sie. Dort werden Sie alles erfahren. Aber eine Ihrer Fragen kann ich Ihnen auch jetzt schon beantworten.« Sie machte eine Kopfbewegung hinter sich. »Wir sind gar nicht so weit von Ihrer Heimat entfernt.«

»London?« Ich blickte plötzlich aufgeregt durch das gar nicht vorhandene Glas auf die Wolkendecke hinab, die unter uns dahinzog. Mehr als diesen Namen wusste ich immer noch nicht, aber vielleicht würde ja der Anblick meiner angeblichen Heimatstadt helfen, ein weiteres Stück meiner verschütteten Erinnerungen auszugraben. »Dort unten? Ich möchte es sehen!«

Marisa sah mich lange an, dann nickte sie knapp und sagte: »Du hast es gehört, Howard.«

»Sind Sie ganz sicher, Admiral?«, erwiderte die Stimme aus dem Nichts. »Ich rate dringend davon ab.«

»Ich auch«, antwortete Marisa mit einem flüchtigen, schmerzhaften Lächeln. »Tu es trotzdem.«

Marisa drehte sich neben mir herum, um auf das Wolkenmeer hinabzusehen, und ich tat dasselbe. Im ersten Moment schien gar nichts zu geschehen, sodass ich schon argwöhnte, dass Howard auf stur geschaltet hatte, dann wurde mir klar, dass es einfach an der enormen Größe unseres Gefährts lag.

Die Wolkendecke kam allmählich näher, dann sank die Lovecraft in eine Welt aus grauem Zwielicht, das langsam immer blasser wurde und nicht nur an Leuchtkraft verlor, sondern auch seine Lebendigkeit einbüßte.

Die Wolkendecke musste sehr dick sein, denn wir sanken eine geraume Weile durch eine graue Ödnis, deren bloßer Anblick das Atmen schwer machte und sich in immer stärkerem Maße auch auf mein Gemüt legte, und nicht nur meines; ich konnte fast körperlich spüren, dass es jedem hier drinnen so erging. Marisa eingeschlossen. Sie sagte nichts mehr, und auch in ihrer Miene änderte sich rein gar nichts, aber ich spürte, wie eine große Traurigkeit von ihr Besitz ergriff.

Endlich durchbrachen wir die Unterseite der Wolkendecke, und zumindest eine meiner Hoffnungen erfüllte sich: Ich erkannte die charakteristischen Schleifen der Themse wieder. Dies musste also tatsächlich meine Heimatstadt sein.

Allerdings stimmte etwas mit ihr ganz und gar nicht. Die großen Hochwassersperren fehlten, die Tower Bridge und der Big Ben, ebenso wie der Buckingham Palace und das London Eye.

Alles unter uns war schwarz, bis zum Horizont. Wo einst das Herz des britischen Empires geschlagen hatte, erstreckte sich nun eine Ebene aus verbrannten Trümmern, die mich an die apokalyptische Landschaft erinnerte, in der ich mich nach meinem Aufwachen in dieser Albtraumwelt wiedergefunden hatte. Nur, dass sie nicht der Leichnam einer kleinen Hafenstadt war, sondern einer Metropole, in der mehr als zehn Millionen Menschen gelebt hatten.

Ich weiß nicht mehr, wie lange ich reglos dastand und auf die geschmolzene Stadt hinabsah. Meine Gedanken schienen in einem zähen Sumpf zu stecken, der nur aus Betäubung und absolutem Entsetzen bestand, aber tief darunter regte sich etwas; Erinnerungen, die ich plötzlich gar nicht mehr haben wollte, weil sie einen Schmerz mit sich gebracht hätten, den ich einfach nicht ertrug. Gesichter tauchten hinter meiner Stirn auf, vertraute Gesichter, die nun verbrannt und Teil des schwarzen Leichentuchs dort unten geworden waren, und die dazugehörigen Namen, zu Rauch und ausgebleichter Asche.

Irgendwann nach einer schieren Ewigkeit gewann ich zumindest die Kontrolle über meine Stimme zurück. »Was ... ist hier passiert?«, brachte ich mühsam heraus. »Waren sie das? Diese Monster?«

»Nein«, antwortete Marisa. Ich spürte, wie schwer es ihr fiel, weiterzureden. »Das waren wir.«

Ich starrte sie an. »Wir?!«

»ICBMs«, sagte sie tonlos. »Ein Mehrfachsprengkopf, insgesamt zwölf Megatonnen. Damals dachten wir noch, wir könnten das Problem auf diese Art lösen.« Sie lachte, ganz leise und bitter, dann verbesserte sie sich: »Damals dachten wir noch, wir könnten den Krieg gewinnen.«

»Krieg?«, wiederholte ich und schrie sie nur deshalb nicht an, weil ich es nicht konnte. »Was soll das heißen? Welcher Krieg? Gegen wen? Wo zum Teufel bin ich?«

Wieder antwortete sie nicht gleich. Etliche Sekunden lang stand sie völlig reglos neben mir und sah aus leeren Augen auf die verheerte Stadt hinab, dann riss sie sich mit einer sichtlichen Anstrengung von dem grauenhaften Bild los, drehte sich ganz zu mir um und sah mich auf eine Art an, die mich bis ins Mark erschütterte.

»Das ist die falsche Frage, John«, sagte sie. »Fragen Sie nicht, wo. Sondern *wann*.«

Botwood, Neufundland. 1937

Nach all dem Überfluss und Luxus an Bord des Yankee Clippers hätte der Unterschied nicht größer sein können. Das Gasthaus am Rande des Hafens wäre wohl schon unter normalen Umständen bestenfalls als bescheiden durchgegangen, doch nach Stunden am Gipfel des Luxus und an einem verregneten Nachmittag, hätte es, noch dazu fast ohne Gäste, für die meisten Besucher einen Schock bedeutet.

Robert kam es dennoch vor wie das Paradies auf Erden.

Der schäbige Barhocker, auf dem er saß, stand ein wenig schief vor einer nicht minder schäbigen Bar und auf einem Dielenboden, der – wie übrigens die gesamte Kaschemme – vermutlich schon heruntergekommen gewesen war, bevor er überhaupt geboren wurde. Der Geruch war bestenfalls als diskussionswürdig zu bezeichnen, und auf die Idee, hier zu übernachten oder gar etwas zu essen wäre wahrscheinlich nicht einmal Rowlf gekommen, der in dieser Hinsicht normalerweise alles andere als zimperlich war.

Dennoch war Robert – zumindest in diesem Moment – fest entschlossen, nie wieder hier wegzugehen, denn so abstoßend und ärmlich ihm ihre neue Umgebung zwar vorkommen mochte, hatte sie doch einen unbestreitbaren Vorteil: Sie stand auf festem Boden.

»Ich hol mir 'n Bier«, drang Rowlfs Stimme in seine Gedanken. »Willsse auch noch eins?«

Einen Moment lang dachte Robert ernsthaft daran, ja zu sagen, auch wenn er sein erstes Glas bisher praktisch nicht angerührt hatte – aber wenn er sich noch ein oder am besten gleich mehrere Pints genehmigte, dann wüsste er wenigstens, warum sich der Boden unter ihm bewegte, sobald sie wieder in dieser verdammten fliegenden Kiste saßen – schüttelte aber dann angesichts eines anderen Umstandes den Kopf, den er beinahe schon wieder vergessen hätte.

»Du weißt schon, dass es an Bord dieser fliegenden Höllenmaschine keine Toilette gibt?«, fragte er. »Und wir haben noch etliche Stunden Flug vor uns.« Genau genommen zweimal etliche Stunden Flug, aber auch daran wollte er lieber nicht denken.

Rowlf gab nur ein abfälliges Grunzen von sich, ließ sich von dem ächzenden Barhocker auf die Füße plumpsen und stürzte den Rest aus seinem Bierglas in einem einzigen Zug herunter. Aus derselben Bewegung heraus wollte er sich umwenden, doch Robert hielt ihn mit einer Geste zurück. »Meinst du nicht, dass wir reden sollten?«

Aus keinem anderen Grund waren sie in diese Kaschemme gekommen, und das vor mittlerweile guten anderthalb Stunden. Rowlf hatte in dieser Zeit keine fünf Worte mit ihm gewechselt, und er setzte sein Glas auch jetzt noch einmal an, obwohl es leer war.

»Worüber?«, fragte er schließlich und rülpste ausgiebig.

Nach all den Jahren, die sie sich nicht mehr gesehen hatten, hätte man meinen sollen, dass sie die lange Autofahrt und die noch längere Flugreise dazu nutzten, Geschichten auszutauschen, in Erinnerungen zu schwelgen oder auch einfach nur zu schwatzen, aber bisher war das genaue Gegenteil der Fall gewesen. Rowlf hatte Robert kommentarlos auf die Rückbank des Automobils verfrachtet und während der gesamten Fahrt und trotz des schlechter werdenden Wetters das Verdeck offen gelassen, sodass eine Unterhaltung nahezu unmöglich geworden war, und auch seine Hoffnung, ihn an Bord des Clippers zur Rede zu stellen hatte sich nicht erfüllt. Irgendwie war es Rowlf gelungen, die beiden am weitesten voneinander entfernten Sitzplätze überhaupt zu buchen. Jetzt würde er ihn nicht mehr davonkommen lassen.

»Über Howard.«

Rowlf betrachtete das leere Glas. »Dann sach, wasse zu sagen has«, nuschelt er schließlich, »aber beeil dich, bevor ich verdursten tu.«

Trotz des sachten Ärgers, mit dem ihn diese Worte schon wieder erfüllten, hatte Robert zugleich Mühe, ein Grinsen zu unterdrücken. Auch Rowlf hatte sich verändert, in den mehr als zwanzig Jahren, die sie sich nicht mehr gesehen hatten. Er war nicht nur älter geworden – das waren sie alle, wie ihm mit jedem Blick schmerzlich wieder ins Gedächtnis gerufen wurde, den er in Rowlfs faltig gewordenes Gesicht und auf sein ergrautes Haar warf – sondern auch ruhiger und eindeutig zivilisierter. Von dem aufbrausenden Muskelprotz mit der Intelligenz einer Bratkartoffel, den er so gerne spielte und um den man besser spätestens einen Bogen machte, wenn er sein drittes Bier getrunken hatte, war nicht mehr viel geblieben; außer seiner Kraft, wie ihm klar geworden war, als er dabei zusah, wie mühelos er die beiden riesigen Koffer handhabte, die Howard für sie hatte packen lassen. Früher, in jenem anderen und aufregenden Leben, das sie vor so lange Zeit geführt hatten, hatte er manchmal Mühe gehabt, Rowlf überhaupt zu verstehen, wenn er sich nicht zusammenriss. Jetzt musste Rowlf sich sichtlich bemühen, in seine schlampige Sprechweise und sein tollpatschiges Benehmen zurückzufallen und den gewohnten dümmlichen Ausdruck auf sein Gesicht zu zwingen. Nichts davon war mehr echt, aber warum sollte er ihm diesen kleinen Spaß nicht gönnen?

»Warum hat Howard dich mitgeschickt?«, fragte er.

Rowlf stierte weiter in sein Glas. »Weil er meint, du könntest ein bisschen Hilfe brauchen. War ja früher auch immer so.«

Robert ignorierte die letzte Bemerkung, zumal sie nicht der

Wahrheit entsprach; zumindest nicht ganz. »Er wollte sichergehen, dass ich auch wirklich einsteige, nicht wahr?«

Rowlf nickte bestätigend, wobei er Robert immer noch nicht ansah, sondern sein leeres Glas hob und dem Wirt damit winkte – oder es zumindest wollte. Als Robert Rowlfs erstauntem Blick folgte, stellte er fest, dass sie mittlerweile nicht mehr nur die einzigen Gäste, sondern überhaupt die einzigen in der Gaststätte waren. Sowohl der Wirt als auch seine schmuddelige Bedienung waren verschwunden. Seltsam.

»Du weißt, was mit Howard ist?«, fragte er zögernd. Selbst diese behutsame Umschreibung wollte ihm nicht wirklich über die Lippen kommen.

»Er stirbt.« Rowlf knallte sein Glas heftig genug auf die schmierige Theke, dass es einen Riss bekam. »Aber das gilt für alle, früher oder später.«

Früher oder später, ja, dachte Robert. Aber doch nicht so früh. Und nicht auf diese Weise. Er war schockiert. Rowlf und Howard waren zeit ihres Lebens weit mehr als Domestike und Dienstherr gewesen, sondern Freunde. Was um alles in der Welt war zwischen ihnen vorgefallen, in der Zeit, in der sie sich nicht gesehen hatten? Er wollte eine entsprechende Frage stellen, doch etwas in Rowlfs Augen warnte ihn, dass das vielleicht keine so gute Idee wäre. Er wechselte das Thema.

»Und wie ist es dir ergangen, in all den Jahren?«, fragte er. »Wann haben wir uns das letzte Mal gesehen? Vor zwanzig Jahren?«

»Dreiundzwanzig«, antwortete Rowlf.

»Und seit wann stehst du …« Er suchte erfolglos nach den passenden Worten. »… nicht mehr in Howards Diensten?«

»Hab ich nie getan. Ich hab immer nur getan, was ich wollte«, antwortete Rowlf, während sein Blick weiter nach dem Wirt oder der Bedienung suchte. »Wo is der verdammte Kerl? Ich hab Durst.«

»Und was tust du jetzt?«, beharrte Robert.

»Hab mich zur Ruhe gesetzt«, antwortete Rowlf. »Schon vor ein paar Jahren.«

Hinter ihnen erscholl ein unbehagliches Räuspern. »Mister Craven, Sir?«

Rowlf sah nicht einmal über die Schulter zurück, und auch Robert drehte sich langsamer als notwendig auf dem wackeligen Hocker herum und legte demonstrativ die Stirn in Falten. Er hatte die Stimme erkannt, aber der Klang erinnerte ihn auch an ein paar Stunden seines Lebens, an die er sich lieber nicht erinnern wollte. Oder noch besser erst gar nicht erlebt hätte.

In seiner blauen Fantasieuniform mit den goldenen Litzen und den blitzenden Schulterepauletten sah der Chefsteward des Clippers eher aus wie ein Operettengeneral, auch wenn seine Stimme an die eines Butlers aus viktorianischer Zeit erinnerte; samt des leicht überheblich-näselnden Untertons. Sein Gesicht blieb vollkommen unbewegt, aber sein Blick ließ keinen Zweifel daran aufkommen, was er vom erlesenen Ambiente ihrer Umgebung hielt.

»Wir wären so weit, Mister Craven«, sagte der Steward. Er hatte die Tür halb aufstehen lassen und war nur einen knappen Schritt weit hereingekommen, und wahrscheinlich hatte ihn schon dieser halbe Schritt große Überwindung gekostet. »Alle anderen Passagiere boarden bereits. Wir können weiterfliegen.«

Wie erfreulich. Einen Moment lang dachte Robert ernsthaft daran, Rowlf nach dem Wirt zu schicken, um sich doch etwas zu essen zu bestellen – irgendeine komplizierte Mahlzeit, deren Zubereitung möglichst viel Zeit in Anspruch nahm – musste dann selbst ob dieses albernen Gedankens den Kopf schütteln und glitt vom Hocker. Der Steward atmete sichtlich erleichtert auf, diesen entsetzlichen Sündenpfuhl nun doch nicht betreten zu müssen, aber dann sah er nur umso bestürzter aus, als Rowlf keinerlei Anstalten machte, sich zu ihnen zu gesellen, sondern ganz im Gegenteil um die Theke herumging und die dahinter liegende Tür ansteuerte.

»Rowlf?«, fragte er.

»Geht schon mal vor«, sagte Rowlf, ohne langsamer zu werden. »Ich hol noch'n paar Fläschchen Bier für den Weg. Ist'n langer Flug.«

»Wir haben eine große Auswahl an Getränken an Bord, Sir«, sagte der Steward leicht düpiert.

Rowlf machte ein undefinierbares Geräusch. »Lass gut sein. Bevor ich die parfümierte Pferdepisse saufn tu, die ihr als Champäng bezeichnet, nehm ich mir doch lieber'n paar Flaschen von dem guten Zeug hier mit.«

Der Steward wurde blass und japste ein bisschen nach Luft, aber bevor er seiner gerechten Empörung Ausdruck verleihen konnte, hatte Robert ihn schon erreicht und bugsierte ihn mit mehr oder weniger sanfter Gewalt nach draußen.

»Bitte nehmen Sie es meinem Freund nicht übel«, sagte er hastig. »Er hat einen manchmal etwas derben Sinn für Humor.«

»Humor?« Der Steward befreite sich aus Roberts Griff und betrachtete stirnrunzelnd seinen Arm, wie um sich davon zu überzeugen, dass er ihn mit seiner Berührung nicht übermäßig besudelt hatte.

»Er wird sicher gleich nachkommen«, meinte Robert beschwichtigend.

»Das steht zu hoffen, Sir«, antwortete der Steward. »Unser Flugplan ist sehr knapp. Wir können nicht auf säumige Passagiere warten.«

»Das werden Sie auch nicht müssen«, versicherte Robert. »Rowlf wird pünktlich sein.«

Der Steward sparte sich jedwede Antwort darauf, schritt

aber noch zügiger aus, sodass Robert sich sputen musste und nervös ein paar Mal über die Schulter zurücksah, bis sie die nächste Straßenkreuzung erreicht hatten und der Eingang der kleinen Hafenkneipe außer Sicht gekommen war. Zumindest in dieser Zeit tauchte Rowlf nicht wieder auf, und das war ein bisschen ungewöhnlich. Rowlf und Alkohol waren zwar ein Kapitel für sich, doch wenn es etwas gab, das seine Vorliebe für Hochprozentiges noch übertraf, dann war es seine Zuverlässigkeit, so sonderbar sich das im ersten Moment auch anhören mochte. Er hatte Howard sein Wort gegeben, auf ihn zu achten, und so etwas bedeutete bei Rowlf normalerweise, dass er ihm nicht einmal von der Seite wich, wenn er die Toilette aufsuchte, sondern bestenfalls vor der Tür wartete.

»Gestatten Sie mir eine Frage, Mister Craven?«, fragte der Steward, als sie um eine weitere Ecke bogen und der Hafen vor ihnen lag.

»Was ein Mann wie ich in einer solchen Kaschemme zu suchen hat?«, vermutete Robert. Der Steward war diplomatisch genug, nicht darauf zu antworten, aber das musste er auch nicht.

Während des Zwischenstopps, in dem das Flugzeug aufgetankt und einer kurzen technischen Inspektion unterzogen wurde, mussten zwar alle Passagiere von Bord, aber die meisten nutzten den zweistündigen Aufenthalt doch eher, um den kleinen Hafen zu besichtigen oder allenfalls in einem der besseren Lokale längs der Flaniermeile einzukehren, nicht um eine Spelunke aufzusuchen, die ihre Türen normalerweise überhaupt erst nach Dunkelwerden aufmachte.

Genau das war der Grund gewesen, aus dem sie dorthin gegangen waren. Was Robert mit Rowlf zu besprechen hatte – wenigstens hatte er das vorgehabt – war nicht für die Ohren der anderen Mitreisenden bestimmt. Unglückseligerweise war Rowlf wohl der Meinung gewesen, für seine auch nicht.

»Nennen Sie es Nostalgie«, antwortete Robert. »Ein kleiner Ausflug in eine lang zurückliegende Zeit.«

»Ich verstehe«, sagte der Steward, macht ein wirklich sehr beredtes Gesicht und konnte sich auch nicht verkneifen hinzuzufügen: »Ich fürchte allerdings, dass Sie sich die falsche Tageszeit für diese Art von … ähm … Erinnerungen ausgesucht haben.«

Robert überlegte einen Moment lang, den Kerl kurzerhand über die Kaimauer ins Wasser zu werfen oder diese Unverschämtheit zu ignorieren und beschloss, die Entscheidung zu verschieben, bis sie unmittelbar am Wasser standen.

Was schon binnen weniger Augenblicke der Fall war, denn auf den Hafen von Botwood trafen eine Menge (größtenteils wenig schmeichelhafte) Attribute zu, aber eines ganz gewiss nicht: groß. Er bot bestenfalls einem knappen Dutzend Schiffen Platz – wenn sie nicht allzu groß waren – und hatte seine besten Zeiten schon lange hinter sich. Dennoch hatte sich bereits eine ansehnliche Menschenmenge am Kai versammelt, wie jedes Mal, wenn ein Interkontinental-Clipper auf seinem Weg nach Europa hier Zwischenstopp machte, sodass sie das riesige Flugboot erst sahen, als sie den Steg schon beinahe erreicht hatten.

Trotz aller zwiespältigen Gefühle, die Robert diesem technologischen Schreckgespenst gegenüber hegte, kam er nicht umhin, die Kühnheit seiner Konstruktion zu bewundern und sich zu fragen, wozu menschlicher Erfindungsgeist in Zukunft wohl noch alles imstande sein mochte. Geformt wie eine schnittige Jacht hatte der Rumpf der riesigen Boeing tatsächlich fast mehr Ähnlichkeit mit einem Schiff als einem Flugzeug, bis hin zu der langen Reihe messinggerahmter runder Bullaugen und dem kühn vorspringenden Bug unter dem verglasten Cockpit, der an den Rammsporn einer antiken Galeere erinnerte. Nur dass eine solche natürlich weder ein Leitwerk noch ein Paar gewaltiger Tragflächen gehabt hatte, unter denen vier riesenhafte Propellermotoren hingen, die stark genug waren, diese ganze gewaltige Konstruktion nicht nur in die Luft zu erheben, sondern quer über den atlantischen Ozean zu befördern.

Dennoch verkrampfte sich sein Magen allein bei dem Gedanken, an Bord zu sein, wenn der Clipper dieses Kunststück das nächste Mal vollführte. Der Anblick der beiden in blaue Arbeitsanzüge gekleideten Männer, die gerade in diesem Moment die Motorabdeckung schlossen und sich geschickt in ein kleines Boot gleiten ließen, das darunter auf dem Wasser dümpelte, stimmte ihn auch nicht gerade optimistisch. Auch wenn er wusste, dass es nur die vorgeschriebene Inspektion nach jeder Landung war, fragte er sich doch, warum man diese Maschinen eigentlich vor jedem einzelnen Start aufs Neue gründlich in Augenschein nehmen musste, wenn sie doch angeblich so zuverlässig waren.

»Jetzt wird es aber allmählich Zeit für Ihren Freund«, sagte der Steward. »Wir heben ab, sobald Sie und ich an Bord sind, das ist ihm hoffentlich klar.«

Möglicherweise war Rowlf ja einfach nur klüger als er, dachte Robert, machte aber nur eine Kopfbewegung hinter sich und sagte: »Vielleicht doch noch eine halbe Minute?«

Tatsächlich tauchte Rowlf genau in diesem Moment auf der Kaimauer auf und kam raschen Schrittes näher. Bierflaschen hatte er keine bei sich.

Robert blieb stehen und machte eine Geste auf die aberwitzig schmale Planke, die zu dem wartenden Flugboot hinabführte. Zugleich griff er in die Tasche und zog eine von mehreren zusammengefalteten Zehn-Dollar-Noten heraus, die er für solche Zwecke stets bei sich trug.

»Gehen Sie doch schon einmal vor und sagen Bescheid, dass wir unterwegs sind«, sagte er, während er dem Mann die Banknote diskret reicht. »Und wo wir schon dabei sind, würde ich mich erkenntlich zeigen, wenn es Ihnen möglich wäre, mich mit einem der anderen Passagiere den Platz tauschen zu lassen. Es wäre mir eine kleinere Summe wert, wenn ich den Rest der Reise neben meinem Freund sitzen könnte.«

Der Steward zögerte noch einen Moment und schien auch tatsächlich ein wenig empört ob dieses unmoralischen Ansinnens, aber dann siegte doch die Gier; wie in den meisten Fällen. »Ich werde sehen, was ich tun kann, Sir.«

Robert drehte sich rasch herum, als er die Planke betrat. Er wollte gar nicht sehen, wie sie unter seinem Gewicht auf und ab zu schwanken begann. Stattdessen hielt er nach Rowlf Ausschau und stellte fest, dass er sogar noch einmal schneller geworden war und jetzt tatsächlich lief; auch wenn er es irgendwie so tat, dass es nicht auffiel. Etwas stimmte nicht.

»Wo ist das Bier?«, begrüßte er Rowlf, in bewusst fröhlichem Ton. »Ich hatte gehofft, dass du mir eine Flasche mitbringst.«

»Sie hatten meine Marke nicht«, antwortete Rowlf und ergriff ihn nicht nur kurzerhand am Oberarm, um ihn auf die Planke hinauszubugsieren, sondern wirkte mit einem Mal erstaunlich nüchtern. »Wir müssen los. Schnell!«

Robert stolperte ungeschickt vor ihm her und vermied es tunlichst, nach unten zu sehen, was seinen Magen aber nicht daran hinderte, sich endgültig zu einem stacheligen Klumpen aus reiner Übelkeit zusammenzuziehen. Immerhin meinte er jetzt zu ahnen, wie sich die Piraten früherer Zeiten gefühlt haben mussten, kurz bevor sie gekielholt wurden.

»Was ist los?«, fragte er alarmiert.

»Wir müssen weg«, sagte Rowlf zum zweiten Mal. »Ich hätte erwartet, dass du es auch spürst. Du lässt nach, alter Mann.«

»Dass ich was spüre?«

Statt zu antworten versetzte Rowlf ihm nur noch einen noch derberen Stoß, und Robert konnte gerade noch den Kopf einziehen, um sich nicht an der niedrigen Flugzeugtür zu stoßen. Dafür prallte er unsanft mit dem Steward zusammen, der nicht nur auf ihn gewartet hatte, sondern gar nicht schnell genug an ihm und Rowlf vorbeigreifen konnte, um die Tür zu schließen. Er sagte auch noch etwas, das sich nicht besonders höflich anhörte, aber die Worte gingen in vier unmittelbar aufeinanderfolgenden dumpfen Explosionen unter, mit denen die großen Motoren zündeten. Der Boden unter ihren Füßen begann zu zittern. Vielleicht waren es auch Roberts Knie.

»Wenn Sie sich noch einen kurzen Moment gedulden würden, Sir. Ich konnte den Gentleman neben Ihrem Freund überreden, seinen Sitzplatz mit Ihnen zu tauschen.« Er musste die Stimme erheben, um gegen das immer lauter werdende Geräusch der Motoren anzukommen.

»Geduld is genau das, was wir im Moment nicht haben«, sagte Rowlf.

Der Steward sah ihn nur einen Herzschlag lang irritiert an, ignorierte seine Worte darüber hinaus aber und begleitete sie zu ihren Plätzen – genauer gesagt zu Rowlfs Sitzplatz ganz am Ende des Flugzeugs. Der ältliche Fluggast, der seinen Platz mit ihnen tauschte, sah kein bisschen verstimmt aus, sondern im Gegenteil beinahe erleichtert. Wahrscheinlich war es kein reines Vergnügen, neben Rowlf in einem Flugzeug zu sitzen.

»Bitte nehmen Sie Platz, Sir«, sagte der Steward. »Während des Starts müssen Sie den Sicherheitsgurt anlegen.«

Rowlf drängte sich unsanft an Robert vorbei und ließ sich auf den gerade freigewordenen Fensterplatz fallen. »Wann starten wir endlich?«

»So schnell wie möglich«, erwiderte der Steward. »In zehn, allerhöchstens fünfzehn Minuten.«

Er machte keine Anstalten, aus dem Weg zu gehen; jedenfalls nicht, bevor Robert zwei weitere Zehn-Dollar-Noten aus der Tasche gezogen und ihm ausgehändigt hatte. Sie verschwanden wie weggezaubert in seiner Uniformjacke.

»Zehn Minutn sind zu lang«, sagte Rowlf nervös. Er fummelte ungeschickt am Verschluss des modernen Sicherheitsgurts herum, aber er tat es ohne hinzusehen, denn sein Blick tastete immer unsteter über das Wasser des Hafenbeckens.

»Was ist denn los, verdammt?«, fragte Robert, nachdem er sich ebenfalls gesetzt hatte. »Was ist in diesem Gasthaus passiert?«

Vielleicht hatte er ein wenig zu laut gesprochen, denn nicht nur einige der anderen Passagiere drehten die Köpfe in ihre Richtung, auch Rowlf blickte ihn fast erschrocken an, antwortete aber trotzdem: »Nichts, aber das ist es ja gerade. Howard hat ...« Er wiegte den Kopf. »... ein paar Kontakte geknüpft. Wir sollten dort jemanden treffen, der uns helfen kann.«

»Aber er war nicht da«, vermutete Robert. Er vermutete auch, dass Rowlf im Hinterzimmer der Kaschemme jemanden – oder etwas – anderes getroffen hatte, und sehr verunsichert über dieses Treffen war. Aber er spürte auch, dass er keine Antwort bekommen würde, wenn er eine direkte Frage stellte. Rowlf war viel zu sehr damit beschäftigt, aus dem Fenster zu sehen.

Im ersten Moment dachte Robert, er würde die Kaimauer und die Menschenmenge darüber beobachten, die dort zusammengekommen war, um dem Start des Flugbootes zuzusehen, dann begriff er seinen Irrtum: Es war die Wasseroberfläche, die Rowlf ansah. Wonach suchte er?

Robert konnte sich des unheimlichen Gefühls nicht erwehren, dass er die Antwort gar nicht wissen wollte, und lauschte in sich hinein. In den ersten Sekunden fühlte er nichts, außer einem zunehmenden Unbehagen, das aber wohl eher in der Erwartung des bevorstehenden Starts gründete. Dann jedoch ...

Es war kaum mehr als eine halb vergessene Erinnerung, ein Kratzen am Rande seiner Gedanken, das er allein schon deshalb nicht sofort erkannte, weil er es nicht erkennen wollte. Es gehörte eindeutig zu den Dingen, die nicht sein konnten, weil sie nicht sein durften.

Und dennoch.

Es war so lange her, dass er es fast vergessen hatte, und er hätte sich so sehr gewünscht, es wäre vorbei. Aber das war es nicht, und das würde es vielleicht auch niemals sein.

»Sie sind wieder da«, flüsterte er erschüttert. »Aber wie? Wo?«

»Wie lange dauert es noch, verdammt?«, polterte Rowlf, statt seine Frage zu beantworten. »Wir müssen starten!«

»Bitte beruhigen Sie sich, Sir.« Der Steward hatte sich schon fast gesetzt, brach die Bewegung aber nun wieder ab und stand auf, um sich mit strengem Gesicht vor ihnen aufzubauen. »Sie machen den anderen Passagieren Angst, und das kann ich nicht gestatten. Wir sind in spätestens zehn Minuten in der Luft.«

»In zehn Minuten sind wir alle tot!« Rowlf riss den Sicherheitsgurt so derb auf, dass Metallteile zu Boden polterten. »Wir müssen weg hier!«

Er sprang hoch, walzte regelrecht über Robert hinweg und hätte den unglückseligen Steward zweifellos einfach niedergerannt, wäre der nicht hastig zurückgewichen, wobei er in dem engen Gang allerdings das Gleichgewicht verlor und mit wild fuhrwerkenden Armen auf dem Schoß eines weiblichen Fluggastes landete. Während hinter ihnen eine Mischung aus Tumult und schadenfrohem Gelächter losbrach, stürmte Rowlf durch den schmalen Mittelgang, riss die Tür zum Cockpit auf und quetschte sich mit seinen breiten Schultern so ungeduldig hindurch, dass man um die Stabilität der dünnen Trennwand aus Sperrholz fürchten konnte.

»Starten!«, blaffte er. »Auf der Stelle! Oder wir sind alle tot!«

Robert – dicht gefolgt von dem immer aufgeregter lamentierenden Steward – drängte sich hinter ihnen herein, wodurch der winzige Raum geradezu aus den Nähten zu platzen schien. In der Kabine hinter ihnen wurden immer mehr erschrockene Rufe laut. Eine Frau kreischte. Die beiden Piloten fuhren in einer synchronen Bewegung auf ihren Sitzen herum, und Robert schob sich immerhin weit genug an Rolwfs massiger Gestalt vorbei, um einen Blick in ihre erschrockenen Gesichter und durch die große Cockpitscheibe zu erhaschen, bevor er wie ein Korken in einem zu engen Flaschenhals einfach steckenblieb und plötzlich Mühe hatte, überhaupt noch zu atmen. Der Clipper hatte sich in Bewegung gesetzt, glitt von der Kaimauer weg und nahm Fahrt auf, während sich seine Nase auf das offene Meer auszurichten begann.

Aber zu langsam. Viel zu langsam.

Etwas kam. Etwas Gigantisches, das pure Verheerung verhieß und durch nichts aufzuhalten war.

»Sir, ich muss Sie doch bitten ...«, begann einer der Piloten, und Rowlf schrie, erneut und noch lauter: »Starten!«, beugte sich einfach zwischen ihm und seinem Kollegen hindurch und rammte den Gashebel mit solcher Gewalt nach vorne, dass Robert nicht überrascht gewesen wäre, wenn er abgebrochen wäre. Stattdessen machte das Flugboot mit aufbrüllenden Motoren einen regelrechten Satz nach vorne, der Robert von den Füßen geworfen hätte, wäre er nicht noch immer zwischen Rowlfs breitschultriger Gestalt und der Kabinenwand eingequetscht gewesen.

Der Steward hinter ihm hatte weniger Glück und landete mit ausgebreiteten Armen auf dem Rücken, und aus der Kabine drang ein Chor aus erschrockenen Schreien und dem Klirren von zerberstendem Glas und Porzellan. Robert nahm es nicht einmal wirklich zur Kenntnis, denn er sah etwas, das ihm den Atem stocken ließ: Der Clipper beschleunigte mit einer Gewalt, die ihm noch vor einer Sekunde bei einem Gefährt dieser Größe schlichtweg unvorstellbar erschienen wäre. Aber er war noch nicht in der richtigen Position. Statt ganz auf das offene Meer deutete der vermeintliche Rammsporn seines Bugs auf das Heck eines gewaltigen Dreimasters, der ein Stück weiter draußen auf dem Meer festgemacht hatte.

Einer der beiden Piloten begann hysterisch zu kreischen, doch der andere behielt die Nerven. Er schlug Rowlfs Hand zur Seite und griff nach dem Gashebel, und Robert meinte sehen zu können, wie es hinter seiner Stirn arbeitete. Für den Bruchteil einer Sekunde dachte er daran, Gas wegzunehmen und das Steuer herumzureißen, schien dann aber zu demselben Schluss zu kommen wie auch Rowlf, nämlich dass beides unweigerlich in einer Katastrophe enden musste, und gab stattdessen sogar noch mehr Gas.

Die Motoren der Boeing heulten gepeinigt auf, und das Segelschiff schien ihnen nun regelrecht entgegenzuspringen. Schreie und das Getöse zerbrechender Dinge wurden noch lauter, und statt wie rasend weiterzuhämmern, schien Roberts Herz einfach auszusetzen, als sei es zu dem Schluss gekommen, dass die wenigen Sekunden, die ihm noch zu leben blieben die Mühe ohnehin nicht mehr lohnten.

Der Pilot griff mit beiden Händen nach dem u-förmigen Steuerknüppel und zog mit aller Kraft daran, im allerersten Moment ohne das geringste Ergebnis, doch dann konnten sie spüren, wie sich das Flugboot allmählich aus dem Wasser erhob.

Aber vielleicht zu spät, dachte Robert entsetzt. Der Clipper wurde sogar noch schneller, als er nicht mehr gegen den Widerstand des Wassers ankämpfen musste, aber der Abstand zu dem unüberwindlichen Hindernis hatte sich auch bereits halbiert und schmolz immer nur noch schneller zusammen. Der Clipper begann sich zu schütteln, als wolle er einfach auseinanderbrechen, löste sich endgültig aus dem Wasser und begann unerträglich langsam zu steigen, während der Rumpf des Segelschiffes vor ihnen wie eine Mauer aufragte, die ein heimtückischer Meeresgott von unten durch die Wasseroberfläche rammte, um ihrer im letzten Moment doch noch habhaft zu werden.

Sie hatten keine Chance. Robert war beinahe dankbar, dass er einfach nicht genug Luft bekam, um zu schreien. Im buchstäblich allerletzten Moment riss der Pilot die Maschine hoch und zur Seite, und das Schiff kippte unter ihnen weg. Obwohl es für ein Flugzeug dieser Größe beinahe unmöglich war, schoss der Yankee Clipper um mehr als fünfundvierzig Grad gekippt zwischen den Masten des Schiffes hindurch, verfehlte das Deck auf der einen und die Takelage auf der anderen Seite um Haaresbreite und sprang mit einem gewaltigen Satz in den Himmel hinauf. Robert sah Gestalten, die entsetzt auseinanderliefen – mehr als nur eine sprang in ihrer Panik auch über Bord –, doch dann waren sie vorbei und der Yankee Clipper noch immer in einem Stück.

»Sie verdammter Idiot!«, brüllte der Pilot. Mit der einen Hand zwang er den Clipper wieder halbwegs in die Waagerechte zurück und zugleich in eine enge Kehre, die andere ließ den Steuerknüppel los, damit er Rowlf den Ellbogen wütend in den Leib rammen konnte. Rowlf machte sich nicht die Mühe, der ungeschickten Attacke auch nur auszuweichen; Robert bezweifelte, dass er den Schlag überhaupt spürte.

»Wollten Sie uns alle umbringen?! Das wird Folgen haben, das verspreche ich …«

Und dann brach er mitten im Wort ab, denn in diesem Moment sahen sie es.

Neben dem Segelschiff tauchte etwas Gigantisches zur Wasseroberfläche empor, ein ungeheuerlicher, wogender Schemen, als wäre der Meeresboden selbst zu peitschendem Leben erwacht, ein riesiges Ding mit gierig tastenden Krakenarmen, einem schnappenden Maul und einem einzelnen, glotzenden

Zyklopenauge, das in einer weißen Explosion aus Schaum durch die Wasseroberfläche brach und nach dem Flugzeug hieb. Länger als der höchste Mast des Schiffes peitschte ein grotesker, mit mannsgroßen Saugnäpfen und schnappenden Mäulern übersäter Fangarm nach dem Flugzeug, verfehlte es um Haaresbreite und schleuderte es allein durch den gewaltigen Luftzug ein Stück weit zur Seite – und aus dem Weg eines zweiten Krakenarms, der aus der anderen Richtung nach ihm schlug.

Der Pilot kämpfte fluchend mit dem Steuer, bekam die Maschine irgendwie wieder unter Kontrolle und zwang sie in eine halsbrecherisch enge Kehre, die wohl schon eine kleine Sportmaschine an ihre Grenzen gebracht hätte, um einem ganzen Wald peitschender Tentakel auszuweichen, der aus dem Meer explodierte. Das Wunder wiederholte sich, und der Clipper wurde weder von den zuckenden Monsterarmen noch seiner eigenen Kraft in Stücke gerissen, kam bei dem waghalsigen Ausweichmanöver der Wasseroberfläche aber schon wieder gefährlich nahe. Der Pilot kämpfte verzweifelt mit dem Steuer und schaffte es irgendwie, die Maschine wieder in die Waagerechte zu kippen, konnte der Wasseroberfläche aber nicht mehr ganz ausweichen. Jedes normale Flugzeug hätte der Aufprall in Stücke gerissen, doch der stromlinienförmige Schiffsrumpf tauchte wie eine Messerklinge in das aufspritzende Wasser, prallte gleich einem flach geworfenen Stein davon ab und katapultierte das Flugzeug förmlich wieder in die Höhe. Der Pilot nutzte den Schwung, um den Clipper in eine langgezogene Aufwärtsspirale und damit endgültig in Sicherheit zu bringen. Unter ihnen stürzten das Meer und der Hafen regelrecht in die Tiefe, aber es war noch nicht vorbei.

Statt seiner Panik nachzugeben und augenblicklich die Flucht anzutreten, ließ der Pilot den Clipper noch einmal ein gutes Stück höher steigen und flog dann in einer lang gezogenen Kurve wieder zurück zum Hafen. Unter ihnen ging die Vernichtung weiter, als der tobende Gigant seinen Zorn über die entgangene Beute an dem Segelschiff ausließ und es mit nur wenigen, unvorstellbar kraftvollen Hieben seiner monströsen Krakenarme in Stücke schlug. Die Maste knickten wie Streichhölzer, zerborstenes Holz und zerbrochene Körper wirbelten Dutzende Meter weit durch die Luft, dann schlossen sich die gewaltigen Tentakel wie eine groteske achtfingrige Faust um den Schiffsrumpf, warfen ihn auf die Seite und begannen ihn zu zermalmen.

»Großer Gott, was ... was ist das?«, hauchte der Pilot.

»Muss wohl ein Wal sein«, grollte Rowlf. »Zänkisches Biest.«

»Ein Wal?!«, ächzte der Mann. »Sind Sie irre? Das ist doch kein ...«

»Ein Wal«, sagte Rowlf noch einmal, und etwas in seiner Stimme und seinem ganzen Habitus änderte sich auf eine Art, die es dem Mann unmöglich machte, noch einmal zu widersprechen. Sein Gesichtsausdruck war eine einzige Maske aus Entsetzen und beginnender Hysterie.

»Wir können natürlich auch dabei bleiben, dass Sie ein Seeungeheuer gesehen haben, das ein Schiff attackiert«, fügte Robert hinzu – nachdem er wieder halbwegs zu Atem gekommen war. »So wie in den alten Seefahrergeschichten, nicht wahr?«

»Aber jeder hat doch ...«

»Einen Wal gesehen«, unterbrach ihn Rowlf. »Glaubs mir, ist besser so. Er machte eine auffordernde Kopfbewegung. »Und jetzt gib Schub, wir haben einen langen Flug vor uns.«

»Sind Sie irre?«, ächzte der zweite Pilot. »Wir müssen landen!«

»Um was zu tun?«, fragte Rowlf. »Darauf warten, dass dieses Ding zurückkommt und uns in Stücke hackt?«

Der Mann starrte ihn an. Hinter seinen Augen arbeitete es.

»Ist das Flugzeug beschädigt?«, fragte Rowlf.

»Ich glaube nicht, aber …«

»Dann gib Gas und flieg weiter«, polterte Rowlf.

Nach einem kurzen Moment ließ der Blick des Piloten Rowlfs Gesicht los, und er legte beide Hände um den Steuerknüppel. Einen Moment später schwenkte der Clipper nach Osten, um Kurs auf das offene Meer und das ferne Grönland zu nehmen.

»Nicht vergessen: Es war ein Wal«, grollte Rowlf.

Aber das war es nicht, dachte Robert schaudernd.

Er hatte es nicht wahrhaben wollen, aber nach dem, was er nun mit eigenen Augen gesehen hatte, war es ihm nicht mehr möglich, die Wahrheit zu leugnen.

Sie waren zurück.

Nahe London. Morgen

Die beiden Gestalten hätten direkt aus einem besonders üblen Horrorfilm entsprungen sein können.

Aber das waren sie nicht.

Sie waren etwas viel Schlimmeres.

Deutlich größer als ein durchschnittlich gewachsener Mann und auch ungleich massiger, bewegten sie sich mit sonderbar tapsig wirkenden Schritten durch den klinisch sauberen Raum auf der anderen Seite der deckenhohen Panzerglasscheibe. Wo man ihre Gesichter erwarten sollte, spiegelten riesige Zyklopenaugen das Licht der starken LED-Strahler, die die Kammer in schon fast unangenehme Helligkeit tauchten, und aus ihren Rücken wuchsen dicke, gerippte Schläuche, die sie über ein kompliziertes System flexibler Führungsseile und -drähte mit der Wand verbanden. Obwohl die Mikrofone und Lautsprecher eingeschaltet waren, drang nur dann und wann ein leises Knacken aus den unsichtbar angebrachten Lautsprechern oder das Schleifen eines vorsichtigen Schrittes, als bewegten sich die beiden Gestalten so leise wie möglich, um den schlafenden Mann nicht zu wecken, der unter einer zusätzlichen durchsichtigen Plastikhaube zwischen ihnen in einem Krankenbett lag. Abgesehen von diesem eingekapselten Bett war die Kammer vollkommen leer, wenn man die komplette Rückwand außer Acht ließ, die aus einem einzigen riesigen Flachbildschirm bestand, auf dem unzählige blitzende Anzeigen, Zahlenkolonnen und Lichter zugleich um Aufmerksamkeit wetteiferten.

Suko versuchte nicht daran zu denken, dass es in dieser Isolierkammer auch noch etwas anderes gab, nämlich eine Vorrichtung, die sie binnen einer einzigen Sekunde in einen Hochofen aus mehr als tausend Grad heißen Flammen verwandeln konnte, wenn das unbarmherzige Computersystem dahinter etwa zu dem Schluss kam, dass die Isolierung durchbrochen war und, was immer sie einsperren sollte, Gefahr lief, in die Umwelt zu entweichen.

Seit sie hier hereingekommen waren und der Leiter der Quarantänestation ihnen alles erklärt hatte, konnte Suko praktisch an nichts anderes mehr denken, und wenn er den Ausdruck auf Bills Gesicht richtig deutete, ging es ihm auch nicht sehr viel anders. Professor Cochrane hatte ihnen zwar versichert, dass zumindest momentan keine Gefahr bestand, ein bisschen nervös machte einen die Vorstellung aber schon.

Vielleicht lag es auch an dieser ganzen Anlage. Sie befanden sich gute fünfzig oder sechzig Meter unter der Erde, und selbstverständlich hatte es sich Professor Cochrane auch nicht nehmen lassen, ihnen zu erklären, dass im allerschlimmsten Fall dieses gesamte geheime Labor nuklear eingeäschert und seine zu Glas geschmolzenen Überreste unter einer Milliarde Tonnen Stahlbeton, Fels und Erdreich begraben wurden. Einen gewissen Hang zum Morbiden konnte man dem Wissenschaftler nicht absprechen.

»Das gefällt mir nicht«, meinte Bill und machte eine Kopfbewegung zu der Glasscheibe. »Sie sind schon viel zu lange da drin.«

Mindestens eine Stunde, schätzte Suko, wenn nicht mehr. Exakt bestimmen konnte er das nicht, denn keiner von ihnen hatte eine Uhr. Genau genommen trugen sie beide überhaupt nichts mehr bei sich, denn mit jeder der zahlreichen Schleusen und Sicherheitstüren, durch die sie hier heruntergebracht worden waren, hatte man ihnen eine weitere ihrer Habseligkeiten abgenommen, bis ihnen nur noch die Kleidung geblieben war, die sie am Leib trugen; und ganz am Ende nicht einmal mehr das, denn schließlich hatte man sie gebeten, auch diese abzulegen und sie in zweiteilige weiße Schutzanzüge gesteckt, die auf der Haut kratzten und bei jeder noch so kleinen Bewegung raschelten und knisterten.

»Mir gefällt das auch nicht«, antwortete Suko mit einiger Verspätung. Dann hörte er das Geräusch einer Tür und drehte sich herum. Er erblickte Shao, die den Raum durch dieselbe Tür betrat, durch die sie ihn vor mindestens einer halben Stunde in Begleitung derselben jungen Krankenschwester auch verlassen hatte, die nun zusammen mit ihr wieder hereinkam.

Shao, die zierliche Chinesin, sah selbst in dem weißen Anzug umwerfend aus, in die man auch sie gesteckt hatte, aber sie war kreidebleich, und tief in ihren Augen war ein unstetes Flackern zu erkennen, das das aufmunternde Lächeln Lügen strafte, das sie auf ihre Züge gezwungen hatte. Außerdem hatten ihre Bewegungen eine Menge von ihrer natürlichen Eleganz und Grazie verloren.

»Was zum Teufel ...?«, fuhr Suko die Krankenschwester an. »Was haben Sie mit ihr gemacht?«

»Nichts.« Shao hob beschwichtigend die Hand. Ihre Finger zitterten leicht, trotzdem fuhr sie in (beinahe) überzeugendem Ton fort: »Es ist alles in bester Ordnung. Die Untersuchungen waren ... ein wenig anstrengend.«

»Untersuchungen?«, krächzte Suko, der besser als jeder andere wusste, wie zäh die vermeintlich so zierliche Shao war. Sie zum Zittern zu bringen, war nicht so einfach. »Was zum Teufel haben Sie ihr angetan? Ich will den verantwortlichen Arzt sprechen, Schwester!«

»Das ist wirklich nicht nötig«, mischte sich Shao ein, in jetzt schon deutlich schärferem Ton. »Es war nicht so schlimm.«

»Wie Sie gleich selbst herausfinden können«, sagte die Schwester fröhlich, während sie abwechselnd Bill und ihn ansah. »Welcher der Herren ist der Nächste?«

»Keiner von uns, wenn Sie uns nicht endlich sagen, was das alles hier zu bedeuten hat«, polterte Bill.

»Diese Untersuchungen sind nötig. Jedenfalls wenn Sie jemals wieder hier herauswollen ...«

Ein helles Druckluft-Zischen unterbrach die junge Frau, und die Tür der Isolationskammer glitt auf. Cochrane und der zweite Arzt kletterten in der Zwischenschleuse unbeholfen aus den Schutzanzügen und kamen dann zu ihnen heraus. Cochrane strich mit einem erschöpften Seufzen eine Strähne des schütteren grauen Haares aus der Stirn, das er schulterlang trug.

»Gibt es ein Problem, Doktor Ellis?«, erkundigte er sich. Die gereizte Stimmung war ihm nicht entgangen.

Doktor? Shao blinzelte die vermeintliche Krankenschwester überrascht an.

»Nein«, antwortete sie. »Ich musste unseren Gästen nur noch einmal erläutern, wie wichtig die Untersuchungen sind.«

»Wie geht es John?«, fragte Suko.

»Ich wünschte, ich könnte es genau sagen«, antwortete Cochrane ernst. »Aber das kann ich nicht. Ich muss gestehen, dass ich so etwas noch nie gesehen habe.«

»Sie haben keine Erklärung?«

»Doch, natürlich«, erwiderte Cochrane. »Doktor Markus, wenn Sie so freundlich wären, Sir Powell zuzuschalten?«

Der zweite Arzt trat wortlos an den großen Tisch gleich neben der Tür, aktivierte den darauf stehenden Laptop, und kaum hatte er es getan, da erschien Sir James Powells Gesicht auf dem Bildschirm. Er sah sehr ernst aus. Das tat er eigentlich immer, aber nun war auch noch ein deutlicher Ausdruck von Sorge hinzugekommen, und das war ungewöhnlich für einen Mann, der seine Gefühle normalerweise so perfekt unter Kontrolle hatte wie er. Nicht nur in Sukos Augen war sein und Johns Vorgesetzter der Inbegriff eines englischen Gentlemans. Jetzt war von dieser sprichwörtlichen Beherrschtheit nicht mehr viel zu sehen.

»Professor Cochrane«, sprudelte er auch unverzüglich los. »Haben Sie etwas herausgefunden?«

»Ja, das habe ich. Ich weiß nur nicht, ob es Ihnen gefällt. Oder mir.«

»Aber John lebt?«, fragte Powell.

»Das tut er.«

»Und er wird wieder gesund?«

»Ich weiß es nicht«, antwortete Cochrane. Er zog sich einen Stuhl heran und ließ sich schwer darauf fallen, bevor er weitersprach. Suko, Shao und Bill stellten sich im Halbkreis hinter ihm auf, während die beiden anderen Wissenschaftler einen gewissen Abstand hielten. Suko nahm an, dass sie schon wussten, was Cochrane zu sagen hatte.

»Die gute Nachricht zuerst. Mister Sinclair dürfte zwar nach allen Gesetzen der Wissenschaft und Logik eigentlich nicht mehr am Leben sein, aber er ist es. Ich meine: Wir bekommen hier unten die erstaunlichsten Dinge zu Gesicht, die Sie und Ihre Freunde nicht einmal dann glauben würden, wenn Sie sie mit eigenen Augen sehen. Aber so etwas ist auch mir noch nie untergekommen.«

Suko fragte sich, was der Wissenschaftler sagen würde, wenn er ihm auch nur einen Bruchteil von dem erzählte, was John und er zusammen erlebt und gesehen hatten und tauschte auch einen verstohlenen Blick mit Powell, den dieser mit einem genauso angedeuteten Kopfschütteln beantwortete. Geheimhaltung war auch jetzt noch das oberste Gebot.

»Aber so schwer war er doch gar nicht verletzt«, wandte Shao ein.

»Wenn man es genau nimmt, nicht«, bestätigte der Wissenschaftler, schüttelte zugleich aber auch den Kopf. »Es sind nur Kratzer, die für einen Mann in der guten körperlichen Verfassung von Mister Sinclair keine Gefahr darstellen. Was mir Sorgen macht, ist diese ... Substanz, mit der er in Berührung gekommen ist.«

»Konnten Sie herausfinden, worum es sich handelt?« Cochrane schüttelte erneut den Kopf. Er sah ebenfalls besorgt aus. »Ich habe meine fähigsten Kollegen und alle unsere Ressourcen bereits darauf angesetzt, es zu untersuchen. Aber natürlich ist es noch viel zu früh, um Ergebnisse zu erwarten. So etwas dauert.« Er warf Powell einen fast flehenden Blick zu. »Es wäre hilfreich zu wissen, wo dieses Zeug hergekommen ist.«

»Ich würde es Ihnen sagen, wenn ich es wüsste, Professor«, antwortete Powell, »schon um John zu helfen. Geheimhaltung hin oder her. Aber ich weiß es nicht. Suko? Bill?«

Sie schüttelten beide stumm den Kopf, und Shao tat dasselbe. Sie war noch blasser geworden, was aber jetzt wohl nicht mehr an den Nachwehen der unangenehmen Untersuchung lag. In Anwesenheit der Wissenschaftler verzichteten alle drei darauf, den Superintendenten daran zu erinnern, dass sie John ohne das silberne Kreuz gefunden hatten. Der geweihte Talisman war spurlos verschwunden. Das allein ließ auf eine magische Attacke schließen, doch davon unabhängig hatte die Substanz auch nicht auf einen Test mit der Dämonenpeitsche reagiert. Im Prinzip waren sie also genauso schlau wie die Ärzte.

»Dann bleibt uns nur der lange Weg«, sagte Cochrane betrübt. »Wie gesagt, arbeitet mittlerweile unsere gesamte Anlage mit Hochdruck daran, aber ich will Ihnen keine falschen Hoffnungen machen. So etwas kann lange dauern. Sehr lange.«

»Dann ist dieses Zeug ... giftig?«, fragte Bill.

»Es greift alle seine inneren Organe und auch die Muskeln und die Haut an«, antwortete Cochrane. »Sie haben gesehen, in welchem Zustand Ihr Freund hierher gebracht worden ist.

Ehrlich gesagt war ich überrascht, dass er überhaupt noch lebt.«

Suko warf ihm einen bösen Blick zu, und Cochrane verstummte mitten im Satz, räusperte sich unecht und fuhr dann und in verändertem und jetzt fast dozierenden Ton fort: »Bis jetzt hat jedes Gegenmittel dass wir versucht haben auf ganzer Linie versagt. Aber zugleich scheint es ihn auch am Leben zu halten.«

»Also bringt es ihn um und rettet ihn zugleich?«, brachte es Shao auf den Punkt.

»Das ist beunruhigend, nicht wahr?«, bestätigte Cochrane. »Und höchst ungewöhnlich für ein Gift – wenn es denn ein solches ist. Sein Verhalten ist mir bisher allerhöchstens bei gewissen Parasiten untergekommen.«

»Parasiten?«, fragte Shao.

»Ja. Es gibt gewisse parasitäre Lebensformen, die ihre Opfer zwar am Ende töten, sie aber vorher so lange wie nur möglich am Leben erhalten«, bestätigte Cochrane.

»Aber es ist kein Parasit?«, fragte Shao.

»Ich weiß nicht, was es ist«, antwortete Cochrane. »Im Moment weiß das niemand. Ich kann nicht einmal mit Sicherheit sagen, ob es von der Erde stammt.«

»Etwas ... Außerirdisches?«, fragte Powell aus dem Bildschirm heraus.

»Sagen Sie es mir.«

Man musste Sir James Powell schon sehr gut kennen, um die distinguierte Gentleman-Maske zu durchschauen, aber das tat Suko, und ihm entging das unwillige Aufblitzen in seinen Augen keineswegs.

»Das hätte ich getan, wenn ich es wüsste, Professor«, antwortete er kühl. »Und wenn Sie mich jetzt entschuldigen würden, ich muss noch ein paar dringende Anrufe erledigen. Vielleicht kann ich Ihnen danach mehr sagen.«

Er unterbrach die Verbindung, ohne sich auch nur verabschiedet zu haben – was für einen Mann wie Sir James Powell einer groben Beleidigung gleichkam –, und Cochrane sah den jetzt wieder in monotonem dunklen Blau leuchtenden Bildschirm eine Sekunde lang verdutzt an. Schließlich wandte er sich an Bill.

»Ihr Vorgesetzter ist ein sehr misstrauischer Mensch«, sagte er vorwurfsvoll.

»Sir James ist nicht mein Vorgesetzter.«

»Ich dachte, Mister Sinclair und Sie wären Kollegen?«

»John und ich sind gute Freunde«, antwortete Bill, »und dann und wann arbeiten wir zusammen, das ist richtig. Aber ich bin nicht bei Scotland Yard.«

»Sind Sie nicht?«, vergewisserte sich Cochrane. Er klang ein bisschen bestürzt. Dann sah er Suko und Shao an. Während der Chinese nickte, schüttelte Shao stumm den Kopf.

»Ich bin Journalist«, fügte Bill noch hinzu.

Jetzt wurde der Wissenschaftler ein bisschen blass. »Ein Reporter?«

»Ja, so kann man es auch nennen.« Bill hob beruhigend die Hand. »Keine Sorge, Professor. Ihr Geheimnis ist bei uns sicher. Wir sind es gewohnt, über gewisse Dinge Stillschweigen zu bewahren.«

Das war die Untertreibung des Jahrhunderts, dachte Suko, beließ es aber bei einem stummen, zustimmenden Nicken.

»Das will ich hoffen«, sagte Cochrane ernst. »Ihnen ist schon klar, dass Sie gar nicht hier sein dürfen? Wahrscheinlich gibt es in ganz England kaum hundert Menschen außerhalb dieses Labors, die von seiner Existenz wissen.«

»Sie meinen, dieses geheime Labor, das für den Fall eingerichtet worden ist, dass England mit biologischen Kampfmitteln angegriffen wird, eine bisher unbekannte Pandemie ausbricht, Terroristen ein neues Virus entwickeln oder uns etwas aus dem Weltraum heimsucht, von dem bisher niemand eine Vorstellung hat?«Cochrane starrte ihn an. Er wurde noch blasser.

»Was Mister Conolly sagen will«, mischte sich Shao ein, »ist, dass er das volle Vertrauen von Sir Powell genießt.«

»Und wir wissen ja noch nicht einmal, wo wir sind«, fügte Suko hinzu. Das zumindest entsprach der Wahrheit. Shao war trotz allem geistesgegenwärtig genug gewesen, nicht einfach einen Krankenwagen zu rufen – was im Nachhinein betrachtet gut zu einer ausgewachsenen Katastrophe hätte führen können –, sondern stattdessen eine bestimmte Telefonnummer zu wählen, die Powell ihnen für einen Fall wie diesen schon vor langer Zeit gegeben hatte. Das Fahrzeug, das sie schließlich abgeholt hatte, hatte keine Fenster gehabt, aber sie waren gewiss eine halbe Stunde unterwegs gewesen. Was bedeutete, dass sie sich noch im Großraum London aufhalten mussten, aber mehr wusste er nicht.

»Ich weise Sie trotzdem darauf hin, dass diese Anlage der höchsten Geheimhaltungsstufe unterliegt«, sagte Cochrane. »Die Öffentlichkeit weiß nichts von ihrer Existenz, und das muss auch so bleiben.«

»Weil Sie auch an biologischen Waffen forschen«, vermutete Bill im Plauderton und einem dazu passenden, freundlichen Lächeln.Cochrane wurde sogar noch einmal bleicher, diesmal aber vor Zorn. »Mister Conolly, ich muss doch ... «

»Wir wollten über John reden«, fiel ihm Shao ins Wort. »Alles andere interessiert uns im Moment nicht.«

Cochrane presste die Lippen zu einem blutleeren Strich zusammen und sah plötzlich gar nicht mehr wie ein freundlicher, leicht zerstreuter Professor aus, der sich aus der ausklingenden Hippie-Zeit in die Gegenwart verirrt hatte.

»Sie können ihn sehen, junge Dame, wenn Sie das wünschen«, sagte er kühl und mit einer Geste auf die Isolationskammer. »Danach sind Sie genauso schlau wie ich. Mich müssen Sie jetzt entschuldigen. Ich muss meine Kollegin dabei unterstützen, das Leben Ihres Freundes zu retten.«

Ohne ein weiteres Wort stand er auf und verließ den Raum. Shao sah ihm ein wenig verwirrt nach, wandte sich dann aber an den zweiten Wissenschaftler, der auch gleich eine einladende Geste mit beiden Händen machte. Aber auch er wirkte nicht begeistert.

»Ich zeige Ihnen, wie man den Anzug bedient, aber ich muss Sie warnen. Es ist kein schöner Anblick. Wollen Sie sich das wirklich zumuten?«

Shao antwortete gar nicht darauf, sondern maß ihn nur mit einem stirnrunzelnden Blick, und Markus hatte es nun sehr eilig, sich herumzudrehen und an die Tür zu treten, um eine Ziffernfolge in die kleine Tastatur daneben einzugeben. Shao tat so, als würde sie nicht genau hinsehen, aber Suko war sehr sicher, dass sie sich den Zugangscode merkte.

Bill und er wollten ihr folgen, doch Doktor Ellis verbaute ihnen den Weg und schüttelte den Kopf. Ihr Pferdeschwanz wippte, und Suko musste sich noch einmal in Erinnerung rufen, dass sie keine Krankenschwester war, die gerade erst ihr Praktikum hinter sich hatte, sondern nicht nur einen Doktortitel ihr Eigen nannte, sondern mit ziemlicher Sicherheit auch eine Koryphäe auf ihrem Gebiet war. Das bewies allein schon der Umstand, dass sie in dieser hoch geheimen Anlage arbeitete.

»Da wäre noch eine kleine Formalität«, erinnerte sie.

»Aber das ist doch alles Unsinn«, brummelte Bill. »Wir haben das Zeug nicht mal berührt.«

»Das hätten wir Ihnen gesagt«, bestätigte Suko.

»Wir sind schließlich nicht lebensmüde«, fügte Shao noch hinzu.

»Aber meine Herren«, seufzte Ellis. »Das hatten wir doch

schon. Sie waren im selben Raum mit dieser Substanz und haben dieselbe Luft geatmet. Ich kann Sie nicht gehen lassen, bevor nicht ganz sicher ist, dass Sie sich nicht infiziert haben. Selbst wenn ich es wollte, ich könnte es gar nicht.«

»Haben Sie keinen Hausschlüssel?«, witzelte Bill.

»Diese ganze Ebene ist seit dem Augenblick versiegelt, in dem Sie hereingekommen sind«, antwortete Ellis, immer noch mit einem fröhlichen Schulmädchen-Lächeln, aber zugleich auch einem neuen Ausdruck von Ernst in den Augen, der Suko erschreckt hätte, hätte er es zugelassen.

»Moment mal«, sagte Bill. »Soll das heißen, wir sind hier... ... eingeschlossen?«

»Alle auf dieser Etage sind das«, bestätigte Ellis. »Der Computer hebt die Quarantäne erst wieder auf, wenn er zu dem Schluss gekommen ist, dass keine unmittelbare Gefahr mehr besteht.«

»Oh«, murmelte Bill.

»Ja, so kann man es ausdrücken«, sagte Ellis lächelnd. Sie machte eine auffordernde Kopfbewegung. »Je schneller wir es hinter uns bringen, desto eher kommen wir alle hier wieder raus. Kommen Sie, Mister Conolly. Sie sind der Nächste.« Sie zog ein Paar Gummihandschuhe aus der Kitteltasche.

Bill zierte sich zwar noch einen Moment, setzte aber dann eine resignierende Leichenbittermiene auf und trottete mit gesenktem Kopf hinter ihr her, wie ein Delinquent auf dem Weg zum Schafott. Suko wartete noch, bis sich die Tür hinter ihnen geschlossen hatte und trat dann erneut an die große Panzerglasscheibe der Isolierkabine heran. Shao und Doktor Markus waren mittlerweile in ihre Schutzanzüge geschlüpft und an das eingekapselte Krankenbett herangetreten. Hinter der verspiegelten Scheibe des Anzughelms war Shaos Gesicht nicht zu erkennen, aber Suko sah, wie angespannt ihre Haltung war, und er meinte ihren Schrecken und ihr Entsetzen selbst über die Entfernung und durch das dicke Panzerglas hindurch zu spüren.

Eine Zeit lang standen die beiden vermummten Gestalten einfach nur da und sahen auf den bewusstlosen John hinab, dann zog sich eine von ihnen rückwärtsgehend zurück, und die Tür glitt mit einem hörbaren Zischen auf. Doktor Markus kletterte unbeholfen aus seinem Anzug.

»Ihre ... Freundin möchte Sie dort drinnen sehen«, sagte er. »Kommen Sie mit dem Anzug klar?«

Suko antwortete, indem er wortlos in den Isolieranzug kletterte, und zwar sehr viel eleganter und schneller, als Markus es jemals getan hätte. Der Wissenschaftler nahm es kommentarlos hin und schloss die Tür von außen, aber seine Stimme erklang auch fast sofort im Inneren des viel zu großen Helms.

»Ich lasse Sie einen Moment allein. Da gibt es etwas, was ich mit Professor Cochrane besprechen muss. Bitte fassen Sie nichts an. Die Tür öffnet sich automatisch, wenn Sie hinauswollen.«

Suko beließ es als Antwort bei einem hochgestreckten Daumen und konzentrierte sich darauf, das Gehen mit dem sperrigen Anzug zu lernen. Im Inneren der flexiblen Plastikhülle herrschte ein spürbarer Überdruck, um Gase, Bakterien oder andere unerwünschte Eindringlinge abzuhalten, sollte der Anzug beschädigt werden. Seine Ohren knackten, und seine ersten Schritte waren noch ein wenig tapsig. Aber als er neben Shao und dem Krankenbett angekommen war, hatte er sich daran gewöhnt.

»Shao.«

Seine Freundin reagierte nur mit einem knappen Nicken, ohne den Blick von der reglosen Gestalt auf dem Bett zu nehmen. Suko trat auf die andere Seite, und sein Herz machte einen erschrockenen Satz in seiner Brust, als er auf den schlafenden John hinabsah.

Als er ihn am Morgen auf seinem besudelten Bett gefunden hatte, war der Anblick schlimm gewesen, doch jetzt war er noch schlimmer.Cochrane und seine Leute hatten ihn gesäubert und den schwarzen Schlamm von seiner Haut entfernt, so gut es ging, doch an manchen Stellen waren noch Reste. Was von seinem Körper zu erkennen war, das war mit zahllosen schwarzen Flecken wie mit schrecklichem Ausschlag übersät, als wäre die unheimliche Masse tief in seine Haut eingedrungen, um sie zu vergiften. Selbst die linke Seite seines Halses und die Wange hatten sich verfärbt, und Suko konnte sich des unheimlichen Gefühls nicht erwehren, dass sich darunter etwas bewegte, das nicht da sein sollte.

»Was ist nur mit ihm passiert?«, flüsterte Shao. Ihre Stimme drang elektronisch verzerrt in Sukos Helm, aber er konnte ihr Entsetzen trotzdem hören. Er spürte auch, wie sehr sie darauf hoffte, dass er antwortete und ihr irgendwie Trost spendete – aber wie konnte er das?

In diesem Moment schlug John die Augen auf.

Shao prallte mit einem erschrockenen Japsen zurück und hätte in ihrem schwerfälligen Anzug beinahe das Gleichgewicht verloren, und auch Suko konnte sich gerade noch beherrschen, nicht aufzuschreien; nicht nur weil es so völlig unerwartet kam, sondern weil John auch einen durch und durch grauenerregenden Anblick bot. Sein rechtes Auge war klar und zeigte allenfalls eine gewisse Verwirrung, aber das andere war vollkommen schwarz.

Bestimmt fünf oder sechs Sekunden lang stand Suko einfach nur da und starrte auf John hinab, dann beugte er sich umso hastiger vor und begann an der Plexiglashülle zu rütteln, die Johns Bett umgab. Die ganze Konstruktion begann immer heftiger zu zittern, erwies sich allerdings als sehr viel stabiler, als sie aussah. Johns Lippen bewegten sich, und der Blick seines einen sehenden Auges wurde flehend.

Shao bewies, dass sie wirklich gut hingesehen hatte, denn sie trat mit einem raschen Schritt an den riesigen Touchscreen an der Wand und berührte ein bestimmtes Symbol, und plötzlich hörte er Johns Stimme in seinem Helm. »… mich herausholen! Ich flehe dich an!«

»Beruhige dich, John«, versuchte Suko so ruhig er nur konnte zu sagen, was ihm allerdings nicht sonderlich gut gelang. »Ich verstehe, dass du durcheinander bist, aber du musst jetzt vor allem die Ruhe bewahren. Du bist in Sicherheit.« Wenigstens hoffte er das.

»Suko? Bist du das?« Johns Blick irrte über die verspiegelte Scheibe und suchte dann nach der zweiten Gestalt. »Shao?«

»Ich bin hier, John«, antwortete Shao, deren Stimme weitaus beherrschter klang als die Sukos. »Suko hat Recht. Bleib ruhig. Du bekommst hier die beste Hilfe, die es gibt.«

»Kannst du uns sagen, was passiert ist?«, fragte Suko. »Was ist das für ein Zeug? Und wo ist das Silberkreuz?«

»Du verstehst nicht«, keuchte John. Er versuchte sich aufzubäumen, und Suko fiel überhaupt erst jetzt auf, dass er an Hand- und Fußgelenken mit reißfesten Leinenmanschetten an das Bett gebunden war. »Ihr müsst mich losmachen! Sofort! Ich muss hier raus!«

»Das geht nicht, John«, sagte Shao ebenso sanft wie entschieden. »Niemand weiß, was mit dir passiert ist. Kannst du es uns sagen? Hast du Schmerzen?«

»Nein, ihr versteht nicht!« John schrie jetzt fast. »Ich bin nicht krank, und es ist nicht ansteckend! Aber ich muss hier raus! Sofort!«

»Wir dürfen dich nicht rauslassen, John«, sagte Suko beruhigend.

»Sag uns, was dir …«

»Es gibt eine Katastrophe, wenn ich nicht zurück in meine Wohnung komme!«, fiel ihm John ins Wort. Er bäumte sich immer heftiger gegen seine Fesseln auf, aber es gelang ihm nicht einmal, sie zu lockern. »Ich erkläre euch alles, wenn wir unterwegs sind, aber jetzt lasst mich hier raus, oder es werden Hunderte sterben!«

»John, bitte«, versuchte es Suko noch einmal. »Du musst …«

»Suko!«, unterbrach ihn John. »Ich beschwöre dich! Wenn du mir jemals vertraut hast, dann jetzt!«

Suko kämpfte noch einen Moment mit sich selbst. Er hatte nicht vergessen, was Cochrane ihm gesagt hatte – aber er kannte John nun auch wirklich gut genug, und sie hatten zu viel Unheimliches und Phantastisches zusammen erlebt, um seine Worte als das Gerede eines Fiebernden abzutun. Es gab sehr viel mehr Dinge zwischen Himmel und Erde, als die normale Wissenschaft sich auch nur träumen ließ; Cochrane eingeschlossen. Und in Johns Stimme war der Ton echter Verzweiflung.

Schließlich nickte er, und auch Shao drehte sich wortlos wieder zu dem riesigen Monitor um und studierte ihn einen Moment, bevor sie rasch hintereinander einige der Symbole darauf berührte. Im ersten Augenblick geschah gar nichts, außer dass ein paar rote Lichter hektisch zu flackern begannen – was Suko ganz und gar nicht gefiel –, aber dann ertönte ein lautes Zischen, und die Plexiglashaube über John klappte auf. Suko und Shao traten gleichzeitig an beide Seiten des Bettes heran und begannen die Fesseln zu lösen.

Kaum hatten sie es getan, setzte sich John auch schon mit einem Ruck auf und schwang die Beine vom Bett, und das vielleicht etwas zu schnell, denn er kippte prompt nach vorne und wäre gestürzt, hätte Suko ihn nicht im letzten Moment aufgefangen.

»Schön langsam«, sagte er rasch. »Du hilfst niemandem, wenn du schlapp machst oder dir den Hals brichst. Also, was ist passiert?«

John machte sich mühsam aus seinem Griff los und deutete zur Tür. Er zitterte am ganzen Leib. »Bring mich zuerst hier raus. Ich erkläre euch alles, wenn wir unterwegs sind. Jede Minute zählt!«

»Wir kommen hier nicht raus, John«, sagte Suko. »Die ganze Anlage ist versiegelt.«

»Ich weiß. Lasst dass meine Sorge sein. Shao?«

Shao rührte sich nicht. Ihr Gesicht war hinter der Spiegelscheibe verborgen, aber Suko konnte spüren, wie sie mit sich rang. Schließlich jedoch nickte sie und wandte sich wieder dem Touchscreen zu. Diesmal dauerte es länger, und die Anzahl der blinkenden roten Warnlichter explodierte regelrecht. Außerdem gesellte sich nun auch noch das Wimmern einer Alarmsirene hinzu.

»Was zum Teufel ist passiert?«, fragte Suko, größtenteils, um seine eigene Fantasie im Zaum zu halten, die ihn immer hartnäckiger daran zu erinnern versuchte, was Professor Cochrane ihnen über das automatische Sicherheitssystem in dieser Kammer erzählt hatte.

»Das kann ich dir allerhöchstens zeigen, aber nicht wirklich erklären«, antwortete John. »Es hat mit einem Feind zu tun, von dem wir geglaubt haben, wir hätten ihn längst besiegt.«

»Davon gibt es eine ganze Menge«, sagte Suko.

»Achtung«, mischte sich Shao ein. »Ich bin nicht sicher, ob das hier klappt.«

»Ob was klappt?«, fragte Suko beunruhigt.

Statt zu antworten, drückte Shao eine weitere virtuelle Taste auf dem Schirm, und Suko wäre um ein Haar zu Boden gegangen, als der Plastikanzug schlagartig seinen Überdruck verlor und wie ein Zelt mit durchgeschnittenen Halteseilen über ihm zusammensackte. Fluchend und sich durch seine eigene Hast selbst behindernd, arbeitete er sich aus der schlaffen Kunststoffhülle heraus und half anschließend Shao, dasselbe zu tun, während John bereits zur Tür eilte und den Plastikvorhang einfach abriss. Dem Computersystem, das hier drinnen alles überwachte, schien es nicht zu gefallen, denn das rote Flackern nahm noch einmal zu, und auch die Sirene randalierte lauter.

Suko zog seine Freundin hastig auf die Füße, und das Blut schien ihm in den Adern zu gerinnen, als er sah, wie John geduckt durch die Tür schlüpfte und die Hand nach der kleinen Schalttafel daneben hob.

Die Tür begann sich zu schließen.

Suko raste wie von Furien gehetzt los, zerrte Shao einfach hinter sich her und warf sich im buchstäblich allerletzten Moment durch den sich schließenden Spalt hindurch. Die Tür rastete mit einem schweren Klacken ein, und sie hatte es noch nicht richtig getan, da erscholl ein machtvolles *Wusch!*, und die Scheibe hinter ihnen flammte in einem so grellen Weiß auf, dass sie alle drei geblendet die Arme vor die Gesichter rissen und ein paar Schritte zurückwichen. Die Hitze war so gewaltig, dass sie sie selbst durch das fast handdicke Glas hindurch schmerzhaft auf den Gesichtern spüren konnten. Eine weitere Alarmsirene begann zu heulen, und auch unter der Decke dieses Raumes flackerten jetzt rote Lichter.

Zornig fuhr Suko zu John herum. »Verdammt, was sollte das?«, schnauzte er ihn an. »Wolltest du uns umbringen?«

»Aber das ... das wollte ich nicht!«, stammelte John. Er war noch blasser geworden, was die schrecklichen Flecken auf seiner Haut sogar noch einmal dunkler erscheinen ließ. »Ich wollte die Tür aufhalten! Aber ich ... oh mein Gott, ich ... ihr hättet sterben können!«

»Ja, aber es ist ja nichts passiert«, mischte sich Shao ein, was wohl zum größten Teil Suko galt. »Verschwinden wir von hier. Ich bin sicher, dass gleich jemand kommt.«

Wie um ihr Recht zu geben, waren plötzlich aufgeregte Stimmen und Schritte zu hören, die näher kamen. Eine zweite

Alarmsirene gesellte sich der ersten hinzu, und eine Computerstimme begann etwas zu plärren, das sie nicht verstanden.

Suko nickte zwar, sah aber noch einmal aus eng zusammengekniffenen Augen in das lodernde Inferno hinter der Glasscheibe. Das Licht war immer noch so grell, dass es ihm die Tränen in die Augen trieb, und die Hitze hatte sogar noch einmal zugenommen. Er war gar nicht mehr so sicher, ob sich das angeblich unzerstörbare Glas am Ende als wirklich so unzerstörbar erweisen würde.

Aber er würde auch ganz bestimmt nicht hierbleiben, um es herauszufinden. Die Hitze war jetzt schon so schlimm, dass er das Gefühl hatte, sein Gesicht würde Blasen schlagen.

»Ich hoffe doch, du weißt wirklich, wie wir hier herauskommen«, sagte er. »Sonst haben wir nämlich alle ein mächtiges Problem.« Als ob sie das nicht schon längst hätten!

John nickte zwar und drehte sich auch gehorsam um, machte aber nur einen einzigen Schritt, bevor er wieder stehen blieb und mit einem schiefen Grinsen an sich hinabsah.

»Nichts lieber als das. Aber ich würde es trotzdem vorziehen, nicht mit blankem Hinterteil hier herauszumarschieren.«

Suko erkannte erst jetzt, dass John zwar auch einen weißen Anzug trug, aber keinen wie Shao und er, sondern vielmehr ein einfaches Leibchen, das ihm nicht einmal bis zu den Knien reichte und in der Art eines Krankenhausnachthemds hinten offen war. Trotz allem konnte er sich eines flüchtigen, schadenfrohen Grinsens nicht erwehren.

»Nebenan finden wir etwas«, sagte Shao. »Schnell!« Sie eilte voraus, und John machte eine auffordernde Geste, und Suko tat ihm den Gefallen, vor ihm loszugehen, damit John ihm nicht sein nacktes Hinterteil präsentieren musste.

Shao behielt Recht. Der Nebenraum war klein, und die Wände nahezu komplett mit Schränken und offenen Regalen vollgestellt, die mit Medikamentenschachteln und -flaschen,

Kartons mit Einweghandschuhen und Spritzen und einzeln in Cellophan eingeschweißten chirurgischen Instrumenten und zahllosem anderen Krempel bis zum Bersten vollgestopft waren.

Shao hatte bereits einen der weißen Strampelanzüge entdeckt, der wie nahezu alles hier drinnen pedantisch in Plastik eingeschweißt war und warf ihn John zu. Geschickt fing er ihn, riss die Verpackung auf und schlüpfte in die lautstark knisternde Hose, bevor er das Leibchen herunterriss und erst danach das dazugehörige Oberteil überstreifte. Auf einem Laufsteg würde er trotzdem nicht einmal den letzten Platz belegen.

Er machte auch keine Anstalten zu gehen, sondern blickte sich aufmerksam um und trat schließlich selbst an eines der Regale heran.

»Worauf wartest du?«, fragte Shao ungeduldig.

»Ich fühle mich nicht wohl dabei, unbewaffnet zu sein«, antwortete John. »Ihr habt nicht zufällig mein Kreuz gefunden, oder eine der anderen Waffen mitgebracht?«

»Nein. Bill hatte seine Beretta dabei, und ich noch die Dämonenpeitsche und den Stab Buddhas. Aber sie haben uns alles abgenommen, bevor wir hier heruntergebracht worden sind.«

»Zu dumm«, sagte John, nahm ein großes, in Cellophan eingeschweißtes Skalpell von einem Regal und riss es mit einer einzigen Bewegung auf. »Aber das hier sollte es auch tun.«

Suko verspürte einen ganz sachten Schlag gegen die Brust, sah an sich hinab und blickte verständnislos auf den rasch größer werdenden roten Fleck, der sich auf dem weißen Plastik seines Hemds bildete und von der glatten Oberfläche abperlte. *Aber warum?*, wollte er fragen, doch er kam nicht mehr dazu, denn seine Knie gaben unter ihm nach, und alle Kraft wich aus seinem Körper. Alles wurde dunkel und schwer, und ihm schwanden die Sinne.

Aber nicht schnell genug, um nicht noch zu sehen, wie John auf dem Absatz herumwirbelte, das blutige Skalpell schwang und Shao mit einem einzigen blitzartigen Hieb die Kehle durchschnitt.

K2, Himalaja. Irgendwann

Der Flug zum Oculus dauerte etliche Stunden, trotz der enormen Geschwindigkeit, die das riesige Luftschiff entwickelte. Ich verbrachte zumindest die ersten zwei dieser Stunden vor dem großen Aussichtsfenster, bis ich den Anblick schließlich nicht mehr ertrug und Saron darum bat, mich zu meinem bewohnbaren Schuhkarton zurückzubringen. Mutmaßlich hätte mich auch die körperlose Stimme des Schiffes dorthin lotsen können, aber der Gedanke war mir immer noch ein wenig unheimlich. Ich brauchte einfach die Gesellschaft eines Menschen, auch wenn wir auf dem gesamten Weg kein einziges Wort miteinander wechselten. Ich ließ mich auf die bretthart Pritsche sinken, starrte die Decke an und versuchte zu begreifen, was ich gerade gesehen hatte.

Marisa hatte mir zwar verraten, dass ich mich nicht mehr in der Zeit befand, die ich bisher für die Gegenwart gehalten hatte, sehr viel mehr aber nicht. Und das war im Nachhinein wahrscheinlich auch ganz in Ordnung, denn ich hätte ohnehin kaum noch mehr aufnehmen können. Der Schock war einfach zu groß, nicht nur über das Gehörte, sondern vor allem das, was ich sah.

Wenn das die Zukunft war, dann eine, in der ich nicht leben wollte. Wahrscheinlich wollte das niemand.

Irgendwann war Marisa gegangen und hatte mich allein gelassen, aber ich hatte es kaum bemerkt. Die Lovecraft hatte sich nach Osten gewandt und die verheerte Stadt hinter sich gelassen, aber danach war es nicht besser geworden, ganz im Gegenteil. Ich hatte beinahe gehofft, dass sie wieder an Höhe gewann und in die Wolkendecke eindrang, um mir den entsetzlichen Anblick zu ersparen, doch als wir die Küste überflogen, lösten sich die Wolken ohnehin auf, sodass ich so oder so das Meer gesehen hätte; wenn diese schwarze, an halb geschmolzenen Teer erinnernde Brühe diesen Namen überhaupt noch verdiente.

Das Wasser war so dunkel, dass der Unterschied zu der verbrannten Küstenlinie im ersten Moment kaum auffiel. Hier und da ragte der geborstene Rumpf eines Schiffes aus den Fluten, und einmal glitten wir über etwas hinweg, das gut ein kieloben treibender Öltanker hätte sein können, wäre es nicht so grotesk groß gewesen. Schwarze Kreaturen krochen über den rostigen Stahl. Wir waren viel zu hoch, um sie wirklich zu erkennen, doch einmal darauf aufmerksam geworden, entdeckte ich auch im Meer überall Bewegung. Formlose Dinge, die sich schlängelten und peitschten und wahrhaft riesig sein mussten, um aus dieser Höhe und noch unter der Wasseroberfläche überhaupt sichtbar zu sein.

Und es wurde auch nicht besser, nachdem wir den Kanal überquert hatten und die französische Küste unter uns lag. Alles war schwarz, verheert und verbrannt, und die Bombe, die London ausgelöscht hatte, war wohl nicht die einzige gewesen. Wir überflogen mehrere große Krater und eine Anzahl sehr großer, kreisrunder Seen, an die ich mich in diesem Teil der Welt gar nicht erinnerte.

Irgendwann war die Lovecraft dann doch wieder höher gestiegen und hatte auf das Tempo eines modernen Kampfjets beschleunigt, so dass die Landschaft unter uns zu einem Muster aus tausend verschiedenen Schwarz- und Grauschattierungen wurde, wofür ich inzwischen aber eindeutig dankbar war.

So also sah die Welt aus, nachdem der Mensch endlich gezeigt hatte, was er mit all seiner Technik und all seinen Waffen wirklich konnte.

Mit diesem Gedanken war ich zu einem Gutteil auf dem Holzweg, aber das konnte ich zu diesem Zeitpunkt noch nicht wissen, und es hätte in meinem momentanen Zustand auch keinen Unterschied gemacht. Ich trieb durch einen Ozean aus Verzweiflung und Niedergeschlagenheit und fragte mich nicht einmal mehr, was das alles zu bedeuten hatte, sondern nur noch, warum ich überhaupt noch am Leben war.

Wahrscheinlich war die Antwort auf beide Fragen dieselbe.

Meine Hand juckte. Ich versuchte, das Gefühl zu ignorieren, was aber wie fast immer in diesen Fällen nur dazu führte, dass es noch schlimmer wurde, sodass ich sie vor das Gesicht hob und nach dem Übeltäter suchte, der für dieses kleine Ärgernis verantwortlich war. Ich erwartete, eine der unzähligen Schrammen, Kratzer und Prellungen zu erblicken, die ich mir bei meiner Flucht aus Weymouth zugezogen und die sich nun möglicherweise entzündet hatte.

Was ich sah, war ... gar nichts.

Meine Haut war nicht nur vollkommen unversehrt, sie war so glatt und makellos, als hätte das Leben nie Gelegenheit gehabt, seine Spuren darauf zu hinterlassen.

Behutsam, aber so konzentriert wie ich nur konnte, begann ich mit den Fingerspitzen mein Gesicht zu erkunden. Alles fühlte sich gleichermaßen vertraut wie doch fremd und falsch an.

Ich brauchte einen Spiegel.

Natürlich gab es hier drinnen keinen – immerhin war das Zimmer vollkommen leer –, aber wozu bestanden die Wände aus glattem Metall?

Ich stand auf, trat an die Wand neben der Tür und wienerte einen Moment an dem vermeintlichen Eisen herum. Das Ergebnis war bestenfalls bescheiden, aber schließlich hatte ich Zeit, also scheuerte ich weiter, und es dauerte nur noch einige wenige Augenblicke, bis ich belohnt wurde: Die Wand kapitulierte und verwandelte sich in einen gut einen Quadratmeter messenden, silbernen Spiegel.

»Ja, ganz wunderbar«, grummelte ich. »Vielen Dank auch, aber wenn ich das nächste Mal einen Zaubertrick brauche, dann sage ich Bescheid.«

»Bitte verzeihen Sie, John«, sagte Howard. »Ich wollte Sie nicht erschrecken.« Gleichzeitig begann der Spiegel zu verblassen.

»Schon gut, schon gut«, sagte ich hastig. »So war das auch wieder nicht gemeint.«

Der Spiegel erschien erneut, und Howard war sogar diplomatisch genug, gar nichts mehr zu sagen.

Ich konzentrierte mich wieder auf das Gesicht im Spiegel.

Der Anblick war verstörend genug. Es war wieder mein eigenes Gesicht, nicht mehr jenes fremde Antlitz mit der seltsamen Haarsträhne, das mich im Duschraum der Lovecraft angegrinst hatte. War tatsächlich alles nur Einbildung gewesen? In Anbetracht der Umstände wäre das natürlich denkbar, aber ich mochte es nicht glauben.

Etwas änderte sich. Ich konnte nicht sagen was, spürte aber dass eine Veränderung bevorstand und setzte mich auf meine Liege, und nur kurz darauf wurde das Licht wieder für einen Moment dunkler. Wahrscheinlich war es das hiesige Äquivalent einer Klingel, denn ein paar Sekunden später glitt die Tür auf, und Saron lugte herein.

»Wir erreichen gleich den Oculus«, sagte er, ohne sich mit einer Begrüßung aufzuhalten.

Ich stand auf und folgte ihm nach draußen. Der Flug der Lovecraft war deutlich unruhiger geworden, und auch das Brummen der Motoren war wieder lauter.

»Warum haben Sie nicht dem Computer aufgetragen, mich zu rufen?«, fragte ich. Wir begegneten auch jetzt so gut wie niemandem.

Saron blickte fragend. »Computer?«
»Er meint wohl mich«, erklärte eine körperlose Stimme.
»Ach, das.« Saron machte eine Geste, deren Sinn mir unbekannt war. »Howard war der Meinung, dass Sie lieber von einem Menschen betreut werden wollen.«
Howard war ein schlaues Kerlchen, fand ich. Was immer er war. Aber manche Fragen, nahm ich mir vor, würde ich in Zukunft besser gar nicht erst stellen.
Wir fuhren mit dem Aufzug nach oben und traten wieder in den Saal mit der großen Aussichtsplattform hinaus. Ich entdeckte Marisa wieder vor dem Fester, dennoch blieb ich direkt hinter dem Eingang stehen. Der große Saal hatte sich verändert. Es klang verrückt, aber ich hätte schwören können, dass die Anzahl der Steuerpulte und -konsolen deutlich abgenommen hatte und sie jetzt auch irgendwie anders aussahen. Konnte es sein, dass sich das Innere des Luftschiffes ... transformierte?
Saron berührte mich an der Schulter und deutete mit der anderen Hand nach vorne, um meine Aufmerksamkeit wieder auf die Welt hinter dem Fenster zu lenken. Unter dem Schiff lag jetzt erneut eine gewaltige, geschlossene Wolkendecke, die von einem Horizont zum anderen reichte, aus der aber jetzt zahllose schroffe Berggipfel ragten, manche mit glitzerndem weißen Schnee oder ewigem Eis bedeckt, andere zerschrundene Gebilde aus so schwarzem Fels, dass er das Licht aufzusaugen schien. Mindestens einer dieser Berge kam mir bekannt vor, aber mir wollte sein Name nicht einfallen.
»Dort.« Saron deutete auf einen gewaltigen Doppelgipfel, auf den wir in direkter Linie und sehr schnell zusteuerten. Etwas daran war anders, doch ich konnte den Unterschied nicht in Worte fassen. Ich fühlte eine zunehmende Verwirrung. Meine Erinnerungen wollten zurückkehren, aber es gelang ihnen nicht ganz, und das, woran ich mich erinnerte, schien sich

deutlich von dem zu unterscheiden, woran ich mich erinnern sollte. Der Gedanke war verrückt, aber es war beinahe schon eine Überzeugung.

»Der Oculus?«, fragte ich.

Saron nickte stumm, und ich fügte noch hinzu: »Das bedeutet Auge, nicht wahr?«

»Weil es unser Auge nach draußen ist, ja.«

»Aha«, sagte ich, was Saron aber nur ein flüchtiges Lächeln und eine weitere deutende Geste nach draußen entlockte.

Der Abstand zu dem Berg war rasch zusammengeschmolzen.

Mittlerweile füllte der zerschrundene Fels die gesamte Welt hinter dem Fenster aus und wuchs immer noch weiter. Gerade als ich mich ernsthaft zu fragen begann, ob sich die Lovecraft vielleicht einfach in den Berg hineinbohren würde, begann sich eine Öffnung zu bilden – allerdings handelte es sich dabei nicht um ein Tor oder etwas Ähnliches. Der schwarze Fels verblasste einfach, als wäre er nicht mehr als eine Illusion gewesen, und dahinter erschien ein gewaltiger Schlund, der mir groß genug vorkam, um eine kleine Stadt aufzunehmen.

Für einen kurzen Moment wurde es dunkel, als die Lovecraft durch die Öffnung glitt, dann flammte unter der Decke hoch über uns wieder der bekannte, künstliche Sonnenschein auf, und ich sah, dass wir uns tatsächlich in einer Höhle von wahrhaft zyklopischen Abmessungen befanden. Ich hatte eine Art Flugzeughangar erwartet, und irgendwie war es das auch, schien zugleich aber auch zum größten Teil auf natürliche Weise entstanden zu sein, als hätte man mehrere riesige Höhlen miteinander verbunden, um einen noch gewaltigeren Dom zu erschaffen. Lediglich der Boden war geglättet und mit etwas überzogen, das ich zumindest aus der Entfernung für Beton hielt. Ein Gewirr aus Laufstegen und filigranen Aufzügen und Treppen zog sich an den Wänden entlang, und unter der leuchtenden Decke meinte ich kranartige Strukturen von geradezu abstruser Größe zu erkennen. Ketten mit mehr als mannsgroßen Gliedern hingen herab. Passend zu diesen Dimensionen zogen sich etliche nicht einmal ameisengroße Gestalten vor dem herannahenden Giganten zurück, und etwas wie eine zu groß geratene Dampfmaschine rollte auf Eisenrädern davon. Je genauer ich den großen Kontrollraum unter mir in Augenschein nahm, desto mehr dieser ... Absonderlichkeiten fielen mir auf. Alles hier wirkte auf den ersten Blick hypermodern und futuristisch, aber dazwischen entdeckte ich auch immer mehr Anachronismen. Hier war ein großes, messingfarbenes Instrument mit verschnörkelten Zeigern, da ein viel zu plump geratener Hebel, der an die Gangschaltung eines antiquierten Automobiles erinnerte, dort eine Rohrleitung aus angelaufener Bronze und andere, noch viel absurdere Gerätschaften. Der Kommandoraum der Lovecraft mochte auf den ersten Blick ja so aussehen, als wäre sie ein Schwesterschiff der Enterprise – aber wenn, dann eines, das von Jules Verne entworfen worden war.

Die Lovecraft sank langsam tiefer, und schließlich kam sie zur Ruhe, und das Brummen der Motoren erlosch endgültig. Ich atmete instinktiv auf, denn erst als es nicht mehr da war begriff ich richtig, wie allgegenwärtig und quälend das Geräusch gewesen war. Tage oder gar Wochen hier zu verbringen würde mich vermutlich in den Wahnsinn treiben, ohne dass ich es auch nur merkte. Aber wer weiß, vielleicht war das ja auch schon längst geschehen.

»Kommen Sie.« Saron winkte einladend mit der Hand, doch ich zögerte noch einen Moment und folgte seiner Aufforderung auch erst, als sich Marisa unten vor der großen Scheibe herumgedreht und mir zugewinkt hatte; fast als hätte sie meinen Blick gespürt.

»Ich bringe Sie später zu Admiral Baines und den anderen«,

sagte Saron. »Die Versammlung beginnt erst in einer Stunde, bis dahin soll ich Sie ein wenig herumführen und Ihnen alles zeigen. Wenn Sie das wollen, heißt das.«

Natürlich wollte ich. Aber noch viel lieber wollte ich Antworten. Sehr viele Antworten. Das Problem war lediglich, dass mir die dazugehörigen Fragen noch nicht eingefallen waren.

Wir verließen die Brücke und fuhren mit dem Aufzug deutlich länger nach unten, bis wir eine weitere nackte Metallkammer erreichten, in der sich der Ausgang befand. Passend zu der absurden Konstruktion des Schiffes benutzten wir keinen Aufzug, sondern eine schmale Metalltreppe, die unter unseren Schritten nicht nur zitterte und dröhnte, sondern auch keinerlei überflüssigen Luxus hatte, wie zum Beispiel ein Geländer.

Als wir unten angekommen waren und wieder festen Boden unter den Füßen hatten, entfernten wir uns ein paar Dutzend Schritte, bevor ich den Kopf in den Nacken legte und stehen blieb.

Zum ersten Mal sah ich die Lovecraft in ihrer ganzen, majestätischen Größe. Es war ein Luftschiff, wie Sie schon vor über hundert Jahren am Himmel über Europa aufgetaucht waren, hatte darüber hinaus aber mit einem solchen ungefähr so viel zu tun wie eine moderne Digitalkamera mit der ersten Laterna magica. Sie musste ein gutes Stück länger sein als der größte Flugzeugträger aus meiner Zeit und entsprechend massig, bestand aber nicht aus Segeltuch und einem leichten Kunststoffmaterial, wie ich es bei einem solchen Fahrzeug erwartet hätte, sondern war komplett mit schweren Eisenplatten gepanzert. Ganz wie bei einem historischen Luftschiff befanden sich die Motoren außerhalb des Rumpfes in vier gewaltigen Gondeln, die jede einzelne für sich so groß wie ein historischer Zeppelin sein musste, und es waren – passend zu der gehirnverdrehenden Logik dieses monströsen Gefährts – keine futuristischen Raketentriebwerke, sondern simple Turbinen, wenn auch von schier unmöglicher Größe und ganz offensichtlich auch dazu passender Kraft, denn ich hatte am eigenen Leib gespürt, wie schnell dieser fliegende Gigant war. Von dem riesigen Fenster war von außen nichts mehr zu sehen, doch der Rumpf war mit zahllosen Kuppeln, Antennen und rätselhaften Auswüchsen bedeckt, und um dem Ganzen sozusagen die Krone aufzusetzen prangte der Name des Schiffes in übermannsgroßer fraktaler Schrift auf seinen Flanken.

»Das ist beeindruckend, nicht wahr?«, fragte Saron. Er klang so unüberhörbar stolz, als hätte er das Schiff mit eigenen Händen gebaut.

»In der Tat«, bestätigte ich. »Womit wird es angetrieben?«

»Ich weiß es nicht. So etwas gehört nicht zu meinen Aufgaben.«

Und es interessierte ihn auch nicht? Das erschien mir sonderbar.

»Kommen Sie, Mister Sinclair. Wir sollten weitergehen. Hier wird es gleich ziemlich hektisch, und dann sollten wir besser nicht mehr hier sein. Was möchten Sie als Erstes sehen?«

Ich deutete in die Richtung, aus der wir gekommen waren. Hinter der Lovecraft hatten sich zwei gewaltige Torhälften geschlossen und den Tag ausgesperrt, aber darunter und winzig klein konnte ich eine offene Tür erkennen, hinter der ein Funkeln wie von Tageslicht lockte.

»Eine gute Wahl. Kommen Sie.«

Ich folgte ihm, aber nicht auf das riesige Tor zu, sondern zu jener Seite der gewaltigen Halle, wo eine Anzahl einfacher, zweisitziger Fahrzeuge ohne Dach abgestellt waren, die sich zu meiner Verblüffung als simple Golfwagen entpuppten, die unübersehbar schon eine Menge Jahre mehr auf dem Buckel hatten, als ihre Konstrukteure jemals vorgesehen haben konnten. Sie waren auch deutlich schneller, als ich solche Gefährte in Erinnerung hatte, aber immerhin hatte ich sie in Erinnerung. Allmählich begann ich auch für Kleinigkeiten dankbar zu sein.

Wir brauchten nicht lange, um den Ausgang zu erreichen, doch ich verstand schon während dieser wenigen Augenblicke, dass Sarons Warnung nur zu berechtigt gewesen war. Der riesige Hangar begann sich in Windeseile mit Menschen und Fahrzeugen zu füllen, zuerst mit Dutzenden, dann Hunderten, wie es mir vorkam, die sich um das gelandete Luftschiff kümmerten: Luken wurden geöffnet und weitere Rolltreppen ausgeklappt, über die die Besatzung die Lovecraft verließ, sofern sie sich nicht einfach an dünnen Drähten abseilten. Mindestens an einer Stelle senkte sich auch eine Art Aufzugskabine in die Tiefe, wahrscheinlich für diejenigen Besatzungsmitglieder, die nicht mehr ganz so gut zu Fuß waren; oder auch die höheren Offiziere. Andere Männer gingen über dieselben halsbrecherischen Treppen an Bord, um Vorräte, Munition oder andere Verbrauchsgüter zu bunkern oder möglicherweise auch Reparaturen und Wartungsarbeiten auszuführen, und noch bevor wir unser Ziel auch nur ganz erreichten, wurden Leitern und große fahrbare Gerüste angebracht und Plattformen an Ketten von der Decke herabgelassen, und ein Schweißgerät begann glühende Funkenschauer über die Flanke des Luftschiffs zu verteilen. Die Lovecraft war so wenig ungeschoren aus der Schlacht hervorgekommen wie ich. Ich gewahrte etliche lange Brandspuren und mindestens einen hässlichen Riss, aus dem grauer Rauch quoll, und an zahllosen Stellen war das massive Metall wie von Säure angegriffen; fast mannsgroße runde Narben, die lange geschwungene Reihen bildeten; ein Anblick, der mich an irgendetwas erinnern wollte, aber der Gedanke entglitt mir, kurz bevor ich ihn richtig fassen konnte.

Wir erreichten unser Ziel und stiegen aus. Saron trat vor mir durch die Tür, hinter der tatsächlich der Ausschnitt eines strahlend hellen Nachmittagshimmels lockte, und ich folgte ihm, wenn auch nicht, ohne noch einmal stehen zu bleiben und meinen Blick durch die gewaltige Halle schweifen zu lassen.

Dabei fiel mir noch etwas auf. Wie bei einem Gefährt solcher Größe nicht anders zu erwarten, verschlang die Lovecraft Unmengen von Material jeglicher Art. Ganze Kohorten waren damit beschäftigt, endlose Ketten zu bilden, die Kisten, Säcke und Kartons, Fässer und andere Behältnisse schleppten. Aber genau das war es auch: Es waren Menschen, die diese vollkommen unnötig schwere Arbeit verrichteten. Warum benutzten sie keine Maschinen, von denen es hier nun wirklich genug gab?

Ich fügte die Frage der Liste derer hinzu, auf die ich später unbedingt eine Antwort haben wollte und die allmählich wirklich lang wurde und beeilte mich nun, Saron zu folgen. Vor mir lag ein gut zehn oder auch zwölf Meter langer Gang, der wie aus dem schwarzen Fels herausgeschmolzen wirkte, und an dessen Ende sich eine weitere massive Panzertür befand, die allerdings weit offen stand. Als ich hindurchschritt, fand ich mich unter freiem Himmel wieder.

Das Erste was mir auffiel war die Kälte. Die Luft schnitt wie mit Messerklingen in meine Kehle und prickelte auf der Haut, und sie war so dünn, dass ich Mühe hatte zu atmen. Das Licht war hell genug, mir die Tränen in die Augen zu treiben, sodass ich im allerersten Moment nur Schatten und verschwommene Schemen wahrnahm. Doch als sich mein Blick klärte, wurde ich durch ein fantastisches Panorama mehr als entschädigt.

Ich befand mich auf einer leicht abschüssigen Plattform aus schwarzem Granit, die von einer hüfthohen Brüstung aus demselben Material umgeben war. Darunter und dahinter erstreckte sich ein endloses weißes Meer aus flockiger Watte, aus dem die schwarzen Drachenzähne gewaltiger Berggipfel ragten, etliche davon so hoch wie der unter dem ich selbst stand, und manche wohl auch höher. Die Anordnung kam mir vage bekannt vor, aber noch waren meine Erinnerungen nicht so weit.

»Die Alpen?«, riet ich mehr, als dass ich es wirklich wusste.

Saron, der lässig an der Mauer gelehnt dastand und mich erwartungsvoll ansah, schüttelte den Kopf. »Die sind vor langer Zeit als Erste gefallen«, antwortete er. »Der Himalaja. Das da gleich vor uns ist der K2, und wenn der Berg hinter uns durchsichtig wäre, könnten wir den Mount Everest sehen.«

Gefallen? Was sollte das heißen? Wie konnte ein Gebirge fallen? Ich wollte eine entsprechende Frage stellen, doch in diesem Augenblick verlangte etwas anderes nach meiner Aufmerksamkeit: Ein grell lodernder Stern brannte eine feurige Narbe in den Himmel, jagte über den wie eine steinerne Messerklinge aus den Wolken ragenden K2 hinweg und verschwand hinter dem Horizont, und erst danach drang ein lang anhaltender, mehrfach gebrochener Überschallknall an mein Ohr. Ich wartete auf einen Einschlag oder das Krachen einer gewaltigen Explosion, doch weder das eine noch das andere geschah.

»Keine Sorge«, sagte Saron, obwohl er selbst ziemlich besorgt klang. »Sie sind zu klein, um Schaden anzurichten. Die meisten erreichen nicht einmal den Boden.«

»Ein Meteor?«, fragte ich.

»Der Schwarm hat uns fast passiert. Noch ein oder zwei Tage. Und die wenigen großen Brocken schlagen dort ein, wo sie keinen Schaden anrichten können.«

»Und das wissen Sie so genau?«

»Auf den Zentimeter«, versicherte Saron. Er klang trotzdem nicht begeistert, und ich hatte auch das sichere Gefühl, dass es da noch mehr gab, was er mir sagen wollte. Doch dann hob er nur die Schultern und wandte sich ab. Nach kurzem Zögern (und nachdem ich einen letzten sichernden Blick in den Himmel hinaufgeworfen hatte) trat ich neben ihn und stützte die Unterarme schwer auf den schwarzen Granit.

Die Wolken reichten fast bis zu uns herauf, sodass man das Gefühl bekam, nur den Arm ausstrecken zu müssen, um eine Handvoll davon zu ergreifen und als Souvenir mit nach Hause nehmen zu können. Ich war ihnen sogar so nah, um sie zu riechen, und wenn ich nur lange genug hinsah, dann begann ich eingebildete unheimlich schlängelnde Bewegung darin wahrzunehmen. Ich sah rasch weg, blickte stattdessen wieder die Berge an und den Himmel und meinte schließlich einen winzigen dunklen Punkt zu erkennen, so weit im Osten, dass er ebenso gut auch eine Täuschung sein konnte.

Was er aber nicht war, denn Saron war mein Blick nicht entgangen, und er sagte: »Das ist die Robert Bloch. Sie fliegt Patrouille.«

»Wie viele von diesen Dingern haben Sie?«, fragte ich. »Falls Sie mir das sagen dürfen, heißt das.«

»Das darf ich eigentlich nicht, aber Howard hört es ja nicht«, antwortete er mit einem flüchtigen Lächeln. »Wir haben vier. Aber nur noch ein Schlachtschiff, die Howard Phillips Lovecraft.«

Das Wort *noch* gefiel mir nicht, aber ich schwieg. Oft war es das Beste, die Leute einfach reden zu lassen. Es funktionierte auch jetzt.

»Sie haben oft genug versucht, sie zu kriegen«, fuhr Saron in unüberhörbar stolzem Tonfall fort, »aber der Lovecraft ist keiner von ihnen gewachsen. Nicht einmal die Großen selbst. Ich glaube sogar, das war einer von ihnen, vorhin in Weymouth.«

»Die Großen?«, wiederholte ich nicht nur unbehaglich, sondern hatte auch das Gefühl, die Antwort auf diese Frage gar nicht hören zu wollen. Als ich sie dann hörte, wurde aus diesem Gefühl Gewissheit.

»Die Alten Götter. Die *Great Old Ones*. Die Großen Alten ... Sie haben viele Namen. Suchen Sie sich einen aus.«

Ich starrte ihn an, und ich konnte sogar selbst spüren, wie sämtliche Farbe aus meinem Gesicht wich. Jetzt kehrten meine Erinnerungen zurück, schlagartig und zumindest zu einem großen Teil. »Sie meinen Gorgos, Hemator, Kalifato und all die anderen? Das ist vollkommen unmöglich! Sie sind besiegt!« Ich hatte sie besiegt, um genau zu sein, aber das konnte ich gerade noch im letzten Moment für mich behalten. Und dann überfiel mich plötzlich noch eine andere Erinnerung, die nicht die meine zu sein schien. Plötzlich entstanden ganz andere Namen vor meinem geistigen Auge: Cthulhu, Nyarlathotep und noch mehr. Langsam murmelte ich die fremd klingenden Bezeichnungen vor mich hin.

Als er die zuerst von mir genannten Namen hörte, machte Saron ein irritiertes Gesicht, doch als ich die anderen Begriffe vor mich hinmurmelte sah ich Verständnis in seinen Augen blitzen. »Aber auch sie sind längst vergangen«, fügte ich beinahe trotzig hinzu.

»Ich weiß«, antwortete Saron. »Aber sie sind trotzdem wieder da.« Seine Stimme bekam einen bitteren Unterton. »Und so wie es aussieht, sind sie dabei, diesen Krieg zu gewinnen.«

Das musste ich erst einmal verdauen; nicht den letzten Satz, sondern alles was ich gerade gehört hatte. Einmal geweckt, kamen meine Erinnerungen jetzt immer rascher zurück, zumindest was die Großen Alten und ihre mörderischen Dienerkreaturen anging. Sie waren längst Vergangenheit – sogar in doppelter Hinsicht –, und das wusste ich ganz genau, denn ich hatte den letzten und schrecklichsten dieser alten Götter höchstpersönlich erschlagen, in einer Schlacht, bei der es um nichts Geringeres als das Schicksal der ganzen Welt gegangen war. Und doch fühlten sich diese Erinnerungen irgendwie fremd, *falsch*, an.

»Und diese Kreaturen in … Wie haben Sie es genannt? Weymouth?«

»Shoggoten«, hörte ich Saron ohne Überraschung antworten. »Ihre Krieger. Oder Diener. Oder Arbeiter, oder was auch immer sie gerade brauchen. Sie erinnern sich nicht?«

»Doch.« Ich erinnerte mich sehr wohl, war in diesem Augenblick aber auch viel zu schockiert und durcheinander, um dem Chaos hinter meiner Stirn auch nur einen einzigen klaren Gedanken abzuringen. Was ich hörte, das war unmöglich. Dieser Feind war besiegt, ein für alle Mal. Ich erinnerte mich nun, während meiner so endlos währenden Kämpfe gegen die Mächte der Hölle auf mehr als einen Gegner gestoßen zu sein, für den der Tod nicht das Ende gewesen war, sondern nur zu oft erst der Anfang oder sogar der Schlüssel, um noch größere Macht zu erlangen. Aber das hatte nicht für die Großen Alten gegolten, denn sie waren keine Dämonen oder anderweitig übernatürliche Wesen. Genau genommen waren sie Aliens, Kreaturen, die von einer unvorstellbar weit entfernten Welt gekommen waren und über so gewaltige Macht verfügten, dass es den meisten Menschen wie Magie vorgekommen wäre. Aber sie besaßen keine wirkliche magische Macht, und wenn sie tot waren, dann waren sie tot, basta. Was also war passiert?

Ich ahnte, dass ich auf diese Frage von Saron keine Antwort bekommen würde, also stellte ich sie erst gar nicht. Ich hätte die Antwort vermutlich auch kaum registriert, denn hinter meiner Stirn herrschte ein solches Durcheinander, dass ich mich mit den Händen an der steinernen Brüstung festklammern musste. Ich starrte wieder auf die Wolkendecke hinab. Bewegte sich etwas darin? Oder begann sich die Welt um mich zu drehen?

»Wie viele …?«, begann ich mühsam. »Ich meine, seit wann …?« Meine Verwirrung wuchs ins Unermessliche.

»Wir sollten wieder hineingehen«, sagte Saron. »Sie sind diese Höhe nicht gewohnt.«

Das stimmte vermutlich, aber es fiel mir dennoch schwer, mich von dem fantastischen Anblick loszureißen. Und da war auch noch eine Frage, die mich schon die ganze Zeit über beschäftigte.

»Das ist wirklich fantastisch«, sagte ich mit einer zusätzlichen Geste auf das atemberaubende Panorama. »Aber warum eigentlich?«

Saron sah mich verwirrt an. »Warum?«

»Es muss eine ungeheure Arbeit gewesen sein, den halben Berg auszuhöhlen, und sehr lange gedauert haben.«

»Beinahe ein Jahrhundert«, bestätigte Saron. »Die Berge sind alles, was uns noch geblieben ist, John. Die Meere haben sie schon in den ersten Wochen erobert, und danach Stück für Stück den Rest des Planeten. Wo sich die Menschen in Festungen und Burgen zurückgezogen haben und nicht überrannt worden sind, da kamen sie schließlich aus dem Boden.« Er stampfte mit dem Fuß auf, wie um zu demonstrieren, was er meinte. »Die Berge sind das Einzige, was sie wirklich aufhält. Anscheinend ist es nicht einmal ihnen möglich, sich durch zwei Meilen Granit zu graben.« Er schüttelte traurig den Kopf. »Uns ist noch die Luft geblieben, John, und ein Dutzend Festungen wie diese: Die meisten hier im Himalaja, aber auch einige wenige in den Alpen und auf dem ehemaligen amerikanischen Kontinent.«

»Ehemalig?«, hakte ich unbehaglich nach.

»Der Krieg war erbarmungslos, John«, antwortete er. »Und am Anfang dachten die Menschen noch, sie könnten ihn mit schierer Waffengewalt gewinnen.«

Ich starrte ihn an und verzichtete darauf, weitere Fragen zu stellen. Ich verstand nicht einmal, wovon er sprach, deutete aber trotzdem ein Nicken an und stieß mich von der Brüstung ab, um mich herumzudrehen, denn neben allem anderen war es auch bitterkalt. Meine Haut prickelte nicht mehr, sondern war schon längst taub, und ich musste mich wohl an dem rauen Stein verletzt haben, denn auf der Brüstung vor mir glänzten einige Blutstropfen, ohne dass ich irgendetwas spürte.

Saron drehte sich ebenfalls um und wollte gehen, machte aber dann noch einmal mitten in der Bewegung kehrt und beugte sich über die Brüstung. Ein überraschter und leicht alarmierter Ausdruck erschien auf seinem Gesicht.

Ich tat es ihm gleich, sah ebenfalls hinab. Die Wolken waren höher gestiegen und nun tatsächlich nur noch einen oder vielleicht zwei Meter von der Unterkante der Mauer entfernt – und da war etwas. Etwas Großes, das sich bewegte und näher kam.

»Verdammt!«, fluchte Saron, fuhr mit einem Ruck zurück und riss mich gleichzeitig mit der anderen Hand von der Mauer weg – und das nicht einen Sekundenbruchteil zu früh, denn plötzlich schoss etwas Gewaltiges und Peitschendes aus der Wolkendecke und zertrümmerte den schwarzen Stein genau dort, wo ich einen halben Lidschlag zuvor noch gestanden hatte. Etwas Gigantisches mit einem halben Dutzend wütend peitschender Arme tauchte aus den Wolken auf, und ein Brüllen erscholl, das die Welt in ihren Grundfesten zu erschüttern schien. Riesige Augen voller uralter unstillbarer Bosheit starrten uns an, und ein weiterer fast mannsdicker Tentakel peitschte in unsere Richtung und hätte mich zweifellos erwischt, hätte mich Saron nicht im letzten Moment aus dem Weg und zu Boden gestoßen.

Er selbst hatte nicht so viel Glück. Der Tentakel, so dick wie der Oberschenkel eines Mannes und mit zahllosen schnappenden Papageienschnäbeln, Saugnäpfen und Stacheln übersät, traf ihn mit einem Geräusch wie ein Vorschlaghammer einen Sack Zement. Er kam nicht einmal mehr dazu, einen

Schrei auszustoßen, sondern wurde mit so entsetzlicher Wucht gegen den Fels über der Tür geschleudert, dass ich hören zu können meinte, wie jeder einzelne Knochen in seinem Leib brach.

Mir blieb keine Zeit für Mitleid. Neben mir hämmerte etwas mit solcher Gewalt auf den Boden, dass ich mit einem Hagel aus scharfkantigen Gesteinssplittern und Funken überschüttet wurde, die schmerzhaft in mein Gesicht und die ungeschützten Hände bissen.

Ich rollte zur Seite, um gleich mehreren Tentakeln auszuweichen, die ihr Bestes taten, um den Berg zur Größe handlicher Kieselsteine zu zertrümmern. Dann fand meine verzweifelte Flucht ein abruptes Ende, als ich wuchtig genug gegen die Wand prallte, um meine Zähne aufeinanderschlagen zu lassen und meinen Mund mit meinem eigenen Blut zu füllen.

Ein weiterer Fangarm stieß auf mich herab wie der Hammer eines zornigen Gottes, der mich einfach zermalmen würde. Ich ertappte mich noch bei dem Gedanken, dass es wohl wenigstens schnell gehen würde, denn die groteske Kreatur schlug mit einer Gewalt zu, die Felsen zermalmen konnte.

Und genau das tat sie auch, weniger als einen halben Meter vor meinem Gesicht.

Das Brüllen wurde noch zorniger, und ein zweiter und noch gewaltigerer Tentakelhieb ließ den Berg unter mir erbeben und verfehlte mich womöglich noch knapper, aber er verfehlte mich. Ich lag im toten Winkel der Mauer, ganz knapp außerhalb seiner Reichweite, aber dennoch in Sicherheit.

Die Frage war nur, wie lange. Das Ungetüm brüllte vor Wut und schlug wie von Sinnen mit seinen mörderischen Fangarmen nach mir, sprengte aber nur weitere Steinsplitter und Funken aus dem Fels, aber mir war auch klar, dass die Bestie sich nicht damit zufriedengeben würde, ihre Wut herauszubrüllen und sich dann aus Versehen den Schädel an der steinernen Brüstung einzuschlagen. Hinter dem lodernden Zorn in seinem Zyklopenauge erkannte ich eine boshafte Schläue, die bereits begonnen hatte, das Problem zu analysieren und nach einer Lösung zu suchen – was nicht allzu lange dauern würde, fürchtete ich.

Auf zitternden Knien und mit dem Rücken und Handflächen am rauen Stein entlangscharrend arbeitete ich mich in die Höhe und sah mich gehetzt nach einem Fluchtweg um.

Um es kurz zu machen: Es gab keinen. Links von mir hörte die Plattform auf, und hinter der Brüstung wartete nur ein tausend Meter tiefer Sturz in den sicheren Tod. Der rettende Tunnel lag auf der anderen Seite, kaum ein Dutzend Schritte entfernt und dennoch unerreichbar, denn er befand sich eindeutig in Reichweite der peitschenden Tentakel. Das blutige Etwas, das von Saron übrig geblieben war, lag nur ein Stück neben der Tür, und der Anblick erfüllte mich mit einem Gefühl der Trauer. Ich hatte den jungen Burschen gemocht, auch wenn ich ihn ja praktisch gar nicht gekannt hatte.

Meine schlimmsten Befürchtungen schienen sich zu bewahrheiten, als das Ungeheuer plötzlich aufhörte, seine Tentakel nach mir zu schwingen, und die Hälfte davon benutzte, um sich an der Mauerbrüstung festzuklammern und sich langsam daran in die Höhe zu ziehen, sodass mir das zweifelhafte Vergnügen zuteilwurde, einen Blick auf den Rest seines Körpers zu werfen, einen aufgeblähten schwarzen Sack von der Größe eines kleinen Wals, der schwarzen Schleim und pure, zerstörerische Gewalt in die Welt blutete. Die restlichen Tentakel peitschten weiter in Richtung des rettenden Tunneleingangs. Nur noch ein paar Augenblicke, und das Monster würde sich weit genug in die Höhe gearbeitet haben, um mich endgültig zu erreichen.

Einen einzelnen Atemzug lang erwog ich, an der rauen Felswand in meinem Rücken hinaufzuklettern, und so kurz diese Zeitspanne auch war, hätte sie mich doch beinahe das Leben gekostet, denn ich bemerkte die neue Gefahr hinter mir fast zu spät. Etwas Schwarzes und ungemein Tödliches wuchs in meinem Augenwinkel heran, und es war pures Glück, dass ich mich gerade noch rechtzeitig duckte. Der Tentakel klatschte so dicht über meinem Kopf gegen die Wand, dass ich den Luftzug spüren konnte, und ich verlor fast das Gleichgewicht, fiel schwer auf die Knie und hätte beinahe laut aufgeschrien, als ich das zweite Ungeheuer entdeckte, dass sich unbemerkt auf der anderen Seite über die Mauerkrone erhob.

Die Bestie war deutlich kleiner als die andere, aber *kleiner* bedeutete in diesem Zusammenhang immer noch riesig, und ihre Fangarme mochten zwar kürzer sein, reichten aber mühelos, um mich in einer tödlichen Umarmung zu umschließen. Irgendwie gelang es mir, sogar noch einem zweiten Hieb zu entgehen, indem ich mich über den Boden rollte. Dann senkten sich gleich zwei kolossale Fangarme mit schnappenden Mäulern und gierig zitternden Stacheln auf mich herab, viel zu schnell und viel zu zielsicher geschwungen, um ihnen noch einmal entgehen zu können – und plötzlich jagte ein Strom silbern funkelnder Blitze kaum eine Handbreit über mir hinweg und schnitt die Tentakel in Stücke.

Dampfendes schwarzes Blut und gleichfarbiges Fleisch klatschten rings um mich herum auf den Boden (und in mein Gesicht), und aus dem Wutgebrüll der Bestie wurde ein gepeinigtes Kreischen, vor allem, als sich noch eine zweite und deutlich längere Salve silberner Blitze in den aufgeblähten Leib des Ungeheuers bohrte, es zur Gänze von seinem Halt losriss und in die Tiefe schleuderte.

Mehr verwirrt als erleichtert rollte ich herum und entdeckte gleich mehrere Gestalten in der hier üblichen Kampfmontur aus schwarzer Lederkluft und Kevlar, die aus dem Tunnel hervorquollen und ganze Ströme silberner Blitze auf das Ungeheuer schleuderten, das Saron getötet hatte. Schwarzes Blut und Fleischfetzen, Funken und Steinsplitter und verbogenes Metall spritzten, und auch das Gebrüll dieser Kreatur klang nun eindeutig mehr gepeinigt als wütend.

Allerdings war sie ein anderes Kaliber als die Bestie, welche die erste Salve erledigt hatte. Die Geschosse aus den sonderbar plumpen Gewehren der Männer rissen furchtbare Wunden in den Leib des Ungeheuers, aber das Biest war ein Gigant, fast so groß wie ein Wal und wilder als jede Kreatur, die jemals über diese Welt gewandelt war und schob sich trotz allem nur noch weiter in die Höhe. Einer der riesigen Tentakel wurde von den silbernen Salven abgetrennt und fiel schwer auf den Boden, doch praktisch gleichzeitig stieß auch ein anderer Fangarm vor und durchbohrte einen der Männer.

Die übrigen intensivierten ihr Feuer, und aus dem Tunnel hinter ihnen drängten noch weitere Soldaten, die sofort ihre Waffen hoben und schossen, was die Entscheidung brachte – oder besser gesagt: hätte bringen sollen, denn in diesem Moment tauchten gleich mehrere weitere Ungeheuer aus den Wolken unter uns auf, sodass der steinerne Balkon plötzlich von einem ganzen Wald wogender Tentakel und schnappender Mäuler umgeben war. Noch mehr Männer stürmten ins Freie und begannen zu schießen, doch so viele Monster sie auch erledigten, glotzende Augen in blutige Krater verwandelten und peitschende Tentakel abtrennten, es wurden einfach immer mehr. Ein zweiter Soldat wurde von dem mörderischen Knochendolch am Ende eines Tentakels durchbohrt und fiel sterbend zu Boden, ein weiterer von einem gewaltigen Schlangenarm gepackt und hoch in die Luft gerissen, bevor er lautlos in den Wolken verschwand.

Dann ergriff mich eine starke Hand an der Schulter und riss mich hoch, und eine andere stieß mich so derb in Richtung des rettenden Eingangs, dass ich wahrscheinlich sofort wieder auf die Knie gefallen wäre, hätte dieselbe Hand mich nicht auch zugleich festgehalten. Mit einer Mischung aus kaltem Entsetzen und jäh aufkeimender Hoffnung registrierte ich, wie unmittelbar neben mir ein weiterer Soldat von einem brutalen Tentakelhieb niedergestreckt wurde, der rettende Eingang jetzt aber auch nur noch wenige Schritte vor uns lag.

Und dann sah ich etwas, das mich dazu brachte, etwas vollkommen Irrsinniges zu tun.

Es war Saron. Er lebte noch, was eigentlich unmöglich war, so verrenkt und verdreht, wie er dalag, das schmerzverzerrte Gesicht unter all dem Blut kaum noch zu erkennen. Aber seine Augen waren nicht nur geöffnet, sondern starrten mich fast flehend an, und ich konnte gar nicht anders, als mich loszureißen und mit zwei gewaltigen Sätzen bei ihm zu sein und auf die Knie zu fallen. Ein Tentakelhieb verfehlte mich um Haaresbreite, was ich aber kaum zur Kenntnis nahm, so wenig wie den gellenden Todesschrei, der praktisch gleichzeitig hinter mir erscholl und eindeutig aus einer menschlichen Kehle stammte.

Saron bot einen so furchtbaren Anblick, dass ich es unter normalen Umständen nicht einmal gewagt hätte, ihn auch nur zu berühren. Jetzt packte ich ihn unter den Schultern und riss ihn hoch, ohne sein schmerzerfülltes Wimmern zu beachten. Jemand schrie etwas, das ich nicht verstand – meinen Namen? –, und das Heulen der schwarzen Tentakelflut nahm noch einmal an Lautstärke und Wut zu. Der durchdringende Kupfergestank von Blut stieg mir in die Nase, und irgendwo flackerte Feuer, und krachten Explosionen. Verbogenes silberfarbenes Metall knirschte unter meinen Schritten, und überall waren schwarze Monster, schnappende Mäuler und peitschende Tentakel, die in mörderischen Knochenklingen endeten. Neben mir sank ein weiterer Mann auf die Knie und kippte dann nach hinten, noch bevor das Leben ganz aus seinen Augen gewichen war, und ich begriff endgültig, welch womöglich tödlichen Fehler ich begangen hatte.

Ich war eingekreist. Weit mehr als ein Dutzend Männer umgaben uns, die aus allen Rohren feuerten und die heranwogenden Tentakelmonster fast schneller in Stücke schossen, als sich ihre Reihen wieder füllen konnten.

Doch mit jeder neuen Welle rückten die Ungetüme ein Stück näher heran. Ein weiterer Mann wurde gepackt und in die Wolken hinabgezogen, und meine Vermutung, es mit weit mehr als stumpfsinnigen Monstern zu tun zu haben, die einfach nur gekommen waren, um sich die Bäuche zu füllen, wurde endgültig zur Gewissheit, als ich sah, dass sich ihr Angriff vor allem auf den Tunneleingang konzentrierte, um uns den Rückweg abzuschneiden. Ich war eingekreist, und die Monster rückten unaufhaltsam weiter vor.

Ein gewaltiger Schatten legte sich über den Balkon, und noch bevor das mir schon bekannte Brummen wieder in meinen Zähnen zu schmerzen begann, regneten Feuer und eine Milliarde silberfarbene Blitze vom Himmel und begannen die Tentakelmonster in Stücke zu reißen.

Ich sah nach oben. Saron hatte gesagt, dass die Robert Bloch kleiner wäre als die Lovecraft, aber zumindest in diesem Augenblick kam sie mir genauso gigantisch und furchteinflößend vor, und auch ihre Feuerkraft stand der des riesigen Schlachtschiffs in nichts nach. Binnen weniger Augenblicke säuberte sie die Brüstung nicht nur von den schwarzen Ungetümen, sondern schwenkte auch herum und ließ Feuer und silbernen Tod in die Wolken unter uns hinabregnen; möglicherweise auch die eine oder andere Bombe, wie das einsetzende dumpfe Krachen und das grelle Wetterleuchten vermuten ließen, das die Wolkendecke plötzlich wie in einer inneren Glut aufleuchten ließ.

Erneut griffen Hände nach mir und zerrten mich auf die Füße, während ich meinerseits Saron immer noch festhielt und mit mir schleifte. Schließlich erreichten wir den rettenden Tunnel, und ich konnte nicht sagen, wem von uns beiden zuerst die Sinne schwanden, Saron oder mir.

Wahrscheinlich mir.

Holyhead, England. 1937

Robert war nervös, ungeduldig und übermüdet und entsprechend schlecht gelaunt, und daran änderte nicht einmal die Tatsache etwas, dass er endlich wieder festen Boden unter den Füßen hatte. Schuld daran war die jüngste Erfahrung, die Rowlf und er gemeinsam gemacht hatten; und die nach ihnen noch unzählige andere Reisende zu allen Zeiten machen sollten: Nämlich wie frustrierend es war, die ersten neun Zehntel einer Reise in einem Zehntel der veranschlagten Zeit zurückzulegen, nur um für die letzten zehn Prozent dann die zehnfache Zeit zu benötigen.

Außerdem verstand er die Welt nicht mehr.

Um sich die Wartezeit zu verkürzen (und auch aus einem anderen Grund, dem er nicht einmal in Gedanken nahekommen wollte), war er zum Kiosk gegangen und hatte drei Gazetten erstanden – womit sich die Anzahl ernstzunehmender Zeitschriften, die hier angeboten wurden auch schon erschöpft hatte.

Nachdem er jedes einzelne Blatt dreimal und äußerst gründlich durchgesehen hatte, musste er sich eingestehen: Das, wonach er suchte, stand nicht darin. Schließlich gab er es auf, legte die Zeitungen zurück und wandte sich um, um nach Rowlf Ausschau zu halten.

Erstaunlicherweise war dieser noch immer nicht durch die Kontrolle. Hinter ihm hatte sich bereits eine ansehnliche Schlange gebildet, in der es unruhig rumorte, und auch der Ausdruck auf Rowlfs Gesicht verfinsterte sich mit jedem Atemzug mehr. Robert war alarmiert. Das Letzte, was sie jetzt brauchten, war Aufsehen.

Gerade so schnell, um nicht allein dadurch schon wieder aufzufallen ging er zum Schalter zurück. Vielleicht sogar schon ein wenig zu unauffällig, denn als er sein Ziel fast erreicht hatte, kreuzte ein elegant gekleideter Stutzer seinen Weg, der ihn zwar auf gar keinen Fall übersehen haben konnte, aber keinerlei Anstalten machte, ihm auszuweichen, oder auch nur schneller oder langsamer zu gehen, und auch Robert reagierte eine Winzigkeit zu langsam. Vielleicht weil er einfach nicht mit einer solchen Dreistigkeit gerechnet hatte, und so konnte er einen Zusammenstoß nicht mehr ganz verhindern.

Es war nicht einmal ein richtiger Zusammenprall. Roberts Schulter streifte die des Mannes, wodurch sie beide aus dem Tritt gerieten. Robert fing sich sofort wieder und setzte auch zu einer Entschuldigung an, beließ es dann aber bei einem zu gleichen Teilen überraschten wie ärgerlichen Runzeln der Stirn, als der andere zwar ebenfalls einen raschen Ausfallschritt zur Seite machte, um wieder in seinen Rhythmus zurückzufinden, ihm darüber hinaus aber nicht einmal einen entschuldigenden Blick schenkte. Passend zu seinem ungehobelten Benehmen schien es der Bursche auch mit der Körperhygiene nicht allzu genau zu nehmen, denn er stank, als hätte er in seit einer Woche in Benutzung befindlichem Spülwasser gebadet.

Robert sah ihm stirnrunzelnd nach, bis er in der Menge verschwunden war und fragte sich beiläufig, warum der Bursche eigentlich trotz der herrschenden Temperaturen dicke Lederhandschuhe trug, während er die letzten Schritte zum Schalter umso schneller zurücklegte.

Möglicherweise kam er gerade noch rechtzeitig, um das Schlimmste zu verhindern. Rowlfs Stimme war gleich um etliche Oktaven schriller geworden, und er hatte auch seine Lautstärke entsprechend angepasst. Robert verstand nicht alles, was er sagte, aber er meinte, Worte wie Kleinholz und Aufräumen und noch Unfreundlicheres zu hören.

»Darf ich fragen, wo das Problem ist?«, begann er, noch ehe er den Schalter ganz erreicht hatte.

»Das Problem is, dass sich hier einer aufspielen tut, nur weil er ’ne Uniform und ein wichtiges Hütchen trägt«, lallte Rowlf laut genug, um auch noch vom Allerletzten in der länger werdenden Schlange hinter sich verstanden zu werden. Die eine oder andere zustimmende Bemerkung wurde laut, und der bedauernswerte Schalterbeamte schien ein kleines Stück in sich zusammenzuschrumpfen.

»Wo ist denn nun das Problem?«, fragte Robert, jetzt direkt an den Beamten gewandt.

»Das Problem ist, dass der Kerl ein verdammter Paragrafenreiter ist, dass isses Problem«, antwortete Rowlf. »Und blöde isser noch dazu. Behauptet, wir wären noch nicht eingereist, dabei sind wir schon längst an Land.«

Manchmal, dachte Robert, übertrieb er es, ignorierte die Antwort aber darüber hinaus und wandte sich nur mit einem fragenden Blick an den Beamten.

»Die Reisedokumente Ihres ... ähm ... Bekannten sind leider nicht in Ordnung, Sir«, sagte der Mann. Ungefragt schob er Robert Rowlfs Reisepass hin. »Mit diesem Pass kann ich ihn nicht einreisen lassen, fürchte ich.«

»Du solltest lieber was ganz anders fürchten, Freundchen«, grollte Rowlf.

Erstaunlicherweise behielt der Beamte noch immer die Fassung und bedeutete Robert nur mit einer auffordernden Kopfbewegung, sich den Pass genauer anzusehen, was er auch tat. Auf den ersten Blick war an dem Dokument nichts auszusetzen, wenigstens kam es ihm so vor. Dann begriff er.

»Ach, ich verstehe. Wir sind ja hier in England.«

»In der Tat«, antwortete der Beamte kühl.

»Und die britischen Behörden verlangen seit Anfang des Jahres Fotografien in einem Pass, das hatte ich vergessen. Es tut mir leid. Rowlf und ich waren schon länger nicht mehr in Ihrem wunderschönen Land.« Er verkniff es sich zu erwähnen, dass sein Pass ebenfalls keine Fotografie beinhaltete, und ihn derselbe Beamte vor ein paar Minuten anstandslos durchgelassen hatte.

»Das ist auch nicht das Problem, Sir«, antwortete der Beamte. »Sie haben vollkommen Recht, was die Fotografien angeht, aber wir haben auch Anweisung, in der ersten Zeit eine gewisse Großzügigkeit walten zu lassen. Sonst hätte ich Sie auch nicht passieren lassen dürfen, Sir.«

»Wo ist dann das Problem?«, erkundigte sich Robert.

»Dieser Pass ist nicht mehr gültig, Sir.« Der Beamte tippte mit dem Zeigefinger auf die entsprechende Zeile, und Robert musste zugeben, dass er Recht hatte. »Er ist vor über drei Jahren abgelaufen.«

Robert seufzte sehr tief, während er sich betont langsam zu Rowlf herum drehte. »Du hast mir versichert, deine Papiere wären in Ordnung.«

»Sind sie ja auch«, polterte Rowlf und baute sich zu seiner ganzen bedrohlichen Größe auf, und der arme Mann schluckte schwer, schüttelte aber dennoch den Kopf. »Es tut mir leid, Sir«, sagte er, »aber mit diesen Papieren kann ich Sie nicht ins Land lassen.«

»Was soll das heißen tun?«, blaffte Rowlf. Er stampfte mit dem Fuß auf. »Ich bin doch schon im Land, oder wie nennen sie das hier? Festes Wasser?«

»Sie wissen schon, was ich meine, Sir«, antwortete der Beamte. Seine Stimme zitterte leicht, und Robert konnte ihm ansehen, wie schwer es ihm fiel, sich dem übel gelaunten Riesen zu widersetzen. Aber er tat es trotzdem, wofür ihn Robert fast bewunderte.

Auch wenn es zugleich ziemlich dumm war.

Bevor der Mann herausfinden konnte, wie dumm, klappte

Robert demonstrativ den Deckel seiner Taschenuhr auf und sah demonstrativ auf das Ziffernblatt. »Ich will nicht ungeduldig erscheinen, Rowlf, aber unser Zug fährt in ein paar Minuten ab, und ich fürchte, er wird nicht auf uns warten.«

»Dann sag das doch diesem Hampelmann hier«, beschwerte sich Rowlf. Er stieß anklagend mit dem Zeigefinger nach dem Beamten. »Er behauptet, ich wär noch nicht im Land, dabei bin ich's schon längst!«

»Diese Papiere sind nicht in Ordnung«, beharrte der Mann.

»Sind sie doch«, beschwerte sich Rowlf. »Der Pass ist kaum benutzt! Er hat kaum Flecken, und nur ganz wenige Knicke!«

Robert verdrehte mit einem lautlosen Seufzen die Augen und sah etwas wie ehrliches Mitgefühl im Blick des Schalterbeamten, als er sich wieder zu ihm herumdrehte.

»Dann haben wir wirklich ein Problem, Sir. Sehen Sie, ich begleite meinen Freund nur. Wir sind eigens aus Amerika hierher geflogen, um an der Beerdigung seines Großvaters teilzunehmen. Die beiden hatten ein sehr inniges Verhältnis, müssen Sie wissen. Rowlf würde es sich nie verzeihen, wenn er die Beisetzung verpassen würde.«

»Dann gehen Sie bitte ins Einwanderungsbüro, Sir«, sagte der Beamte und machte eine Kopfbewegung an Rowlf vorbei. Die immer unruhiger werdende Schlange hinter ihm musste schon bis nach Irland zurückreichen. »Dort wird man sich Ihres Problems annehmen.«

»Da bin ich sicher«, antwortete Robert hastig, als er sah, wie Rowlf dazu ansetzte, etwas vermutlich noch deutlich weniger Diplomatisches zu sagen. »Aber unser Zug geht in wenigen Minuten. Und wenn wir ihn verpassen, dann ist die Beerdigung vorbei, wenn wir in London ankommen.«

»Ja, das wäre in der Tat schlimm«, pflichtete ihm der Beamte mit einem mitfühlenden Seufzen bei. »Wo Sie doch extra über den Atlantik geflogen sind. So etwas muss sehr *teuer* sein.«

Robert verstand. Unter normalen Umständen wäre er empört gewesen, aber jetzt war nicht der Moment, sich moralisch zu entrüsten. Es gab keine Beerdigung, die auf sie wartete, aber irgendetwas sagte ihm, dass ihre Zeit womöglich noch knapper bemessen war, als er ohnehin schon fürchtete. Indem er Rowlfs breit gewachsene Gestalt als lebenden Paravent nutzte, schob er das knappe Dutzend Zehn-Dollar-Noten, das er noch in der Jackentasche trug, in den abgelaufenen Pass und reichte ihn dann zusammengeklappt wieder über die Theke. Der Beamte inspizierte ihn ein zweites Mal, beschlagnahmte diskret die Banknoten und seufzte dann übertrieben.

»Also gut. Es verstößt zwar gegen die Vorschriften, aber in Anbetracht Ihres persönlichen Verlustes werde ich einmal Gnade vor Recht walten lassen.« Er stempelte den Pass ab und gab ihn Rowlf zurück. »Aber Sie versprechen mir, in London zur Botschaft Ihres Landes zu gehen und sich gültige Papiere zu besorgen.«

»Selbstverständlich«, sagte Robert hastig. Rasch ergriff er Rowlf am Arm und zog ihn ein paar Schritte mit sich und außer Hörweite, ehe er ihn wieder losließ und mit einem vorwurfsvollen Blick bedachte, der nur zu einem ganz kleinen Teil geschauspielert war. »Ich fasse es nicht! Dein Pass ist seit drei Jahren abgelaufen?«

»Ich hab gedacht, ich brauch ihn nicht mehr«, antwortete Rowlf kleinlaut. Aber auch schon wieder hörbar trotzig.

»Ja, weil du dich ja zur Ruhe gesetzt hast, nicht wahr?«, fauchte Robert ärgerlich. Alles andere, was ihm auf der Zunge lag, schluckte er vorsichtshalber herunter. Mit Rowlf zu streiten war im günstigsten Fall Zeitverschwendung. Darüber hinaus hatte er gerade nicht die Unwahrheit gesagt: Der nächste Zug nach London fuhr tatsächlich in wenigen Minuten ab. Es gab zwar noch eine zweite Verbindung später am Abend, doch er hatte nun wirklich keine Lust, einen halben Tag oder mehr in diesem von Gott und der Welt vergessenen Kaff zu verbringen.

»Hältst du das für klug?«, fragte er ernst.

»Wenn ich klug wär«, antwortete Rowlf in nicht minder erstem Ton, »dann hätt ich einen großen Bogen um dich gemacht und wär sehr weit weggelaufen, als ich Howard und dich das erste Mal gesehn hab.«

»Was ist mit unserem Gepäck?«, fragte Robert, nur um nicht etwas sehr viel Unhöflicheres zu sagen.

»Ist schon auf dem Bahnsteig«, antwortete Rowlf mit einem breiten Grinsen. »Ein kleines Bakschisch wirkt manchmal Wunder, nicht nur bei herausgeputzten Lackaffen, die sich aufspielen tun.«

Dem war nicht viel hinzuzufügen; außer vielleicht, dass er sehr froh war, dass sich Rowlf damals als nicht so klug erwiesen hatte.

Während sie raschen Schrittes dem Ausgang entgegenstrebten, sah Robert noch einmal zum Kiosk hin.

»In den Zeitungen stand übrigens nichts«, sagte er. Rowlf blickte erwartungsgemäß fragend, und er fügte hinzu: »Botwood. Es gibt keine Meldungen über irgendeinen Zwischenfall. Geschweige denn einen Angriff.«

Rowlf machte ein abfälliges Geräusch. »Wundert dich das? Im Vertuschen waren sie schon immer gut.«

Auch dem war nicht viel hinzuzufügen.

Alte Erinnerungen kamen in ihm hoch, als sie ins Freie traten und von typisch englischem Wetter begrüßt wurden, das zu kalt und zu windig für die Jahreszeit war. Hätte er einen Hut getragen, hätte der Wind ihn ihm wohl augenblicklich vom Kopf gerissen, und da war auch noch etwas, das ihn regelrecht alarmierte, auch wenn er nicht einmal sagen konnte was.

Dennoch bewog es Robert dazu, seine Schritte noch einmal zu beschleunigen: Das Zoll- und Einwanderungsgebäude von

Holyhead verfügte über einen eigenen Bahnsteig, auf dem bereits eine moderne Dampflokomotive eingelaufen war. Die Türen standen offen, und die meisten Passagiere mussten eingestiegen sein, zumindest den missmutigen Blicken des Conductors nach zu schließen, der vor dem ersten Waggon stand und abwechselnd sie und die Trillerpfeife in seiner linken Hand musterte, als wäre er noch nicht ganz sicher, ob er den Zug auf sie warten oder vielleicht doch vor ihrer Nase abfahren lassen sollte.

Rowlf nahm ihm die Entscheidung ab, indem er nicht nur das Gepäck ergriff, das tatsächlich auf einem (unbewachten) Wagen gleich neben dem Ausgang auf sie wartete, sondern auch seine Schritte beschleunigte und ungeachtet der schweren Gepäckstücke in seinen Händen und unter seinen Armen an Robert vorbeizog. Dabei schenkte er dem Mann den finstersten Blick, zu dem er nur fähig war.

Die Trillerpfeife sank unbenutzt wieder nach unten, und der Schaffner ließ den Zug nicht nur auf sie warten, sondern hielt Rowlf auch die Tür auf, was nicht nötig gewesen wäre, Rowlfs finsteren Blick aber zumindest etwas entschärfte. Kaum waren sie eingestiegen, fiel sie auch schon mit einem Knall hinter ihnen ins Schloss, und der Zug setzte sich von einem schrillen Pfeifen begleitet in Bewegung. Statt vom Wellengang des britisch-irischen Kanals oder den Luftturbulenzen über dem Atlantik wurden sie nun vom Rollen der eisernen Räder gebeutelt.

Rowlf wuchtete seine Gepäckstücke ohne die geringste sichtbare Anstrengung ins Gepäcknetz und sah mit unverhohlener Schadenfreude zu, wie Robert dasselbe mit seinem einzelnen (und viel leichteren) Koffer versuchte, ehe er sich schließlich erbarmte und den Koffer mit einem breiten Grinsen und nur zwei Fingern nach oben lupfte.

Nahe London. Morgen

Suko konnte nicht sagen, wie viel Zeit vergangen war. Vielleicht war es eine Minute gewesen, vielleicht eine Stunde oder eine Ewigkeit – es machte auch keinen Unterschied. Er hatte das Gefühl, das Bewusstsein verloren zu haben, war aber nicht sicher, und es spielte auch keine Rolle. Nichts spielte mehr eine Rolle, nicht für ihn, denn sein Leben hatte jeden Sinn verloren.

Jemand sagte etwas zu ihm, das ihn ebenso wenig interessierte, wie er es verstand, und in seiner Brust war ein sachtes Brennen, das ihm das Gefühl gab, eigentlich viel schlimmer sein zu müssen, es aber nicht war. Jemand berührte seine Schulter, dann seinen Arm, und er hörte ein Geräusch, als würde Kunststoff zerschnitten, dann wurden die Stimmen aufgeregt, und etwas stach in seinen Arm. Jemand begann sich an seiner Brust zu schaffen zu machen. Das ganze konnte Minuten gedauert haben, aber auch Stunden, und auch das war ihm völlig egal. Sein Leben war vorbei. Sein Herz schlug, er atmete, und er registrierte zumindest halbwegs, was mit ihm geschah, aber sein Leben war trotzdem vorbei. Er wusste nicht, warum, aber es war vollkommene Gewissheit.

Allmählich nahm das Brennen in seiner Brust zu und hatte noch immer nicht das volle Potenzial erreicht, von dem er einfach wusste, dass es dahinter lauerte, tat aber jetzt wirklich weh, und Suko zwang sich die Augen zu öffnen, und sei es nur, um dem Schrecken zu entkommen, der auf der Innenseite seiner geschlossenen Lider lauerte.

Etwas Entsetzliches war geschehen, und etwas unvorstellbar Wertvolles war ihm genommen worden, das war alles, was er wusste, und schon diese vage Furcht war beinahe mehr als er ertrug. Er schlug die Augen auf, und durch einen reinen Zufall war das Erste, was er sah sein rechter Arm, der jetzt nicht mehr in zerknitterten weißen Kunststoff verpackt war, und eine schon fast obszön dicke Injektionsnadel, die in seiner Vene steckte. Der bloße Anblick reichte aus, um ihn spüren zu lassen, wie weh es tat. Etwas, das wie flüssiges Feuer brannte, lief durch diese Nadel in seine Vene, linderte den Schmerz erstaunlicherweise zugleich aber auch.

Es verging ein Moment, bis er seinen Irrtum begriff: Der Schmerz wurde kein bisschen besser – ganz im Gegenteil fühlte sich seine Brust inzwischen so an, als hätte jemand einen Laternenpfahl hindurchgerammt –, aber er war ihm egal. Er begriff sogar, dass er offensichtlich unter dem Einfluss eines Beruhigungsmittels stand, das weniger die körperliche Pein als vielmehr die seiner Seele linderte, aber auch das war ihm egal. Und er verstand auch, dass auch das nur eine Wirkung des Betäubungsmittels war, das ihm injiziert wurde, und sogar das war ihm gleichgültig.

Immerhin begriff er, dass er diese Gedankenkette nach Belieben bis in alle Ewigkeit fortsetzen konnte, also warf er sie mit einer müden Anstrengung ab, riss seinen Blick von der Nadel los, die in seinem Arm steckte und sah denjenigen an, der sie hineingestochen hatte. Diejenige, um genau zu sein, eine attraktive junge Frau in einem weißen Kittel, die das Haar zu einem Pferdeschwanz zurückgebunden hatte und mit einem unerschütterlich optimistischen Lächeln auf ihn hinabsah, zu dem von allen Menschen auf der Welt wohl nur Ärzte imstande sind, selbst wenn sie wissen, dass ihren Patienten nur noch wenige Sekunden zu leben bleiben.

»Was tun Sie?«, nuschelte er kaum verständlich, denn das Betäubungsmittel machte nicht etwa einen Bogen um seine Zunge und seinen gesamten Sprechapparat.

Die junge Frau antwortete trotzdem. »Bleiben Sie ruhig liegen, Mister Suko.Sie dürfen sich nicht bewegen, hören Sie? Sie könnten sterben, wenn Sie auch nur eine einzige falsche Bewegung machen.«

»Du solltest auf sie hören, Suko«, sagte eine andere Stimme, die Suko im allerersten Moment auch nicht erkannte. Erst als er den Kopf drehte und in Bills besorgtes Gesicht hinaufsah, erinnerte er sich auch an den dazugehörigen Namen.

»Was ist passiert?«, fragte er, schon ein wenig verständlicher.

»Ich hatte eigentlich gehofft, dass du uns das sagen kannst«, antwortete Bill Conolly. Er tauschte einen raschen Blick mit der jungen Ärztin. »Aber du solltest auf Doktor Ellis hören. Bitte bleib ganz ruhig liegen. Es hat dich ziemlich übel erwischt, fürchte ich. Aber wir wissen ja, was für ein harter Bursche du bist, nicht wahr?« Er lächelte aufmunternd, und so falsch wie es überhaupt nur ging. Er verheimlichte ihm etwas, begriff Suko. Etwas Schreckliches.

»Was ist passiert?«, fragte er noch einmal, während er das immer stärker werdende Gefühl hatte, es eigentlich gar nicht wissen zu wollen.

Bill zögerte noch einen allerletzten Moment, aber dann sagte er: »Jemand hat dir ein Messer in die Brust gerammt, das ist passiert.«

Suko starrte ihn an. »Wie?«

»Einen halben Zentimeter weiter nach rechts, und wir würden diese Unterhaltung jetzt nicht führen«, bestätigte Bill. »Du hast verdammtes Glück gehabt, um es ganz vorsichtig auszudrücken. Wenn du jetzt den starken Mann spielst, dann kann es dich das Leben kosten. Hast du das verstanden?«

Verstanden schon, aber nicht begriffen. Suko nickte zögernd.

»Kannst du uns sagen, was passiert ist?«, fragte Bill. Er atmete hörbar ein. »Und wo John ist?«

John. Irgendetwas war mit John, etwas das wichtig war und eine große Dunkelheit in ihm wecken wollte.

Suko wagte es nicht, den Gedanken zu Ende zu denken, denn genau an diesem Ende wartete ein Schrecken auf ihn, den er nicht ertragen hätte. Stattdessen und ohne Bills entsetzten Blick oder Ellis' missbilligendes Stirnrunzeln auch nur zur Kenntnis zu nehmen, stemmte er sich auf die Ellbogen hoch und sah an sich hinab. Er hatte Schlimmes erwartet, sah jedoch nur einen schmalen weißen Verband, der ebenso gut auch ein leicht verrücktes modisches Accessoire hätte sein können. Darunter pochte ein brennender Schmerz, der nur darauf wartete, auszubrechen und ihn niederzuwerfen, aber es fühlte sich eindeutig nicht an wie ein Stich ins Herz.

Dennoch hatte ihn die winzige Klinge getötet. Sein Körper hatte es nur noch nicht gemerkt.

»Wo ist Shao?«, fragte er, während er sich bereits weiter aufsetzte und die Beine von der schmalen Behandlungsliege schwang, auf der er aufgewacht war. Ellis sah vielleicht eine Spur zu hastig weg, ohne dass sich an ihrem professionellen Lächeln etwas änderte, während Bill das eigentlich unmögliche Kunststück fertig brachte, ihn anzusehen, ohne ihn anzusehen.

»Sie ist nebenan, aber ...«

»Ich will sie sehen«, unterbrach ihn Suko. Er setzte sich noch weiter auf. Prompt wurde ihm schwindelig, und das brennende Klopfen in seiner Brust nahm noch einmal zu. Dennoch zog er mit einem Ruck die Nadel aus seinem Arm. Zu seinem Erstaunen verzichtete Ellis auf jedweden Protest und kam nur mit raschen Schritten um die Liege herum; vielleicht um ihn aufzufangen, falls er seine Kräfte überschätzt haben sollte und fiel. Was prompt geschehen wäre, hätten Bill und sie ihn nicht an jeweils einem Arm ergriffen und gestützt. Suko wartete, bis die Welt aufhörte, sich um ihn zu drehen (oder es wenigstens nicht mehr ganz so schnell tat) und machte sich dann los.

»Ich will sie sehen«, sagte er noch einmal.

»Du weißt, was …«, begann Bill, und Suko unterbrach ihn, indem er zum dritten Mal und jetzt deutlich schärfer sagte: »Ich will sie sehen.«

»Und du bist ganz sicher, dass du dir das antun willst?«, fragte Bill, wartete seine Antwort aber gar nicht erst ab, sondern trat einen halben Schritt zurück und machte eine Geste auf die Tür hinter sich.

Erst als sie den Raum verließen, fiel Suko das flackernde rote Licht auf, und die aufgeregten Stimmen im Hintergrund. War das gerade auch schon so gewesen? Er erinnerte sich nicht. Es spielte auch keine Rolle. Nicht mehr für ihn.

Sie betraten denselben Raum, in dem sein Leben geendet hatte, und Suko wartete darauf, dass der Schock kam, aber nichts geschah. Er erinnerte sich, was geschehen war, an jeden einzelnen Sekundenbruchteil, als hätte er eine Ewigkeit gedauert, aber er fühlte nichts, als er den mit einer weißen Plane abgedeckten Körper auf dem Boden erblickte. Nur eine große Leere, die sich nie wieder füllen würde.

»Du solltest das nicht tun«, sagte Bill noch einmal.

Doch, das musste er. Suko ließ sich behutsam auf die Knie sinken. Seine Hand zitterte nicht, als er die Plane zurückschlug, und auch das Entsetzen, auf das er wartete, stellte sich nicht ein.

Vielleicht, weil Shao so friedlich aussah. Ihre Augen waren geschlossen, als schliefe sie lediglich, und da war nicht die mindeste Spur von Furcht oder auch nur Erschrecken auf ihrem Gesicht. Selbst die schreckliche Wunde in ihrer Kehle schien nicht mehr zu sein als eine dünne rote Linie, auch wenn ihr Kopf und die Schultern in einer großen Lache noch nicht einmal ganz erkalteten Blutes lagen. Es wäre so leicht, sich einzureden, dass sie im nächsten Moment die Augen aufschlagen und den Schlaf wegblinzeln würde.

Aber das würde sie nicht. Nie mehr.

»Erinnerst du dich, was passiert ist, Suko?«, fragte Bill. »Wer hat das getan? Und ...« Er zögerte einen Moment. »Wo ist John?«

»John«, murmelte Suko. John, der Shao umgebracht hatte.

»Ja. Wo ist er? Er ... er war nicht mehr in dieser Kammer, oder?«

Suko schüttelte stumm den Kopf und setzte dazu an, ihn zu berichtigen, nämlich dass John das getan hatte, dass es John gewesen war, der ihm ein Messer in die Brust gestoßen hatte, und dass es auch John gewesen war, der Shao die Kehle durchgeschnitten und damit auch sein Leben ausgelöscht hatte, aber er sagte nichts von alledem.

»Dann lebt er noch?«, fragte Bill erleichtert und aufgeregt zugleich. »Ihr habt John rausgeholt, bevor die Kammer hochgegangen ist?«

Suko reagierte auch darauf nur mit einem angedeuteten Nicken. Er sah noch einen Moment auf Shaos blasses Gesicht hinab, bevor er sich vorbeugte und ihr einen Kuss auf die Stirn hauchte. Als er sich wieder aufrichtete und die weiße Plane über ihr Gesicht zog, reichte seine Kraft nicht mehr, um aufzustehen. Bill musste ihm helfen.

»Es tut mir so unendlich leid«, sagte er mitfühlend. Suko konnte ihm ansehen, wie schwer es ihm fiel, die Worte auszusprechen, und wie sehr er mit den Tränen kämpfte. Suko fragte sich, warum er selbst eigentlich nicht denselben Schmerz empfand, den er so überdeutlich in Bills Augen lesen konnte. Zum Teil lag es natürlich an dem, was Ellis ihm gespritzt hatte, aber nicht nur. Etwas war mit ihm geschehen und geschah noch, und es war keine Veränderung zum Guten.

»Ich weiß, wie viel es verlangt ist, Suko, aber ... kannst du mir sagen, was passiert ist? Wer hat euch das angetan? Und wo ist John?«

Statt zu antworten, ging Suko so weit an dem reglosen Körper unter der weißen Plane vorbei, wie es in dem engen Raum nur möglich war und verließ ihn durch dieselbe Tür, durch die John, Shao und er vorhin hereingekommen waren.

Der große Raum dahinter war nicht mehr leer. Mindestens ein halbes Dutzend aufgeregter Männer wuselten überall herum und waren mit Dingen beschäftigt, die Suko weder verstand, noch dass sie ihn interessierten, und das Erste, was ihm auffiel war, dass er mit seinem Verdacht von vorhin nicht Unrecht gehabt hatte: Die riesige Panzerglasscheibe hatte der Hitze nicht standgehalten und war auf ganzer Länge gesprungen. Der Raum dahinter erinnerte jetzt mehr an das Innere eines Hochofens, als an die klinische Isolationskammer. Alles, was von dem Krankenbett und dem ultramodernen wandgroßen Touchscreen noch übrig war, waren ein paar bis zur Unkenntlichkeit zusammengeschmolzene Metallklumpen, keiner größer als eine Faust, und auch hier drinnen hatte es wohl gebrannt. Wände und Decke waren an zahlreichen Stellen geschwärzt, und auf dem Boden stand ein guter Zentimeter Wasser; wahrscheinlich hatte derselbe Computer, der den Raum hinter der Glasscheibe abgefackelt hatte auch die Sprinkleranlage eingeschaltet, damit das Feuer nicht noch weiter um sich griff.

Vor der geborstenen Scheibe standen zwei Männer in der Einheitstracht – weißer Kittel, gleichfarbige Hosen und Turnschuhe – und drehten ihnen den Rücken zu, doch Suko erkannte sie trotzdem. Es waren Doktor Markus und Professor Cochrane. Beide wandten sich im gleichen Moment um, in dem sie das Geräusch der Tür hörten. Markus sah aus wie das personifizierte schlechte Gewissen, Cochrane jedoch einfach nur wütend.

»Da sind Sie ja«, begann er in einem Tonfall, der zu seinem Gesichtsausdruck passte. »Was zum Teufel ist hier passiert?

Wer hat Ihnen erlaubt, den Patienten aus der Isolation zu holen und …«

»Suko ist um ein Haar ermordet worden, und seine Freundin tatsächlich, das ist hier passiert, Professor«, fiel ihm Bill in mahnendem Tonfall ins Wort. »Nur, falls Sie es vergessen haben sollten.«

»Ja, das habe ich gehört«, sagte Cochrane. »Mein aufrichtiges Beileid. Aber ich muss Ihnen trotzdem ein paar Fragen stellen. Unser Leben könnte davon abhängen.«

»Nur zu«, sagte Suko ruhig. Er sah aus den Augenwinkeln, wie Bill zu einem noch geharnischteren Protest ansetzte und hob rasch die Hand, um ihm das Wort abzuschneiden. »Was wollen Sie wissen?«

»Professor Cochrane, ich muss protestieren!«, mischte sich Ellis ein. »Das ist nicht der richtige Moment! Dieser Mann ist beinahe getötet worden, und er hat gerade …«

»Ich sagte doch, es tut mir leid«, fiel ihr Cochrane ins Wort. »Aber ich fürchte, wir haben ein ganz anderes Problem. Der Computer hat die gesamte Etage abgeriegelt, und solange wir nicht wissen, was hier überhaupt passiert ist, sehe ich keine Möglichkeit die Verriegelung wieder aufzuheben.« Er wandte sich wieder direkt an Suko. »Ich will wirklich nicht unsensibel erscheinen, aber …«

»Also auf die Idee würde hier nie jemand kommen«, sagte Bill bissig.

»Aber wir müssen wissen, was passiert ist. Und vor allem, wo Mister Sinclair ist«, fuhr Cochrane unbeeindruckt fort. »Wenn er irgendwo hier unten und womöglich infiziert ist und der Computer zu dem Schluss kommt, dass er eine Gefahr darstellt, will ich mir gar nicht vorstellen, was passiert. Und natürlich will ich wissen, wer Sie angegriffen hat.«

Suko schwieg. Die Antwort auf beide Fragen war dieselbe, aber wie könnte er das sagen? Ein Teil von ihm weigerte sich immer noch, es auch nur zu denken. Er kannte John nun schon so lange, und sie hatten einander schon hundert Mal das Leben gerettet und nur zu oft das eigene dabei riskiert. Schon der bloße Gedanke, dass John ihm etwas zu Leide tun könnte – oder gar Shao! – war grotesk.

Aber der pochende Schmerz in seiner Brust und das, was er mit eigenen Augen gesehen hatte behaupteten das Gegenteil.

»Ich muss jetzt darauf bestehen, dass Sie meinen Patienten nicht weiter bedrängen, Doktor«, sagte Ellis. Sie legte Suko eine Hand auf die Schulter, die so federleicht und zerbrechlich schien wie die eines Kindes, und ihre Stimme nahm einen ruhig-befehlenden Klang an, zu dem von allen Menschen auf der Welt ebenfalls nur Ärzte in der Lage waren. »Und Sie begleiten mich jetzt. Sie gehören ins Bett, und Sie brauchen Ihre Medikamente. Oder möchten Sie sterben? Das würde meine ganze schöne Arbeit zunichtemachen, und darauf stehe ich gar nicht, müssen Sie wissen.«

Ihre vermeintliche Grobheit war vermutlich nur Ausdruck ihrer Sorge, dachte Suko, und eine Taktik, die bei den allermeisten Patienten wohl sogar funktionieren mochte. Bei ihm nicht. Ganz im Gegenteil hätte er nichts lieber getan, als ihre Hand wegzuschlagen und diesen Mistkerl von Cochrane zu packen und so lange zu schütteln, bis er mit der Wahrheit herausrückte; aber unglückseligerweise hatte sie auch recht. Der Stich in seiner Brust tat jetzt immer heftiger weh, und er ahnte, dass ihn wohl einzig das Medikament in seinem Kreislauf auf den Beinen hielt.Cochrane schwieg einen Moment, in dem er Ellis und ihn abwechselnd und mit zunehmender Missbilligung ansah. Aber schließlich rang er sich doch ein knappes Nicken ab. »Sie haben natürlich recht, Doktor«, sagte er in einem Ton, der das genaue Gegenteil behauptet. »Kümmern Sie sich um Ihren Patienten, und wir versuchen inzwischen herauszufinden, was hier eigentlich passiert ist.«

Die letzten Worte galten vermutlich Doktor Markus, der prompt noch ein bisschen nervöser und fahriger wurde. Suko fragte sich, ob Cochrane wohl wusste, dass er Shao und ihn in die Kammer gelassen hatte, unterließ es aber auch, diese Frage laut auszusprechen. Bevor er nicht wusste, was wirklich passiert war, würde er gar nichts mehr sagen. Ihm wurde schwindelig, und als er nach Ellis' Hand griff, die immer noch auf seiner Schulter lag, tat er es nicht um sie wegzuschlagen, sondern beinahe, um sich daran festzuhalten.

»Was ist mit der Videoüberwachung?«, fragte Cochrane. Die Frage galt Markus, aber es war einer der anderen Männer im Raum, der mit besorgter Miene über einem beschädigten Computer gebeugt dastand und sie beantwortete.

»Keine Chance. Sprinkleranlage und Computer vertragen sich nicht besonders gut.«

»Soll das heißen, es ist alles gelöscht?«, blaffte Cochrane.

»Nein«, antwortete der Techniker. »Es ist alles da, keine Sorge. Aber im Moment geht hier rein gar nichts. Ich brauche ein bisschen Zeit.«

Zeit, dachte Suko matt, war im Augenblick wahrscheinlich das, wovon sie alle am wenigsten hatten. Und seinem ebenso missmutigen wie besorgten Ausdruck nach zu schließen bewegten sich Bills Gedanken wohl offensichtlich in dieselbe Richtung. Er deutete auf die junge Ärztin.

»Du wirst auf sie hören und dich hinlegen«, sagte er bestimmt. »Du siehst beschissen aus, mein Freund.«

Genauso fühlte er sich auch, aber Suko schüttelte trotzdem den Kopf. »Mir geht es gut«, log er.

»Sei vernünftig«, sagte Bill eindringlich. »Bitte! Ich habe heute schon eine gute Freundin verloren. Ich will nicht auch noch einen guten Freund verlieren.«

Und vor allem wollte er wissen, wo John war, begriff Suko. Wenn auch aus einem ganz anderen Grund als er selbst.

»Können Sie mir etwas geben, was mich wieder auf die Beine bringt?«

Ellis starrte ihn an, als zweifle sie ernstlich an seinem Verstand, und wahrscheinlich tat sie das in diesem Moment auch. Doch dann nickte sie. »Kein Problem. Ein paar Tage strenge Bettruhe, und Sie sind wieder ganz der Alte.«

Das würde er nie wieder sein, dachte Suko, aber er sparte sich den Atem, überhaupt zu antworten – er wäre auch nicht dazu gekommen, denn in diesem Moment erscholl ein schweres Knacken, das in den Knochen zu spüren war, und nur einen Sekundenbruchteil später ein Geräusch wie von einem peitschenden Knall, mit dem die Panzerglasscheibe ein zweites Mal und jetzt diagonal riss. Eine halbe Sekunde später fiel die riesige Glaswand in einem Scherbenregen zu Boden. Markus und Professor Cochrane konnten gerade noch zurückspringen, um nicht von den rasiermesserscharfen Splittern getroffen zu werden, und auch die anderen Männer im Raum fuhren und erschrocken auf und prallten zurück. Bill reagierte genauso kaltblütig und richtig, wie Suko es von ihm gewohnt war, indem er herumfuhr und in halb geduckte Abwehrhaltung ging und mit seiner Hand zugleich unter der Jacke und nach seiner Waffe griff. Unglückseligerweise fasste er ins Leere, denn seine Beretta lag irgendwo zwei oder drei Etagen über ihnen.

Nachdem die letzten Glasscherben zu Boden gegangen waren, kehrte vollkommene Stille ein. Niemand gab einen Laut von sich. Und dann ...

Es begann unmerklich, wie etwas, das einfach zu fremd und zu bizarr war, als dass der menschliche Geist es sofort verarbeiten und als das deuten konnte, was es war: Ein sonderbares Flackern und Wogen von Schwarzschattierungen, als dränge etwas aus einer unendlich fremden Dimension in die Wirklichkeit und zwänge Dunkelheit und Schatten dazu, Gestalt anzunehmen. Es war unheimlich, und das mit Abstand Bizarrste, was Suko jemals gesehen hatte: Die Schwärze, zu der das Höllenfeuer die Fliesen an den Wänden verbrannt hatte, verlor ihren Halt und rutschte wie verbranntes Fett eine Teflonpfanne hinab, zerschmolz mit den Trümmern und der Asche auf dem Boden und zwang sie in Form und Bewegung, ohne dass der Blick sowohl das eine als auch das andere wirklich erfassen konnte. Etwas Großes und Schwarzes richtete sich langsam auf, etwas das eher das Gegenteil von Leben zu sein schien.

»Was ist denn ... *das*?«, krächzte Markus und machte einen unbeholfenen Schritt auf das Fenster zu.

»Um Himmels willen – nein!«, schrie Bill. »Nicht!«

Es war zu spät. Markus machte einen zweiten, unsicheren Schritt, der fast widerstrebend wirkte, so als würde er von einer unsichtbaren Kraft gezwungen, die stärker war als sein eigener Wille, und Suko sah sogar noch einen dazu passenden, ungläubig-erschrockenen Ausdruck auf seinem Gesicht. Dann schoss etwas wie eine gewaltige Schlange aus der Kamera heraus, wickelte sich um seinen Leib und riss ihn durch die zerborstene Fensteröffnung. Es ging so schnell, dass ihm nicht einmal Zeit für einen Schrei blieb.

Augenblicklich brach Panik aus. Einige Männer begannen zu schreien und wandten sich zur Flucht. Ellis schlug mit einem Keuchen die Hand vor den Mund. Bill reagierte auch dieses Mal – als Einziger – richtig, war mit einem Satz neben Cochrane und riss ihn zurück; zwar unsanft genug, dass er das Gleichgewicht verlor und schwer auf ein Knie fiel, aber auch gerade noch im allerletzten Moment, denn auch dort, wo er gerade gestanden hatte, peitschte plötzlich ein schwarzer Tentakel durch die Luft, an dessen Ende sich etwas wie ein knöchernes Schwert zu befinden schien. Bill riss den halbgestürzten Cochrane rücksichtslos mit sich, ohne auf dessen kreischenden Protest zu achten – wahrscheinlich, gefiel es dem Wissenschaftler nicht, durch das Gemisch aus schmutzigem

Löschwasser, verbrannten Trümmern und rasiermesserscharfen Glasscherben gezerrt zu werden –, und in dem gebogenen Fensterrahmen erschien eine ebenso groteske wie abstoßende Kreatur.

Sie musste an die zwei Meter groß sein und erinnerte, wenn überhaupt, an eine schwarze Trauerweide, die sich in den Kopf gesetzt hatte das Laufen zu lernen; allerdings eine mit gleich mehreren Mäulern, die vor Zähnen nur so strotzten, acht muskulösen und mit Stacheln gespickten und aus Knochen bestehenden Tentakeln und einem riesigen glotzenden Zyklopenauge ohne eine Spur von Weiß darin. Hinter dem ebenso furchteinflößenden wie absurden *Ding* tauchte ein zweites und sogar noch größeres Ungeheuer auf, und die schwere Sicherheitstür wurde praktisch im selben Moment von einem gewaltigen Hieb getroffen und regelrecht aus dem Rahmen gesprengt, und in der gewaltsam geschaffenen Öffnung erschien sogar noch ein drittes, tentakelschwingendes Ungetüm.

Hinter Suko erscholl ein gellender Schrei, und als er herumfuhr, erblickte er auch dort etwas Unheimliches: Die komplette Wand hinter Ellis schien sich verflüssigt zu haben und verlor gleichzeitig jede Farbe, als wäre sie in Wahrheit niemals mehr als eine perfekte Kopie aus schwarzem Wachs gewesen, das nun schmolz. Nur dass die zähen Schlieren nicht zu Boden tropften, sondern sich zu einem weiteren Tentakel peitschenden Ungeheuer zusammenballten. Sukos warnender Schrei kam zu spät. Das Monster breitete sechs seiner acht Arme aus und riss die junge Frau an sich.

Gerade, als sich die mörderischen Knochenklingen in ihr Fleisch senken wollten, begann die Luft hinter dem schwarzen Ungeheuer zu flimmern, und eine weitere Gestalt trat in die Wirklichkeit heraus. Im Vergleich zu dem schwarzen Tentakelmonster wirkte sie geradezu menschlich.

Eine unverkennbar weibliche Figur mit üppigen Brüsten, die von einem knappen Oberteil aus schwarzem Leder bedeckt wurden, sowie einer enganliegenden Hose aus demselben Material. Zwischen Hose und Oberteil schimmerte rötlich-weiße Haut. Lange, flammend rote Haare rahmten das ebenmäßige, aparte Antlitz ein. Auf ihrem Rücken entfalteten sich zwei riesige, schwarzgefiederte Schwingen.

Suko kannte diese Gestalt nur zu gut, auch wenn er nie damit gerechnet hätte, einer ihrer Art noch einmal zu begegnen, denn ihre Herrin, die allein ihr die Existenz ermöglichte, war längst vernichtet. Suko blieb nicht wirklich genug Zeit, um den Anblick zu begreifen, denn der Todesengel warf sich unverzüglich vor, packte die kreischende Ärztin mit einer Hand und riss sie so brutal aus der tödlichen Umarmung des Tentakelmonsters, dass rote Striemen auf ihrer Haut zurückblieben und ihr Kittel zerriss. Die andere Hand, in der sie ein kurzes Schwert hielt, rammte sie mitsamt der Klinge tief in den schwarzen Leib des Albtraumungeheuers. Das Monstrum kreischte vor Schmerz und Wut und schlug mit den stachelbesetzten Tentakeln nach der Angreiferin, und was weiter geschah, bekam Suko nicht mehr ganz mit, denn Bill griff ganz automatisch zu, um Ellis aufzufangen, als sie zurückstolperte und das Gleichgewicht verlor, und jetzt hatte er seine Kräfte ganz eindeutig überschätzt. Statt die Ärztin aufzufangen wurde er mit zu Boden gerissen. Immerhin gelang es ihm, sich noch im Sturz zu drehen, sodass sie auf ihn fiel und ihr so zumindest das Allerschlimmste erspart blieb.

Ihr.

Suko nicht.

Die Wunde in seiner Brust fühlte sich nicht nur so an, als würde sie wieder aufreißen – er spürte, wie der Verband nass und schwer wurde, und für einen Moment drohten ihm die Sinne zu schwinden. Mit großer Anstrengung gelang es ihm, wach zu bleiben und nicht nur die Dunkelheit zurückzudrängen, sondern Ellis von sich herunter und zumindest auf die Knie zu hieven, auch wenn sie vor Angst so sehr zitterte, dass er es kaum wagte, sie loszulassen. Sie hatte auch allen Grund dazu. Selbst Suko hatte Mühe zu ertragen, was er sah, und er war so etwas – mehr oder weniger – schließlich gewohnt.

Die geflügelte Gestalt riss das Schwert aus dem Tentakelmonster und hieb es mit der offenbar magisch aufgeladenen Klinge gnadenlos in Stücke, aber das Ungetüm wehrte sich nach Kräften. Zwei seiner großen Tentakel hatten sich um den Hals des Todesengels gewickelt und versuchten, seinen Kopf nach hinten zu drücken, und die übrigen Fangarme schlugen wie Peitschen auf ihn ein und rissen tiefe Furchen in die rötlich-weiße Haut, aus denen schwarzes, zähflüssiges Dämonenblut quoll. Dennoch hätte es am Ausgang des Kampfes nichts geändert, denn der Todesengel schnitt dem Ungeheuer nicht nur einen Fangarm nach dem anderen ab, sondern fügte ihm mit seinem Schwert auch tiefe Wunden zu.

Das Problem war, dass sich diese Wunden so schnell wieder schlossen, wie der Todesengel sie ihm zufügen konnte, was umgekehrt nicht für diesen galt. Tentakelhiebe, die einen Menschen vermutlich auf der Stelle umgebracht hätten, hinterließen auf seiner Haut nur bessere Striemen – aber es waren viele, und es wurden mit jedem Moment mehr. Suko wusste zwar aus eigener leidvoller Erfahrung wie unglaublich zäh diese höllischen Geschöpfe sein konnten, aber letzten Endes hatten auch sie ihre Grenzen.

Und auch hinter ihnen wurde es nun laut. Suko stemmte sich trotzdem in die Höhe, zog Ellis ebenfalls auf die Füße und in der gleichen Bewegung ein Stück weit von den beiden kämpfenden Kreaturen fort und warf einen hastigen Blick über die Schulter. Vor dem zerborstenem Fenster waren zwei weitere

Gestalten mit Schwingen. Und anders als die hinter ihm waren diese beiden mit Pfeil und Bogen bewaffnet, und diesen magischen Waffen hatten die Tentakelmonster nichts entgegenzusetzen – oder sollten es jedenfalls nicht.

In rascher Folge, die das menschliche Auge kaum nachzuvollziehen imstande war, legten die Todesengel ihre schwarzen Pfeile auf die Sehnen und schossen sie in die aufgedunsenen Leiber der Tentakelmonster.

Was Suko schon einmal beobachtet hatte, wiederholte sich: Die Pfeile fuhren in die wogenden Ungeheuer hinein, zogen regelrechte Schneisen in ihre Leiber, doch ihre Wunden schlossen sich schnell wieder. Wo ein Pfeil jedoch einen Fangarm traf, trennte er ihn vom Körper des Ungeheuers ab. Die drei Monster besaßen mittlerweile kaum noch Tentakel, und die peitschenden Fangarme wuchsen zwar so schnell nach, dass man – wortwörtlich – dabei zusehen konnte, waren nun aber dünner und weniger beweglich, und auch die Verletzungen in ihren baumähnlichen Leibern heilten längst nicht mehr so rasch wie noch am Anfang. Selbst die Regenerationskräfte dieser Ungeheuer hatten offensichtlich ihre Grenzen.

Dann geschah etwas. Suko konnte nicht sagen was – ganz einfach weil er so etwas noch nie erlebt hatte, und möglicherweise vor ihm auch noch kein anderer Mensch. Es war etwas mit dem Licht, etwas das Zeit seines Lebens da und Teil von allem gewesen war, so selbstverständlich, dass er seine Anwesenheit nicht einmal bemerkt hatte. Jetzt war es verschwunden.

Der erste Todesengel führte sein Schwert zu einem gewaltigen Hieb nach seinem Gegner, doch ihm fehlte plötzlich sowohl die Kraft als auch die Schnelligkeit, die Suko gerade noch beobachtet hatte. Statt seinem Gegner die letzten Tentakel abzuschneiden, fingen die peitschenden Schlangenarme den Hieb nicht nur ab, sondern entrangen dem Todesengel die

Waffe und brachen ihm fast beiläufig noch das Handgelenk. Auch der zweite Todesengel hatte plötzlich Schwierigkeiten, sich seines Gegners zu erwehren oder auch nur einen weiteren Pfeil auf die Sehne zu legen, und Suko musste nicht hinter sich sehen, um zu wissen, dass es dem dritten Todesengel nicht anders erging. Er konnte hören, wie ein schwerer Körper auf den Boden schlug und musste nicht hinsehen, um zu wissen, wem er gehörte.

Dann geschah es noch einmal, und diesmal war die unsichtbare Erschütterung der Welt so heftig, dass es ihn fast von den Beinen gerissen hätte.

Den beiden Todesengeln erging es genau umgekehrt. Suko meinte regelrecht dabei zusehen zu können, wie die Kraft in ihre Körper zurückkehrte, und anscheinend hatten sie aus ihren Fehlern gelernt, denn nun machten sie kurzen Prozess mit den unheimlichen Kreaturen und setzten ihre ganze, übermenschliche Kraft ein. Binnen weniger Augenblicke sank zuerst eines, dann das zweite Ungeheuer zu Boden, und die Pfeile der Todesengel mussten wohl noch etwas Wichtiges in ihren schwarzen Leibern getroffen haben, denn sie erholten sich nicht mehr, sondern sanken zu formlosen Haufen aus blubberndem Matsch zusammen und zerflossen schließlich ganz. Suko atmete erleichtert auf – und hätte im nächsten Moment beinahe entsetzt geschrien, als das Erste der geflügelten Geschöpfe mit einer blitzartigen Bewegung herumfuhr und das Schwert in seine Richtung stieß.

Suko war viel zu langsam. Der Todesengel sprang mit einer Schnelligkeit auf ihn, zu der kein lebendes Wesen auf dieser Welt imstande sein sollte und stieß ihre Klinge nach seiner Kehle. Suko wusste, dass er keine Chance hatte, versuchte der Waffe trotzdem auszuweichen und wartete auf den finalen Schmerz, mit dem alles enden würde.

Statt in seinen Kehlkopf, bohrte sich das Schwert in etwas

unmittelbar hinter ihm, das mit einem sonderbar weichen, sehr schweren Laut zu Boden fiel, und erst danach kam Suko auf die Idee einen – jetzt völlig überflüssigen – Schritt zur Seite zu machen und sich herumzudrehen.

Das Dämonenschwert hatte das letzte Tentakelmonster gefällt und sich dabei fast bis zum Heft in sein einziges, schwarzes Auge gesenkt, und jetzt, aus so unmittelbarer Nähe, sah Suko genau, was geschah: Es war nicht die Klinge, die das Monster tötete. Magische Energie von unglaublicher Zerstörungskraft schoss aus dem Arm des Todesengels, bewegte sich knisternd und funkensprühend an der Klinge entlang und entlud sich mit verheerender Gewalt im Fleisch der Bestie, die daraufhin den inneren Halt verlor und auseinanderfiel.

Die geflügelte Kreatur zog das Schwert aus dem zerfließenden Etwas, das von seinem Angreifer noch übrig geblieben war, versetzte der brodelnden Pfütze noch einen zornigen Tritt und fuhr dann zu Suko herum. Hitze und ein intensiver Schwefelgestank schlugen ihm entgegen, und für einen einzelnen, aber durch und durch grässlichen Moment bohrte sich der Blick des Todesengels in Suko.

Es war wie flüssiges Feuer, das seine Seele verbrannte, reiner, unverfälschter Hass auf alles Lebendige und Fühlende, der keinen anderen Grund brauchte als den, dass er einfach da war, und Suko wusste, dass er jetzt sterben würde. Er spürte keine Angst, allenfalls eine vage Enttäuschung, dass es ihm nun doch nicht mehr gelungen war, Shaos Tod zu rächen.

Der Todesengel steckte sein Schwert ein. Bill rief irgendetwas, das Suko nicht verstand. Eine Alarmsirene heulte. Und der Todesengel stieß ihm die flache Hand mit gespreizten Fingern vor die Brust.

Etwas zischte. Suko konnte verbrannten Stoff riechen, dann sein eigenes verbranntes Fleisch und erst dann explodierte ein so unerträglich gleißender Schmerz in seiner Brust, dass er nicht zum ersten Mal an diesem Tag in die Knie brach und fast das Bewusstsein verloren hätte. Er konnte auch nicht mehr atmen.

Es dauert nur wenige Sekunden. Der Schmerz erlosch, dann bekam er wieder Luft und schließlich rissen auch die roten Schleier vor seinen Augen wieder auf, und er sah, dass sich die geflügelte Kreatur herumgedreht hatte und den Raum verließ, nur einen Moment später gefolgt von den beiden anderen.

Suko stemmte sich mühsam in die Höhe, oder versuchte es wenigstens. Alles drehte sich noch immer um ihn, und sein gesamter Brustkorb brannte, als hätte er versucht, Feuer zu atmen. Sein Herz schlug langsam und so schwer, dass es wehtat. Zitternd streckte er den Arm auf der Suche nach einem Halt aus, an dem er sich ganz hochziehen konnte und schaffte es erst, als eine schmale, aber erstaunlich starke Hand nach seinen Fingern griff und ihm half.

»Wie geht es Ihnen?«, fragte Ellis besorgt. »Haben Sie Schmerzen? Sie dürfen sich nicht bewegen, hören Sie?«

Suko antwortete weder auf das eine noch interessierte ihn das andere, sondern hielt – mit einem vagen schlechten Gewissen, weil er ihn ehrlich gesagt schlichtweg vergessen hatte – nach Bill Ausschau. In dem allgemeinen Durcheinander aus Trümmern, zerborstenem Glas und durcheinandergewirbelten Gestalten, die sich gerade mühsam aufrafften hatte er fast Mühe, ihn zu entdecken. Ellis bemühte sich gerade, Professor Cochrane auf die Beine zu helfen, der zumindest auf den ersten Blick mit dem Schrecken davongekommen zu sein schien, der aber war gewaltig. Er hockte auf den Knien und zitterte am ganzen Leib, und sein Gesicht war so weiß wie die sprichwörtliche Wand. Erst als einer der anderen Männer hinzutrat – der selbst aus einem hässlichen Schnitt in der Wange blutete – gelang es Bill und ihm, mit vereinten Kräften den Wissenschaftler auf die Beine zu ziehen.

»Großer Gott, was war das?«, stammelte Cochrane. »Diese … Dinger, die uns gerettet haben, was … war das?«

»Das, Professor Cochrane«, antwortete Bill betont, »waren Asmodinas Todesengel.«

K2, Himalaja. Irgendwann

Zum allerersten Mal, seit ich nicht nur in einem fremden Körper, sondern gleich in einer komplett fremden Welt und sogar einer fremden Zeit aufgewacht war, entsprach meine Umgebung genau dem Bild, das ich mir davon gemacht hätte – hätte ich mir eine solche Szenerie vorgestellt; was ich selbstverständlich nicht hatte.

Ganz vage erinnerte der große Raum an die Brücke der Enterprise, oder doch zumindest einen Teil davon, denn eine der Wände bestand komplett aus Glas – oder vermutlich wohl eher aus irgendeinem futuristischen Projektionssystem –, sodass ich einen fantastischen Ausblick auf die Landschaft des Himalajas hatte, die aus einem endlosen Meer aus flockiger weißer Zuckerwatte ragte. So weit entfernt, dass er fast nur zu erahnen war, bewegte sich ein winziger eiserner Umriss, vermutlich die Robert Bloch, die ihren Patrouillenflug wieder aufgenommen hatte, nachdem die Monster endgültig vertrieben worden waren, und noch einmal ein gutes Stück dahinter wetterleuchtete es über dem Horizont. Seit man mich hierher gebracht und mir beschieden hatte zu warten, hatte ich ein knappes halbes Dutzend weiterer leuchtender Linien beobachtet, die über den Himmel zogen und entweder in rasch vergänglichen Feuerbällen explodierten oder einfach hinter dem Horizont verschwanden, und es schien tatsächlich so zu sein, wie Saron behauptet hatte: Nicht einer der Meteore kam nahe genug, um wirklich gefährlich zu sein, und die wenigen größeren Brocken schlugen Hunderte von Meilen entfernt ein.

Von diesem spektakulären Ausblick einmal abgesehen bot der Raum eigentlich nichts Besonderes. Er war sehr groß und bis auf einen ovalen Tisch samt einem Dutzend dazu passender Stühle vollkommen leer. Die Wände bestanden aus einem weißen Material, das wie Keramik oder Porzellan aussah, sich aber warm und beinahe schon lebendig anfühlte, und das Licht ahmte auch hier perfekt den Sonnenschein nach und kam aus keiner bestimmten Quelle, sondern war einfach da. Darüber hinaus waren die Wände absolut leer und so fugenlos glatt, als wäre der ganze Raum aus einem einzigen Stück gegossen. Selbst die Tür, durch die ich hereingekommen war, war verschwunden. Hätte ich auch nur ansatzweise an Klaustrophobie gelitten, hätte mich der Gedanke, hier eingesperrt zu sein ganz bestimmt nicht erfreut.

Es verging noch eine geraume Weile, in der ich reglos vor dem virtuellen Fenster stand und eine Aussicht genoss, die zumindest in meiner Zeit vor mir nur eine Handvoll Menschen gehabt hatten; und in einem anderen Leben, aus dem ich verblüffenderweise ebenfalls zu stammen meinte, überhaupt noch niemand.

Jedenfalls niemand, der zurückgekommen wäre, um davon zu erzählen.

Das war verstörend. Es war nicht möglich, dass ich mich an zwei Leben erinnerte.

Oder?

Um mir nicht endgültig das Gehirn zu verknoten, dachte ich diesen Gedanken vorsichtshalber nicht zu Ende, und glücklicherweise entschloss sich auch die Tür hinter mir in diesem Moment dazu, wieder zu erscheinen, und Marisa kam herein, begleitet von zwei weiteren Männern und einer dunkelhaarigen Frau, die alle ein wenig älter als sie waren – wenn auch alles andere als alt – und jeder auf seine Art wirklich gut aussehend. Überhaupt schien das für jeden hier zu gelten, denn wenn ich es genau nahm, dann war ich hier noch niemandem begegnet, der hässlich oder auch nur unattraktiv oder auch nur nicht gut aussehend gewesen wäre. Ich musste wohl noch viel über diese schöne neue Welt lernen.

»Mister Sinclair«, begrüßte mich Marisa mit ihrem üblichen strahlenden Lächeln und verbesserte sich auch gleich: »John. Es tut mir leid, dass Sie warten mussten, aber wie Sie sich vorstellen können, gab es da ein paar unerwartete Dinge, die meiner Aufmerksamkeit bedurften.«

»Sie mussten Ihr Fahrtenbuch noch nachtragen?«, vermutete ich. Marisa sah mich nur verständnislos an, und auf den Gesichtern der drei anderen erschien nicht einmal die Andeutung eines Lächelns. Humor gehörte anscheinend auch nicht zu den Errungenschaften der guten alten Zeit, die es in die Zukunft geschafft hatten.

Gerade als das Schweigen wirklich peinlich zu werden drohte, zwang Marisa nun doch ein Lächeln auf ihr Gesicht und machte eine deutende Geste auf ihre drei Begleiter. »Das sind Sarah, Malcolm und Jarvin …« Die drei Genannten nickten der Reihe nach. »… und wir sind gekommen, um mein Versprechen einzulösen und alle Ihre Fragen zu beantworten. Ich nehme an, Sie haben eine Menge davon?«

»Mehr als ich selbst weiß«, antwortete ich, was genauso gut ankam wie meine vorige Bemerkung. Vielleicht war Lachen ja hier auch verboten, oder galt zumindest als unschicklich.

Immerhin lächelte Marisa pflichtschuldig und machte eine weitere, wedelnde Handbewegung, woraufhin wir alle Platz nahmen. Die Stühle überraschten mich: Sie sahen spartanisch und alles andere als bequem aus, passten sich meinem Körper aber so perfekt an, dass ich das Gefühl hatte, auf einer Wolke zu schweben. Anscheinend war ich doch auf der Enterprise angekommen.

»Wir vier«, begann Marisa mit einer abermaligen Geste auf die anderen, »sind hier die Verantwortlichen.«

»So etwas wie die Regierung?«, fragte ich.

»Das Wort Rat würde es eher treffen, aber das ist jetzt nicht von Belang«, antwortete Marisa. Ich hatte das sichere Gefühl, dass es das sehr wohl war, schwieg aber auch dazu.

»Sie werden sich fragen, warum wir Sie hierher geholt haben, John«, begann Marisa nach einem gekünstelten Räuspern, das wohl etwas von großer Wichtigkeit ankündigen sollte.

»Womit ich nicht einverstanden war«, fügte Jarvin hinzu und maß mich mit einem dazu passenden Blick. »Und auch immer noch nicht bin.«

»Ich hätte mir gewünscht, es etwas behutsamer tun zu können«, fuhr Marisa mit einem flüchtigen, strafenden Blick in Jarvins Richtung fort. »Aber leider sind die Dinge anders gekommen, als ich erwartet habe.«

»Der Angriff gerade«, vermutete ich. »Die Shoggoten.« Marisa blickte überrascht, sodass ich noch rasch und erklärend hinzufügte: »Saron hat mir das eine oder andere verraten.«

»Der Zombie«, sagte Jarvin in erklärendem Tonfall, und jetzt war ich an der Reihe, verwirrt zu blicken.

»Ich erkläre es Ihnen später«, sagte Marisa. Sie wirkte kurz nervös, hatte sich aber auch praktisch sofort wieder in der Gewalt und lächelte mich an wie einen guten alten Freund. Einen, dem man möglichst schonend eine schlechte Nachricht überbringen möchte, aber noch nicht genau weiß wie, und ich war der Andeutungen und verstohlenen Blicke endgültig überdrüssig und beschloss, die Sache abzukürzen.

»Ich glaube, das eine oder andere weiß ich bereits, oder kann es mir jedenfalls zusammenreimen«, sagte ich in hörbar schärferem Ton, als ich eigentlich beabsichtigt hatte. Außerdem verspürte ich plötzlich das dringende Bedürfnis, Saron in Schutz zu nehmen. Wieso zum Teufel hatte Jarvin ihn Zombie genannt?

»Wir hatten nicht vor, Ihnen irgendetwas zu verheimlichen, John«, sagte Marisa ernst. »Aber nach einer Wiedererweckung kommt es manchmal zu gewissen Schwierigkeiten. Nach allem, was wir über Sie wissen, John, waren ... *sind* Sie eine sehr gefestigte Persönlichkeit, mit einem starken Charakter und einem ebenso starken Gefühl für Gerechtigkeit und Ehre. Dennoch konnte niemand voraussagen, wie Sie reagieren würden. Es ist nicht gerade einfach, sich damit abzufinden, dass man aus seiner eigenen Welt herausgerissen worden und nichts mehr so ist, wie man es gekannt hat. Dass sich alles verändert hat, und dass alle tot sind, die man kannte und vielleicht auch geliebt hat.«

Sie behielt mich aufmerksam im Auge, während sie das sagte. Vielleicht sorgte sie sich ja wirklich um meine seelische Gesundheit, und so ganz Unrecht hatte sie damit ja womöglich nicht einmal. Ich machte mir keine wirklichen Sorgen um meine psychische Stabilität, aber ganz sicher konnte ich nicht einmal selbst sein. Fast ohne dass es mir wirklich bewusst geworden wäre, waren meine Erinnerungen im Laufe der letzten Stunde so gut wie vollständig zurückgekommen, aber es war sonderbar: Ich erinnerte mich nahezu an alles, was ich erlebt und getan hatte – aber eben nur daran. Die Geschehnisse waren da, nicht aber das, was ich dabei empfunden und gedacht hatte; als erinnere ich mich an einen Film, in dem jemand meine Rolle gespielt hatte, und ich wusste auch nicht sehr viel Persönliches über mich. Ein paar Fakten, genug, aber kaum mehr als wirklich gewesen war und was ich getan hatte, und warum. Auch nicht, wer meine Freunde gewesen waren, was ich getan hatte (und vor allem gefühlt), wenn ich gerade einmal nicht damit beschäftigt gewesen war, Dämonen zu jagen oder die Welt zu retten; was selten genug vorgekommen war. Dafür – und das war noch weitaus unheimlicher – glaubte ich mich an immer mehr Dinge zu erinnern, die ich niemals getan und niemals erlebt hatte. Als wäre zwar mein Körper, nicht aber wirklich ich selbst wiedererweckt worden.

Als hätte sie meine Gedanken gelesen, sah mich Marisa auf abermals veränderte und vielleicht sogar noch einmal besorgtere Weise an, aber schließlich forderte sie mich nur mit einem wortlosen Nicken zum Weiterreden auf.

»Sie führen also Krieg gegen die Großen Alten?«, fragte ich.

Marisa schüttelte den Kopf und sagte: »Nein. Sie führen Krieg gegen uns. Und wir verlieren ihn.«

»Und warum genau haben Sie mich …?«, fragte ich schließlich.

»Weil wir Ihre Hilfe brauchen, John«, antwortete Marisa ernst. »Vielleicht sind Sie der Einzige, der sie noch aufhalten kann.«

»Ich?« Ich versuchte zumindest den Überraschten zu spielen. »Sind Sie sicher, dass Ihnen da kein Irrtum unterlaufen ist?« Ich deutete mit beiden Händen an mir herab. »Ich trage keinen blauen Strampelanzug, und auch kein Cape. Und fliegen kann ich auch nicht.«

Jetzt sahen mich alle vier verständnislos an, und eine sehr angenehme Stimme aus dem Nichts sagte: »Eine Anspielung auf eine Figur aus der Unterhaltungsindustrie, die zu John Sinclairs Lebenszeiten äußerst populär war.«

»Hallo, Howard«, sagte ich. »Hörst du uns schon die ganze Zeit über zu?«

»Ich höre alles, was hier gesprochen wird, und ich bin nicht Howard. Ich bin Oculus.«

»Dann solltest du dich vielleicht besser Audite nennen, und nicht Oculus«, antwortete ich amüsierter, als mir eigentlich zumute war. Auch wenn mir klar war, dass ich nur mit einer besseren Computerstimme sprach, behagte mir der Gedanke doch ganz und gar nicht, auf Schritt und Tritt überwacht zu werden.

»Ernsthaft«, sagte ich, nun wieder an Marisa gewandt. »Was glauben Sie, was ich tun könnte, wozu Sie mit all Ihren Luftschiffen und Soldaten und Waffen nicht in der Lage sind?« Ich machte eine Geste zum Fenster. »Ich habe dieses Luftschiff in Aktion erlebt, und gesehen, was Ihre Waffen anrichten.«

»Das alles ist richtig, John«, sagte Marisa, statt meine Frage zu beantworten. »Sie sind kaum mehr als Tiere, nicht einmal zum eigenständigen Denken imstande, wenigstens die meisten von ihnen. Und ja, es ist auch richtig, dass wir sie schlagen können. Genau genommen schlagen wir sie jedes Mal, wenn wir aufeinandertreffen. Und trotzdem verlieren wir. Ganz allmählich nur, und es könnte auch noch lange dauern, aber am Ende verlieren wir.«

»Warum?«

»Weil es einfach zu viele sind«, antwortete Jarvin am Marisas Stelle, und in feindseligem Ton. »Wir schlagen sie jedes einzelne Mal, wenn wir uns begegnen. Es ist uns sogar gelungen, einen der Großen selbst zu vernichten, aber das alles nutzt nichts. Ganz egal, wie viele von ihnen wir umbringen, es sind niemals genug.«

»Dann sollten Sie vielleicht aufhören, sie umzubringen, und etwas Neues versuchen«, antwortete ich.

Jarvins Augen blitzten wütend auf, und auch die anderen sahen eher verärgert und bestürzt als beeindruckt über diesen Vorschlag aus. Einzig Marisa zwang sich auch jetzt wieder zu einem – leicht verkrampften – Lächeln und hob beruhigend die Hand.

»Wir haben versucht, mit ihnen zu reden, John«, sagte sie. »Unzählige Male. Immer wieder und auf jedem Weg, der uns auch nur eingefallen ist. Und wir versuchen es nach wie vor. Aber wir haben niemals eine Antwort bekommen.«

Und das würden sie auch nicht, denn diese Geschöpfe waren weder in der Lage noch willens, mit anderen zu kommunizieren, oder ihren Lebensraum zu teilen.

Aber das eigentliche Problem, über das ich mich schon einmal gewundert hatte, war: Es dürfte sie gar nicht mehr geben, denn ich hatte den Letzten und Schrecklichsten von ihnen eigenhändig getötet. Ich fragte mich, ob meine Gastgeber das wussten, aber eine innere Stimme warnte mich, die Frage zumindest für den Moment noch für mich zu behalten.

»Und das werden wir nicht«, sagte Sarah.

»Warum?«, fragte ich stattdessen nur.

»Weil sie nicht verhandeln«, antwortete sie. »Das haben sie nie getan, und sie werden es auch nicht. Es liegt nicht in ihrer Natur. Sie sind wie ein Heuschreckenschwarm, der nicht aufzuhalten ist. Sie können ihn zerstören oder von ihm zerstört werden, aber nicht mit ihm verhandeln.«

»Sie scheinen eine Menge über sie zu wissen«, sagte ich vorsichtig.

»Das wussten die Menschen schon immer«, sagte Jarvin. Er klang ein wenig verbittert, aber vielleicht bildete ich mir das auch nur ein, weil ich ihn nicht mochte. »Lovecraft, Bloch, Schumacher, Alhazred, Smith ...« Er machte eine Geste, um anzudeuten, dass er die Aufzählung noch eine ganze Weile fortsetzen könnte, es aber nicht für nötig erachtete.

Das war es auch nicht. Einer dieser Namen sagte mir nichts, die anderen dafür umso mehr. »Das sind alles Autoren von ...«

»Horrorgeschichten?«, fiel mir Jarvin ins Wort. Sein Lächeln wurde verächtlich. »Genau das haben Leute wie Sie damals gedacht, und genauso haben Sie sie behandelt. Als Spinner. Und genau das ist auch der Grund, aus dem wir heute mit dem Rücken zur Wand stehen und diesen Kampf möglicherweise verlieren.«

»Sie konnten es nicht wissen«, sagte Marisa besänftigend. »Niemand konnte ihnen glauben, und wir vermuten, dass all diese ... Autoren ... nicht einmal selbst wussten, dass ihre Geschichten alles andere als ausgedachte Gruselmärchen waren.«

»Und was waren sie dann?«, fragte ich, obwohl ich die Antwort ahnte. Aber vielleicht war es an der Zeit herauszufinden, was sie wussten. »Ich meine: Es muss einen Grund geben, aus dem so viele Menschen in so vielen Kulturen unabhängig voneinander auf dieselben Geschichten kommen, oder?«

Ich hatte nicht nur zwei der Genannten persönlich gekannt, Howard Phillips Lovecraft war auch einer meiner besten Freunde gewesen und hatte Seite an Seite mit mir mehr als einen Kampf auf Leben und Tod ...

Was zum Teufel dachte ich da?

Lovecraft war ein Menschenalter vor meiner Geburt gestorben, und ich kannte seine Werke zwar, hatte sie aber nie sonderlich geschätzt, nicht weil ich ihre literarische Qualität nicht erkannt hätte, sondern weil sie mir zu düster und letzten Endes zu deprimierend gewesen waren.

»Über Jahrtausende gleichen sich die Geschichten, um genau zu sein«, belehrte mich Jarvin in nichts anderem als abfälligem Ton, und ich beschloss endgültig, ihn nicht leiden zu können. »Wenn man genau hinschaut, taucht ihre Symbolik bei allen Kulturen der Menschheitsgeschichte auf, von den Höhlenmalereien der Steinzeit über die achtarmige indische Kriegsgöttin Kali bis zu den Meeresungeheuern aus den Geschichten der alten Seefahrer.«

»Einige unserer Wissenschaftler glauben, dass es so etwas wie ein kollektives Rassengedächtnis gibt«, fuhr Marisa ergänzend fort. »Vielleicht wissen die Menschen einfach, dass der Feind, der sie eines Tages vernichten wird eine Kreatur mit acht Gliedmaßen ist. Es ist schon bemerkenswert, dass so viele Menschen zu allen Zeiten eine so irrationale Angst vor Spinnen gehabt haben, nicht wahr?«

Das war eine abenteuerliche Theorie – zumal ich wusste, dass es nicht so war und das wahre Geheimnis der Großen Alten um so vieles schrecklicher, aber ich hütete mich auch, nur eine entsprechende Bemerkung zu machen, sondern beschloss endgültig, mich zumindest für den Moment auf den Part des Zuhörers zu beschränken, und Sarah fügte auch noch hinzu:

»Vielleicht ist das sogar der Grund, aus dem so viele Menschen eine instinktive Abneigung gegen die Farbe Rot haben.«

Dieser Grund hieß Feuer und Blut, die Rot zu einer Warnfarbe gemacht hatten, die nicht nur Menschen fürchteten, und ich brauchte keinen hochgezüchteten Supercomputer, auf diese simple Erklärung zu kommen, blickte aber nur fragend und fragte auch laut: »Wieso?«

»Oculus zeigt es Ihnen«, sagte Marisa.

Der Ausblick auf die Wolkendecke und die Landschaft des Himalaja verschwand, was mich endgültig davon überzeugte, dass es nicht wirklich ein Fenster war, sondern eine sehr fortschrittliche Version eines Bildschirms, und für eine halbe Sekunde wurde alles rot, ein düsteres, staubiges Rot, das sich auf die Seele und den Körper legte und einem tatsächlich das Atmen schwer machte.

»Der fünfte von insgesamt siebenundzwanzig Planeten der Sonne Beteigeuze, einem roten Überriesen im Sternbild des Orion.« Es war die androgyne Stimme des Oculus, die zu dieser Erklärung ansetzte, nicht mehr Marisa, aber das düstere Rot und das, was allmählich darin Gestalt anzunehmen begann, ließen nun auch diesen sanften Klang ein bisschen erschreckend wirken. »Nachdem die Hälfte der Menschheit ausgelöscht war und wir endlich begriffen hatten, dass Lovecraft und seine Apologeten die Wahrheit geschrieben haben, wurde eine Sonde geschickt, um das System der roten Riesensonne zu erforschen. Das sind die Bilder, die sie zurückgesendet hat, bevor sie zerstört wurde.«

Es dauerte eine Sekunde, bis ich wirklich begriff, was ich da gerade gehört hatte. »Moment mal«, sagte ich ungläubig. »Soll das heißen, das sind echte Bilder? Keine Computeranimation?«

»Sie wurden digital nachbearbeitet und verbessert, aber ja, es sind echte Aufnahmen von Beteigeuze fünf«, bestätigte Oculus.

Wenn das aufbereitete Bilder waren, dachte ich, dann wollte ich die Originale gar nicht sehen. Es war, als blicke ich direkt in den tiefsten Schlund der Hölle. Alles war rot, von einem düsteren, bösartigen Rot. Umrisse und Gegenstände schien sich darin aufzulösen wie in leuchtender Säure. Verschwommene Gebilde glitten vorüber, die Wolken sein mochten, aber genauso gut auch gewaltige bizarre Kreaturen, die sich dem Erkennen immer wieder entzogen, und unendlich tief darunter begann etwas Kolossales und Finstereres Gestalt anzunehmen. Etwas, das ich gar nicht genau erkennen wollte, weil der bloße Gedanke erschreckend war, so etwas könnte existieren.

»Das ... das kann nicht sein«, brachte ich mit klopfendem Herzen heraus. »Beteigeuze ist ... über vierhundert Lichtjahre von der Erde entfernt!«

»Sechshundertzweiundfünfzig«, verbesserte mich Oculus. »Die astronomischen Instrumente Ihrer Zeit waren noch nicht sonderlich präzise.«

»Aber die Reise dorthin dauert mindestens sechshundertfünfzig Jahre!«, protestierte ich atemlos. »Und noch einmal so lange, um die Bilder zurückzuschicken!«

Sollte das heißen, ich befand mich tausenddreihundert Jahre in der Zukunft? Ich war erschüttert und weigerte mich, das zu glauben. Der winzige verbliebene Rest von Logik in mir fragte mich, worin eigentlich der Unterschied bestand, ob ich nun einen Tag oder ein Jahrtausend in die Zukunft gereist war und beantwortete diese Frage auch gleich: Es gab keinen.

»Die technische Entwicklung ist nicht stehen geblieben, Mister Sinclair«, antwortete Oculus. Es war nicht wirklich zu hören, aber ich meinte trotzdem einen leisen, amüsierten Unterton in seiner Stimme wahrzunehmen.

Ich konzentrierte mich wieder auf die rote Hölle hinter dem vermeintlichen Fenster.

Die Sonde sank allmählich tiefer, und ich konnte mehr und mehr Einzelheiten erkennen. Der Planet schien zur Gänze ins blutfarbene Licht der riesigen Sonne getaucht zu sein, von der ich wusste, dass sie mehr als die tausendfache Masse unserer heimatlichen Sonne besaß, und da war auch noch etwas, was ich über Beteigeuze gewusst und wieder vergessen hatte. Etwas von großer Wichtigkeit. Aber ich kam nicht darauf.

Und ich vergaß diese Frage auch, als die Sonde noch tiefer sank und ich mehr Details erkennen konnte.

Ich wusste nicht, was ich erwartet hatte, aber es war auf jeden Fall anders, und durch und durch grässlich. Es gab keinen Unterschied zwischen Meer und Land, keine Berge und Täler, keine Flüsse oder Seen. Der gesamte Planet war von einer einzigen, riesigen Stadt bedeckt, die sich von einem Horizont zum anderen erstreckte, eine unendliche Ansammlung zyklopischer schwarzer Gebäude, deren bloßer Anblick dem menschlichen Auge schon Schmerzen bereitete, eine düstere Architektur, die nicht der euklidischen Geometrie gehorchte und eine körperliche Übelkeit in mir auszulösen begann, je länger ich hinsah. Dazwischen befanden sich schwarze Tümpel aus kochendem Teer, in denen sich groteske Kreaturen von so abscheulichem Äußeren suhlten, dass ich mich außerstande sah, sie auch nur wirklich zu erkennen, geschweige denn zu beschreiben.

Tentakel so groß wie tausendjährige Eichen peitschten, und Augen voller uralter unstillbarer Bosheit schienen mich über den Abgrund von Raum und Zeit hinweg direkt anzustarren und begannen meine Seele zu vergiften. Dazwischen bewegten sich andere, kleinere Geschöpfe, manche den Bäumen mit einem Kranz peitschender Fangarme gleich, wie ich sie schon kannte, andere größer, bizarrer und von einer Abscheulichkeit, die ich niemals hatte sehen wollen, lebendig gewordenen Albträumen gleich, die sich zu immer neuen und immer bizarrere Formen zusammenfanden und wieder auseinanderfielen.

Dann ging alles sehr schnell. Etwas Riesiges tauchte auf und schlug so schnell und warnungslos nach der Sonde, dass ich gar nicht anders konnte als erschrocken zurückzuprallen, dann ein greller Blitz, und das Bild erlosch.

»Was ... was war das?«, brachte ich mühsam hervor.

»Soweit wir es beurteilen können, erstreckt sich diese Stadt über die gesamte Planetenoberfläche«, sagte Marisa, statt meine Frage zu beantworten. Ich war ihr fast dankbar dafür. »Es scheint nur noch diese eine Spezies auf dem ganzen Planeten zu geben. Wenn dort jemals andere Lebensformen existiert haben, dann wurden sie offensichtlich von diesen Geschöpfen ausgelöscht.«

»Und um Ihre Frage zu beantworten«, fügte Jarvin ungefragt und in genau dem feindseligen Tonfall hinzu, den ich von ihm erwartet hatte, »das war ein Ausblick auf unsere eigene Zukunft, denn genau so wird es wohl auch auf der Erde aussehen, wenn es uns nicht gelingt, sie aufzuhalten.«

»Woher wollen Sie das wissen?«, fragte ich, und sei es nur, weil die Vorstellung zu schrecklich war, um diesen Gedanken auch nur zu denken.

»Wir haben nicht nur diese eine Sonde losgeschickt«, antwortete Marisa, »sondern sehr viele. Die meisten wurden zerstört, aber zuvor konnten wir eine Anzahl weiterer Welten erkunden, auf denen sich die Großen Alten niedergelassen haben.« Sie schüttelte traurig den Kopf. »Es sieht überall so aus, John. Wo immer sie Fuß fassen, assimilieren sie die gesamte native Ökologie und machen sie zu dem, was sie dort gerade gesehen haben.«

»Wenn eure Technologie so weit fortgeschritten ist, dass ihr selbst die Lichtgeschwindigkeit überwinden könnt, warum flüchtet ihr nicht einfach?«, fragte ich, wobei mir alles andere als wohl bei dem Gedanken war, die Erde diesen Kreaturen zu überlassen.

Marisa schüttelte traurig den Kopf. »Selbst wenn wir es könnten, wäre es sinnlos. Natürlich weiß es niemand genau, aber es gibt ... gewisse Indizien, die darauf hindeuten, dass sie sich bereits über einen nennenswerten Teil der Galaxis ausgebreitet haben. Es gibt nichts, wohin wir flüchten könnten.« Ihr Lächeln wurde noch einmal trauriger, und jetzt las ich auch eine große Bitterkeit darin. »Und selbst wenn wir es wollten und könnten, und wenn es einen solchen Ort gäbe – wir haben weder die nötigen Ressourcen noch die Zeit, einen ganzen Planeten zu evakuieren. Wir sind vielleicht nicht mehr viele, aber immer noch viel zu viele, um einfach zusammenzupacken und auf einen anderen Planeten umzuziehen.«

Statt etwas zu sagen sah ich wieder aus dem Fenster, aber das Panorama aus Berggipfeln und Wolken hatte viel von seiner majestätischen Schönheit verloren.

»Wir müssen sie hier schlagen«, fuhr Marisa fort. »Wir werden sie besiegen und unsere Welt zurückerobern, oder bei dem Versuch sterben. Eine andere Wahl haben wir nicht.«

»Und wenn Sie sie schlagen und sie wiederkommen?«

»Das ist unwahrscheinlich«, sagte die körperlose Stimme des Oculus. »Ihre Zivilisation ist nicht technologisch wie die unsere. Sie sind vor mehr als zweihundert Millionen Jahren auf die Erde gekommen und auf die erste Zivilisation gestoßen, die es hier gab. Lovecraft nannte sie die Älteren Götter, und das ist auch schon beinahe alles, was wir über sie wissen.«

»Und dass Sie sie besiegt haben«, fügte Sarah hinzu.

»Ich weiß«, antwortete ich und bedauerte selbst diese beiden Worte, kaum dass sie mir entschlüpft waren. Ich wusste es besser als jeder hier, wahrscheinlich sogar besser als der Oculus. Howard selbst hatte es mir erzählt. Ein Howard, der Teil eines Lebens gewesen war, das ich niemals gelebt hatte. Es war sehr verwirrend. Und immer beunruhigender.

»Nach dem Wenigen, was wir wissen, haben sie sich wohl gegenseitig ausgelöscht«, fuhr Marisa fort. »Die Älteren Götter gibt es nicht mehr, und die wenigen überlebenden Großen Alten waren so geschwächt, dass sie lange gebraucht haben, um sich von dieser Niederlage zu erholen.«

»Zweihundert Millionen Jahre?«, fragte ich zweifelnd.

Marisa hob die Schultern. »Vielleicht eine Art ... Winterschlaf«, sagte sie, »auch wenn es Hinweise darauf gibt, dass es noch einen anderen Grund gegeben haben könnte. Vielleicht etwas, das wir nicht einmal begreifen. Aber jetzt sind sie wieder da, und das Wichtige ist: Es sind dieselben wie damals. Es gibt keine zweite Welle. Wenn wir sie besiegen, dann sind wir in Sicherheit.«

»Woher wollen Sie das so genau wissen?«, fragte ich zweifelnd.

»Weil wir wissen, warum sie ihre Heimat verlassen haben«, antwortete die Stimme des Oculus aus dem Nichts. »Beteigeuze wird zur Nova werden, das war auch schon den Wissenschaftlern Ihrer Zeit bekannt. Die Großen Alten müssen es schon vor hunderten Millionen Jahren entdeckt haben und haben das getan, was jedes denkende Wesen an ihrer Stelle auch getan hätte: Sie haben dafür Sorge getragen, dass ihre Spezies überlebt, selbst wenn ihre Sonne explodiert und ihren Heimatplaneten verschlingt.«

»Indem sie die Raumschiffe gebaut haben, die ihr nicht bauen könnt?«, fragte ich.

Ich konnte Oculus' Kopfschütteln beinahe hören. »Wie ich bereits sagte: Sie hatten keine technologische Zivilisation. Das Konzept von Technik und Wissenschaft scheint ihnen vollkommen fremd zu sein. Soviel wir herausfinden konnten, haben sie Sporen ausgesandt. Milliarden von Sporen, die durch das All treiben und darauf warten, von der Gravitation eines Planeten eingefangen zu werden und darauf niederzugehen und zu keimen. Die allermeisten treiben vermutlich noch heute durch die Leere und werden es auch weiter tun, ohne jemals irgendwo anzukommen. Viele sind gewiss auf lebensfeindlichen Planeten gelandet und zugrunde gegangen oder in eine Sonne gestürzt und verbrannt, aber überall dort, wo sie Fuß fassen konnten, haben sie es getan. Und anscheinend auch überall gewonnen.«

Gut, ein Teil dieses Gedankenexperiments war mir nicht neu und mochte stimmen oder auch nicht, aber es schadete schließlich nicht, wenn ich mich zumindest für den Moment darauf einließ. »Du meinst, die Sporenwolke ist vorübergezogen«, fragte ich, »und wenn wir Cthulhu und die anderen überlebenden Großen Alten töten, kommen auch keine neuen mehr?«

»Das hoffen wir«, antwortete Marisa. »Wir wissen es nicht genau, aber welche andere Wahl als diese Hoffnung bleibt uns schon? Wir müssen sie schlagen, John, oder die Erde wird zu dem, was Sie gerade dort gesehen haben.«

Sie deutete auf das Fenster, hinter dem nun wieder das Wolkenmeer und die schwarzen und schneebedeckten Berggipfel zu sehen waren, aber für einen Moment meinte ich noch einmal die blutfarbene Hölle zu erblicken, die ich gerade gesehen hatte. Diesmal versuchte ich gar nicht erst, mich des eisigen Fröstelns zu erwehren, das mir den Rücken hinabrieselte.

»Und was ... was soll ich dabei tun?«, fragte ich stockend.

»Wir zeigen es Ihnen«, sagte Marisa.

Front Street, London. 1937

Der Bus war so groß wie ein anderthalbgeschossiges Haus, in schon fast aufdringlichem Rot lackiert und beherrschte die Straße schon allein durch seine monströse Präsenz, doch das schien dem Fahrer noch nicht zu reichen. Alle paar Augenblicke betätigte er die Hupe, ob seinem Gefährt nun etwas im Weg war oder nicht, und als wäre das noch nicht genug, ließ er in mehr oder weniger regelmäßigen Abständen den Motor seines riesigen Gefährts aufheulen. Nicht dass es irgendjemanden beeindruckte. Die anderen Verkehrsteilnehmer antworteten mit ihren eigenen Hupen oder Fahrradklingeln oder schnitten ihm auch schon einmal eine Grimasse, sofern sie zu Fuß unterwegs waren. Das war allerdings nicht der eigentliche Grund, aus dem Robert ihn seit einer geschlagenen Minute anstarrte.

Das war der Umstand, dass er seinen eigenen Namen in großen Buchstaben auf der Seite des Doppeldeckerbusses lesen konnte.

»Also das nenn ich mal britische Gastfreundschaft«, witzelte Rowlf neben ihm. »Sie wissen, was sie dir schuldig sind.«

»Ich finde das nicht komisch«, antwortete Robert, ohne das rote Ungetüm aus den Augen zu lassen. Seit es am Ende der Straße aufgetaucht war, musste schon deutlich mehr als eine Minute verstrichen sein. doch er hatte nicht den Eindruck, dass es schon nennenswert näher gekommen wäre.

Auf der Straße herrschte ein unbeschreibliches Gedränge. Schon der Verkehr in New York war ihm einfach nur chaotisch vorgekommen, doch gegen das, was er hier in London erlebt hatte, kam ihm der Verkehr in New York fast schon beschaulich vor. Er verstand nicht wirklich, wieso diese ganze Stadt nicht längst unter der Lawine aus bunt lackiertem Metall und Glas begraben worden war, die sich durch ihre Straßen wälzte, oder an den Wolken aus stinkenden Abgasen erstickt, die all diese Benzinkutschen, Trambahnen, Motorräder und andere Gefährte ununterbrochen ausstießen.

»Also ich schon«, griente Rowlf. »Howard hätte seine helle Freude dran, da bin ich sicher.«

»Ja«, nörgelte Robert. »Ich auch.« Was aber nicht bedeutete, dass es ihm auch gefallen musste. Auf dem Bus stand nur scheinbar sein Name, sondern in Wahrheit etwas, das ihm gar nicht gefiel. »Craven A?«, murmelte er. »Werbung für Zigaretten?«

»Die angesagte Marke drüben in den Staaten«, bestätigte Rowlf. Robert meinte sein schadenfrohes Grinsen geradezu hören zu können. »Vielleicht hättest du dich die letzten zwanzig Jahre doch nicht irgendwo verkriechen, sondern ab und zu einen Blick in die Zeitung werfen sollen.«

»Ich werde sie verklagen. Ich mache mit meinem Namen ganz bestimmt keine Werbung für Tabak! Es reicht, wenn sich Howard damit umgebracht hat.«

»Die Tabakindustrie?«, fragte Rowlf. »Viel Vergnügen. Pass nur auf, dass sie dir am Ende nicht verbieten, deinen eigenen Namen weiter zu tragen.«

»Da steige ich nicht ein«, sagte Robert stur.

»Dann gib deinen Platz in der Reihe frei und verschwinde«, sagte eine Stimme irgendwo in der Schlange hinter ihnen, und Robert fuhr unbeirrt fort:

»Niemals. Ich gebe meinen guten Namen nicht auch noch dafür her!«

»Du meinst, dass sie jetzt schon in aller Öffentlichkeit Hexen verbrennen und auch noch Geld dafür bezahlen?«, griente Rowlf.

Robert sah ihn nur böse an, und Rowlf feixte sogar noch unverschämter und klappte den Regenschirm zu, unter dem sie beide standen. Augenblicklich ergoss sich eine wahre Sturzflut aus eisigem Wasser auf Robert, und ihm fiel schlagartig wieder ein, was er an London sogar noch weniger mochte als den Automobilverkehr: das Londoner Wetter. Der Regen hatte begonnen, als sie die Central Station verließen und war seither unentwegt nur noch stärker geworden. Mittlerweile goss es wie aus Kübeln, und am Himmel türmten sich ganze Gebirge aus schwarzen Regenwolken.

Andererseits war er ohnehin schon nass bis auf die Haut. »Wie weit ist es noch bis zu dieser Front Street?«, fragte er störrisch.

»Da bist du schon, Freundchen«, sagte dieselbe Stimme wie gerade. »Also warum gibst du nicht endlich den Weg frei?«

Diesmal überlegte Robert ernsthaft zu antworten; und nicht unbedingt freundlich. Was man über die Disziplin der Briten beim Schlangestehen erzählte schien zu stimmen. Aber in der Geschichte war nicht von Freundlichkeit die Rede gewesen.

»Das stimmt«, sagte Rowlf, während er den Regenschirm wieder aufklappte. »Aber sie ist ziemlich lang. Bestimmt noch 'ne Meile, bis zu der Adresse, die Howard mir aufgeschrieben hat.«

Robert zog zur Antwort nur eine Grimasse. Aber er musste sich entscheiden. Der Bus mit seinem Namenszug war fast heran, obwohl sich der Verkehr kaum zu bewegen schien, und es regnete nicht nur in Strömen, sondern war auch empfindlich kalt, zumindest hier, unmittelbar an der Themse. Zu dem Gepäck, das Howard in aller Eile für sie zusammengestellt hatte gehörten weder ein Regencape noch ein warmer Mantel. Was angesichts der Jahreszeit eigentlich auch nicht nötig sein sollte.

Darüber hinaus hatte er die Themse zwar als alles andere als sauber in Erinnerung, aber er konnte sich auch nicht erinnern, dass sie jemals so übel gerochen hatte; nach faulendem Wasser, totem Fisch und noch schlimmeren, verwesenden Dingen, für die sich seine Fantasie weigerte, einen passenden Vergleich zu ersinnen.

Dabei war der Geruch nicht einmal besonders stark, fast schon dezent, dabei aber so penetrant, dass es zugleich unmöglich war, ihn zu ignorieren.

Der Bus kam, und die Warteschlange nahm ihm die Entscheidung ab, indem sie sich wie ein Mann in Bewegung setzte und Rowlf und ihn mitriss wie die Flut ein Stück Treibholz.

Der Bus setzte sich in Bewegung, kaum dass der letzte Fahrgast auch nur ganz eingestiegen war, und Robert griff hastig nach einer der ledernen Halteschlaufen, um nicht die Balance zu verlieren, obwohl das kaum möglich zu sein schien, so eingepfercht, wie er zwischen den anderen Passagieren war. Zu allem Überfluss war er auch noch von Rowlf getrennt worden, und es gab keine Chance, wieder zu ihm zurückzugelangen, ohne mehr zu tun, als auf ein paar Zehen zu treten.

Immerhin hatte Rowlf die Situation wohl ebenfalls erfasst und machte zwar ein bedauerndes Gesicht, hob aber zugleich auch den Arm und reckte drei Finger in die Höhe. Drei Haltestellen, vermutete Robert. Er war auch nicht sicher, dass er es sehr viel länger hier drinnen aushalten würde.

Es war nicht nur die drückende Enge. Der Gestank des Flusses war mit ihnen hereingekrochen, und inmitten all der zusammengepferchten Menschen beinahe noch unerträglicher.

Aber möglicherweise tat er dem Fluss ja auch Unrecht, denn als er sich herumdrehte, um nach dem nächstgelegenen Ausstieg Ausschau zu halten, streifte sein Blick das Gesicht eines dunkelhaarigen Mannes in eleganter Kleidung, der ihm vage bekannt vorkam, auch wenn er im ersten Moment nicht sagen konnte woher. Dann erinnerte er sich doch. Es war der Stutzer, der im Fährbüro von Holyhead fast mit ihm zusammengeprallt wäre. Es war etliche Stunden her, aber offensichtlich war er in dieser Zeit keiner Dusche nahe genug gekommen, um sie zu benutzen. Für einen ganz kurzen Moment trafen sich ihre Blicke, und erneut meinte er etwas in seinen Augen zu erkennen, das ihn eigentlich alarmieren sollte, und auch jetzt wieder, ohne dass er sagen konnte was. Es war ein äußerst beunruhigendes Gefühl, und dass er es nicht begründen konnte, war sogar noch beunruhigender.

Der Fremde musste sein Starren gespürt haben, doch statt in irgendeiner Art darauf zu reagieren – und sei es mit einem unwilligen Stirnrunzeln –, starrte er weiter geradewegs durch ihn hindurch, und Robert fiel auch noch etwas auf: Obwohl der Bus hoffnungslos überfüllt war, stand der Mann allein da und nicht eingezwängt wie eine Sardine in der Dose, denn alle anderen Fahrgäste mühten sich nach Kräften, einen möglichst großen Abstand zu ihm einzuhalten.

Robert brauchte auch nur noch einen kleinen Moment um zu verstehen, warum das so war: Er hatte dem Fluss tatsächlich Unrecht getan. Es war der Mann, der diesen unangenehmen Geruch verströmte, genau wie heute Morgen im Fährbüro. Es wirkte umso bizarrer, weil ihm erneut auffiel, wie tadellos er gekleidet war. Und man sah seiner Garderobe auch an, dass sie nagelneu war; und ganz gewiss nicht billig.

Robert schüttelte den Gedanken ab. Er war misstrauisch und übervorsichtig – wofür er jeden Grund hatte –, aber er musste aufpassen, es nicht zu übertreiben. Wenn man anfing, hinter jedem zufälligen Schatten eine Gefahr zu mutmaßen, konnte es nur zu leicht passieren, dass man das Offensichtliche übersah. Nach all den Jahren, die er zurückgezogen und tatsächlich – wie Rowlf es in seiner charmanten Art ausdrückte – fernab der Zivilisation zugebracht hatte, war er einfach aus der Übung.

Wäre es nach ihm gegangen, dann wäre das auch so geblieben. Aber was er wünschte, hatte das Schicksal eigentlich noch nie interessiert.

Der Bus wurde langsamer und kam mit einem zitternden Ruck zum Halten. Die Passagiere stiegen in Strömen aus, nur um praktisch sofort von einer identischen Anzahl nasser Gestalten ersetzt zu werden, und Robert musste achtgeben, nicht auf dieselbe Weise wieder aus dem Bus herausgespült zu werden, wie er hereingekommen war. Und nicht alle, die Einlass begehrten bekamen ihn auch. Das Meer aus nass glänzenden schwarzen Schirmen war nicht nennenswert kleiner geworden, als sich der Bus wieder in Bewegung setzte und sich in den träge dahinfließenden Verkehrsstrom einreihte.

Robert hatte auch nicht das Gefühl, dass sie sich erheblich schneller bewegten. Zumindest was ihr Tempo anging, wäre es zweifellos die klügere Entscheidung gewesen, zu Fuß zu gehen.

Möglicherweise lag es nicht nur am Wetter. Er war nicht in London geboren, aber er hatte einen so großen Teil seines Lebens hier verbracht, dass er es mit Fug und Recht als seine Heimatstadt bezeichnen konnte, aber nun erkannte er es praktisch nicht wieder. Nicht nur wegen der zu vielen Jahre, die er nicht mehr hier gewesen war, der unzähligen Automobile und Busse, elektrischen Trambahnen und anderen Absonderlichkeiten, die den Platz der gemächlichen Pferdefuhrwerke und Mietdroschken eingenommen hatten, oder weil sie hier in einer Gegend waren, die er niemals zuvor aufgesucht hatte; was in einer Stadt von der Größe Londons auch nichts Besonderes gewesen wäre.

London war nicht einfach nur hektischer und lauter geworden; es war eine vollkommen andere Stadt, und eine andere Zeit.

Ein anderes Jahrhundert, und vielleicht tat er gut daran, das nicht zu vergessen. Die Zeit, die er nicht mehr hier gewesen war, bedeutete für so manchen anderen eine ganze Lebensspanne, und dieses neue Jahrhundert war schnelllebig. Was hatte er erwartet?

Der Bus hielt an der nächsten Haltestelle, und Rowlf, der es aufgegeben hatte, sich zu ihm zurückzuarbeiten, gestikulierte ihm übertrieben zu, sich bereitzuhalten. Einen Bus zu ergattern, war in London offensichtlich schon schwer genug, ihn an der richtigen Haltestelle wieder zu verlassen, anscheinend mindestens genauso schwer.

Er brachte das Kunststück fertig, auch wenn er mit etlichen unsanften Rippenknüffen und dem einen oder anderen schmerzhaften Tritt auf die Zehen dafür bezahlte. Und draußen angekommen konnte er gerade noch den Kopf zur Seite drehen, um nicht die Spitze eines Regenschirms ins Auge zu bekommen, die gleich im Dutzend rings um ihn herum aufschnappten. Er selbst besaß keinen solchen, was sich als besonders unangenehm erwies, denn der Regen hatte sogar noch einmal zugenommen, sodass es war, als trete er ohne Vorwarnung unter einen rauschenden Wasserfall.

Wäre er nicht schon bis auf die Haut durchnässt gewesen, er wäre es spätestens in diesem Moment gewesen. Unnötig zu erwähnen, dass Rowlfs Grinsen jetzt so breit war, als versuche er allen Ernstes, seine eigenen Ohrläppchen zu verspeisen. Beide zugleich.

Robert sah über die Schulter zurück und war nicht im Mindesten überrascht, seinen alten Freund aus dem Fährbüro zu entdecken, der den Bus ebenfalls verlassen hatte und auch jetzt wieder in ihre Richtung sah, ohne eigentlich irgendwohin zu blicken.

»Kennste den Kerl?«, fragte Rowlf, dem sein Blick nicht entgangen war. Sein besorgter Gesichtsausdruck offensichtlich auch nicht.

Robert schüttelte den Kopf und hatte das Gefühl, zu lügen.

»Der Bursche ist mir schon heut Morgen aufgefallen«, fuhr Rowlf mit einem nachdenklichen Nicken hinzu. Seine Kiefer mahlten. »Kommt mir fast vor, als würde er uns folgen tun.« Er hielt Robert den Schirm hin. »Ich frag ihn mal ganz freundlich.«

Robert rührte keinen Finger, um nach dem Schirm zu greifen. »Mach keinen Unsinn«, sagte er. »Das kann genauso gut Zufall sein.«

»Und wenn nicht?«

»Haben wir auch keine Zeit für so einen Unsinn«, antwortete Robert in schärferen Ton, als er eigentlich wollte. Trotzdem fuhr er fort: »Hast du nicht selbst gesagt, dass wir uns sputen müssen?«

Er bedeutete Rowlf mit einer knappen Geste vorauszugehen, was dieser auch tat. Auch wenn voraus*waten* vielleicht passender gewesen wäre. Der Regen schien dieses Viertel besonders hart gebeutelt zu haben. Die Kanalisation hatte es schon längst aufgegeben, die Wassermassen aufzunehmen, die vom Himmel stürzten. Auf der Straße stand das Wasser schon nahezu knöchelhoch und bildete überall winzige Strudel und Wirbel und reißende Wildwasserbäche innerhalb größerer Strömungen, wo es nicht von vorüberfahrenden Automobilen in hüfthohe gischtende Fontänen verwandelt wurde, die die Passanten zusätzlich durchnässten; was praktisch ununterbrochen der Fall war.

Roberts Blick tastete über die Straße und das träge dahinfließende Band der Themse, das die Stelle der anderen Straßenseite einnahm. Vielleicht lag es am Regen, möglicherweise narrten ihn auch einfach seine Erinnerungen nach all der Zeit, aber der Wasserstand kam ihm deutlich höher vor als das letzte Mal, als er hier gewesen war, und er hatte die Strömung auch nicht als so reißend in Erinnerung. Aus dem schmutzigen Wasser spritzte meterhoher Schaum, und obwohl keinerlei Boote oder gar Schiffe unterwegs waren, meinte er doch eine Anzahl *Dinge* zu erkennen, die auf oder auch dicht unter der brodelnden Wasseroberfläche dahinschossen. Dazu kam der Wind, der immer nur noch stärker zu werden schien und sein Möglichstes tat, um jeden einzelnen Regentropfen in eine Nadelspitze zu verwandeln, die schmerzhaft in sein Gesicht biss.

»Wie weit ist es noch?«, fragte er, nachdem sie vielleicht hundert Schritte zurückgelegt hatten, die ihm wie tausend vorkamen.

Rowlf lugte unter dem Rand des Regenschirms hervor, um eine Hausnummer abzulesen, machte ein nachdenkliches Gesicht und sagte schließlich: »Nicht mehr weit.«

»Aha«, antwortete Robert. Er musste sich beherrschen, um sich seinen Ärger nicht anmerken zu lassen. Irgendwann nach dem achten oder zehnten Versuch hatte er es aufgegeben, Rowlf nach ihrem Ziel zu fragen, oder gar, was sie dort erwartete. Allmählich, fand er, übertrieb er es.

Immerhin sagte er die Wahrheit, und es war wirklich nicht mehr sehr weit. Nach vielleicht zwei oder drei Dutzend weiteren platschenden Schritten hielten sie vor einem unauffälligem dreigeschossigen Gebäude an, und Rowlf klappte den ohnehin wenig hilfreichen Regenschirm zusammen und trat in einen aus Backsteinen gemauerten Windfang, um aus angestrengt zusammengekniffenen Augen die Namen auf dem halben Dutzend Klingelschildern zu lesen. Robert lief schon wieder das Wasser in die Augen, sodass es ihm nicht gelang, die Namen zu entziffern, aber er sah, dass es sich um kleine geätzte Messingschildchen handelte, keine handgeschriebenen Zettel oder gar leere Klingeln, und auch das Haus selbst machte einen zwar eher schlichten, aber ordentlichen Eindruck; wie überhaupt die gesamte Gegend. Hier lebten sicher keine reichen Leute, aber auch nicht die Ärmsten; auch wenn Robert nicht ganz sicher war, ob er hier nach Dunkelwerden wirklich noch guten Gewissens aus dem Haus gehen würde.

»Wonach suchen wir eigentlich?«, fragte er missmutig. Mittlerweile waren sie beide nicht nur nass bis auf die Haut, er begann auch immer stärker zu frieren, und auch der üble Geruch war wieder da; und sogar deutlich stärker geworden. Ganz automatisch sah er sich um, doch von ihrem übel riechenden Reisebegleiter war nichts zu sehen. Diesmal kam der schlechte Geruch ganz eindeutig vom Fluss. Was ging da vor?

»Rowlf?«, fragte er noch einmal und musste sich zusammenreißen, damit seine Zähne nicht klapperten.

Er bekam auch jetzt keine Antwort. Rowlf hatte sich leicht nach vorne gebeugt und fuhr mit dem Zeigefinger an den Namensschildern entlang, bis er auf dem obersten verharrte. Robert strengte die Augen an, bis es ihm gelang, die in das nasse Messing geätzten Buchstaben zu entziffern.

»Sinclair? Wer soll das sein?«

Rowlf drückte nicht nur den Klingelknopf, sondern hielt ihn auch geschlagene fünf Sekunden gedrückt, bevor er ihn wieder losließ und antwortete: »Weiß ich nicht. Howard hat mir nur die Adresse aufgeschrieben. Er hat telegrafiert.«

Das machte ihn auch nicht wirklich schlauer, aber er versuchte erst gar nicht so etwas wie eine klare Antwort von Rowlf zu bekommen. Mittlerweile war ihm so kalt, dass er tatsächlich mit den Zähnen zu klappern begann. Er wollte nur noch aus diesem verdammten Regen raus, der mit jedem Moment nur immer noch stärker zu werden schien. Auf der Straße stand das Wasser jetzt so hoch, dass es bereits auf den Bürgersteig zu schwappen begann. Die Automobile pflügten wie Boote durch das knöcheltiefe Wasser, und es wurde immer dunkler, weil sich die schwarzen Wolkenberge am Himmel immer nur noch weiter und höher auftürmten.

Sie mussten sich noch eine Zeit lang gedulden – wahrscheinlich nur wenige Sekunden, aber ihm kam es vor wie Stunden – doch dann näherten sich von drinnen Schritte, und eine ausgesprochen hübsche junge Frau mit schulterlangem blondem Lockenhaar machte ihnen auf. Sie war ein wenig außer Atem, was darauf hindeutete, dass sie die drei Treppen sehr rasch heruntergekommen war. Und sie sah kein bisschen überrascht aus, wie es bei den meisten Menschen der Fall ist, die eine Tür aufmachten und sich unversehens einem verdrießlich dreinblickenden Koloss wie Rowlf gegenübersahen.

»Miss Sinclair?«, begann Rowlf. »Ich glaube, Sie erwarten uns. Wir haben eine Verabredung.«

Die junge Frau musterte zuerst ihn, dann und etwas länger Robert und rang sich schließlich eine Bewegung ab, die mit einigem guten Willen als Nicken durchgehen mochte. »Sie sind unser Besuch aus Amerika, nehme ich an? Die Herren Lovecraft und Craven?«

Sie sprach Englisch mit einem unverkennbaren Akzent, den Robert sofort als schottisch identifizierte.

»Mister Lovecraft verspätet sich ein wenig, fürchte ich«, antwortete Rowlf und wies nacheinander mit der Hand auf Robert und sich selbst. »Das ist Mister Craven, ich bin Rowlf. Sie haben unser Telegramm also bekommen?«

»Bekommen schon, aber nicht wirklich verstanden, wenn ich ehrlich sein soll«, antwortete Sinclair. »Aber wollen wir das nicht lieber drinnen besprechen?« Ohne eine Antwort abzuwarten, machte sie einen Schritt zurück, um die Tür freizugeben und zugleich eine einladende Geste. »Das Wetter ist sogar für unsere Verhältnisse verbesserungswürdig.« Sie traten ein. Sinclair schloss die Tür hinter ihnen und eilte dann in einem Tempo voraus, dass sie sich sputen mussten, um mit ihr mitzuhalten; oder wenigstens nicht unschicklich weit zurückzufallen.

»Auch wenn es Ihnen wahrscheinlich nur ein schwacher

Trost ist, aber ich möchte mich für dieses schreckliche Wetter entschuldigen«, begann sie, während sie fröhlich die Treppe vor ihnen hinaufhüpfte. »Wir Briten sind ja Kummer gewohnt, was das Wetter angeht, aber das ist selbst für unsere Verhältnisse schlimm. Ihnen als Amerikaner muss es geradezu entsetzlich vorkommen. Aber ich versichere Ihnen, dass es keine böse Absicht ist.«

»Ich bin ebenfalls Kummer gewohnt«, sagte Robert.

»Auch so nassen?«

Hätte er nicht innerlich vor Kälte noch immer gebibbert, dann hätte er jetzt wohl gelacht. Sinclair gefiel ihm. Sehr sogar. »Und nebeliger. Ich habe viele Jahre hier in London gelebt.«

»Und dann kommen Sie freiwillig zurück?« Sinclair lachte. »Wir selbst leben auch nur hier, weil mein Mann hier arbeitet. Wir stammen aus Schottland. Aber jetzt bin ich sogar noch gespannter auf den Grund Ihres Besuchs. Es muss sich ja wirklich um etwas von großer Wichtigkeit handeln.«

»Ja, das ... nehme ich an«, antwortete Robert. Er versuchte Rowlfs Blicke einzufangen, aber in dieser Hinsicht war es genau wie früher: Wenn Rowlf etwas nicht sehen oder hören wollte, dann sah oder hörte er es auch nicht. Verabredung? Telegramm? Was zum Teufel ging hier vor?

Sinclair eilte auf dem letzten Absatz sogar noch schneller voraus und steuerte eine Tür am Ende des langen Flures an, in den sie gelangten; nebenbei auch die einzige Tür hier oben. Die Wohnung dahinter musste sehr groß sein.

Das war sie auch. Trotz der Jahreszeit brannte ein prasselndes Feuer im Kamin, dessen Wärme sie wie eine sanfte Umarmung empfing, Robert aber auch nur umso deutlicher machte, wie kalt es draußen wirklich geworden war. Er hatte durchaus die Wahrheit gesagt, als er behauptet hatte, Kummer gewohnt zu sein, was das Londoner Wetter anging, aber an so etwas konnte er sich beim besten Willen auch nicht erinnern.

Sinclair führte sie wortlos bis direkt vor den Kamin, bevor sie ihnen die Mäntel abnahm und damit aus dem Zimmer ging.

Robert wartete, bis die junge Frau die Tür hinter sich geschlossen hatte und wandte sich dann in leisem, aber äußerst scharfem Ton an Rowlf. »Was um alles in der Welt geht hier vor? Wer sind diese Leute, und was ist das für ein ominöses Telegramm, von dem du gesprochen hast?«

»Das weiß ich nicht«, antwortete Rowlf sehr ernst. »Howard hat mir nur gesagt, dass wir herkommen sollen, und dass er ein Telegramm geschickt hat.« Er griff unter die Jacke, zog seine Taschenuhr hervor und klappte den Deckel auf. Ungefähr dreißig Sekunden vergingen, bevor Robert klar wurde, dass Rowlf nicht von sich aus weitersprechen würde.

»Und?«, fragte er gereizt. »Was dann?«

»Nichts«, behauptete Rowlf. Er klappte den Deckel zu und sah zu den großen Fenstern hin, die die gesamte Südwand des Salons einnahmen. Der Regen trommelte wie mit Fäusten dagegen, und obwohl es gerade einmal früher Nachmittag war, war es bereits so dunkel, dass man das Bedürfnis hatte, das Licht einzuschalten. »Nur dass du tun sollst, was ich sage, auch wenn es dir vielleicht komisch vorkommt.«

»Eigentlich kommt mir fast alles, was du sagst ziemlich komisch vor«, witzelte Robert. Es klang sogar in seinen eigenen Ohren schal, und Rowlf drehte auch nur langsam den Kopf in seine Richtung und sah ihn mit versteinerter Miene an.

Bevor Robert noch etwas sagen konnte, ging die Tür auf, und Sinclair kam zurück, begleitet von einem gut aussehenden Enddreißiger mit hellblondem Haar und einem kühnen Schnauzbart mit gezwirbelten Enden. Er hatte sehr wache Augen, die Robert zur Vorsicht mahnten, ihn nicht zu unterschätzen, auch wenn er keinerlei Feindseligkeit darin zu entdecken vermochte.

»Guten Tag, die Herren«, begrüßte er sie ebenfalls mit

schottischem Akzent, kam mit ausgestrecktem Arm zuerst auf Rowlf und dann Robert zu und schüttelte ihnen die Hand. »Mein Name ist Gerald Sinclair. Meine Frau Helen kennen Sie ja bereits. Sie sind also der Besuch aus Amerika, der uns angekündigt wurde?«

»Das ist richtig«, antwortete Rowlf, auch jetzt wieder in nahezu perfektem Oxford-Englisch, was für sich genommen schon erstaunlich genug war. Dass er plötzlich und noch dazu ungefragt die Initiative ergriff, war sogar noch viel erstaunlicher, aber im Moment war Robert sogar dankbar dafür. Er verstand überhaupt nichts mehr und hätte ohnehin nicht gewusst, was er sagen sollte.

»Aber nehmen Sie doch Platz, meine Herren«, fuhr Sinclair fort. »Sie müssen erschöpft von der Reise sein – und Sie sehen aus, als könnten Sie ein heißes Getränk gebrauchen. Helen macht Ihnen gern einen Tee – es sei denn, Ihnen steht der Sinn nach etwas Stärkerem?«

»Tee wäre ganz wunderbar, danke«, sagte Robert.

»Sehr gut.« Sinclair wandte sich an seine Frau. »Helen, wärst du so nett, Liebes?

Helen ging. Bevor sie die Tür hinter sich schloss, war das Weinen eines Säuglings zu hören, und Sinclair fügte noch hinzu: »Und sei so lieb und sieh nach Horace.«Er zog sich einen Stuhl heran und wartete, bis Rowlf und Robert dasselbe getan hatten.

»Verzeihen Sie meine Ungeduld, aber Ihr Telegramm war wirklich ein wenig ... geheimnisvoll. Es hat mich neugierig gemacht. Was also führt Sie zu uns?«

Rowlf druckste einen Moment herum. »Das ist ein bisschen schwierig zu erklären«, sagte er. »Um ehrlich zu sein wäre es mir lieber, wenn wir auf Mister Lovecraft warten könnten.«

»Mister Lovecraft, den Absender des Telegramms?«, fragte Sinclair. »Etwa Howard Phillips Lovecraft, der Autor?«

»Sie kennen ihn?«, fragte Robert. Rowlf warf ihm einen warnenden Blick zu.

»Ich kenne seine Werke, und ich schätze sie«, bestätigte Sinclair. »Aber darf ich fragen, was er von uns will?«

»Wie gesagt, es wäre mir lieber, wenn er Ihnen das selbst erklärt«, antwortete Rowlf. »Aber keine Sorge, es ist etwas sehr Angenehmes. Sagen Sie, Mister Sinclair – haben Sie Verwandte in den USA?«

»In Amerika?« Sinclair schüttelte den Kopf. »Nicht dass ich wüsste. Ich muss sagen, Sie machen es wirklich spannend. Wann genau sagten Sie, erwarten Sie Mister Lovecrafts Eintreffen?«

»Er müsste eigentlich schon hier sein. Der Verkehr, nehme ich an.«

Sinclair seufzte. »Ja, es ist schon ein Kreuz damit, nicht wahr? Es wird von Jahr zu Jahr schlimmer. Und dann noch dieser entsetzliche Regen. Als würde die Welt untergehen.«

Rowlf machte ein bekümmertes Gesicht und sagte vorsichtshalber gar nichts mehr, und bevor Sinclair eine weitere Frage stellen und ihn endgültig in Verlegenheit bringen konnte, ging die Tür auf, und Helen kam zurück, ein Tablett mit einer dampfenden Kanne und Tassen in beiden Händen. Robert stand rasch auf, um ihr zu helfen, doch sie lehnte nur mit einem stummen Kopfschütteln ab und balancierte mit ihrer Last so geschickt zum Tisch, dass er sich ein bisschen albern vorkam, ihr seine Hilfe überhaupt angeboten zu haben.

Schon um seine Verlegenheit zu überspielen, ging er zum Fenster und sah hinaus. Lag es an der veränderten Perspektive, oder hatte sich der Anblick abermals verändert, seit sie heraufgekommen waren? Die Straße vor dem Haus hatte sich endgültig in einen Fluss verwandelt, der längst die Bürgersteige überflutet hatte und immer noch weiter anschwoll. Die wenigen Passanten, die überhaupt zu sehen waren, hasteten geduckt und schräg gegen den Wind gestemmt unter ihren Regenschirmen dahin, und die Themse schien zu kochen. Weiße Gischt spritzte meterhoch, und der Wasserstand war bedrohlich angestiegen.

Der Regen trommelte weiter wie mit großen weichen Fäusten gegen die Scheiben, und die Tropfen waren so groß, dass man sie regelrecht auf den Scheiben explodieren sehen konnte. Auch die Geduld der Autofahrer dort unten schien sich ihrem Ende zu nähern. Ein ununterbrochenes Hupkonzert drang durch das dicke Glas, und als er nach links sah, erkannte er, dass die Schlange bis zur Wellington Road Bridge reichte, auf der der Verkehr fast zum Erliegen gekommen war.

Dann erblickte er etwas, das ihn den bevorstehenden Verkehrskollaps und den Regen beinahe vergessen ließ.

Unmittelbar vor dem Haus stand ein Mann. Er war elegant gekleidet, trug schwarze Handschuhe und hatte den Kopf in den Nacken gelegt, um zu ihm heraufzusehen, und Robert bildete sich ein, seinen Gestank selbst über die Entfernung und durch das dicke Glas zu spüren.

Diesmal konnte er sich nicht mehr einreden, dass es Zufall war. Der Bursche stand eindeutig da und starrte ihn an. Roberts Herz begann schneller zu klopfen.

Hinter ihm lachte Rowlf – was selten genug vorkam –, dann konnte er hören, wie jemand aufstand und zur Tür ging. »Ich sehe noch einmal nach Horace«, erklang Helens Stimme. »Er ist heute so unruhig.«

Die Tür fiel ins Schloss, und Sinclair sagte etwas, das Robert nicht verstand, dann folgten ein überraschter Laut, gefolgt von einem dumpfen Poltern. Robert sah erneut über die Schulter zurück – und riss ungläubig die Augen auf. Sinclair war vom Stuhl gefallen und lag bewusstlos auf dem Rücken. Rowlf hatte sich halb über ihn gebeugt und hielt ihn mit der linken Hand nieder. Mit der anderen grub er in der Jackentasche und förderte eine Anzahl kurzer Stricke zutage.

»Rowlf?«, murmelte Robert fassungslos. »Was... was tust du da?«

»Komm her und hilf mir!«, verlangte Rowlf anstelle einer Antwort. Er hatte Sinclair bereits auf den Bauch gewälzt und band seine Hände alles andere als vorsichtig auf dem Rücken zusammen.

»Hast du den Verstand verloren?«, keuchte Robert. »Was tust du denn da?!«

Rowlf wandte sich Sinclairs Fußgelenken zu, band sie zusammen und sprang aus derselben Bewegung heraus hoch. »Pass auf ihn auf!«, wies er Robert an, während er bereits auf dem Absatz herumfuhr und zur Tür eilte.

»Aber du kannst doch nicht ...«

Robert sprach nicht weiter, denn Rowlf war bereits aus dem Zimmer und warf die Tür hinter sich zu. Bestürzt und so hoffnungslos verwirrt, dass ihn fast schwindelte, ging er zu Sinclair hin, sank neben ihm auf die Knie und streckte ganz automatisch die Hände aus, um seine Fesseln zu lösen, zögerte dann aber im letzten Moment. Rowlf mochte den Verstand verloren haben, aber vielleicht hatte er ja auch einen Grund für diesen vermeintlichen Wahnsinn, so wenig ihn sich Robert im Moment auch vorstellen konnte.

Durch die geschlossene Tür drang ein erschrockener Ausruf, dann gedämpfte Geräusche wie von einem kurzen Kampf, und nun hatte es Robert sehr eilig, wieder aufzuspringen und Rowlf zu folgen.

Er fand ihn in einem kleinen Zimmer ganz am Ende des Flures, das in fröhlichen Farben dekoriert war und über ein großes Dachfenster verfügte, auf das sich der Regen wie aus Kübeln ergoss. Helen Sinclair lag auf dem Boden und war ebenfalls an Händen und Füßen gefesselt, und Rowlf selbst beugte sich gerade über ein liebevoll dekoriertes Kinderbett und nahm einen in eine weiße Spitzendecke gewickelten Säugling heraus, der prompt zu weinen begann.

»Rowlf!«, keuchte Robert zum wiederholten Mal. »Was geht hier vor? Rede, verdammt noch mal!«

Natürlich bekam er auch jetzt keine Antwort. Stattdessen drückte ihm Rowlf das weinende Baby in die Arme, war mit einem einzigen großen Schritt bei einem Regal und riss wahllos eine Decke heraus. »Und jetzt weg hier! Wie haben nur noch ein paar Minuten!«

»Ein paar Minuten wozu?«, fragte Robert verdutzt, bekam auch darauf keine Antwort und musste im nächsten Augenblick darum kämpfen, seine strampelnde Last nicht fallen zu lassen, als Rowlf ihn kurzerhand an den Schultern ergriff und aus der Tür schob.

Auf dem Boden regte sich Sinclair stöhnend, und Rowlf machte ungeachtet seiner eigenen Worte noch einmal auf dem Absatz kehrt und sank neben ihr auf ein Knie. »Es tut mir wirklich leid, Helen, aber uns bleibt keine Wahl«, sagte er. »Ich wünschte, wir könnten irgendetwas für Sie und Ihren Mann tun, aber das geht nicht. Aber ich verspreche Ihnen, dass Ihrem Sohn nichts geschehen wird. Horace wird leben.«

»Was zum Teufel soll das ...?«, begann Robert, und Rowlf sprang hoch, packte ihn fast schon brutal am Oberarm und zerrte ihn einfach mit sich. Robert versuchte sich loszureißen, aber genauso gut hätte er auch versuchen können, eine durchgehende Dampfmaschine mit bloßen Händen aufzuhalten. Der einzige Grund, aus dem Rowlf ihn nicht einfach hinter sich her schleifte war vermutlich das schreiende Kind in seinen Armen.

Im schnellen Schritt durchquerten sie den Flur. Als Rowlf die Wohnungstür aufriss, blieben sie abrupt stehen. Der Korridor vor der Tür war nicht mehr leer. Zwei Schritte davor stand ein dunkelhaariger Mann in eleganter, wenn auch völlig durchnässter Kleidung mit schwarzen Handschuhen, der Rowlf aus Augen ansah, in denen nicht mehr die geringste Spur von Weiß zu erkennen war. Er roch nach faulendem Wasser und toten Dingen.

Und er griff augenblicklich an. Robert fand nicht einmal genug Zeit, um zu erschrecken, da packte der Angreifer Rowlf auch schon am Schlafittchen und schmetterte ihn mit solcher Gewalt gegen die Wand, dass Robert meinte, seine Rippen knacken zu hören.

Rowlf brach mit einem erstickten Stöhnen in die Knie, und der Stinker versetzte ihm einen Hieb mit dem Handrücken ins Gesicht, der seinen Hinterkopf noch einmal und mit sogar noch größerer Wucht gegen die Wand krachen ließ. Blut schoss aus seiner Nase, und seine Augen begannen sich zu trüben. Noch während er langsam an der Wand hinabsank, drehte sich der Stinker herum und streckte die in schwarzes Leder gehüllten Hände nach Robert aus.

Oder vielleicht auch nicht. Robert begriff voller Entsetzen, dass sich die schrecklichen Hände nicht wirklich nach ihm ausstreckten, sondern nach dem Kind, das er in den Armen hielt. Als spüre der Säugling die schreckliche Gefahr, in der er schwebte, begann er noch lauter zu schreien und zu strampeln, und Robert erwachte endlich aus seiner Erstarrung und prallte zurück, aber es war zu spät.

Nur den Bruchteil einer Sekunde, bevor der Mann das Kind ergreifen konnte, richtete sich Rowlf mit einem knurrenden Laut hinter ihm auf, riss ihn an der Schulter herum und schlug ihm die Faust mit seiner ganzen ungeheuerlichen Kraft ins Gesicht.

Nahezu jeden, den Robert kannte, hätte der Hieb des irischen Kolosses auf der Stelle getötet, mindestens aber schwer verletzt und kampfunfähig gemacht.

Doch der Stinker wankte gerade einmal weit genug zurück, um gegen Robert zu prallen. Dann erlangte der Fremde sein Gleichgewicht nicht nur mit einem sonderbar fließend wirkenden Schritt zurück, sondern schlug blitzartig mit der Handkante nach Rowlfs Gesicht.

Vielleicht hätte der Hieb ihm den Kopf von den Schultern getrennt, hätte sich Rowlf nicht im allerletzten Moment weggeduckt, sodass die Hand den Türrahmen traf und ihn nicht nur in Stücke schlug, sondern auch eine Wolke aus Putz und Ziegelsteinsplittern aus der Wand sprengte.

Rowlf sprang mit einem überraschten Keuchen zurück und hätte um ein Haar das Gleichgewicht verloren, und der Stinker fiel auch prompt darauf herein und setzte ihm nach, und darauf hatte Rowlf nur gewartet.

Einem zweiten und womöglich noch zerstörerischen Fausthieb ausweichend, sprang er wieder vor, packte den Burschen mit der einen Hand am Kragen und grub die Finger der anderen in seinen Schritt. Die zweifellos überlegene Kraft des Stinkers nutzte ihm gar nichts mehr, als Rowlf ihn einfach von den Füßen und hoch über den Kopf riss – und über das Geländer in die Tiefe schleuderte. Der Angreifer gab die ganze Zeit über nicht den geringsten Laut von sich und fiel auch schweigend die drei Stockwerke hinab, und auch das Geräusch des Aufpralls, auf das Robert wartete, erklang nicht.

»Weg hier!«, brüllte Rowlf. »Los!«

Robert hatte gerade mit Mühe sein Gleichgewicht wiedergefunden, und Rowlf wartete auch nicht ab, bis er sich entschieden hatte, sondern packte ihn grob am Oberarm und zerrte ihn so schnell hinter sich her, dass es schon einem kleinen Wunder gleichkam, dass sie nicht auf dem Weg nach unten ein halbes Dutzend Mal stürzten. Das Kind schrie immer lauter und strampelte so heftig, dass er immer größere Mühe hatte, es festzuhalten. Auf halbem Wege nach unten flog eine Tür auf, und ein grauhaariger Mann mit einem Ausdruck gerechter Empörung auf dem Gesicht trat heraus, um sich über den Lärm zu beschweren. Rowlf rannte ihn über den Haufen und zerrte Robert eher noch derber hinter sich her, während sie den letzten Treppenabsatz in Angriff nahmen.

Roberts Herz begann noch heftiger zu klopfen, als sie das Erdgeschoss erreichten. Er erwartete Schlimmes, aber er erlebte eine Überraschung. Wo er den zerschmetterten Leib des Stinkers erwartet hatte, sah er lediglich ein paar gesprungener Bodenfliesen und eine große Lache einer Flüssigkeit, die zu zäh und zu dunkel war, um Blut zu sein. Ohne langsamer zu werden, stürmten sie zur Haustür hinaus, wo sie die volle Wucht des Regens traf, den der Wind mittlerweile tatsächlich waagerecht über die Straße peitschte. Das gegenüberliegende Ufer der Themse war hinter einem Schleier aus grau kochender Unwirklichkeit verschwunden. Es war so kalt, dass es fast wehtat, und das Kind hielt für einen Moment erschrocken mit Schreien inne und brüllte dann nur umso lauter, und über alledem lag ein dumpfes und unentwegt nur noch immer machtvoller werdendes Grollen, das das Nahen von etwas ungeheuer Großem und Gefährlichem anzukündigen schien.

»Bleib immer dicht hinter mir!«, brüllte Rowlf über das Tosen des Windes und den infernalischen Verkehrslärm hinweg.

Was glaubte er denn, wohin er gehen würde, noch dazu mit einem brüllenden Säugling auf den Armen?

Robert drehte das Gesicht aus dem Wind und presste das Kind schützend an sich.

»Zur Brücke!«, schrie Rowlf. »Schnell! Uns bleiben keine fünf Minuten!«

Robert sparte sich die Frage, was sie dort sollten, und verwandte seinen Atem lieber darauf, mit Rowlf Schritt zu halten.

Der Verkehr auf der Brücke war mittlerweile vollkommen zum Erliegen gekommen und staute sich schon fast bis zu ihnen zurück. Wenigstens wurden sie auf diese Weise nicht noch weiter von hochgewirbeltem Spritzwasser durchnässt.

Die fünf Minuten, von denen Rowlf gesprochen hatte mussten längst vorbei sein, als sie die Brücke erreichten. Der Wind rüttelte mit solcher Macht an der altehrwürdigen Konstruktion, dass Robert meinte, ihr Zittern unter den Füßen zu spüren.

»Auf die andere Seite!«, keuchte Rowlf. »Schnell!«

Das letzte Wort hatte er geschrien, doch es ging beinahe im Heulen des Windes unter. Robert registrierte beiläufig, dass Rowlf und er tatsächlich die Einzigen waren, die sich zu Fuß auf die Brücke gewagt hatten.

Es passierte, als sie die Mitte der Brücke gerade hinter sich hatten, und Robert spürte es, kurz bevor es wirklich geschah. Das unhörbare Grollen hatte noch einmal an Intensität zugenommen, und darunter war noch etwas anderes, das unsichtbar und unaufhaltsam heranraste, wie der Kriegshammer eines uralten zornigen Gottes, den er über den Abgrund der Zeit hinweg auf die Erde geschleudert hatte.

Und dann sah Robert es: Eine kompakte, anderthalb Stockwerke hohe Wand aus Wasser, die über die Themse herangerast kam, die Uferstraße auf beiden Seiten überspülte und dabei alles zertrümmerte und mit sich riss, was ihr in den Weg geriet. Automobile und Fuhrwerke wurden hoch in die Luft geschleudert oder verschwanden einfach in der Gischt, alle Fensterscheiben bis hinauf zum ersten Geschoss beiderseits des Flusses wurden eingeschlagen, und alles, was nicht niet- und nagelfest war, einfach mitgerissen. Dann war die Flutwelle heran und traf die Brücke mit der Gewalt eines Hammerschlags.

Robert drehte sich im letzten Moment herum und ließ sich auf die Knie sinken, während er sich zugleich schützend über das Kind beugte, das er noch immer an sich presste. Aber er sah trotzdem, was geschah: Für alle anderen mochte es so aussehen, als bräche sich die gewaltige Wasserwand am Ufer und stürze über den Häusern der Front Street zusammen, und genau so würde es auch am nächsten Tag in den Zeitungen stehen und im Radio berichtet werden, aber Robert sah, was wirklich geschah:

Eingehüllt in einen Mantel aus brüllender weißer Gischt erhob sich noch etwas aus dem kochenden Wasser, etwas Schwarzes und Schlängelndes von monströser Größe, das wie eine Peitsche aus dem Wasser schlug und das Haus, in dem sie gerade erst gewesen waren mit einem einzigen ungeheuerlichen Hieb zertrümmerte. Dann brach sich das Wasser endgültig an den Brückenpfeilern, erschütterte das gewaltige Bauwerk bis in seine Grundfesten und riss Robert von den Füßen. Hilflos wurde er gegen etwas Hartes geschleudert, das unter seinem Anprall zerbrach, kam irgendwie auf die Füße und rang keuchend nach Luft.

Rings um ihn herum herrschte pures Chaos. Teile des steinernen Brückengeländers fielen ins Wasser. Menschen krochen aus ihren beschädigten Automobilen oder rannten einfach ziellos umher, und im gleichen Maße, in dem das Grollen der sich brechenden Monsterwelle nachließ, hörte er auch mehr und mehr Schreie und hektisch durcheinanderrufende Stimmen. Irgendwo schrillte eine Feuerwehrglocke.

Hastig überzeugte er sich davon, dass das Kind wohlauf war, stemmte sich hoch und hielt nach Rowlf Ausschau. Er entdeckte ihn nur wenige Schritte entfernt, aber er hatte weniger Glück gehabt. Seine Kleider waren nicht nur hoffnungslos durchnässt und verdreckt, sondern hingen in Fetzen, und als er sich in die Höhe arbeitete, konnte Robert ihm ansehen, wie schwer es ihm fiel. Dennoch schüttelte er nur unwillig den Kopf, als er ihm aufzuhelfen versuchte und bedeutete ihm nur mit einer Geste, ihm zu folgen.

Robert schloss sich ihm an, wobei er zugleich versuchte, das

Entsetzliche auszublenden, das er sah. Zum allergrößten Teil blieb es aber bei dem Versuch. Die Brücke sah aus wie nach einem Krieg. Ein Großteil der steinernen Brüstung war zerbrochen, und die Gewalt des Wassers hatte zahlreiche Automobile ineinandergeschoben, umgeworfen oder auch ganz von der Brücke geschleudert. Überall lagen Glasscherben, zerbrochenes Metall und Steintrümmer, und je genauer er hinsah, desto mehr Verletzte erblickte er überall zwischen den beschädigten Fahrzeugen; oder vielleicht auch Schlimmeres. Der Chor aus Schreien und diversem Lärm nahm nur noch zu, und auch das Grollen des entfesselten Wassers hielt weiter an, aber das Schlimmste schien vorüber zu sein. Nachdem sich die gewaltige Wasserwand gebrochen hatte, folgte wohl keine zweite Monsterwelle mehr, auch wenn die Themse immer noch hin und her schwankte wie Wasser in einem angestoßenen Topf.

Rowlf musste sich überwinden, um wieder näher an das beschädigte Geländer heranzutreten und nach unten zu sehen. Es war schwer, unter der schaumgepeitschten Oberfläche des Flusses etwas zu erkennen, aber für einen Moment meinte er einen monströsen Schatten wahrzunehmen, und den Blick eines uralten riesigen Auges zu spüren, das sie voller unstillbarem Hass anstarrte. Aber das konnte auch eine Täuschung sein, hervorgerufen durch Trümmerstücke und Unrat, die auf dem Wasser tanzten, und zusätzlich befeuert von seiner eigenen Furcht.

Rowlf, der vor ihm her humpelte, griff unter die zerrissene Jacke und zog seine Taschenuhr, um auf das Ziffernblatt zu sehen. Nachdem er sie wieder weggesteckt hatte, humpelte er rascher voran.

Robert sah zur Uferstraße hinüber. Der Anblick ähnelte dem auf der Brücke, nur dass er ungleich schlimmer war. Auf beiden Seiten des Flusses türmten sich die Wracks zertrümmerter Automobile und anderer Fahrzeuge, soweit sie nicht von den

Fluten einfach mitgerissen worden waren; was wohl nur zu oft der Fall gewesen zu sein schien, wie das Heck eines roten Doppeldecker-Busses bewies, der nur ein Stück weit entfernt aus dem Wasser ragte. Nicht ein einziges Gebäude war unbeschädigt davongekommen, so weit sein Blick reichte, und etliche sogar zur Gänze zerstört, darunter auch das dreistöckige Haus der Sinclairs, von dem nur noch ein Wust aus nassem Stein und zerborstenen Balken geblieben war. Im Wasser trieben Trümmerstücke und Leichen. Entsetzlich viele Leichen.

»Schnell!«, keuchte Rowlf. »Wir müssen ... auf die andere Seite!«

Robert sah ihm an, wie viel Mühe ihm jeder einzelne Schritt abverlangte. Trotzdem humpelte er sogar noch schneller, sodass er fast Mühe hatte, nicht zurückzufallen, zumal das Kind nicht nur immer lauter und erbärmlicher schrie, sondern sich auch nach Kräften zu wehren begann, sodass es ihm immer schwerer fiel, es zu bändigen.

Rowlf nahm darauf jedoch nicht die mindeste Rücksicht, sondern beschleunigte sein Humpeln sogar noch einmal, als sie das Ende der Brücke erreichten, obwohl sie sich durch einen Wust aus ineinander verkeilten Automobilen und anderen Trümmern kämpfen und mindestens einmal über einen reglosen Körper hinwegsteigen mussten, der mit schrecklich verrenkten Gliedern reglos am Boden lag. Alles in Robert schrie danach, sich um den Mann zu kümmern oder wenigstens nachzusehen ob er noch lebte, aber Rowlf hastete unbeirrt weiter, und es war etwas an seiner Eile das Robert davon überzeugte, besser daran zu tun, ihm zu folgen.

»Da vorn!« Rowlf deutete nach links, wo Robert im ersten Moment nichts als das allgegenwärtige Chaos erkannte, Trümmer und nasse Zerstörung, und überall durcheinanderhastende und schreiende Menschen, die sich in Sicherheit zu bringen versuchten, einfach kopflos umherirrten oder sich auch um Verletzte kümmerten, doch dann fiel ihm eine Gestalt in einer schwarzen Uniform auf; einer der berühmten Londoner Bobbys, der im Moment allerdings weder Gelassenheit noch Zuversicht ausstrahlte, sondern genauso hektisch und hilflos wirkte wie alle anderen.

»Constabler Malang!«, brüllte Rowlf über den allgemeinen Lärm hinweg. Zugleich lief er nun doch wieder ein bisschen langsamer, allerdings nur gerade so lange, bis Robert zu ihm aufgeschlossen hatte, dann tat er etwas wirklich Überraschendes: Er riss ihm das greinende Kind aus den Amen und war mit wenigen noch weiter ausgreifenden Schritten bei dem Constabler.

»Nehmen Sie!«, sagte er. »Sein Name ist Horace. Horace F. Sinclair! Merken Sie sich das! Seine Eltern sind tot, und Sie müssen sich um ihn kümmern!« Und damit drückte er dem vollkommen perplexen Constabler das schreiende Kind in die Arme.

»Aber Sir, Sie können doch nicht ...«, begann der verdutzte Constabler, und Rowlf bewies ihm, dass er sehr wohl konnte, indem er bereits auf dem Absatz herumfuhr, Robert schon wieder grob am Arm ergriff und ihn so derb hinter sich herzerrte, dass er zum wiederholten Male um sein Gleichgewicht kämpfen musste und diesen Kampf vermutlich nur nicht verlor, weil Rowlf ihm gar keine Gelegenheit gab zu stürzen.

»He, verdammt!«, brüllte der Polizist. »Bleiben Sie stehen! Halt!«

Rowlf blieb nicht stehen, sondern bemühte sich ganz im Gegenteil sogar, noch schneller zu laufen, was ihm zwar nicht gelang, Robert aber in noch größere Kalamitäten brachte. Erst als sie die Mitte der Brücke schon fast wieder erreicht hatten, wurde er wieder ein bisschen langsamer, und endlich gelang es Robert auch, sich loszureißen. Von seinem eigenen Schwung getragen stolperte er noch ein paar Schritte weiter, prallte unsanft gegen das Geländer und trat hastig wieder einen Schritt zurück, als der vermeintlich massive Stein bedrohlich zu knirschen begann und sich neigte.

»Was zum Teufel sollte das?«, rief er aufgebracht. »Was hast du getan?«

Rowlf hielt ebenfalls an und drehte sich schwer atmend zu ihm um. »Wollst du den Kleinen mitnehmn?«, fragte er.

»Natürlich nicht!«, polterte Robert. »Aber was sollte das? Was haben wir da gerade gemacht?«

»Ein Kind gerettet?«

»Ein Kind entführt«, präzisierte Robert, »und seine Eltern gefesselt und dem sicheren Tod überlassen!« Er musste sich beherrschen, um Rowlf nicht anzuschreien oder etwas noch Drastischeres zu tun – auch wenn diese zweite Option in Rowlfs Fall wohl eher theoretischer Natur war. Aber so sehr er sich auch äußerlich beherrschen mochte, so sehr kochte er auch innerlich vor Wut. Insgeheim war er durchaus erleichtert, sich nicht weiter um den randalierenden Säugling kümmern zu müssen, aber sein Entsetzen über das, was Rowlf getan hatte, überwog bei weitem.

»Wir hätten die Sinclairs nicht retten tun können«, beharrte Rowlf.

»Wir hätten es wenigstens versuchen müssen!«

»Gute Idee«, antwortete Rowlf. »Ich sehs direkt vor mir. Wir kommen rein – zwei Wildfremde, von denen sie nichts wissen – und erzählen ihnen, dass sie das Haus verlassen tun müssen, weil es gleich von einer Flutwelle mitten in London niedergerissen wird. Und wenn sie uns schon nicht glauben tun, dann sollen sie uns doch wenigstens ihr Kind mitgeben. Oh ja, das hätten sie ganz bestimmt gemacht, da bin ich ganz sicher.«

Robert presste so zornig die Kiefer aufeinander. dass seine Zähne wehtaten. Aber er schluckte alles herunter, was ihm auf der Zunge lag, denn es hätte Rowlf nicht nur nicht gefallen, es wäre auch Unsinn gewesen. Rowlf hatte mit jedem Wort Recht, das er gesagt hatte. Aber das machte es nicht besser.

»Und wir hätten sie auch nicht retten tun können. Selbst wenn wir's gewollt hätten«, fuhr Rowlf fort, während er noch einmal zu dem bedauernswerten Constabler hinsah. Selbst über die Entfernung hinweg war ihm die Fassungslosigkeit noch immer anzusehen, mit dem er abwechselnd auf das zappelnde Baby in seinen Armen und in ihre Richtung sah. Er rief auch irgendetwas, das aber hoffnungslos im allgemeinen Lärm und Getöse unterging.

»Wieso?«, fragte Robert misstrauisch.

»Weil sie heute gestorben sind«, antwortete Rowlf. »Ihre Namen tun auf der Liste stehen.«

»Welcher Liste?«

»Die Liste der Toten der Front-Street-Katastrophe, Robert. Zusammen mit ungefähr tausend anderen Namen.«

»Tau... «, begann Robert und brachte es nicht fertig, das Wort ganz zu Ende zu sprechen. Da war etwas in Rowlfs Worten, das ebenso absurd wie entsetzlich war.

»Du hast ... gewusst, dass das passiert?«, krächzte er. »Diese ganze Katastrophe? All diese Toten und ... und all die Zerstörung?«

Rowlf sah ihn nur stumm an, aber sein Schweigen war Antwort genug.

»Du hast das gewusst und nichts gesagt?«, murmelte er fassungslos. »Wir ... wir hätten etwas tun können, um all diese Menschen zu warnen!«

»Und was?«, fragte Rowlf.

Aber darauf wusste Robert auch keine Antwort.

Croyden, nahe London. Morgen

Ellis starrte Sukos Brust jetzt schon seit mindestens zwei Minuten an, ohne in dieser Zeit auch nur ein einziges Mal geblinzelt zu haben, und sie war für dieselbe Zeit auch mitten in der Bewegung erstarrt. Selbst die Hand, mit der sie den gleichermaßen durchgebluteten wie verschmorten Verband festhielt, schien mitten in der Bewegung eingefroren zu sein, und Suko war nicht einmal sicher, ob sie in dieser Zeit überhaupt geatmet hatte. Er war auch nicht sicher, ob er es getan hatte, denn das Gefühl der Fassungslosigkeit, das er selber empfand stand dem Ausdruck auf dem Gesicht der jungen Ärztin in nichts nach.

Er tat auch exakt dasselbe wie sie: Er starrte seine Brust an. Unter dem Verband, den Ellis entfernt hatte, war etwas ganz und gar Unglaubliches zum Vorschein gekommen: Die Stichwunde war verschwunden, und an ihrer Stelle prangte eine frische rote Brandwunde, die die Umrisse einer zierlichen Frauenhand mit gespreizten Fingern hatte.

Man hätte auch sagen können: Die Hand des Todesengels, der ihn niedergeworfen hatte.

Aber wieso lebte er dann noch? Ellis fand endlich ihre Sprache wieder, nutzte sie allerdings nur, um zu stammeln: »Aber das ist vollkommen unmöglich!«

»Was?«, fragte Cochrane. Seine Männer hatten sich überall auf der Etage verteilt, um nach dem Rechten zu sehen – oder wahrscheinlich eher, wie Suko vermutete, um nach einem Fluchtweg zu suchen –, und nur Bill und er waren Suko und der jungen Ärztin in das Behandlungszimmer gefolgt. Bill natürlich, um seinem Freund beizustehen, und Cochrane, weil er aus einem hässlichen Schnitt in der Wange blutete; den Ellis bisher geflissentlich ignoriert hatte. »Dass Sie tatenlos zusehen, wie Ihr Chef verblutet, Doktor?« Ellis bedachte ihn mit einem langen, kritischen Blick. »Kaum«, sagte sie dann kühl, auch wenn das Taschentuch, das Cochrane gegen seine Wange presste, inzwischen vollkommen rot und nass war, und sich auch sein Hemdkragen und die Schulter des Kittels immer weiter mit seinem Blut vollsogen. »Ein gesunder Mensch Ihrer Statur verfügt über etwa acht Liter Blut. Und Sie haben bisher allerhöchstens einen halben Liter davon verloren. Lebensgefährlich wird es frühestens nach dem Verlust von vier Litern, und andere Symptome dürften Sie erst nach dem Verlust von etwa anderthalb oder zwei Liter Blut spüren. Fühlen Sie schon etwas? Schwindel? Oder ist Ihnen kalt?«

»Nein«, antwortete Cochrane verärgert, »aber ...«

»Dann gedulden Sie sich bitte, bis ich meinen anderen Patienten versorgt habe. Er braucht meine Hilfe dringender.«

»Ach ja?«, schnaubte Cochrane. »Und wobei?«

Das fragte sich Suko mittlerweile auch. Der rote Handabdruck auf seiner Brust brannte zwar heftig, aber es war allerhöchstens eine Verbrennung zweiten Grades, die nach wenigen Tagen verschwunden sein würde, und wo um alles in der Welt war die Stichwunde, die ihn um ein Haar getötet hätte?

»Das ist vollkommen ausgeschlossen«, sagte Ellis noch einmal, und noch immer im gleichen, fassungslosen Ton.

»Was?«, fragte Cochrane.

»Da war eine Stichwunde, knapp neben dem Herzen«, beharrte Ellis.

»Und die ist einfach so verschwunden, nehme ich an?«, höhnte Cochrane.

»Nicht einfach so«, mischte sich Bill ein. Bisher hatte er schweigend dabeigestanden und Suko mit einer Mischung aus Schrecken und größer werdender Bestürzung angesehen, aber nun trat er neben Ellis an die schmale Behandlungsliege, von der Suko schon einmal geflüchtet war, und sein Blick bohrte sich in den Sukos. »Aber wenn Magie im Spiel ist schon.«

»Magie?« Cochrane sah ihn eine oder zwei Sekunden ungläubig an und zwang sich dann zu einem abfälligen Lachen. »Aber ja, natürlich, Magie. Wie konnte ich das nur vergessen? Wo es Dämonen gibt, der gibt es ja auch Magie, nicht wahr?«

»Ganz genau.«

»Ich bin Wissenschaftler«, schnaubte Cochrane, als wäre diese Feststellung Antwort genug. Für ihn war es das wahrscheinlich auch.

»Aber sie haben es doch selbst gesehen, oder?«, fragte Bill. »Ich meine: verführerische Frauen mit roten Haaren, Flügeln und magischen Pfeilen. Woran erinnert Sie das, Doktor?«

An Dämonen, dachte Suko. Eine spezielle Art, mit der John, Bill und er vor langer Zeit zu tun hatten, als keine Geringere als die Tochter des Teufels um die Vorherrschaft in der Hölle gekämpft hatte.

»An eine Halluzination«, blaffte Cochrane. »Vielleicht ist ja irgendein halluzinogenes Gas ausgetreten, oder eine Strahlung!«

Für jemanden, der von sich behauptete, ein Mann der Wissenschaft zu sein, fand Suko, redete er einen ganz schönen Blödsinn. Aber er sagte nichts dazu. Es war nicht das erste Mal, dass er so etwas erlebte, gerade bei Menschen, die stolz darauf waren, alles mit Argumenten der Wissenschaft und Logik erklären zu können. Aber wie sollte auch gerade ein solcher Mensch darauf reagieren, wenn er von einer Sekunde auf die andere erfuhr, dass nichts, aber auch rein gar nicht so war, wie er bisher geglaubt hatte?

Bill sah ihn beinahe beschwörend an, und Suko signalisierte ihm nur mit den Augen ein Kopfschütteln. Selbst wenn er versucht hätte, den Wissenschaftler mehr über die den allermeisten Menschen unbekannte Welt zu erzählen, in der Bill, er selbst und John sich nur zu oft bewegten, wäre Cochrane wohl kaum in der Verfassung gewesen, es zu verstehen; geschweige denn ihm zu glauben.

Aber das hatte er natürlich auch gar nicht vor.

Behutsam setzte er sich auf der schmalen Liege auf und hielt Ellis' Handgelenk fest, als sie ihn zurückzuhalten versuchte. »Es ist alles in Ordnung, Doktor«, sagte er, während er vorsichtig die Beine von der Liege schwang und zugleich in sich hineinlauschte. Der stechende Schmerz, auf den er wartete, kam nicht.

»Ich verstehe das nicht«, sagte Bill. »Wieso hat sie dich geheilt? Das ergibt keinen Sinn!«

»Ja, ich finde es auch ein bisschen irritierend, dass ich noch lebe«, sagte Suko.

»Du weißt genau, was ich meine«, erwiderte Bill leise verärgert. »Seit wann helfen sie uns?«

»Wer?«, fragte Cochrane.

»Die Dämonen«, antwortete Bill.

»Die es gar nicht gibt«, fügte Ellis hinzu, während sie nach Cochranes Hand griff und sie mit sanfter Gewalt herunterdrückte. Der Schnitt, der dahinter zum Vorschein kam, war eigentlich kaum mehr als eine bessere Schramme, die auch kaum noch blutete. Trotzdem machte Cochrane ein Gesicht, als hätte sie damit angefangen, ihn bei lebendigem Leibe zu häuten.

»Passen Sie doch auf!«, beschwerte er sich.

»Das tue ich«, antwortete Ellis. »Die Wunde muss genäht werden – es sei denn, Sie sind versessen auf einen altmodischen Schmiss.«

»Das soll bei den Frauen ja ganz gut ankommen«, sagte Bill ernst.

»Genäht?«, krächzte Cochrane. »Jetzt? Hier?«

»Ich glaube, ich habe auch irgendwo hier einen Tacker gesehen«, fügte Bill noch hinzu. »Das geht auf jeden Fall schneller.«

Suko brachte ihn mit einem warnenden Blick zum Verstummen und stand ganz auf. »Wir müssen John finden«, sagte er, »und herausfinden, was hier eigentlich vor sich geht.«

Bill nickte zwar, fragte aber trotzdem sehr ernst: »Traust du dir das zu?«

»Wegen dieser Schramme?«, fragte Suko mit einer Geste auf seine versengte Brust.

»Nein verdammt, nicht wegen dieser Schramme«, sagte Bill. »Und das weißt du auch sehr gut.«

Suko hätte ihm um ein Haar im gleichen, scharfen Ton geantwortet, doch dann lauschte er stattdessen in sich hinein und fragte sich, ob Bill vielleicht Recht hatte. Aber da war nichts.

Er sollte nicht so ruhig sein. Er wäre beinahe getötet worden. Sein bester Freund hatte sich in etwas verwandelt, von dem er nicht einmal eine Vorstellung hatte, was es war, und seine Freundin war vor seinen Augen auf entsetzlich brutale Weise ermordet worden, und er sollte ganz bestimmt nicht so ruhig sein – aber er fühlte rein gar nichts. Nur tief unter dieser Leere war etwas, etwas sehr Machtvolles und Düsteres, das darauf wartete, hervorzubrechen und etwas Anderes aus ihm zu machen, vor dem er selbst Angst hatte.

Weshalb er sich auch hütete, daran zu rühren.

»Ich komme klar«, sagte er.

Bill sah ihn noch einen Moment durchdringend an, aber schließlich nickte er – widerwillig, und er sah auch immer noch mehr als nur ein bisschen besorgt aus – und drehte sich dann zu Cochrane um.

»Wir müssen John finden«, sagte er. »Es ist wirklich wichtig. Wichtiger, als Sie sich wahrscheinlich vorstellen können. Gibt es hier so etwas wie eine Kameraüberwachung?« Cochrane antwortete nicht sofort, was möglicherweise daran lag, dass sich Ellis mittlerweile seiner Verletzung angenommen hatte und sein Gesicht mit einem in Alkohol getränkten Wattebausch abtupfte. Ein paar Augenblicke ächzte und grunzte er nur und versuchte schließlich sogar, ihre Hand wegzuschieben, was allerdings von eher mäßigem Erfolg gekrönt war.

»Halten Sie still«, sagte Ellis streng. »Oder soll ich nach dem Tacker Ausschau halten, den Mister Conolly gesehen hat?«

Cochrane gehorchte, aber das hielt ihn nicht davon ab, zwischen zusammengebissenen Zähnen hervorzupressen: »Mäßigen Sie Ihren Ton, Doktor. Ansonsten könnte es sich negativ auf Ihre Karriere auswirken.«

»Wenn wir nicht herausbekommen, was hier vorgeht, dann sind unsere Karrieren unser kleinstes Problem, Professor«, antwortete Bill ernst.

Cochrane funkelte ihn an und hielt darüber hinaus und mit zusammengebissenen Zähnen still, bis Ellis seine Wunde gereinigt und mit einer Anzahl winziger Klammerpflaster versorgt. »In meinem Büro«, sagte er dann. »Am Ende des Ganges. Aber zuerst werden Sie mir ...«

»Dann gehen wir dorthin.« Bill drehte sich zwar auf dem Absatz herum, ging aber erst, als sich Suko ganz von der Liege geschwungen und ihm mit einem Nicken noch einmal signalisiert hatte, dass alles in Ordnung war. Cochranes Büro war groß und vollgestopft mit Technik und blinkenden Monitoren, die größtenteils unverständliches Zeug zeigten, sagte darüber hinaus aber rein gar nichts über die Persönlichkeit des Wissenschaftlers. Sein Schreibtisch war so leergefegt und sauber, als wäre er gerade erst geliefert und aufgestellt worden, und dasselbe galt mehr oder weniger für alles hier drinnen: Kein Bild, kein einziges Dekorationsstück, nicht einmal irgendein persönlicher Gegenstand. Cochrane legte offensichtlich großen Wert darauf, so wenig wie möglich von sich preiszugeben.

Ein sehr nervöser junger Mann in der obligaten weißen Krankenhaustracht saß an einem zweiten Tisch und blickte offensichtlich ratlos von einem Monitor zum anderen. Suko erkannte ihn erst auf den zweiten Blick als denselben Techniker, mit dem Cochrane vorhin schon einmal gesprochen hatte.

»Bericht?«, blaffte Cochrane, noch bevor er ganz eingetreten war.

Der Mann schüttelte nur nervös den Kopf. Seine Finger lagen auf einer Tastatur, berührten sie aber nicht. »Unverändert. Das alles ist ein großer Mist.«

»Ein großer Mist?«, wiederholte Cochrane, seine Miene verdüsterte sich noch weiter. »Nennen Sie das eine korrekte Meldung?«

Suko tauschte einen bezeichnenden Blick mit Bill. Cochrane war nicht einfach nur ein Unsympath. Seine Wortwahl bekräftigte seinen Verdacht noch, dass es sich bei alledem hier um eine militärische Anlage handelte. Nicht, dass ihn das in irgendeiner Weise beruhigte.

»Hier funktioniert nichts«, antwortete der Techniker kleinlaut. »Ich verstehe das nicht. Es kann nicht nur der Wasserschaden sein. Die ganze Anlage spielt verrückt.« Er machte ein Gesicht, als wäre das alles allein seine Schuld, und zumindest Cochranes Blick nach zu schließen schien der Wissenschaftler wohl ganz seiner Meinung zu sein.

Wortlos scheuchte er den unglückseligen Mann weg und ließ sich so schwer auf den Stuhl fallen, dass das Möbelstück ein protestierendes Ächzen hören ließ. Seine Finger huschten so schnell über die Tasten, dass sie zu verschwimmen schienen. Das Plastik der Tastatur stimmte in das protestierende Knarren des Stuhles ein, und Suko hätte sich nicht gewundert, abgebrochene Tasten und Kunststoffsplitter fliegen zu sehen. Das Einzige, was sich jedoch änderte, war Cochranes Gesichtsausdruck. Nachdem er mit seiner Attacke auf den armen Computer fertig war, sah er genauso ratlos aus wie der junge Techniker, den er weggescheucht hatte.

Suko und Bill traten hinter ihn, während der Techniker die Gelegenheit nutzte, unauffällig aus dem Raum zu verschwinden. Ellis war klug genug gewesen, ihnen gar nicht erst zu folgen. Suko nahm an, dass es noch mehr Patienten gab, um die sie sich nach der Katastrophe im Labor kümmern musste.

»Was ist los?«, fragte Bill

»Nichts«, murmelte Cochrane. »Das ist es ja gerade. Ich komme erst gar nicht ins System. Kameras, Mikrofone, jegliche Verbindung nach draußen ... alles tot.«

»Alle Kameras?«, fragte Suko.

Cochrane sah ihn fast feindselig an, berührte aber gehorsam eine Taste, und der Bildschirm vor ihm teilte sich in ein halbes Dutzend kleinerer Kacheln. Kleinerer schwarzer Kacheln.

»Aha«, sagte Bill. Cochrane blickte sogar noch feindseliger, begann aber wieder auf die Tastatur einzuprügeln. »Ich versuche etwas anderes«, sagte er und fuhr dann in noch gröberem Ton und mit einem dazu passenden verunglückten Lächeln fort: »Was Sie gerade gesagt haben, Mister Conolly ... das mit den Todesengeln, den Dämonen ... das war nur ein Scherz, oder?«

»Sie haben Schwierigkeiten mit dem Wort Dämon?«, fragte Suko. Auf dem Bildschirm tat sich etwas, aber er konnte nicht genau sagen, was es bedeutete. »Das kann ich verstehen.«

»Uns ist es am Anfang nicht anders ergangen«, sagte Bill.

»Vielleicht fällt es Ihnen ja leichter, wenn Sie sie als Bewohner einer fremden Welt betrachten«, sagte Suko.

Cochrane starrte zu ihm hoch. »Aliens?«

Bill schüttelte den Kopf. »Nicht diese Art von Welt.« Obwohl Sukos Worte der Wahrheit ziemlich nahegekommen waren, wenn auch gewiss nicht in dem Sinne, der Cochrane vorschweben mochte. Seine Hände huschten weiter über die Tasten.

»Das ist jetzt fast noch größerer Unsinn«, sagte er. Aber er klang auch eher unsicher. »Ich denke ja gar nicht daran, mich auf dieses Niveau ...«

»Da tut sich was«, fiel ihm Bill ins Wort. Er machte eine Kopfbewegung auf den Bildschirm, auf dem jetzt in blass leuchtenden grünen Linien eine Art Grundriss erschienen war.

»Moment«, murmelte Cochrane. »Warten Sie.«

Während er fortfuhr, die Tastatur zu malträtieren, besah sich Suko den Plan genauer. Das Labor war deutlich größer, als er bisher angenommen hatte, mehr als ein Dutzend unterschiedlich großer Räume, die durch beinahe noch mehr Gänge miteinander verbunden waren. Alles war streng geordnet; eher ein großes Schachbrett als ein Labyrinth.

Cochrane berührte eine weitere Taste, und auf den Plan erschien ein gutes Dutzend winziger, rot leuchtende Punkte, von denen sich einige bewegten, die meisten aber reglos blieben.

»Infrarot?«, fragte Bill.

Cochrane schüttelte den Kopf und nickte in ein und derselben Bewegung. »Etwas in der Art. Nur besser.«

Suko bedachte ihn zwar mit einem ärgerlichen Blick, konzentrierte sich aber darüber hinaus ganz auf den Monitor. Indem er drei Lichtpunkte in der richtigen Konstellation heraussuchte, identifizierte er den Raum, in dem sie sich befanden und auch dessen Position in der gesamten Anlage. Selbstverständlich war er so weit vom Ausgang entfernt, wie es überhaupt nur ging.

»Besser kriegen Sie es nicht hin?«, erkundigte sich Bill. Cochranes Blick wurde sogar noch ein bisschen feindseliger. »Nein«, sagte er. »Ich kann Ihnen weder Namen noch Gewicht und Geschlecht sagen. Nicht einmal die Schuhgröße.« Sein Zeigefinger deutet auf einen einzelnen und reglosen Punkt ganz am anderen Ende der Anlage. »Aber das da dürfte Ihr Freund sein.«

»Wieso?«, erkundigte sich Bill.

»Weil das da …« Cochranes Fingerspitze zeichnete die Umrisse des Raumes nach, in dem sich ein einzelner, matt rot flimmernder Punkt befand. »… eine kleine Abstellkammer ist, in der wir Reinigungsmittel, Toilettenpapier und so weiter aufbewahren. Meine Leute sind damit beschäftigt, hier unten wieder halbwegs für Ordnung zu sorgen. Ich wüsste nicht, warum sich einer von ihnen dort verkriechen sollte.«

Es fiel Suko jetzt immer schwerer, die unterschwellige Feindseligkeit in Cochranes Stimme zu ignorieren. Er schob sie allenfalls auf dessen angespannte Nerven. Der Mann hatte Angst – natürlich hatte er Angst, das hatten sie alle –, und sein ganzes schönes Weltbild war gerade binnen einer einzigen Sekunde in Stücke gebrochen. Was trotzdem nichts daran änderte, dass er ihm sein Benehmen allmählich wirklich übel zu nehmen begann.

»Was ist das daneben?« Bill deutete auf einen kleinen, mit einem großen X markierten, quadratischen Raum.

»Der Aufzug.« Cochrane nickte bekräftigend und schüttelte gleichzeitig den Kopf. Offensichtlich hatte er dieses Kunststück oft genug eingeübt. »Ich vermute, er versucht die Etage zu verlassen. Aber der Computer hat alles abgeriegelt. Keine Chance.«

»Können Sie die Quarantäne aufheben?«, fragte Bill.

»Möglicherweise«, räumte Cochrane ein. »Aber ich werde es nicht tun. Nicht solange Sie mir nicht verraten …«

»… dass es kein Virus ist, oder irgendetwas anderes Ansteckendes?«, fiel ihm Bill ins Wort. »Das ist es ganz bestimmt nicht, Doktor.«

»Und das muss ich glauben, weil …?«

»Sie haben es gesehen, oder?«

»Ich weiß nicht, was ich gesehen habe«, antwortete Cochrane ruhig, aber auch in sehr entschiedenem Ton. »Ich habe nicht nur die Verantwortung für mein Leben und das meiner Leute hier unten, Mister Conolly. Auch die für die gesamte Stadt über uns. Und im Extremfall die für die gesamte Welt. Ich bin nicht besonders scharf darauf, hier unten zu sterben, das können Sie mir glauben. Aber ich werde nicht das Leben von Millionen Menschen riskieren, nur um mein eigenes zu retten.«

Bill machte ein verächtliches Gesicht, während sich Suko eines gewissen widerwilligen Respekts nicht erwehren konnte. Es war eine Sache, so etwas vorher zu wissen oder auch eine entsprechende Verpflichtungserklärung zu unterzeichnen, aber eine ganz andere, diese Entscheidung dann auch wirklich zu treffen.

Er machte eine beruhigende Geste, bevor Bill noch weiter herumpoltern konnte. »Suchen wir John«, sagte er rasch. »Vielleicht weiß er, was hier los ist.«

»Ja, vielleicht haben Sie sogar die Güte, es mir zu verraten, sobald Sie es wissen«, rief ihnen Cochrane nach, während sie bereits aus dem Raum stürmten. Sowohl Bill als auch Suko waren klug genug, nichts dazu zu sagen. Bill beherrschte sich sogar, bis sie auch ganz sicher nicht mehr in Hörweite des Wissenschaftlers waren, aber es wäre auch nicht er selbst gewesen, hätte er nicht gemurmelt: »Erinnere mich daran, ihn als Allerletzten rauszuschaffen, wenn es eng werden sollte.«

Suko fand das nicht besonders komisch, auch wenn er wusste, dass Bill nur einen seiner typischen Scherze machte. Wenn es wirklich eng wurde, wie Bill es ausgedrückt hatte, dachte er, dann würde es vermutlich keiner von ihnen hier herausschaffen.

So verwirrend und groß ihnen der Grundriss der Etage auf dem Monitor auch vorgekommen war, so schnell hatten sie das andere Ende erreicht und standen vor den verschlossenen Aufzugtüren. Die Anzeige darüber leuchtete im gleichen Rot wie der winzige Ziffernblock daneben. Bill drückte trotzdem zweimal heftig auf die Ruftaste und wirkte sogar ein bisschen enttäuscht, als sich nichts rührte, drehte sich dann aber zu der Tür um, hinter der der Monitor Johns Wärmesignatur angezeigt hatte. Oder wessen auch immer. Er streckte die Hand nach der Klinke aus, ließ den Arm aber dann wieder sinken.

»Vielleicht sollten wir uns ... irgendeine Waffe suchen«, sagte er unbehaglich.

Suko bedauerte es zutiefst, dass er zugelassen hatte, dass man ihm die Dämonenpeitsche und den Stab Buddhas abgenommen hatte, doch bevor er dazu kam zu antworten, sagte eine Stimme hinter ihnen: »Waffen sind auf dieser Etage strengstens verboten, aber vielleicht hilft Ihnen ja das.«

Bill und er fuhren im gleichen Augenblick erschrocken herum, doch hinter ihnen stand nichts Bedrohlicheres als Doktor Ellis. Auf ihrem ehedem blütenweißen Kittel prangte jetzt eine Anzahl hässlicher Blutspritzer, und ihr Pferdeschwanz hatte sich aufgelöst. Auf ihrer ausgestreckten Handfläche lagen zwei steril verpackte Skalpelle mit stabilem Metallgriff. Bill griff sofort nach einem und riss die Verpackung auf, während Suko das chirurgische Instrument nur anstarrte. Sein Herz begann zu klopfen. Ellis zog hastig die Hand zurück und sah mit einem Male sehr schuldbewusst aus. »Es tut mir leid«, sagte sie verlegen. »Ich hatte vergessen, dass ...«

Sie verhaspelte sich und brach ab, und Bill beendete die peinliche Situation auf seine Art, indem er die Tür öffnete und hindurchtrat. Dahinter war es so dunkel, dass er für einen Moment zu verschwinden schien, und Sukos überreizte Nerven setzten schon wieder dazu an, ihn mit den schrecklichsten Bildern zu quälen, doch bevor er auch nur wirklich erschrecken konnte, erwachte eine Neonlampe unter der Decke zu flackerndem Leben und zeigte ihnen, dass der Raum erstens tatsächlich das war, was Cochrane behauptet hatte, nämlich eine winzige Abstellkammer voller Regale und Pappkartons und Plastikeimern voller Reinigungsutensilien und zweitens leer bis auf besagte Regale und Putzsachen.

»Aber das Gerät hat genau hier drinnen etwas angezeigt«, sagte Bill misstrauisch. »Kann er rausgekommen sein, ohne dass wir es gemerkt haben?«

Suko sparte sich die Antwort, denn Bill kannte sie. Der Aufzug und damit auch die danebenliegende Kammer befanden sich in direkter Sichtlinie von Cochranes Büro. Es wäre vollkommen unmöglich gewesen, dass John – oder sonst wer – herausgekommen war, ohne dass sie es sahen.

»Gibt es noch einen zweiten Zugang?«, fragte Bill, während er einen weiteren Schritt in den Raum hineintat. Ellis beantwortete seine Frage mit einem Kopfschütteln. »Wir sind acht Etagen unter der Erde, und die Wände sind vier Meter dick.«

Bill wirkte nicht überzeugt, und Suko war es ebenfalls nicht. Sie beide kannten Wesen, die über diese Zahlen nur müde gelächelt hätten.

»Also hier ist jedenfalls niemand«, sagte Bill nach einigen weiteren Sekunden. »Und ...«

Er unterbrach sich, legte den Kopf schräg und schien einen Moment angestrengt zu lauschen, und Suko trat mit einem raschen Schritt hinter ihm durch die Tür.

Verblüfft sah er nach unten, betrachtete geschlagene fünf Sekunden lang die Spitzen der weißen Turnschuhe, die Bill und er trugen, und sah dann hinter sich. Sie waren ungefähr anderthalb Schritte von der Tür entfernt und in etwa genauso weit von den vollgestopften Regalen, und mehr Platz gab es hier drinnen auch gar nicht.

Wie auf ein gemeinsames Kommando hin machten sie beide zugleich ein paar weitere Schritte – und fanden sich hinterher an haargenau derselben Stelle wieder; obwohl Suko nicht nur sicher war, sich bewegt zu haben, sondern es auch deutlich gespürt hatte.

»Wie geht das?«, fragte Ellis von der Tür aus.

Die einzige Antwort, die Suko ihr geben konnte, war ein hilfloser Blick und ein dazu passendes Achselzucken. Etwas kratzte an seinem Sichtfeld, aber es war eine Bewegung, die sein Blick nicht erfassen konnte.

Als nähere sich etwas aus einer Richtung, die es gar nicht gab.

»Aber das ist doch vollkommen unmöglich!«, ächzte Ellis.

»Sie sollten besser nicht ...«, begann Bill und sparte sich das letzte Wort, als Ellis genau das tat, wovon er sie abhalten wollte, und zu ihnen hereinkam.

Suko zählte die Schritte, die sie dazu brauchte. Es waren acht. Danach stand sie einen guten Meter von der Tür entfernt und nicht ganz so weit vor den Regalen auf der anderen Seite.

»Ist das ...?«, begann sie, brach verstört ab, atmete hörbar ein und fragte dann mit nur noch mühsam beherrschter Stimme: »Verliere ich gerade den Verstand?«

»Ich wünschte, es wäre so«, sagte Bill.

»Wie?«, ächzte Ellis.

»Das wäre wahrscheinlich die harmlosere Erklärung«, sagte Bill. Ellis setzte zu einer Entgegnung an, zog aber dann nur die Unterlippe zwischen die Zähne und begann darauf herumzukauen. Das Skalpell, das Suko nicht genommen hatte, hielt sie nun ausgepackt in der linken Hand, und ihre Augen waren riesig und schwarz vor Angst.

»Hier stimmt was nicht«, sagte Bill. »Raus hier!«

Sie versuchten es.

Sie versuchten es wirklich.

Zehn Schritte weit.

Dann noch einmal zehn.

Dann zwanzig, und schließlich begannen sie zu rennen.

Es konnten nicht mehr als eine oder zwei Minuten vergangen sein, ehe Suko als Erster die Sinnlosigkeit ihrer Bemühungen einsah und anhielt. Außerdem schmerzte seine Brust, als wollte sie jeden Moment zerspringen. Ellis – und vor allem Bill – rannten noch einige Schritte weiter und hielten dann ebenfalls an, aber sie standen noch immer rechts und links neben ihm; Bill sah einfach nur perplex aus, während Ellis wahrscheinlich jeden Moment hysterisch werden würde. Suko konnte es ihr nicht verübeln. Ihm selbst erging es auch nicht sehr viel besser.

»Was … was bedeutet das?«, fragte Ellis, keuchend vor Anstrengung und am ganzen Leib zitternd. »Was geht hier vor?«

»Ich weiß es nicht«, antwortete Bill. »Auf jeden Fall nichts Gutes.«

»Was bedeutet nichts Gutes?«, fragte eine Stimme von der Tür her. »Was tun Sie überhaupt dort drinnen, wenn ich fragen darf?« Cochrane war ihnen gefolgt und sah mit der schon gewohnten Mischung aus gelangweilter Herablassung und Ungeduld zu ihnen herein. »Wo zum Teufel waren Sie die ganze Zeit? Ich lasse sie seit geschlagenen zehn Minuten ausrufen, Doktor Ellis!«

»Seit wann?«, ächzte Bill. Natürlich bekam er keine Antwort.

Cochrane fuhr Ellis an: »Doktor Ellis, hören Sie mit dem Unsinn auf und kommen Sie da raus!« Ellis machte zwei Schritte (die sie keinen Zentimeter von der Stelle brachten), und aus Cochranes zorniger Miene wurde ein verwirrtes Stirnrunzeln. »Was soll das?«, fragte er. »Ellis, hören Sie mit dem Unfug … «

Und genau in diesem Moment sah Suko es für den Bruchteil einer Sekunde: Ein düsterer, gewundener Gang, der geradewegs in die Unendlichkeit zu führen schien und von einem so vollkommenen Schwarz war, wie es noch keines Menschen Auge jemals erblickt hatte, denn es stammte aus einem Universum, in dem es niemals Licht gegeben hatte, oder Leben oder überhaupt irgendetwas, das menschliche Sinne erfassen konnten. Es erinnerte Suko an die allumfassende Schwärze des Spuks, und es hätte ihn nicht gewundert, wenn er plötzlich dessen rotglühende Augen in der Finsternis erkannt hätte. Absurderweise konnte er trotzdem sehen, dass sich die Wände bewegten und wanden und etwas Schwarzes und Zähes absonderten, als blickten sie ins Innere eines gigantischen lebenden Wesens, und er spürte, wie etwas kam, etwas ungeheuer Großes und so Gewalttätiges, dass allein das Wissen um seine Existenz töten konnte.

Dann und so schnell wie er gekommen war, war der Moment auch schon wieder vorbei, und er hörte, wie Cochrane den begonnenen Satz zu Ende führte:

» ... auf und kommen Sie da ...«

Noch bevor er das letzte Wort aussprechen konnte wuchs etwas Riesiges und Schwarzes hinter ihm auf und zog ihn in die tödliche Umarmung eines halben Dutzends peitschender Schlangenarme. Ellis stieß einen spitzen Schrei aus, prallte zurück und so heftig gegen Bill, dass sie ihn beinahe mit sich von den Beinen gerissen hätte, und Suko meinte abermals eine Bewegung wahrzunehmen, die geradewegs aus der Dimension des Wahnsinns zu ihnen herüberschwappte.

Vielleicht war es die pure Todesangst, die ihm die Kraft gab, noch einmal loszustürmen und Bill und die noch immer verzweifelt mit den Armen rudernde Ärztin einfach mit sich zu zerren. Im allerersten Moment war es wie in dem klassischen Albtraum, in dem man rannte und rannte und doch nicht von der Stelle kam. Wo der Ausgang sein sollte, tobte ein schwarzes Chaos aus peitschenden Tentakeln, schnappenden Mäulern und spritzendem Blut, dann hatte er ein Gefühl wie von einem gigantischen Gummiband, das sich immer noch weiter und weiter dehnte – nur dass es eben nicht aus Gummi bestand, sondern aus Realität – und schließlich riss.

Suko stolperte durch die Tür und so wuchtig gegen die Wand auf der anderen Seite des Ganges, dass grelle Blitze vor seinen

Augen loderten und er sich nur noch mit Mühe auf den Beinen halten konnte, aber irgendwie bekam er trotzdem mit, dass es den beiden anderen nicht besser erging. Ellis klatschte regelrecht neben ihn gegen den unverkleideten Beton und sank mit einem quietschenden Schrei daran hinab, während er so wuchtig mit der Schulter gegen den Türrahmen prallte, dass er auf die Knie geworfen wurde. Möglicherweise rettete ihm das aber auch das Leben, denn da, wo er sonst gewesen wäre peitschte plötzlich ein Wust schwarzer Schlangenarme und rasiermesserscharfer Knochenklingen durch die Luft.

Statt aufzuspringen verlieh Bill seinem Sturz noch mehr Schwung, kam mit einer blitzartigen Rolle und gerade außerhalb der Reichweite der zupackenden Tentakel wieder auf die Füße und schlug noch im Aufspringen mit seinem Skalpell zu. Die Klinge mochte winzig erscheinen, teilte das schwarze Fleisch des Ungetüms aber wie nasses Seidenpapier, und das groteske Wesen prallte mit einem trällernden Schrei zurück, während ein fast halbmeterlanges abgeschnittenes Stück eines schwarzen Greifarms zu Boden fiel und sich wie eine getretene Schlange zu winden begann.

Suko blinzelte den Schmerz weg, zerrte Ellis mit einer Hand auf die Füße und nahm ihr mit der anderen nun doch das Skalpell ab. Die Waffe kam ihm lächerlich klein vor, und sogar noch absurder, als neben ihm ein schwarzes Ungeheuer mit peitschenden Tentakeln und einem einzelnen, glotzenden Zyklopenauge auftauchte. Suko stocherte mit dem Messerchen in seine Richtung, spürte dass er etwas traf und wurde sogar mit einem pfeifenden Schmerzensschrei belohnt. Irgendetwas Warmes und unsagbar Widerwärtiges spritzte über seine Hände, und er hätte um ein Haar seine Waffe fallen gelassen. Zugleich war da noch etwas, etwas Unsichtbares, das an seinen Gedanken kratzte und nach einer Aufmerksamkeit verlangte, die er ihm um nichts auf der Welt gewähren würde, ganz einfach weil er wusste, dass ihm dann etwas Entsetzliches zustoßen musste, etwas das tausendmal schlimmer war als der Tod. Schwarze Schlangenarme peitschten in seine Richtung, Mäuler mit zahllosen nadelspitzen Zähnen schnappten, und in seinen Ohren gelten die zwitschernden Schreie der Albtraumkreaturen, und dann ...

... war es vorbei.

Die absurden Geschöpfe, mittlerweile vier an der Zahl, zogen sich wie auf ein gemeinsames, unhörbares Kommando hin zurück. Dann teilte sich die Front aus schwarzen Leibern und peitschenden Tentakeln, und John trat hindurch.

Wenn es noch John war.

Suko war nicht sicher.

Die schwarzen Flecken auf seinem Gesicht und seinen Händen waren noch einmal größer geworden. Sein eines, sehendes Auge blickte ihn mit etwas wie wilder Verzweiflung an, das andere war wie ein schwarzer Tümpel voller uralter unstillbarer Wut, das ihn hasserfüllt anstarrte. Selbst das dünne weiße Plastik, in das er gekleidet war hatte sich hier und da dunkel verfärbt und schien an manchen Stellen wie mit seiner Haut verschmolzen zu sein, und an der schwarzen Seite seines Halses pochte etwas, das eine Ader sein mochte, aber auch etwas vollkommen Anderes und Lebendiges, das herauswollte.

»John?«, murmelte Bill, der sich mühsam aufrappelte und dann mit raschen Schritten an Sukos Seite zurückwich. Das mit schwarzem Schleim besudelte Skalpell hielt er ausgestreckt vor sich. Es sah beinahe rührend aus. »John, was ... was ist mit dir?«

Niemand hatte damit gerechnet, Suko wohl am allerwenigsten, doch John versuchte tatsächlich zu antworten, auch wenn es bei dem bloßen Versuch blieb. Er öffnete den Mund, aber vielleicht waren seine Stimmbänder gar nicht mehr in der

Lage, menschliche Laute zu formen. Sie hörten nur ein grässliches Krächzen, das allein schon eine Beleidigung für alles Menschliche und Lebendige darstellte. Der Blick seines lebendig gebliebenen Auges glitt über Sukos Gesicht und blieb dann an der winzigen Messerklinge in Bills ausgestreckter Hand hängen, und ein Schmerz begann darin zu erwachen, der Suko schier die Kehle zuschnürte.

»John?«, murmelte Bill noch einmal. »Was ist mit dir? John!«

Suko zog ihn zurück, als er einen Schritt auf John zumachen wollte, und dann noch einmal und sehr viel heftiger, als sich die lebendige Mauer aus Leibern und Tentakeln in Bewegung setzte.

Ihr Ziel war jedoch nicht Bill, oder Suko oder die Ärztin. Sie traten an die geschlossenen Aufzugtüren heran. Stahlharte Knochenklingen bohrten sich in die Türen, zerrissen das massive Eisen und schleuderten es davon. Trümmer prasselten gegen die Wände und den Boden und rasten wie gefährliche Schrappnellgeschosse durch die Luft. Etwas biss wie mit winzigen rotglühenden Zähnen in seine Wange, und er fühlte warmes Blut über sein Gesicht laufen, aber das registrierte er kaum, denn er sah aus aufgerissenen Augen fassungslos zu, wie die grotesken Kreaturen die Aufzugtüren nicht nur wie Papier aus dem Rahmen fetzten, sondern einer schwarzen Flutwelle gleich in die Liftkabine brodelten und auf ganz und gar unmöglich erscheinende Weise an den Wänden hinaufflossen und -waberten, um schon im nächsten Moment auch die Decke in Stücke zu reißen.

Eine Alarmsirene begann zu heulen, und das Licht wurde abermals rot und flackerte stroboskopisch. »Achtung, Quarantänebruch!«, quäkte eine Computerstimme.

Die schwarzen Albtraumkreaturen rissen und zerrten weiter an der Kabinendecke, fetzten sie binnen weniger Augenblicke in Stücke und verschwanden durch die gewaltsam geschaffene

Öffnung, und das Heulen der Alarmsirene nahm noch einmal an Lautstärke und Hektik zu.

»Achtung, Quarantänebruch! Protokoll Omega wurde ausgelöst!«

»Großer Gott!«, entfuhr es Ellis. »Nein!«

»Was bedeutet das?«, fragte Bill erschrocken. Ellis' Augen wurden noch größer und schienen jetzt nur noch aus schwarzer Furcht zu bestehen.

»Die Bombe!«, hauchte sie. »Sie geht hoch!«

»Wie bitte?«, krächzte Bill. Suko meinte regelrecht hören zu können, wie er erbleichte.

»Die Bombe!«, keuchte Ellis noch einmal. »Die Selbstzerstörung wurde ausgelöst! Wir haben drei Minuten!«

»Wie schaltet man sie ab?«, schnappte Bill.

»Das können nur die beiden leitenden Wissenschaftler gemeinsam«, antwortete Ellis. »Ich – und Professor Cochrane.«

Bill starrte sie an. Dann das schrecklich zugerichtete Etwas, das von Cochrane übrig geblieben war. Er wurde sogar noch einmal blasser. »Aber ...«

»Lass es gut sein, Bill«, sagte Suko leise. Seltsam, aber er hatte gar keine Angst. Und warum auch? Er hatte nichts zu befürchten, weil er nichts mehr zu verlieren hatte. Nachdem Shao tot war, hatte auch sein Leben jeden Sinn verloren. Und in etwas weniger als drei Minuten würde er wieder bei ihr sein.

»Es ... es tut mir so unendlich leid«, krächzte John mit einer Stimme, die nicht nur nicht mehr seine eigene war, sondern nicht einmal mehr wie die eines Menschen klang. Dann wandte er sich um und folgte den schwarzen Ungeheuern in die Liftkabine, hob die Arme und kletterte rasend schnell wie ein menschlicher Gecko an der Wand und kopfüber an der Decke entlang, um durch das gezackte Loch zu verschwinden.

»Achtung, Quarantänebruch!«, quäkte die Computerstimme. »Protokoll Omega wurde ausgelöst.«

»Aber es muss doch einen Weg geben ...«, stammelte Bill.

Hinter ihm faltete sich die Wirklichkeit auseinander, und zwei schlanke Gestalten in hautenges, schwarzes Leder gekleidet, rothaarig und mit schwarzen Flügeln traten in den Gang heraus. Bill riss ungläubig die Augen auf und ging in Kampfstellung, und auch Suko fuhr herum, stellte sich instinktiv schützend vor Ellis und riss das alberne Messer in die Höhe.

Aber es war natürlich viel zu spät. Sie waren weder schnell noch stark genug. Die Klinge des winzigen Skalpells schnitt wirkungslos in die filigran wirkende Haut der Dämonin, und Suko fühlte sich gepackt und mit unwiderstehlicher Kraft in die Liftkabine hineingezerrt. Bill erging es im gleichen Moment nicht besser.

Dann wurden sie von zwei Paaren gewaltiger schlagender Schwingen durch das Loch in der Decke und durch den Aufzugsschacht nach oben katapultiert.

K2, Himalaja. Irgendwann

Diesmal zeigte das Fenster keine Aussicht auf die malerische Wolkenlandschaft des Himalaja, und auch nicht auf die Albtraumstadt am anderen Ende der Galaxis, sondern ein Bild, das direkt aus der Apokalypse stammen konnte.

Der Himmel war schwarz, obwohl die Sonne im Zenit stand, denn sie blitzte nur dann und wann als greller Lichtsplitter durch die braunen und schwarzen Wolken, die von den zahllosen Feuern aufstiegen, die überall in der Stadt tobten.

Obwohl es meine Heimatstadt und ich in ihr aufgewachsen war, erkannte ich London kaum wieder. Sämtliche Gebäude waren zusammengebrochen und zu schwarz verkohlten Ruinen geworden, soweit sie nicht in hellen Flammen standen oder gerade in diesem Moment zusammenbrachen. Der Fluss im Hintergrund musste die Themse sein, aber das Wasser brannte, und gerade als ich hinsah, brach die von zwei großen steinernen Türmen beherrschte Brücke darüber in einem gewaltigen Funkenschauer in sich zusammen und stürzte ins Wasser. Lichterloh lodernde Schiffe trieben auf den kochenden Fluten, und obwohl mir mein Verstand mit unmissverständlicher Klarheit sagte, dass die Entfernung viel zu groß dafür war, bildete ich mir trotzdem ein, brennende Gestalten zu sehen, die von den Decks in das kochende Wasser sprangen, nur um dort einen noch viel grausamen Tod zu erleiden.

»Woher haben Sie das?«, krächzte ich mit einer Stimme, die nicht meine eigene zu sein schien.

»Eine Tachyonen-Konvergenz«, antwortete Oculus.

Natürlich. Was auch sonst. Wieso fragte ich eigentlich? Ich

konzentrierte mich wieder auf das Geschehen hinter dem virtuellen Fenster. Der Bildausschnitt änderte sich, als die Kamera – oder was immer es war – heranzoomte, und so sehr mich der Anblick auch entsetzte, schlug er mich zugleich auch in seinen morbiden Bann. Es war nicht nur das aus Stein und Glas gewachsene Skelett der Stadt, das starb. Überall zwischen den brennenden Gebäuden tobten erbitterte Straßenkämpfe, bei denen die unterschiedlichsten Waffen eingesetzt wurden, von bloßen Fäusten und Messern bis hin zu schweren Maschinengewehren und dem einen oder anderen Panzer, der über den geschmolzenen Asphalt rollte. Ein tieffliegender Militärhubschrauber raste durch das Bild und explodierte, von irgendetwas getroffen, das wie eine schwarze Schlange aus einer Straßenschlucht heraufgriff, und jetzt erkannte ich, dass längst nicht alle kämpfenden Gestalten menschlich waren. Viele kamen mir auf schreckliche Weise bekannt vor, auch wenn sie sich in Größe und Form von den Shoggoten unterschieden, auf die ich in Weymouth oder auch erst vor kaum einer Stunde getroffen war. Aber es gab noch andere und noch viel bizarrer anzuschauende Gestalten, Frauen mit Flügeln, Ungeheuer wie huschende Schemen, die sich zwischen den Schatten bewegten und nur in die Wirklichkeit heraustraten, um messerscharfe Krallen in schwarzes Fleisch zu schlagen oder bizarre Waffen zu schwingen.

»Warum zeigen Sie mir das?«, fragte ich, fast gelähmt vor Grauen und doch unfähig, mich von dem schrecklichen Anblick loszureißen.

»Weil diese Botschaft der Grund ist, aus dem wir nach Ihnen gesucht und Sie wiedererweckt haben, John«, sagte Marisa. »Sehen Sie zu.«

Das tat ich, so sehr mich der Anblick des sterbenden London auch erschütterte, aber ich musste plötzlich wieder an das denken, was Jarvin gerade berichtet hatte: Wo immer die

Verteidiger – gleich welcher Couleur – auf die schwarzen Ungeheuer stießen, schienen sie zu gewinnen. Die Tentakelwesen wurden zu hunderten niedergemäht, zu tausenden und möglicherweise zu zehntausenden, doch so viele auch vernichtet wurden, ihre Zahl schien kein Ende zu nehmen.

Die Kamera zoomte noch weiter heran und schien nun auf einem gewaltigen Schuttberg zu stehen, der einmal ein prachtvolles historisches Gebäude gewesen sein musste. Auch am Fuße dieser Ruine tobte ein erbitterter Kampf, an dem noch einige wenige Menschen mit modernen Waffen beteiligt zu sein schienen, soweit ich das erkennen konnte, zum allergrößten Teil aber gänzlich andere Geschöpfe, von denen manche vage menschlich aussahen. Unmöglich, irgendeine Regel in dieser Meute geflügelter, gehörnter, schwimmhäutiger und geschwänzter Kreaturen auszumachen, die auch mit einem Sammelsurium der absonderlichsten Waffen auf die tentakelschwingenden Gegner eindrangen – Schwerter, Spieße, Dreizacke, Pfeil und Bogen oder auch mit blanken Klauen. Manche schleuderten Blitze oder grelle Funkenschauer aus Fingerspitzen und Augen auf ihre Gegner oder standen auch einfach nur da und fixierten sie mit Blicken, während ihre Leiber in Flammen aufgingen, sich verflüssigten oder auf andere Weise zugrunde gingen. Die geflügelten Frauen, ganz in schwarzes Leder gekleidet, bewaffnet mit Pfeil und Bogen, stachen ob ihrer schieren Masse jedoch deutlich hervor.

Ich wusste vermutlich besser als jeder andere hier, was wir da sahen, nämlich eine ganze Armee der unterschiedlichsten Dämonen (von denen selbst ich etliche noch nie zuvor gesehen hatte), die sich eine erbitterte Schlacht mit den Shoggoten lieferten, die wie eine schwarze Tsunamiwelle heranrasten.

Aber ich erlebte zugleich auch eine Premiere, mit der ich nie im Leben gerechnet hätte: Ich ertappte mich dabei, der falschen Seite den Sieg zu wünschen, nämlich den Dämonen.

Aber vielleicht gab es in diesem Kampf ja auch nur falsche Seiten.

Zumindest schien sich endgültig zu bewahrheiten, was Jarvin vorhin behauptet hatte: Die schwarzen Protomonster hatten keine Chance. Die Dämonen hackten, stachen, schossen und brannten sie nieder, wo immer sie aufeinanderstießen, und sie erlitten zwar Verluste, aber nur äußerst wenige. Wenn ihre Gegner wirklich gewinnen sollten, dann allerhöchstens, weil die Dämonen irgendwann so erschöpft waren, dass sie ihre Waffen nicht mehr heben konnten oder buchstäblich keine Pfeile mehr im Köcher besaßen.

Was durchaus geschehen mochte, wie mir klar wurde, denn der Strom der Shoggotenmonster war schier unerschöpflich. Und nur zu viele der schwarzen Kreaturen erholten sich mit unheimlicher Schnelligkeit von ihren Wunden oder flossen auch zu blubbernden Pfützen auseinander, nur um sich gleich darauf neu zu formen und in den Kampf zu stürzen.

»Wie alt ...«, fragte ich, musste mich einen Moment sammeln und setzte noch einmal neu an: »Von wann sind diese Aufnahmen?«

»Sie müssen ungefähr zu Ihren Lebzeiten entstanden sein«, antwortete Oculus. »Am Anfang des einundzwanzigsten Jahrhunderts, wie es damals genannt wurde.«

»Zu meinen ... Lebzeiten?«, wiederholte ich.

»Vermutlich nur wenige Jahre nach Ihrem biologischen Tod«, bestätigte Jarvin.

»Wie lange ist das her?«, fragte ich.

»Das wissen wir nicht genau«, schaltete sich Oculus ein. »Die Jahre nach dem Krieg waren turbulent. Vieles ist verloren gegangen, nicht nur Menschenleben und Material und Land, sondern vor allem Wissen. Aber es sind Jahrhunderte. Genauer lässt es sich nicht mehr feststellen.«

Ich musste nicht lange nachdenken, um zu wissen, dass er

log. Selbst zu meinen Lebzeiten (es war ein sonderbares Gefühl, das auch nur zu denken) war es technisch schon kein Problem mehr gewesen, verstrichene Zeit mit großer Präzision zu messen. Ich sagte nichts dazu, fragte mich aber sehr wohl, warum Oculus log. Auch das war eine neue Erfahrung: Von einem Computerprogramm belogen zu werden.

»Sehen Sie hin«, sagte Marisa.

Ich gehorchte und fokussierte meinen Blick wieder auf das Fenster, das die Vergangenheit zeigte. Das ungleiche Abschlachten ging noch eine oder zwei Minuten mit unverminderter Heftigkeit weiter, aber dann geschah etwas, das ich im ersten Moment nicht richtig erkennen konnte. Vielleicht weil es sich nicht wirklich in der Welt des Sichtbaren abspielte. Etwas geschah. Nein, das war falsch. Etwas war nicht mehr da.

Und nur einen Moment später wendete sich auch das Kriegsglück.

Die Attacken der kreischenden Dämonen zeigten plötzlich kaum noch Wirkung, die Angriffe der Shoggoten dafür umso mehr. Plötzlich wurden die Dämonen nicht nur zurückgedrängt, sondern fielen fast so schnell, wie sie zuvor ihre Feinde niedergemäht hatten, und ich war mit einem Male gar nicht mehr so sicher, was den Ausgang dieser Schlacht anging.

Aber eigentlich wusste ich ja schon, wie sie geendet hatte. Ich musste nur einen Blick aus einem richtigen Fenster werfen, um es zu sehen. Allerdings verstand ich immer weniger, warum man mir all das zeigte. Doch sicherlich nicht nur, damit Jarvin mich ein bisschen ärgern konnte.

Ich beschloss, die Frage laut zu stellen, sah noch einmal auf das sterbende London hinab und musste es nicht mehr.

Direkt am Fuße der Schutthalde war ein besonders heftiges Scharmützel zwischen den Shoggoten und einer Gruppe Dämonen ausgebrochen, bei dem es sich um ausgesucht große und bösartige Exemplare zu handeln schien. Sie wurden trotzdem unaufhaltsam die Halde heraufgetrieben, wobei sie den Shoggoten für jeden Fußbreit Boden einen gewaltigen Blutzoll abverlangten. Dennoch würden sie verlieren, das sah ich, denn sie fielen einer nach dem anderen und so unerbittlich, als hätten sie versucht, sich einer gnadenlos arbeitenden Maschine in den Weg zu stellen, die durch nichts aufzuhalten war.

Mir fiel auf, dass all diese bizarren Kreaturen, vor allen Dingen die geflügelten Frauen, ganz besonders eine einzelne und vergleichsweise kleine und schmal geratene Gestalt um jeden Preis zu beschützen versuchten, wobei sie keine Sekunde zögerten, sich selbst zu opfern, um einen heranpeitschenden Tentakel abzufangen und ein zuschnappendes Maul von seinem Ziel abzubringen. Sie wurden dennoch weiter zurückgetrieben, und als sie die Position der hypothetischen Kamera fast erreicht hatten, drehte sich die schmalere Gestalt herum und schien mich direkt anzusehen – und ich setzte mich nicht nur kerzengerade auf, sondern konnte einen überraschten Aufschrei auch nicht mehr zurückhalten.

Ich erkannte sie.

Das wunderschöne, ebenmäßig geschnittene Gesicht und die unergründlichen Augen waren ebenso unverwechselbar wie das flammend rote Haar und die Aura absoluter Macht, die dieses Gesicht ausstrahlte. Allenfalls die beiden großen Hörner, die aus der Stirn wuchsen, störten den betörenden Eindruck dieses eisigen Engelsgesichts ein wenig.

Und der Umstand, dass mir dieses Gesicht nur zu gut vertraut war.

»Asmodina?!«, keuchte ich entsetzt, im ersten Augenblick von der über mich hereinbrechenden Erinnerung schier überwältigt.

Aber das war unmöglich. Sie war vernichtet worden. Von ihrem früheren Diener Dr. Tod mit dem silbernen Bumerang geköpft. Wie gemalt stand plötzlich die Szene vor meinem geistigen Auge, als ich vor ihrem enthaupteten Leichnam stand und ihn mit meinem silbernen Kreuz vernichtete. Das Kreuz! Wo war es? Warum hatte ich es nicht bei mir?

»Sie wissen also, wer das ist?«, fragte Marisa.

»Natürlich, aber ...«

Marisa gebot mir mit einer Geste zu schweigen und deutete zugleich auf den als Fenster verkleideten Bildschirm, von dem herab mir die Höllenfürstin so direkt in die Augen zu blicken schien, dass mir ein eisiger Schauer über den Rücken lief, denn ich hatte das unheimliche Gefühl, dass sie nicht nur ganz genau wusste, dass ich hier saß, sondern ihre Worte auch mir galten.

»Ich weiß nicht, ob ihr mich hört«, begann sie, und selbst ihre Stimme war genau dieselbe, an die ich mich erinnerte. Wenn mir hier jemand etwas vormachen wollte, hatte er sich verdammt große Mühe gegeben. »Oder ob überhaupt noch jemand da ist, der uns hören kann. Wir schicken diese Botschaft so weit in die Zukunft, wie es uns möglich ist. Wenn ihr sie hört, dann müsst ihr uns helfen!«

»Helfen?« Ich spürte nicht einmal, dass ich das Wort laut aussprach. Vielleicht schrie ich es auch. »Ihnen?«

»Sie besiegen uns«, fuhr Asmodina in einem verzweifelten Ton fort, der mich beinahe mehr erschreckte als alles, was ich sah. »Unsere Macht schwindet. Sie schneiden uns von ihrer Quelle ab, und wenn unsere Magie ganz erloschen ist, gibt es nichts mehr, was sie noch aufhalten kann. Ihr müsst John Sinclair finden! Er ist der Einzige, der uns retten kann!«

»Retten?!«, ächzte ich. »Hat sie den Verstand verloren?«

Auf Marisas Gesicht erschien ein bitteres Lächeln, als hätte sie genau diese Reaktion erwartet, und statt zu antworten, deutete sie noch einmal auf das virtuelle Fenster. Ich sah gehorsam hin und bemerkte überhaupt erst jetzt, dass in der unteren rechten Ecke ein Timecode mitlief. Er zeigte nur noch wenige Sekunden an.

»Ihr müsst ihn zurückschicken«, fuhr Asmodina fort. Sie wirkte jetzt gehetzt, fast in Panik, und ich begriff auch warum. Die Shoggoten rückten immer schneller und in immer größerer Zahl näher. Asmodinas Leibwache metzelte sie in gewaltiger Menge nieder, aber die Übermacht war einfach zu groß. Ein Dämon nach dem anderen fiel, und es konnte nur noch Augenblicke dauern, bis sie endgültig überrannt wurden.

»Ich weiß, dass er mir nicht glauben wird«, fuhr Asmodina in immer gehetzterem Ton fort, »aber er ist der Einzige, der es überhaupt noch aufhalten kann! Sagt ihm, er muss ...«

Ein schwarzer Tentakel zischte wie eine lebendige Peitsche heran, enthauptete die Teufelstochter und tötete im Zurückschlagen noch zwei weitere Todesengel, und damit war es vorbei. Ihrer Anführerin beraubt, erlosch auch die Existenz ihrer Todesengel. Zu Dutzenden fielen sie vom Himmel und vergingen. Auch die Moral der überlebenden Dämonen-Krieger brach zusammen, und sie suchten ihr Heil in der Flucht; allerdings ohne es zu finden. Binnen weniger Augenblicke wurden sie überrannt und bis auf den Letzten niedergemacht.

Das Bild wurde für einen Moment schwarz und zeigte dann wieder die Wolken und Berggipfel des Himalajas.

Ich brauchte noch einen Moment, um mich zu fangen, aber dann brach es dafür umso heftiger aus mir heraus. »Sie müssen verrückt sein, wenn Sie glauben dass ich Ihnen helfe, diese Ungeheuer wieder zum Leben zu erwecken!«

»Ja, das dachte ich mir«, schnaubte Jarvin. »Was kann man auch anderes von einem Zombie erwarten?«

Zombie? Das musste wohl irgendwie sein Lieblingswort sein. Aber ich beschloss, mich später darüber zu ärgern und sah Marisa nur noch entschlossener an. »Ich habe mein ganzes Leben gegen diese Monster gekämpft, Admiral Baines.« Ich benutzte ganz bewusst ihren militärischen Rang. »Und ich werde Ihnen ganz bestimmt nicht dabei helfen, diese Pest auf die Erde zurückzubringen.«

»Wir haben befürchtet, dass Sie so reagieren«, antwortete Marisa. »In der Tat wäre ich auch erstaunt gewesen, wenn es anders gewesen wäre. Aber gab es nicht in Ihrer Zeit ein Sprichwort, das hieß, den Teufel mit dem Beelzebub auszutreiben?«

Ich sparte es mir, sie darauf hinzuweisen, dass dieses Sprichwort genau den gegenteiligen Sinn hatte, nämlich klarzumachen, wie zwecklos und dumm ein solches Unterfangen war. Hatten denn hier alle den Verstand verloren?

Marisa deutete mein Schweigen falsch. »Sie werden eine Zeit brauchen, um das alles zu verarbeiten«, sagte sie. »Nichts ist im Augenblick so kostbar für uns wie Zeit, das ist wahr, aber wir können das Gespräch trotzdem später fortsetzen, wenn Sie das möchten.«

»Das ist nicht nötig.«

»Ich behalte ja prinzipiell gern Recht, aber in diesem Fall tut es mir wirklich leid, das sagen zu müssen. Aber: Ich habe es euch gesagt.« Jarvin stand auf. »Ich habe gesagt, dass es genauso kommen wird. Und ich kann nur hoffen, dass ich nicht auch noch mit dem Rest Recht behalte.«

Nachdem er seinen theatralischen Abgang dergestalt vorbereitet hatte, verließ er hocherhobenen Hauptes den Raum. Die drei anderen blickten ihm stirnrunzelnd nach. Nur in Marisas Augen meinte ich ein leicht amüsiertes Funkeln wahrzunehmen.

»Ich nehme an, sein zweiter Vorname ist Misstrauen?«, fragte ich, statt etwas noch viel Unfreundlicheres zu sagen, wonach mir eigentlich zumute war.

»Er ist gar nicht so schlimm, wenn man ihn erst einmal richtig kennt«, behauptete Marisa. Sie war keine sehr gute Lügnerin. »Und es ist seine Aufgabe, misstrauisch zu sein.«

»Jarvin ist für die Sicherheit des Oculus zuständig«, fügte Sarah hinzu. »Und er ist ein wenig beunruhigt wegen des Angriffs gerade.«

Das war nur die halbe Wahrheit, das spürte ich, beließ es aber für den Moment dabei. »Ist so etwas schon oft passiert?«, fragte ich.

Das beredte Schweigen, das sich für einen Moment einstellte, machte die Antwort beinahe überflüssig. »Es ist noch nie passiert«, sagte Marisa schließlich. »Sie haben gesehen, wie effektiv unsere Verteidigung ist. Normalerweise riskieren sie es nicht, uns hier anzugreifen.«

»Aber jetzt schon.« Es war nicht besonders schwer, den Gedanken zu seinem logischen Ende zu folgen. »Und jetzt glaubt er, es hängt mit meiner Anwesenheit hier zusammen.«

»Sie sind ein sehr scharfsinniger Mann, Mister Sinclair«, sagte Marisa. »Aber genauso hat man uns Sie ja auch beschrieben.«

»Wer?«, fragte ich.

»Wir haben recherchiert.« Der Oculus übernahm die Antwort für Marisa, und ich hatte das Gefühl, dass er es vielleicht eine Spur zu hastig tat, und bevor sie etwas sagen konnte. Gab es hier etwas, das ich nicht erfahren sollte? »Vieles ist im Krieg und den chaotischen Zeiten danach verloren gegangen, aber nicht alles. Sie waren ein berühmter Mann, John.«

»Eher nicht«, antwortete ich. »Ganz im Gegenteil. Ich glaube, Scotland Yard hat keinen Penny für Public Relations ausgegeben.«

»Nicht zu Ihren Lebzeiten, und nicht für die Öffentlichkeit«, präzisierte Oculus. »Dennoch gab es umfangreiche Aufzeichnungen über Sie und Ihre Arbeit. Wir wissen, was Sie für die Menschen in Ihrer Heimat getan haben John, und wir wissen auch, wozu Sie imstande sind.«

Wenn er mir damit schmeicheln wollte, ging der Schuss

nach hinten los, denn ich fühlte mich nicht geschmeichelt, sondern musste plötzlich um meine Beherrschung kämpfen, als mir mit unerwarteter Wucht klar wurde, was ich alles verloren hatte, nämlich ganz genau das: alles.

Mein Leben, meine Arbeit, meine Freunde.

Ich vermisste Suko, Bill, Shao, Sheila, Johnny und natürlich Jane Collins. Aber auch Glenda Perkins und sogar meinen griesgrämigen Chef Sir James Powell.

Ich sprach nichts von alledem aus, was mir auf der Zunge lag, sondern zwang mich im Gegenteil zur Ruhe. »Ihr überschätzt mich, fürchte ich. Ich bin trotz allem ein ganz normaler Mensch, ohne irgendwelche besonderen Kräfte. Oder habt ihr zufällig auch meine Waffen geborgen ... oder wenigstens mein Kreuz?«

»Leider wurden alle Ihre Artefakte zerstört oder sind verloren gegangen«, antwortete Oculus.

»Und sie hätten Ihnen auch nichts genutzt«, fügte Marisa hinzu.

Natürlich hätten sie nichts genutzt. Mein silbernes Kreuz war einer der mächtigsten magischen Gegenstände, die jemals erschaffen worden waren, aber ich hatte die Horden schwarzer Ungeheuer gesehen, die London verheerten und jetzt vermutlich zu Millionen über die Erde wandelten, wenn nicht zu Milliarden, von den Großen Alten selbst ganz zu schweigen. Die bloße Vorstellung, es mit meinem magischen Kreuz mit dieser Meute aufzunehmen, war schlichtweg lächerlich.

»Und wieso?«, fragte ich.

»Aus demselben Grund, aus dem die Großen Alten den Krieg gegen die Dämonen letztlich gewonnen haben«, antwortete Marisa, »und danach gegen uns.«

»Und welcher wäre das?«, fragte ich und hatte das unbehagliche Gefühl, die Antwort gar nicht hören zu wollen.

»Was wissen Sie über Magie, John?«, fragte der Oculus.

»Ein wenig«, antwortete ich.

»Ist das jetzt angeborene Bescheidenheit?«, erkundigte sich Oculus, wollte aber wohl auch selbst keine Antwort auf diese rhetorische Frage, denn er fuhr beinahe unmittelbar fort: »Vermutlich waren Sie zu Ihren Lebzeiten der Mensch mit dem mit Abstand größten Wissen über Magie und Okkultismus auf der ganzen Welt. Die Frage war daher vielleicht nicht ganz richtig gestellt. Die korrekte Formulierung müsste lauten: Wissen Sie, was Magie ist?«

»Was Magie ist?«

»Das ganze Universum ist Energie, John. Alles ist letzten Endes Energie, wenn man nur genau genug hinsieht. Auch Magie. In Ihrer Zeit war der Gedanke beinahe verpönt, aber tief in sich haben die Menschen immer gewusst, dass Magie real ist; nur eine andere Art, sich die Kräfte der Natur zu Nutze zu machen.«

Wem sagte er das? Ich wusste vermutlich hundertmal besser als jeder andere hier im Raum – Oculus eingeschlossen – wie real Magie war, und wie gefährlich sie in den falschen Händen sein konnte.

»Ich weiß«, sagte ich einfach. Allmählich überkam mich ein wirklich ungutes Gefühl. Nämlich das, zu wissen, worauf er hinauswollte.

»Der Rest ist Vermutung«, fuhr Oculus fort, »sowie eine Extrapolation der Ereignisse, die wir beobachten, und geschichtlicher, rekonstruierter Fakten.«

»So, so«, sagte ich.

»Wir vermuten, dass es einzig Magie war, die die Großen Alten und ihre Dienerkreaturen über all die Jahrmillionen im Zaum gehalten hat«, fuhr die körperlose Stimme fort. Täuschte ich mich, oder war da plötzlich ebenfalls eine sachte Spur von Spott in der elektronisch erzeugten Stimme? »Vielleicht haben sie auch so lange gebraucht, um sich von der Niederlage gegen die Älteren Götter zu erholen. Wie gesagt: Wir wissen es nicht genau.«

Aber vielleicht gab es ja auch einen ganz anderen Grund, der nicht einmal in die Nähe dieser Erklärung kam. Ich hatte das Gefühl, diese andere (und weit beunruhigendere) Erklärung eigentlich kennen zu müssen, aber es gelang mir nicht, den Gedanken zu fassen. Nicht weil er sich mir entzog, sondern er ... irgendwie nicht zu mir zu gehören schien. So verrückt es mir auch selbst vorkam, aber es fühlte sich so an, als versuche ich den Gedanken eines anderen zu denken. Ich beschloss, ihn als sonderbar abzutun. Schon um nicht zugeben zu müssen, wie sehr er mich in Wahrheit erschreckte.

»Und danach?«, fragte ich.

»Sie haben es gesehen«, antwortete Marisa. »Es ist nicht nur Weymouth und London. Sie haben gewonnen, fast überall. Nachdem die Wesen des Okkulten besiegt worden waren, hatten die Menschen keine Chance mehr. Sie haben sich tapfer gewehrt und ihnen einen zähen Kampf geliefert, aber am Ende haben wir verloren. Und aus diesem Grund würde Ihr magisches Kreuz auch nicht mehr funktionieren. Es gibt keine Magie mehr.«

Keine Magie? Das konnte ich nicht glauben. Das wollte ich schlichtweg auch nicht glauben. Außerdem bezog das Kreuz seine Macht aus der Kraft der Erzengel. Wenn es seiner Magie beraubt worden war, bedeutete dies nichts anderes, als dass es den Großen Alten, *diesen* Großen Alten, gelungen war die Erzengel zu vernichten.

Allein der Gedanke erfüllte mich mit einem derartigen Grauen, dass ich ihn einfach beiseiteschob.

»Und ich soll Ihnen dabei helfen, Asmodina und die ganze andere Bande zurückzuholen?«

»Das, was Sie als die ganze Bande bezeichnen, John, existiert nicht mehr«, antwortete Marisa. »Sie werden nicht aus ihren Gräbern wiederauferstehen, nur weil die Magie in die Welt zurückkehrt. Aber für uns ist es vielleicht die letzte Chance, zu überleben.«

»Trotz all Ihrer Technik und Wissenschaft?«, fragte ich. Selbst in meinen eigenen Ohren klangen die Worte vorwurfsvoller, als ich eigentlich beabsichtigt hatte, aber Marisa schien sie mir nicht übel zu nehmen. Ihr Lächeln wurde allenfalls noch ein wenig schmerzlicher.

»Wir sind einfach nicht mehr genug, John«, sagte sie. »Wir … könnten sie vernichten, aber der Preis wäre zu hoch.«

»Wie hoch ist zu hoch?«, fragte ich.

»Wir können sie schlagen, aber diese Welt würde es nicht überstehen«, antwortete der Oculus an ihrer Stelle. »Wir wissen, wie die Älteren Götter die Großen Alten geschlagen haben, und waren in der Lage, ihre Waffe nachzubauen.«

»Aber ihr wagt es nicht, sie einzusetzen«, vermutete ich.

»Es liegt in der Natur dieser Vorrichtung, dass man sie nicht ausprobieren kann«, sagte Marisa. »Wir haben eine einzige Chance.«

»Und ihre genaue Wirkung ist nicht vorauszusagen«, fügte der Oculus hinzu. Allmählich überkam mich das Gefühl, dass die beiden diesen Auftritt sorgsam eingeübt hatten, um das Gespräch in eine ganz bestimmte Richtung zu lenken. »Es ist unwahrscheinlich, dass es zur vollständigen Zerstörung aller habitablen Zonen auf der Welt käme, aber ein Restrisiko in unbekannter Größe bleibt.«

Das Restrisiko, die Erde für ein paar Millionen Jahre unbewohnbar zu machen? Nein, danke. Als die Älteren Götter diese Waffe eingesetzt hatten, hieß es in den alten Geschichten, die gesamte Welt habe gebrannt.

»Und welche Rolle soll ich nun dabei spielen?«, fragte ich.

Marisa zögerte eine Winzigkeit zu lange mit der Antwort, und sie tauschte auch einen kurzen Blick mit den beiden verbliebenen Ratsmitgliedern. Was sie mir zu sagen hatte, fiel ihr nicht leicht, und man musste keine vier Doktorhüte in Psychologie haben, um das zu erkennen.

»Wir wissen es nicht genau«, gestand sie schließlich. »Vielleicht keine. Vielleicht die wichtigste überhaupt.« Sie lächelte, aber es wirkte schrecklich bemüht. »Um ganz ehrlich zu sein, hatten wir gehofft, dass…« Sie zögerte noch einmal, und als sie endlich weitersprach, sah sie mir nicht mehr direkt in die Augen. »… Sie uns das sagen könnten, John.«

Im Nachhinein muss ich gestehen, dass ich richtiggehend stolz auf meine Reaktion sein konnte.

Immerhin gelang es mir, nicht laut loszulachen.

Ashton Place, London. 1937

Das Haus war bis auf die Grundmauern niedergebrannt. Robert hatte das gewusst – schon seit zehn Jahren oder länger – und sich bis zu diesem Moment sogar halbwegs erfolgreich eingeredet, dass es ihm nichts ausmachte. Schließlich war es nur ein Haus, egal wie groß und prachtvoll, letzten Endes doch nur eine Ansammlung Steine und Holz. Aber natürlich stimmte das nicht.

Es machte ihm etwas aus, mehr sogar, als er sich selbst in diesem Moment noch eingestehen wollte, denn selbstverständlich war es eben mehr als ein Trümmerberg aus zerborstenem Stein und zerbrochenen Balken und Unkraut. Er hatte einen guten Teil seines Lebens in diesem Haus verbracht, als es noch eine prachtvolle viktorianische Villa inmitten eines sorgsam gepflegten parkgroßen Gartens gewesen war, und es kam ihm so vor, als wäre ein Teil dieses Lebens ebenfalls von den Flammen verzehrt worden, die das Haus am Ashton Place zerstört hatten.

Außerdem war ihm kalt.

Es hatte endlich aufgehört zu regnen, doch die Kleider klebten noch immer wie eine eisige zweite Haut an seinem Körper, und auch wenn es eine Stunde her war, saß ihm der Schrecken über den Terror in der Front Street noch viel zu sehr in den Knochen, um auch nur einen klaren Gedanken zu fassen. Von Rowlfs – vorsichtig ausgedrückt – sonderbarem Benehmen gar nicht zu sprechen.

»Also was ist denn jetzt, die Herren?«, drang die Stimme des Taxifahrers in seine Gedanken. »Soll ich auf Sie warten oder nicht?«

»Selbstverständlich«, antwortete Rowlf, und Robert fügte nur einen Sekundenbruchteil später hinzu: »Nein.«

Rowlf legte die Stirn in Falten und bemühte sich redlich, so missmutig und einschüchternd wie nur möglich auszusehen. Robert wartete nicht ab, ob es ihm gelang, sondern stieg aus, ging mit raschen Schritten um den Wagen herum und bezahlte den Fahrer einschließlich eines großzügig bemessenen Trinkgelds, das hauptsächlich dem betroffenen Gesichtsausdruck des Taxifahrers geschuldet war, als sie in ihren triefend nassen Kleidern eingestiegen waren. Rowlf blieb noch eine provozierende halbe Minute im Fond des modernen Wagens sitzen, ehe er sich auszusteigen bequemte und den Kragen hochschlug. Trotzig rammte er die Fäuste in die Jackentasche und funkelte ihn an, bis das Taxi abgefahren war. Auch wenn der Regen während der fast einstündigen Fahrt durch die Stadt nachgelassen und schließlich ganz aufgehört hatte glänzten die Straßen vor Nässe, und zog das schwarze Gefährt zwei gewaltige Gischtfontänen hinter sich her, denen Rowlf finster nachstarrte. »Weißt du, wie schwer es ist, in dieser Gegend ein Taxi zu bekommn?«, maulte er.

»Nein«, antwortete Robert. »Dafür weiß ich, wie schwer es ist, von dir eine klare Antwort zu bekommen. Und ehrlich gesagt weiß ich nicht mehr, ob ich dir noch trauen kann. Was zum Teufel haben wir da gerade getan?«

»Ich dachte, das hätt ich dir gesagt«, antwortete Rowlf, während er dem davonfahrenden Taxi nachsah. So wie er dastand war es zwar unmöglich, in seinem Gesicht zu lesen, aber Robert war auch ziemlich sicher zu wissen, was er darauf erkennen würde. Seine Antwort fiel denn auch entsprechend scharf aus. »Du hast sehr viel gesagt, mein Freund, aber irgendwie hast du es getan, ohne etwas zu sagen.«

Rowlf drehte sich nun doch zu ihm herum. »Viel mehr als ich dir gesagt habe, weiß ich wirklich nicht.«

»Du wusstest von dem Hochwasser, habe ich Recht? Und du wusstest, dass die Sinclairs nicht überleben würden, oder?«

Er konnte Rowlf ansehen, dass er mit sich rang, einfach zu leugnen oder gar mit seinem Unsinn fortzufahren, aber dann deutete er nur ein Achselzucken an und nahm die Hände aus den Taschen. »Es stand in der Zeitung«, antwortete er.

»In welcher Zeitung?«, erwiderte Robert spöttisch. »Der von morgen?«

»Nee«, antwortete Rowlf ernst. »Der von nächster Woche.«

Robert starrte ihn aus aufgerissenen Augen an. Er wollte lachen, aber das Geräusch blieb ihm im Hals stecken, lange bevor es seine Lippen erreichen konnte.

»Die Zeitung von ... nächster Woche?«, fragte er stattdessen.

Rowlf nickte. »Und ich habe sie vor fünf Jahren gelesen.«

»Vor ... fünf Jahren.«

»Howard hat sie mir gegeben, bevor ...« Er zögerte einen winzigen Moment. »... ich mich zur Ruhe gesetzt habe.«

»Konntest du noch etwas in dieser Zeitung lesen?«, fragte Robert mit einer Stimme, die sich sogar in seinen eigenen Ohren wie die eines Fremden anhörte.

»Wenn dich die Gewinnzahlen der Sweepstake-Lotterie von nächster Woche interessieren, könnte ich vielleicht behilflich sein.«

Er gab Robert keine Gelegenheit, zu antworten, sondern drehte sich herum und trat an das große schmiedeeiserne Tor, das das Grundstück und die erstmals mondäne Villa davor geschützt hatte, von sterblichem Pöbel betreten und besudelt zu werden. Sein Blick tastete über den verwilderten Garten dahinter, und Robert versuchte, dasselbe zu tun, aber er konnte sich nicht überwinden. Sein Blick schrak davor zurück wie eine Hand vor glühender Kohle. Dieses Haus war so lange sein Heim gewesen, und auch wenn er in den letzten Jahren immer seltener daran gedacht hatte, so wollte er doch gar nicht sehen, was die Zeit ihm angetan hatte.

»Du willst also allen Ernstes behaupten, du hättest eine Zeitung gelesen, die erst in einer Woche gedruckt wird?«, fragte er. »Und das vor fünf Jahren?«

Rowlf nickte bekräftigend, und seine Hände umschlossen die rostigen Gitterstäbe.

»Und was wollen wir jetzt hier?«, fragte Robert. Seine Gedanken rasten. Er hatte in seinem Leben Unglaubliches erlebt, Dinge gesehen und getan, die die meisten anderen für schlichtweg unmöglich gehalten hätten – aber eine Zeitung aus der Zukunft?

»Wir müssen etwas holen.« Rowlf begann, an den Gitterstäben zu rütteln. Rostfarbene Staubfahnen wehten aus den maroden Scharnieren heraus, und der Lärm musste auf dem halben Platz zu hören sein, sodass sich Robert automatisch umsah. Die beiden Nachbarhäuser waren ein gutes Stück entfernt und der Lärm dort vermutlich gar nicht mehr zu hören. Und trotzdem: Zu Zeiten, als er noch hier zuhause gewesen war, wäre es schlichtweg unvorstellbar gewesen, dass sich zwei alles andere als vertrauenerweckend aussehende Fremde am Tor zu schaffen machten, ohne dass jemand kam und fragte, was sie hier eigentlich zu suchen hatten.

Jetzt war er nicht mehr sicher, ob die beiden Nachbargebäude überhaupt noch bewohnt waren. Das Anwesen zur Linken war fast genauso heruntergekommen. Der Garten war hoffnungslos verwildert, und ab dem ersten Stockwerk sämtliche Fenster mit Brettern vernagelt. Auch die Villa auf der anderen Seite hatte schon bessere Zeiten gesehen. Der Garten war nicht ganz so verwildert, aber auch alles andere als gepflegt, und auch das Haus selbst bestenfalls vernachlässigt.

Überhaupt hatte die gesamte Gegend eine Menge von ihrem Glanz und Charme eingebüßt, wie ihm schon auf der Fahrt hierher aufgefallen war. Längst nicht alle Anwesen waren in einem so desolaten Zustand wie sein eigenes, das seit zwanzig Jahren leer stand und dem man das auch ansah. Aber viele wirkten ungepflegt und vernachlässigt. Einfache Automobile hatten die Stelle imposanter Droschken eingenommen, in manchen Gärten waren schlichte Gebäude entstanden, um zusätzlichen Wohnraum zu schaffen, und selbst die moderne elektrische Straßenbeleuchtung wirkte in dieser Umgebung billig.

Aber das alles war nichts gegen den Zustand, in dem sich sein eigenes ehemaliges Zuhause präsentierte. Und er verstand immer weniger, warum.

»Was ist hier passiert?«, brachte er schließlich hervor.

Rowlf warf ihm zwar einen schrägen Blick über die Schulter hinweg zu, deutete dann aber nur ein Heben derselben an und rüttelte noch einmal am Tor, das diesmal ein langgezogenes eisernes Quietschen von sich gab und ihn mit noch mehr rotem Staub und Rostsplittern bombardierte. »Keine Ahnung hab ich nicht«, antwortete er, während er das widerspenstige Tor mit finstererem Blick maß. »Ich wunder mich auch. Hab gedacht, du hättest 'nen Hausmeister bezahlt, damit er ab und zu nach dem Rechten sehen tut.«

Das entsprach nicht ganz der Wahrheit. Er hatte keinen Hausmeister engagiert, sondern eine renommierte Firma, die sich mit der Verwaltung zahlreicher Gebäude beschäftigte und einen ausgezeichneten Ruf genoss (und entsprechend teuer war) und der er die letzten zwanzig Jahre regelmäßig ein stattliches Sümmchen überwiesen hatte.

Wie es aussah, war es herausgeworfenes Geld gewesen.

Jetzt wäre eigentlich der Moment gekommen, sich zu ärgern, doch stattdessen fragte sich Robert, was hier vorgefallen sein mochte.

Er fand keine Antwort – zumindest keine, die ihn nicht noch mehr erschreckt hätte – Rowlf für sein Problem allerdings sehr wohl, denn er strengte die Muskeln an, woraufhin das gesamte schmiedeeiserne Tor aus seinen Angeln brach und mit einem Knall auf der unkrautüberwucherten Einfahrt dahinter landete, der noch bis nach Liverpool zu hören sein musste. Rowlf trat mit einem ausladenden Schritt über den Torflügel hinweg und auf das eigentliche Grundstück, und Robert folgte ihm, wobei ihn ein sonderbares Gefühl überkam. Es war eindeutig sein Haus, aber er kam sich vor wie ein Eindringling, der nicht hier sein sollte.

Möglicherweise war er auch nicht der Einzige, denn sie hatten noch keine fünf Schritte getan, da erscholl hinter ihnen eine Stimme: »Verzeihung, die Herren, aber was haben Sie hier verloren?«

Rowlf blieb mitten im Schritt stehen, und Robert drehte sich halb herum. Hinter dem aufgebrochenen Tor war eine schmale Gestalt mit grauem Haar aufgetaucht, die sich schwer auf einen Gehstock mit silbernem Griff stützte. Robert überlegte einen Moment, einfach weiterzugehen, machte dann aber stattdessen ganz kehrt und erkannte das um mehr als zwei Jahrzehnte gealterte Gesicht, noch bevor er die halbe Strecke zum Tor zurück hinter sich hatte.

»Ich glaube, Sie haben hier nichts verloren. Das hier ist Privatbesitz, und ...«, sagte der Mann.

»Aber das weiß ich doch, Mister Bentley«, fiel Robert seinem ehemaligen Nachbarn ins Wort, »und zwar immer noch meiner. Auch wenn ich ihn kaum wiedererkenne.«

Der Grauhaarige blickte einen Moment nur hoffnungslos verwirrt, doch dann weiteten sich seine Augen. »Mister ... Craven?«, murmelte er erschrocken. »Mein Gott, Sie sind es wirklich! Sie sind ...«

»... alt geworden«, unterbrach Robert ihn mit einem angedeuteten Lächeln. »Ich fürchte, das ist wahr.«

»Mister Craven«, sagte Bentley noch einmal, als könne er

nicht glauben, was ihm seine Augen zeigten. »Großer Gott, wie lange ist das her?«

»Gute zwanzig Jahre, fürchte ich«, antwortete Robert. »Können Sie mir sagen, was hier passiert ist?«

»Dass ich Sie noch einmal wiedersehen darf«, sagte Bentley, ohne seine Frage zu beantworten. Wahrscheinlich hatte er sie gar nicht gehört.

»Was ist passiert?«, grollte Rowlfs Stimme hinter Robert.

Robert hatte nicht einmal gemerkt, dass er ebenfalls kehrtgemacht hatte und wieder zurückgekommen war, um nun wie ein bedrohlicher Schatten hinter ihm aufzuragen.

»Sie?« Bentleys Augen wurden noch größer und zeigten jetzt einen Ausdruck von Erschrecken, den sich Robert nicht erklären konnte. »Ich habe gehört, dass Sie ...«

»...dass ich mich zur Ruhe gesetzt habe, ja, das stimmt«, fiel ihm Rowlf ins Wort. »Ich begleite Robert nur bei seinem Besuch. Was ist denn nun hier passiert?«

Bentley starrte ihn noch eine geschlagene Sekunde lang an, dann wandte er sich mit betrübter Miene und einer ausladenden Armbewegung wieder an Robert. »Das Viertel hat schon bessere Zeiten gesehen. Nachdem Sie weggegangen sind, begann es allmählich bergab zu gehen. Und dann kam auch noch der Krieg drüben auf dem Kontinent, gegen das Kaiserreich. Zwar sind hier keine Bomben gefallen, doch hat das Land sehr darunter gelitten. Viele sind an die Front gegangen und nicht wiedergekommen, die Wirtschaft ist eingebrochen, Vermögen sind verloren gegangen. Haben Sie davon etwa nichts mitbekommen?«

Natürlich wusste Robert von dem großen Krieg, aber er hatte ein ziemlich zurückgezogenes Leben geführt und sich im Grunde auf einen geruhsamen Lebensabend gefreut. Er hatte genug Entsetzliches erlebt und musste nicht auch noch mit ansehen, was Menschen sich gegenseitig Schlimmes antaten.

»Aber Sie sind geblieben«, sagte Robert.

»Wohin sollte ich schon gehen?« Bentley hob die Schultern. »Meine Söhne sind beide nicht aus dem Krieg zurückgekommen, und meine Frau ist schon vor zehn Jahren gestorben. Einen alten Baum verpflanzt man nicht.«

»Das tut mir leid«, antwortete Robert. »Aber trotzdem ... Ich hatte einen Verwalter beauftragt, sich um das Haus zu kümmern.«

»Soviel ich weiß, haben sie das am Anfang auch getan«, sagte Bentley. »Aber sie hatten wohl Probleme, zuverlässiges Personal zu finden. Angeblich war irgendetwas im Haus, das den Leuten Angst gemacht hat.«

»Angst?«, wiederholte Rowlf.

»Wovor?«, fügte Robert hinzu.

»Das weiß ich nicht«, antwortete Bentley. »Aber irgendwann haben sie wohl niemanden mehr gefunden.«

»Und das Haus einfach verfallen lassen?«, empörte sich Robert.

»Ist jetzt auch egal«, mischte sich Rowlf ein. »Wir haben keine Zeit für sowas. Du kannst dich ja später aufregen tun.«

»Ich fürchte, Rowlf hat recht«, sagte Robert. »Wir müssen etwas erledigen, das keinen Aufschub duldet. Aber vielleicht später.«

»Das würde mich freuen«, antwortete Bentley. »Warum kommen Sie nicht hinterher auf eine Tasse Tee zu mir rüber? Nach so vielen Jahren haben wir uns bestimmt eine Menge zu erzählen.«

»Ganz bestimmt sogar«, versicherte Robert. »Lassen Sie den Tee ruhig schon einmal zubereiten. Es wird nicht lange dauern.«

»Und eine gute Flasche Portwein dekantieren«, fügte Bentley unüberhörbar stolz und mit einem Nicken hinzu. »Ich habe es nicht vergessen.«

»Hervorragend«, sagte Robert. »Ich freue mich schon darauf.« Und damit nickte er abschließend und wandte sich auf dem Absatz um, bevor Bentley auch nur Gelegenheit fand, Luft zu holen, geschweige denn eine weitere Frage zu stellen. Rowlf folgte ihm in so geringem Abstand, dass er seine Nähe schon als beinahe unangenehm empfand und ging erst auf dem allerletzten Stück an ihm vorbei und wieder voraus. Zerbrochene Ziegelsteine und rottendes Holz knirschten unter ihren Schritten, als sie die große Freitreppe erreichten und hinaufgingen, und als Rowlf die Eingangstür auf ihre Festigkeit überprüfte, sah Robert noch einmal über die Schulter zu seinem Nachbarn zurück.

Der alte Mann stand noch immer da, wo er ihn zurückgelassen hatte und sah in ihre Richtung. Die Entfernung war schon zu groß, um den Ausdruck auf seinem Gesicht zu erkennen, aber jeder einzelne Zoll seiner Erscheinung drückte Sorge aus.

Hinter ihm erklang das Geräusch von splitterndem Holz und ein erbärmliches Quietschen, als Rowlf die seit zwanzig Jahren nicht mehr geölten Angeln zwang, sich wieder zu bewegen. Robert schüttelte den Gedanken an Bentley ab und drehte sich dann zu Rowlf um; gerade rechtzeitig, um zu sehen, wie sich die Tür schon nach wenigen Zoll erneut verkantete und mit einem Ruck zum Stehen kam, der etwas Endgültiges hatte.

»Die Tür klemmt«, stellte Rowlf fest, schüttelte mit einem tiefen Seufzen den Kopf und versetzte der Tür dann einen Tritt, der sie zwar nicht aus den Angeln sprengte, aber gänzlich auf und drinnen gegen die Wand prallen ließ.

»Und wer hat dir erlaubt, mein Haus kaputt zu machen?«, nörgelte Robert.

Rowlf zog es vor, gar nichts darauf zu antworten, sondern verschwand mit entschlossenen Schritten in der Dunkelheit hinter der Tür. Robert hörte ihn husten, und etwas schepperte. Glas zerbrach.

»Warte einen Moment«, rief Rowlf von drinnen. »Ich muss erst Licht machen.« Nur eine Sekunde später vertrieb ein kräftiger gelber Schein die Dunkelheit hinter der Tür, und Robert trat ebenfalls ein.

Das Gefühl, nicht hier sein zu sollen kehrte zurück und war jetzt so intensiv, dass es ihm schier den Atem abschnürte, und nun gesellte sich auch noch etwas anderes und weit Schlimmeres hinzu, eine Präsenz, die bösartig und verschlagen in den Schatten lauerte und nur auf den richtigen Moment wartete, hervorzubrechen und sie alle zu verderben.

»Pass auf, wo du hintrittst«, sagte Rowlf. »Hier liegt überall Gerümpel rum.«

»Das Gerümpel, von dem du da sprichst, sind meine Möbel«, antwortete Robert verärgert. Allerdings nur einmal, und es klang auch nicht wirklich überzeugend, schon weil seine und vor allem Rowlfs Schritte so viel Staub aufwirbelten, dass er nur noch flach zu atmen wagte, um nicht ins Husten zu geraten.

Was der starke Strahl der modernen Taschenlampe enthüllte, die Rowlf eingeschaltet hatte, trug auch nicht gerade dazu bei, Roberts Stimmung zu heben. Nach dem Anblick des Gartens wäre er nicht einmal erstaunt gewesen, auch hier vollkommene Zerstörung zu erblicken. Das war zwar nicht der Fall, aber die Zeit hatte trotzdem ihren Tribut gefordert. Alle Möbel waren mit Laken abgedeckt, die längst zu unansehnlichem Grau und fadenscheinig geworden waren. Unter dem Staub, den ihre Schritte aufwirbelten und der in immer stärkerem Maße zum Husten reizte, kam eine fast zur Härte von Stein zusammengebackene Schicht zum Vorschein, und die ehedem kostbaren Gemälde an den Wänden waren fast bis zur Unkenntlichkeit verdreckt. Als er beim Eintreten die Wand streifte, verwandelte sich die Seidentapete in raschelnden Staub, der zu Boden fiel.

Ein splitterndes Krachen erscholl, und helles Sonnenlicht strömte herein, als Rowlf nicht nur eines der großen Fenster öffnete, sondern auch die Bretter wegtrat, mit denen es vernagelt war. Robert wünschte sich fast, er hätte es nicht getan, denn in der plötzlichen Lichtflut konnte er nur umso deutlicher erkennen, in was für einem erbärmlichen Zustand sich das ehedem so prachtvolle Haus befand. Alles war verdreckt, verrottet und zerstört.

Rowlf ließ ihm jedoch keine Zeit, noch mehr vor den Trümmern seines früheren Lebens zu erschrecken, sondern durchquerte den Raum mit raschen Schritten und verschwand hinter der Tür auf der anderen Seite, hinter der die Bibliothek lag. Robert folgte ihm erst, nachdem er auch dort ein Fenster geöffnet und das Tageslicht hereingelassen hatte.

Der Anblick brach ihm schier das Herz, denn er war noch weitaus schlimmer als der auf der anderen Seite. Auch hier waren die Möbel mit Tüchern abgedeckt, die vor sich hin rotteten, und auf dem Boden lag knöchelhoch der Staub. Das Schlimmste aber waren die Bücher, der Schatz seines halben Lebens, den er gesammelt hatte, und die sich gleich zu Tausenden auf den Regalen reihten. Ein Gutteil hatte Schimmel angesetzt, und hier und da war sogar ein Regalbrett unter seiner Last zusammengebrochen. Der Geruch von moderndem Papier hing in der Luft, und auch noch etwas anderes und sehr viel Unangenehmeres. Robert ertappte sich dabei, die Schatten mit Blicken durchdringen zu wollen, wie um sich davon zu überzeugen, dass auch wirklich nichts darin lauerte.

Rowlf war bereits zum Kamin gegangen, steckte die Taschenlampe ein und griff mit beiden Händen nach dem großformatigen Porträt, das darüber an der Wand hing und irgendeinen Urahn des Vorbesitzers dieses Hauses zeigte. Robert wusste nicht einmal wen, aber er war stets der Meinung gewesen, dass es der Respekt vor diesem Gebäude gebot, es nicht zu entfernen. Auf unsichtbaren (aber lautstark quietschenden) Scharnieren schob er es zur Seite und gab den Blick auf eine schwere Tresortür frei, die dahinter in die Wand eingelassen war.

»Was hast du vor?«, erkundigte sich Robert und bekam keine Antwort.

Rowlf griff in die andere Jackentasche und zog einen großen Schlüssel heraus, den er in das dazugehörige Schlüsselloch des Tresors einführte und zweimal rasch nach links drehte, woraufhin ein doppeltes, schweres Klacken erscholl. Robert riss die Augen auf.

»Woher hast du diesen Schlüssel?«, fragte er.

»Howard hat ihn mir gegeben«, antwortete Rowlf. Er trat einen Schritt zurück und machte eine auffordernde Geste. »Den Rest musst du machen.«

Robert wusste genau, was er meinte. Als er diesen Tresor hatte einbauen lassen, war es das allerneueste Modell gewesen, das nicht nur mit einem komplizierten und nahezu fälschungssicheren Schlüssel aufwartete, sondern über ein zusätzliches Zahlenschloss verfügte, dessen Kombination nur ihm allein bekannt war.

»Was soll das?«, fragte er verwirrt. »Der Tresor ist leer.«

»Mach auf, und du weißt es«, antwortete Rowlf, vielleicht eine Spur schärfer, als angemessen gewesen wäre. »Es sei denn, du willst warten, bis ich ein paar Stangen Dynamit besorgt habe.«

Wenn das ein Scherz sein sollte, dann war es kein guter. Robert funkelte ihn noch einen Moment lang wütend an, aber dann obsiegte doch die Neugier, und er ging hin und drehte das Stellrad, um die sechsstellige Kombination einzustellen. Er brauchte drei Versuche dafür, denn es war zwanzig Jahre her, dass er es das letzte Mal getan hatte, und ganz kurz drohte er in Panik zu geraten, die richtige Ziffernfolge möglicherweise vergessen zu haben. Dann aber nickte Rowlf zufrieden, entriegelte das Schloss und zog die gut zweihundert Pfund schwere Stahltür ohne die geringste sichtbare Anstrengung auf.

Der eigentliche Tresor dahinter war ganz und gar nicht leer, wie Robert es in Erinnerung und gerade behauptet hatte. Auf dem schwarz lackierten Stahl lagen ein großformatiges, altes Buch und ein schlichter Gehstock mit einem großen, kristallenen Knauf, der das Licht einfing und in tausendfarbigen Blitzen zurückwarf. Robert zog so scharf die Luft zwischen den Zähnen ein, dass es fast wie ein kleiner Schrei erklang. »Das ist unmöglich!«, entfuhr es ihm. »Das habe ich da nicht reingelegt!«

Rowlf macht eine auffordernde Geste, und Robert streckte zögernd die Hand aus, um nach dem vermeintlichen Spazierstock zu greifen. Fast schon ehrfürchtig nahm er ihn heraus, drehte ihn ein paarmal in den Händen und zog die rasiermesserscharfe Klinge ein Stück weit heraus, die sich unter dem polierten Holz verbarg, und hielt den Kristallknauf schließlich ins Licht. Unter der zu tausend Facetten geschliffene Oberfläche begann sich eine Form zu regen, die vage an einen fünfzackigen Stern erinnerte, zugleich aber auch vollkommen anders war und sich nicht beschreiben ließ, stammte sie doch aus einer Dimension, zu der der menschliche Verstand keinerlei Bezug hatte.

Rowlf wiederholte seine auffordernde Geste, doch diesmal zögerte Robert. Sein Stockdegen war eine Sache – jetzt, wo er ihn wieder in Händen hielt, merkte er erst, wie sehr er die magische Waffe die ganze Zeit über vermisst hatte –, aber dieses Buch zu berühren das war mehr, als er ertragen konnte. Und mehr, als er ertragen wollte.

Rowlf nahm ihm die Entscheidung ab, indem er den großen Folianten aus dem Tresor hob, und Robert konnte ein erschrockenes Zusammenzucken nicht mehr unterdrücken. Kam es ihm nur so vor, oder begann sich der mit grotesken Symbolen, Runen und Sigillen übersäte Einwand zu bewegen, wie um glotzende Augen und schnappenden Mäuler zu bilden, die nicht wirklich da waren, aber unter der Oberfläche der Realität heranwuchsen?

»Woher ... woher kommt das?«, stammelte er, und jedes einzelne Wort kostete ihn immense Kraft. Und er musste sogar noch mehr Kraft aufwenden, um seinen Blick von diesem schrecklichen Buch loszureißen, auch wenn ihm sein bloßer Anblick allmählich körperliche Übelkeit und vielleicht Schmerz zu bereiten begann. »Als ich gegangen bin, war der Tresor leer.«

»Howard hat es reingelegt«, antwortete Rowlf.

»Ich bin der Einzige, der die Kombination kennt«, antwortete Robert. Woher Rowlf den – ebenfalls einzigen – Schlüssel hatte, fragte er erst gar nicht.

»Das musst du ihn fragen«, antwortete Rowlf. »Er hat mir bloß aufgetragen, es zu holen.« Er hielt Robert das Buch hin, und diesmal versuchte er erst gar nicht, ein halb ersticktes Keuchen zurückzuhalten. Er würde dieses entsetzliche Ding ganz bestimmt nicht berühren. Schon das bloße Wissen um seine Existenz war mehr, als für die meisten Menschen gut sein konnte. Es auch nur anzusehen, eindeutig mehr, als er wollte, und es zu berühren stand gänzlich außer Frage, denn wenn er das tat, würde es seine Menschlichkeit verzehren.

»Und warum?«, fragte er mühsam.

Rowlf setzte zu einer Antwort an, besann sich dann aber im letzten Moment unübersehbar eines Besseren und wich nun seinerseits einen Schritt zurück, um das Buch mit beiden Händen an sich zu pressen, als handele es sich um einen unendlich kostbaren Schatz, den er um jeden Preis beschützen würde. Selbst mit seinem Leben, wenn er musste.

»Wir müssen es an einen bestimmten Ort bringen«, antwortete er, »und zu einer ganz bestimmten Zeit. Mehr weiß ich nicht.«

Robert glaubte ihm. Aber er konnte trotzdem nicht anders, als das entsetzliche Buch weiter anzustarren, das Rowlf an sich drückte. Das Necronomicon.

»Und an welchen Ort?«

»Zu deinem Grab, Robert.«

Croyden, nahe London. Morgen

Der Flug nach oben war wie ein Sturz in den Himmel, so rasend schnell, dass die Wände zu betongrauen Schemen verschmolzen und die Luft mit solcher Gewalt an ihren Gesichtern vorbeigerissen wurden, und das Atmen unmöglich zu werden drohte. Suko hätte geschrien, hätte er es gekonnt, und nicht nur vor Schrecken. Schon der Griff des Todesengels war hart genug, um ihm den Atem abzuschnüren, und seine Finger mit den spitzen Nägeln bohrten sich tief genug in Sukos Fleisch, als würde er mit Messern traktiert. Es dauerte nur wenige Sekunden, vielleicht kaum zwei oder drei, aber zugleich auch Ewigkeiten, und es war nicht vorbei, selbst als sie den Aufzugsschacht hinter sich hatten.

Die beiden Todesengel rasten lebenden Geschossen gleich aus den zerborstenen Türen und durch einen schmalen Gang, mit dessen Wänden etwas nicht stimmte, aber sie waren zu schnell, um zu erkennen, was, denn es war wie ein Überschallflug durch die Hölle: Rotes Licht flackerte in seinen Augenwinkeln, als wäre der Computer wild entschlossen, ihn mit aller Macht in Richtung eines epileptischen Anfalls zu treiben. Da waren rennende Gestalten und Schreie und das Quäken einer Computerstimme, und eine immer größer werdende Panik, die die ganze Welt in einen Strudel aus reinstem Chaos zu ziehen versuchte. Dem Gang folgte eine Halle voller schreiend und panisch durcheinanderhastender Menschen. Irgendetwas brannte, und er meinte sich daran zu erinnern, diese Halle schon einmal durchquert zu haben, wenn auch langsamer und auf einer fahrbaren Liege festgeschnallt.

Eines der Hallentore war wie vom Faustschlag eines Titanen zerschmettert und nach außen gebogen. Zahllose Menschen drängten sich vor dieser gewaltsam geschaffenen Öffnung, schubsten und stießen und boxten oder trampelten sich in ihrer panischen Flucht gegenseitig nieder, und Suko blieb nicht einmal genug Zeit zu erschrecken, da schlugen die beiden Todesengel sogar noch heftiger mit den Flügeln, verloren an Höhe und pflügten wie lebende Kanonenkugeln durch die kämpfende Menge.

Etwas traf Sukos Bein mit solcher Wucht, dass er glaubte, es wäre gebrochen, Körper wurden wie Trümmerstücke beiseitegeschleudert, und etwas im Chor der gellenden Schreie änderte sich, sie klangen jetzt nicht mehr nur nach Schrecken und Panik, doch dann waren sie auch schon durch und im Freien, und die beiden Todesengel gewannen mit kraftvollen Flügelschlägen an Höhe.

Sukos Zeitgefühl war irgendwo auf halbem Wege durch den Aufzugsschacht verloren gegangen, aber er glaubte nicht, dass dieser ganze apokalyptische Augenblick länger als dreißig Sekunden gedauert hatte. Schon allein, weil er zum ersten Mal wieder atmen konnte, seit ihn der Todesengel gepackt und durch die zerborstene Decke der Liftkabine gerissen hatte.

Was bedeutete, dass ihnen vielleicht noch zwei Minuten blieben.

Die beiden Todesengel beschrieben eine langgezogene Kurve, in der sie auch wieder an Höhe verloren, und Suko wagte es zum ersten Mal, nach unten zu sehen. Sein Eindruck hatte ihn nicht getäuscht: Unter ihnen lag tatsächlich ein großer Flugzeughangar, der zu einem offensichtlich schon seit langer Zeit aufgegebenen Flugplatz gehörte. Auf der Rollbahn hatte verwildertes Grün Fuß gefasst. Die Scheiben des winzigen Towers waren zerbrochen, und das Dach des ehemaligen Abfertigungsgebäudes an gleich mehreren Stellen eingesunken. Die perfekte Tarnung für eine so hoch geheime Anlage wie diese.

Dann sah er etwas, das ihm schier das Blut in den Adern gerinnen ließ: Obwohl erst wenige Augenblicke vergangen waren, wimmelte der Platz vor dem Hangar vor Menschen, die durch das aufgebrochene Tor strömten und verzweifelt davonzurennen versuchten, aber da waren auch andere, unheimliche Kreaturen, große schwarze Geschöpfe mit peitschenden Tentakeln und glotzenden Zyklopenaugen, die aus wogenden Rissen in der Wirklichkeit traten und unverzüglich Jagd auf die flüchtenden Menschen zu machen begannen.

Suko spürte es, den Bruchteil einer Sekunde, bevor es tatsächlich geschah: Etwas wie ein körperloser Ruck, der durch die Wirklichkeit ging – und etwas beendete. Der Flügelschlag des Todesengels über ihm wirkte plötzlich unbeholfen, dann hektisch, und in der nächsten Sekunde begann er zu trudeln und fiel dann wie ein Stein vom Himmel.

Suko hätte nicht sagen können, was ihm das Leben rettete – der Umstand, dass sich der Todesengel im letzten Moment drehte, sodass er unter ihm aufschlug und mit seinem eigenen Körper die allergrößte Wucht des Sturzes auffing oder der, dass sie sich nur noch in drei oder vier Metern Höhe befunden hatten. Wahrscheinlich beides.

Der Aufprall war trotzdem so hart, dass er ihm beinahe das Bewusstsein geraubt hätte und sich so anfühlte, als würde jeder einzelne Knochen in seinem Leib zerbrechen, und das gleich mehrfach.

Da war eine fast unhörbar leise Stimme tief unter seinen Gedanken, die ihn davon zu überzeugen versuchte, dass nichts im Augenblick so kostbar war wie Zeit, aber er blieb trotzdem noch einige Momente liegen und lauschte in sich hinein, ehe er es auch nur wagte, die Augen zu öffnen.

Immerhin lag er nicht in einer Lache seines eigenen Blutes, und auch alle seine Körperteile schienen noch mehr oder weniger da zu sein, wo sie sein sollten. Der Todesengel unter ihm regte sich nicht (was ihn aber nicht wirklich beunruhigte), doch nicht weit von ihm erklang ein gedämpftes Stöhnen, und als er mühsam den Kopf drehte erblickte er Bill, der wohl weniger Glück gehabt hatte als er und sich gerade mühsam unter dem mit verrenkten Gliedern und zerrissenen Flügeln daliegenden Todesengel hervorzuarbeiten versuchte. Sein Gesicht und seine Hände waren blutig, und er ächzte vor Anstrengung, aber immerhin konnte er sich bewegen, und das war schon beinahe mehr, als er auch nur zu hoffen gewagt hatte.

Suko rappelte sich auf, machte einen vorsichtigen Schritt und war beinahe überrascht, dass seine Knie nicht einfach unter dem Gewicht seines Körpers nachgaben. Trotzdem humpelte er sichtbar, als er zu Bill eilte und ihm auf die Beine half. Der Todesengel war bereits dabei zu zerfallen und besaß kaum noch nennenswertes Gewicht.

»Danke«, murmelte Bill benommen. »Aber wieso …«

Es geschah genau in diesem Sekundenbruchteil. Im ersten Moment war weder etwas zu sehen noch zu hören, aber Suko spürte es überdeutlich: Ein lautloses Aufbrüllen wie von einer unvorstellbar grausamen Macht, die keinen anderen Daseinszweck hatte als pure Zerstörung.

Die Bombe explodierte zehn Stockwerke unter ihren Füßen, und ein Teil der Schöpfung wurde einfach ausgelöscht.

Erst danach und mit einer geschlagenen Sekunde Verspätung fühlten sie die gewaltige Erschütterung, die durch den Boden lief. Eine weitere Sekunde darauf hob sich der gesamte Hangar ein Stück an, bog sich in der Mitte durch und brach dann in Stücke.

Alles geschah sehr schnell, und in fast schon gespenstischer Lautlosigkeit. Wo gerade noch ein heruntergekommener Flugzeughangar gewesen war, gähnte plötzlich ein dreißig oder vierzig Meter messender Krater, in dem das gesamte Gebäude einfach verschwand. Es gab keine Explosion, keinen Blitz oder fliegende Trümmer oder Funken oder Flammen. Die Erde tat sich auf und verschlang das komplette Gebäude, zusammen mit den meisten Menschen und Tentakelmonstern, die gerade noch daraus entkommen waren. Erst danach und mit noch einmal fast einer Minute Verspätung drang ein machtvolles Grollen an ihr Ohr, das aber rasch weder verebbte.

»Großer Gott«, hauchte Bill.

Mit Gott hatte das rein gar nichts zu tun, dachte Suko benommen. Der Computer hatte die Bombe tatsächlich gezündet. Bill wusste es genauso gut wie er, aber er hatte sich wohl auch genau wie er bis zum allerletzten Moment an die verzweifelte Hoffnung geklammert, dass das Undenkbare einfach nicht geschehen konnte.

Aber es war geschehen, und dass es keinen Blitz und keine Explosion gegeben hatte und auch die berüchtigte Pilzwolke nicht zu sehen war, änderte nichts daran, dass gerade innerhalb der Stadtgrenzen Londons eine Atombombe explodiert war.

Und auch, wenn es von außen nicht zu sehen war und vermutlich nur eine Handvoll Menschen überhaupt wussten, was wirklich geschehen war, würde hier in sehr naher Zukunft die Hölle losbrechen.

Nicht nur wegen der Bombe.

Suko dachte mit blankem Entsetzen an seine Waffen, die Dämonenpeitsche und den Stab Buddhas, die vermutlich längst ein Raub der Flammen und der absoluten Zerstörung geworden waren. Der enormen Hitze einer solchen Explosion würden auch diese magischen Artefakte nichts entgegenzusetzen haben, und Suko spürte bei diesem Verlust eine tiefe, innere Leere. Bill berührte ihn an der Schulter und deutete mit der anderen Hand nach links, wo der verfallene Tower stand.

Gestanden hatte, genauer gesagt. Die Explosion musste unterirdisch weit mehr Schaden angerichtet haben als über der

Erde, denn der Krater dehnte sich immer noch aus, während seine Wände nachgaben und mit einem nicht enden wollenden Donnern in die Tiefe sanken, und überall im gesprungenen Asphalt der Landebahn entstanden gezackte Risse, die schwarzen Blitzen gleich nach allem zu tasten schienen, was sie erreichen konnten, um es ebenfalls in die radioaktiv verstrahlte Tiefe zu reißen. Das ohnehin baufällige Abfertigungsgebäude brach wie ein Kartenhaus in sich zusammen, und nur eine Sekunde später neigte sich auch der Tower zur Seite, schien sich noch einen Moment gegen das Unvermeidliche zu stemmen und sank dann mit gewaltigem Getöse und in einer noch gewaltigeren Staubwolke in Trümmer.

Doch das war nicht der Grund für den neuerlichen abgrundtiefen Schrecken, der Suko durchfuhr.

Inmitten der brodelnden grauen Staubwolke bewegte sich etwas. Etwas Formloses, riesig und schwarz, das nicht auf diese Welt gehörte und beinahe zu grässlich war, um es auch nur anzusehen, etwas das sich mit träge schlängelnden Bewegungen aus dem Boden wühlte und aus einem einzelnen riesigen Auge vielleicht zum ersten Mal seit einer Million Jahren wieder ins Licht einer Sonne blinzelte, die nicht dieselbe war, die ihm das Leben geschenkt hatte. Suko war der Erste, der aus seiner Erstarrung erwachte, auf dem Absatz herumwirbelte und nicht nur losrannte, sondern auch Bill mit sich riss. Hinter ihnen grub sich die Gestalt weiter aus der Erde und war jetzt schon größer als ein Haus, bäumte sich aber immer nur noch weiter auf, und Suko wusste einfach, dass es seine wahre Größe noch nicht einmal ansatzweise enthüllt hatte. Irgendwo begann eine Feuerwehrsirene zu heulen, und er meinte auch entfernte Schreie zu hören.

Nach ein paar hastigen Stolperschritten riss Bill sich los und wollte stehen bleiben, warf aber zuvor noch einen Blick über die Schulter zurück und rannte dann im Gegenteil sogar noch schneller. Das Ungetüm war immer noch damit beschäftigt, sich ins Freie zu stemmen, doch zu seinen Füßen tauchten Dutzende der kleineren Monster aus der Staubwolke auf, die sie schon unten im Labor gesehen hatten und wuselten in alle Richtungen davon.

Auch in ihre.

Zu ihrem Glück waren es nur noch ein paar Schritte bis zum Rand des Flugfelds, das von dichtem Gebüsch und knorrigen Bäumen gesäumt war. Suko glaubte nicht, dass ihnen das Gestrüpp auch nur den geringsten Schutz bot, aber er brauchte einfach eine kurze Verschnaufpause. Seine Lungen brannten, und sein Herz klopfte, als wollte es jeden Moment aus seiner Brust herausspringen. Außerdem hatte er das Gefühl, gerade etwas erblickt zu haben, bei dem er besser noch einmal hinsah.

Es dauerte auch nur einen Moment, bis er es begriff.

Es war John. Er trug jetzt nicht mehr das alberne weiße Krankenhemd, sondern einen schwarzen Anzug von sonderbarem Schnitt, wie Suko ihn noch nie zuvor gesehen hatte, aber daran vergeudete er so gut wie keinen Gedanken, denn er sah etwas noch viel Unheimlicheres: John stand kaum einen Steinwurf neben dem Rand des Kraters, in dem der Hangar verschwunden war, aus dem jetzt Dutzende, wenn nicht Hunderte der schrecklichen schwarzen Tentakelmonster quollen wie zu groß geratene Termiten aus ihrem eingestürzten Bau. Absonderlicherweise machte keines davon auch nur Anstalten, sich ihm zu nähern, geschweige denn ihn zu attackieren. Ganz im Gegenteil wuselten sie in fast respektvollem Abstand um ihn herum, und als John einen großen Schritt machte, prallten sie schon fast erschrocken zurück.

Sie waren viel zu weit entfernt, um auch nur Johns Gesicht zu erkennen, aber Suko hatte das sichere Gefühl, dass er etwas sagte. Gab er diesen Kreaturen etwa Befehle?

Bill wollte etwas sagen, doch Suko brachte ihn mit einer raschen Handbewegung zum Verstummen. So schwer es ihm fiel, riss er seinen Blick doch von John los und sah wieder in die andere Richtung. Das titanische Etwas hatte aufgehört, sich aus den Ruinen des Towers herauszustemmen, brüllte seinen Hass auf die fremde Sonne am Himmel heraus und ließ sich dann langsam wieder zurücksinken. Mannsgroße Betonbrocken wurden unter seinem Gewicht zu Staub zermahlen, und die peitschenden Tentakel rissen hundert Jahre alte Bäume aus und schleuderten sie wie geknickte Strohhalme davon, während der Koloss weiter im Boden versank, zusammen mit den schwarzen Tentakelmonstern, die sich ebenso rasch wieder zurückzogen, wie die Erde sie ausgespien hatte. Nur eine Handvoll der schwarzen Ungeheuer blieb zurück, um sich wie eine bizarre Garde um John zu gruppieren.

»Was zum Teufel ...?«, murmelte Bill.

Suko war sich sicher, dass auch der Teufel damit nichts zu tun hatte, aber er war plötzlich auch sehr ruhig. Er spürte keinerlei Angst mehr, nicht einmal mehr Zorn. Selbst der Kummer um das, was Shao angetan worden war trat irgendwie in den Hintergrund. Oh, er war noch da, und das würde er auch immer sein, solange er lebte und mit allen Konsequenzen, aber da war plötzlich noch eine andere und viel wichtigere Aufgabe, die er erledigen musste.

»Wir sollten verschwinden«, sagte Bill, »bevor es hier gleich von Militär und Geheimdienst nur so wimmelt und wir die nächsten achtundvierzig Stunden damit zubringen, Fragen zu beantworten. auf die wir keine Antworten haben.«

Suko gedachte nicht, irgendetwas in dieser Art zu tun, doch die Entscheidung wurde ihm abgenommen. John – wenn es denn noch John war – redete jetzt ganz eindeutig mit den schwarzen Kreaturen, und nicht nur das: Nach einem weiteren Augenblick hob er den Arm und deutete auf Bill und ihn;

und nicht nur in die ungefähre Richtung, in der sie hinter den Büschen standen und ihn beobachteten, sondern so direkt auf sie, dass es unmöglich ein Zufall sein konnte.

»Nichts wie weg!«, keuchte Bill. »Verschwinden wir!«

Er fuhr unverzüglich auf dem Absatz herum und stürzte davon, lief aber nur drei oder vier Schritte weit und blieb dann wieder stehen, als Suko keine Anstalten machte, ihm zu folgen. Warum sollte er auch weglaufen?

Wäre John nicht zu ihm gekommen, dann wäre er zu ihm gegangen. Da war noch etwas zwischen ihnen, das der Klärung bedurfte. Seine Hand glitt an seiner Seite hinab, strich aber nur über das zerknitterte Plastik des weißen Anzugs, in den man ihn gesteckt hatte.

»Sei kein Dummkopf, Suko«, sagte Bill. Er versuchte, sich seine Nervosität nicht anmerken zu lassen, aber es blieb bei dem Versuch. »Ich weiß was du jetzt empfindest, aber das ist Wahnsinn! Du erreichst gar nichts, außer dass sie dich auch noch umbringen! Willst du das?«

Suko unterließ es, ihn auf seinen Irrtum hinzuweisen und blickte die schlanke Gestalt neben dem Krater nur weiter an. Und trotz der eigentlich viel zu großen Entfernung spürte er, dass John seinen Blick erwiderte, und auch, dass er sich abermals verändert hatte; und ganz gewiss nicht zum Guten. Aber Bill hatte zumindest in einem Punkt Recht: Solange sich John in Begleitung dieser Kreaturen befand, gab es rein gar nichts, was sie tun konnten, nicht ohne Waffen, und vermutlich auch nicht mit.

Er blieb trotzdem noch weiter stehen und sah den absonderlichen Kreaturen entgegen, von denen sich ihnen gleich ein halbes Dutzend näherte; nicht besonders schnell, aber mit schrecklicher Unaufhaltsamkeit.

»Suko!«, drängte Bill.

Er hatte Recht, dachte Suko, so ungern er es auch zugab. Solange diese Dinger da waren, kamen sie nicht einmal in Johns Nähe.

Mit einem abgehackten Nicken trat er zwei Schritte zurück, drehte sich erst dann herum und bedeutete Bill mit einer Geste vorauszugehen, und obwohl er ihn gerade erst selbst zur Eile gedrängt hatte, war es dieses Mal Bill, der gute vier oder fünf Sekunden verstreichen ließ, in denen er ihn nur sehr nachdenklich ansah, aber dann drehte er sich dafür umso schneller herum und eilte so rasch voraus, dass Suko beinahe Mühe hatte, ihm zu folgen. Glücklicherweise war der Weg nicht mehr weit. Der Barriere aus zweifellos absichtlich verwildertem Unterholz und Gestrüpp (in dem Sukos kundiges Auge auch die eine oder andere getarnte Videokamera und Lasersperre entdeckte) schloss sich ein knapp dreißig Schritt tiefer Streifen Wald an, der von einem zwei Meter hohen Maschendrahtzaun begrenzt wurde, der von Warn- und Verbotsschildern nur so strotzte; Sukos Meinung nach ein todsicherer Weg, Neugierige anzulocken.

Normalerweise hätte er kaum einen Gedanken an dieses lächerliche Hindernis verschwendet, aber jetzt kostete es ihn fast seine ganze Kraft, über den Zaun zu steigen, und Bill erging es kaum besser. Er fiel mehr auf der anderen Seite herunter, als er kletterte, und Sukos Hoffnung sank, dass sie den Ungeheuern tatsächlich entkommen konnten. Er hätte es andersherum erwartet, doch er war es, der Bill auf die Beine helfen und zumindest während der ersten Schritte hinter sich herzerren musste. Für eine auch nur kurze Flucht durch diesen Wald fehlte ihnen beiden einfach die Kraft.

Das Schicksal hatte ausnahmsweise ein Einsehen mit ihnen. Nach kaum einem weiteren Dutzend Schritten quälten sie sich eine hüfthohe Böschung hinauf, und vor ihnen lag der abgenutzte Asphalt einer schmalen Straße, die wie mit einem Lineal gezogen durch den Wald schnitt. Erschöpft und panisch wie sie beide waren stolperten sie nebeneinander zwei oder drei Schritte weit auf die Straße hinaus, und wäre sie befahren gewesen, hätte ihre Flucht in diesem Moment vielleicht schon ein Ende gefunden.

Zu ihrem Glück war sie es nicht. Dabei gab es Automobile; eine ganze Anzahl sogar, und in beiden Richtungen. Aber keines davon fuhr.

Die Fahrzeuge hatten angehalten, und an mindestens einer Stelle hatte es auch einen Auffahrunfall samt erheblichem Blechschaden gegeben, aber das schien im Moment niemanden zu interessieren. Die meisten Fahrer waren ausgestiegen und starrten mit in den Nacken gelegten Köpfen in die Richtung, aus der Bill und er gerade gekommen waren, und im allerersten Moment glaubte Suko, sie starrten Bill und ihn an.

Dann drehte er sich ebenfalls herum und legte den Kopf in den Nacken, und er hatte zum zweiten Mal das Gefühl, dass sich sein Blut in Eiswasser verwandelte.

Über den Baumwipfeln hinter ihnen wälzten sich schwarzer Qualm und Wolken aus stiebenden orangeroten und gelben Funken in den Himmel. Aber nicht nur das.

Inmitten des brodelnden schwarzen Qualms bewegte sich etwas. Suko konnte nicht erkennen was – vermutlich konnte das niemand, weil noch kein lebender Mensch auf dieser Welt so etwas je zu Gesicht bekommen hatte – aber es war gigantisch, schwarz und monströs, und auf der Straße hinter ihnen wurden die ersten Schreie laut. Das dumpfe Krachen eines weiteren Auffahrunfalls mischte sich in den allgemeinen Lärm, aber Suko sah nicht einmal hin; so wie alle anderen vermutlich auch. Er starrte den Koloss an, der immer nur noch größer und größer wurde und seinerseits aus einem einzelnen schwarzen Zyklopenauge auf die Welt herabglotzte, das allein schon die Größe eines ausgewachsenen Mannes hatte.

»Um Himmels willen«, hauchte Bill. »Wir müssen weg hier!«

Die beiden letzten Worte hatte er geschrien, und das nicht ohne Grund. Sie hörten mehr, als dass sie gesehen hätten, wie der Zaun niedergewalzt wurde, dann brach eine regelrechte Flutwelle aus moderndem schwarzem Fleisch und peitschenden Tentakeln aus dem Wald, und aus den erschrockenen Rufen und bangem Murmeln auf der Straße hinter ihnen wurde nun ein Chor gellender Entsetzensschreie. Motoren brüllten auf, und noch während sie herumfuhren und losrannten, war schon wieder das Geräusch von splitterndem Glas und zermalmtem Metall zu hören.

»Weg hier!«, brüllte Bill noch einmal, jetzt an die Adresse eines Autofahrers gerichtet, der nur ein kleines Stück hinter ihnen stand und wie die meisten sein Fahrzeug verlassen hatte. Statt jedoch wieder in den Wagen zu steigen, machte er im Gegenteil noch einen Schritt in ihre Richtung, und dann noch einen, und dann seinen letzten, als etwas wie eine schwarze Peitschenschnur mit einer gezahnten Knochenklinge am Ende an ihnen vorbeizischte und sich mit einem dumpfen Laut in seine Brust bohrte. Suko schlug einen blitzartigen Haken nach rechts und Bill in die andere Richtung, während das unglückselige Opfer wie ein harpunierter Fisch zurückgerissen wurde und im Wald verschwand.

Bill schlitterte ebenso unelegant wie schnell über die Motorhaube, fiel auf der anderen Seite auf die Knie und nutzte den Schwung seines Sturzes, um wieder in die Höhe zu kommen und sich zugleich durch die offen stehende Fahrertür zu werfen. Seine Hand klatschte auf den Schalthebel, noch bevor Suko die Tür auf der anderen Seite ganz aufgerissen und sich auf den Beifahrersitz geworfen hatte. Schließen musste er sie nicht, denn etwas Schwarzes und sehr Großes traf den Wagen und schmetterte die Tür mit solcher Gewalt ins Schloss, dass die Scheibe in einem Wasserfall aus rechteckigen Splittern auf ihn niederprasselte. Suko riss zwar instinktiv die Hände vor das Gesicht, um seine Augen zu schützen, sah aber trotzdem, wie eine zweite Knochenharpune durch das zertrümmerte Fenster und nur Zentimeter an seiner Schulter vorbeischoss, um sich in das zersplitternde Plastik des Armaturenbretts zu bohren.

Bill trat heftig genug aufs Gaspedal, dass der Wagen mit durchdrehenden Rädern losschoss. Der Tentakel dehnte sich wie ein absurdes Gummiband und riss, und Suko presste die Hände noch fester vor das Gesicht, als Bill und er mit ebenso zähem wie heißem Blut besudelt wurden. Der Wagen machte einen zweiten, noch gewaltigeren Satz, schrammte funkensprühend an einem anderen Fahrzeug entlang und wäre um ein Haar von der Straße abgekommen, als Bill das Lenkrad verriss, um einem weiteren Tentakelmonster auszuweichen, das wie aus dem Nichts vor ihnen auftauchte.

Fluchend erkämpfte er sich die Gewalt über den Wagen zurück, gab erneut Gas und fuhr das nächste Ungeheuer kurzerhand über den Haufen. Suko stützte sich instinktiv an dem geborstenen Armaturenbrett ab, doch der Aufprall war kaum zu spüren. Das Ungetüm platzte wie ein mit schwarzem Schlamm gefüllter Luftballon und besudelte den Wagen mit stinkendem Morast. Das nächste Ungeheuer, das mit wütend peitschenden Tentakeln aus dem Wald brach, überfuhr Bill sogar gezielt, dann waren sie vorbei, touchierten noch einen weiteren liegengebliebenen Wagen und wären fast aus einer Kurve geflogen, die so schnell vor ihnen auftauchte, dass sie sie regelrecht anzuspringen schien.

Die Straße dahinter war leer, aber Bill nahm das Tempo trotzdem nicht zurück, sondern gab im Gegenteil sogar noch mehr Gas. Nach ein paar Sekunden (und nachdem er sich Glassplitter aus Haaren und Gesicht gepflückt hatte) griff Suko hastig nach dem Sicherheitsgurt und legte ihn an.

»Gut dass du dich anschnallst«, sagte Bill trocken. »Nicht dass wir am Ende noch ein Protokoll bekommen.«

»Ja, das wäre dumm«, bestätigte Suko, »wo wir doch in einem gestohlenen Wagen sitzen.«

»Mehr als unangenehm«, pflichtete ihm Bill bei und gab noch mehr Gas. Suko vermied es tunlichst, auf den Tacho zu sehen, aber er schätzte, dass sie sich der Hundert-Meilen-Grenze näherten. Und nicht allzu weit vor ihnen tauchte schon wieder eine Kurve auf.

»Äh ... du weißt schon, dass ein Verkehrsunfall genauso tödlich sein kann wie die Biester, denen wir gerade entkommen sind?«, fragte er.

»Natürlich weiß ich das«, antwortete Bill. »Deswegen fahre ich ja auch vorsichtig.«

Suko verbiss sich jede Antwort, zumal er viel zu sehr damit beschäftigt war, Angst zu haben, als Bill den Wagen auf qualmenden Reifen seitlich durch die Kurve schlittern ließ, ihn ungefähr eine Sekunde, bevor sie sich überschlagen hätten geschickt abfing und sofort wieder beschleunigte. »Sieh im Handschuhfach nach, ob vielleicht ein Telefon drin liegt«, sagte Bill.

Er ließ es sich nicht anmerken, doch Suko wusste genau, dass Bills Gedanken in diesen Momenten einzig und allein seiner Frau Sheila und seinem Sohn Johnny galten. Auch wenn sie gerade Urlaub an der See machten, wollte er natürlich wissen wie es ihnen ging, allein um ihre Stimmen zu hören, in der vagen, irrationalen Hoffnung, dass diese Invasion tatsächlich nur auf London beschränkt war.

Suko gehorchte, wurde aber nicht fündig, und Bills Miene verdüsterte sich sogar noch mehr. »Wir brauchen ein Telefon, verdammt!«

»Gib noch ein bisschen Gas, und wir können das Funkgerät des Rettungswagens benutzen«, schlug Suko vor. »Wenn wir dann noch leben, heißt das.«

Bill maß ihn zwar mit einem finsteren Blick, griff seinen Vorschlag aber trotzdem auf und fuhr sogar noch schneller, nahm zu Sukos Erleichterung vor der nächsten Kurve aber zumindest symbolisch Gas weg. Nur wenige hundert Meter dahinter lag eine kleine BP-Tankstelle.

»Man kann ja auch mal Glück haben, oder?«, sagte Bill, und genau in diesem Moment erlosch über ihnen am Himmel die Sonne.

K2, Himalaja. Irgendwann

Die Kiste war nicht nennenswert größer als die, die ich an Bord der Lovecraft bewohnt hatte. Neben dem Bett konnte man stehen, ohne dass man Angst haben musste, sich den einen oder anderen blauen Fleck zu holen, wenn man so unvorsichtig war, etwa tief einzuatmen, und das Bett war ein wenig breiter, aber damit hörte es dann auch schon auf. Alles war nacktes Metall und fugenlose glatte Flächen und nachgeahmtes Sonnenlicht, das aus dem Nichts kam. Wenn das hier keine Gefängniszelle war, sondern eine Unterkunft für einen wichtigen Gast (von dem ich immerhin annahm, es zu sein), dann wollte ich die normalen Unterkünfte lieber gar nicht sehen.

»Was macht man hier, wenn einem vor lauter Langeweile die Decke auf den Kopf fällt?«, fragte ich.

Ganz wie ich es erwartet hatte, antwortete die Stimme des Oculus: »Diese Gefahr besteht nicht. Wir befinden uns annähernd eine Meile tief im Inneren eines Berges, der seit zweihundert Millionen Jahren existiert. Die Gefahr, dass er ausgerechnet zu unseren Lebzeiten intensiv genug erschüttert wird, dass Ihnen die Decke auf den Kopf fällt, ist vernachlässigbar gering.«

Oculus bemühte sich nicht einmal, seine Stimme irgendwie anders als spöttisch klingen zu lassen. Ich erwog einen Moment, auf dieselbe Weise zu antworten, sagte mir aber dann selbst, wie albern es wäre, mich mit einem Computerprogramm zu streiten. »Ich glaube, du weißt ganz genau, was ich meine«, knurrte ich nur.

»Selbstverständlich«, antwortete Oculus. Er klang eher noch amüsierter. »Ihnen steht ein umfangreiches Unterhaltungsprogramm zur Verfügung, sowohl in Ihrer Unterkunft in Form von Filmen, Musik und Literatur klassischer als auch zeitgenössischer Art, als auch mannigfaltiger sportlicher Aktivitäten, und …«

»Willst du mich verarschen?«

»Ich hätte es anders formuliert, aber manchmal trägt es tatsächlich zur Entspannung einer Situation bei, eine oder zwei scherzhafte Bemerkungen zu machen.«

»Du willst mich verarschen.«

»Nein«, versicherte Oculus mit veränderter und nunmehr sehr ernster Stimme. Nach einer weiteren Sekunde sagte er: »Wenn Sie möchten, spielen wir eine Partie Schach.«

Ohne dass ich auch nur die Chance bekommen hätte, darauf zu antworten, erschien aus dem Nichts ein schwebendes Schachbrett vor mir in der Luft. Zweifellos eine Holografie. Der Anblick machte mich trotzdem nervös. Ich schüttelte den Kopf.

»So verrückt, sich auf ein Schachturnier mit einem Großrechner einzulassen, war schon in meiner Zeit niemand mehr.«

Das Schachbrett verschwand. »Ein Großrechner?« Oculus lachte leise. »Oh, ich verstehe. Sie halten mich für ein Computerprogramm. Zu Ihren Lebzeiten gab es bereits die ersten Schritte in Richtung einer künstlichen Intelligenz, nicht wahr?«

»Und das bist du nicht?«

»Nein«, antwortete Oculus. »Nicht einmal annähernd.«

»Also künstliche Unintelligenz? Oder eine elektronische Frechheit?«

»Jetzt wäre ich wohl an der Reihe zu fragen, ob Sie mich auf den Arm nehmen wollen«. antwortete Oculus.

»Wenn du keine KI bist, dann nehme ich an, ich rede in Wahrheit mit einem pickelgesichtigen Nerd mit colaflaschenbodendicken Brillengläsern.«

»Ich bin nicht ganz sicher, ob ich diese Metapher verstehe«, antwortete Oculus.

»Ich glaube, ich wäre eher beunruhigt, wenn du es tätest«, erwiderte ich. »Wie geht es Marisa und den anderen?«

»Warum sollte es ihnen anders ergehen als vor einer halben Stunde, als Sie mit ihr und den anderen Ratsmitgliedern gesprochen haben?«

Eine halbe Stunde? Mir war es vorgekommen wie zehn. Aber immerhin war ich jetzt ganz sicher, dass er mich auf den Arm nehmen wollte, sparte es mir aber, in diese Richtung weiterzureden. »Sie müssen ziemlich enttäuscht sein«, sagte ich stattdessen.

»Möglicherweise«, antwortete Oculus.

Es dauerte eine Sekunde, bis ich wirklich begriff, doch dann wiederholte ich verdutzt: »Möglicherweise? Ich dachte, du hörst und siehst alles, was hier geschieht?«

»Im Prinzip«, bestätigte Oculus. »Aber natürlich belausche ich niemanden. Es gibt einen Algorithmus, der sämtliche Geschehnisse hier im Berg und der näheren Umgebung überwacht, aber ich habe keinen unmittelbaren Zugriff auf die gespeicherten Daten. Sie fänden es doch sicher auch nicht gut, wenn ich allen alles verraten würde, was Sie hier drinnen tun, oder? Ich lege jedenfalls Wert auf meine Privatsphäre.«

Wie viel mehr an Privatsphäre konnte man denn noch haben, als aus einem Haufen Drähten und Kondensatoren zu bestehen, die in einer Blechkiste eingeschlossen waren?, dachte ich, sprach aber auch das vorsichtshalber nicht aus. »Ich wollte auch eigentlich nur wissen, wie sie es aufgenommen haben«, sagte ich. »Sie müssen ziemlich enttäuscht sein, wenn ich ... so etwas wie ihre letzte Hoffnung war.«

»Nicht alle«, antwortete Oculus. »Es war eine verzweifelte Idee, die aus einer verzweifelten Situation geboren wurde. Niemand hat ernsthaft mit einem sofortigen Erfolg gerechnet, glaube ich. Aber wenn einem das Wasser bis zum Hals steht, greift man nach jedem Strohhalm.«

Das war wenig schmeichelhaft, aber ich beließ es dabei. Ich würde mich gewiss nicht mit einem besseren Taschenrechner über Anstand und Höflichkeit streiten.

Oculus zögerte einen kurzen, aber beredten Moment, bevor er antwortete. »Es ist schwer zu definieren, was wirklich erwartet wurde«, sagte er dann. »Vermutlich nichts Konkretes. Verzweifelte Situationen gebären manchmal verzweifelte Ideen.«

»Tatsächlich?«, spottete ich.

»Nachdem wir uns aus den großen Städten und später aus den Ebenen ins Hochgebirge zurückgezogen hatten blieben nicht mehr viele Informationsquellen, auf die die Überlebenden zurückgreifen konnten. Dazu kommt natürlich, dass schon zu Ihren Lebzeiten nur sehr wenige Menschen überhaupt etwas von der Welt der Magie und des Übersinnlichen wussten, aber im Laufe der Jahre ist es doch gelungen, die Vorgeschichte in großen Teilen zu rekonstruieren; oder wenigstens in den wichtigen. Es war immer die Magie, die die Großen Alten daran gehindert hat, ihr volles Potenzial zu entwickeln. Nachdem es sie nicht mehr gab, hatten die Menschen keine Chance mehr und wurden in kürzester Zeit überrannt.«

Er sagte die Menschen, nicht wir, ein Unterschied, von dem ich ahnte, dass er wichtig war, auch wenn ich in diesem Moment noch nicht sagen konnte warum. »Und dann habt ihr Asmodinas Nachricht bekommen und angenommen, dass ich wie ein Ritter auf dem weißen Pferd auftauche und meinen Zauberstab schwinge?«

»Diese Metapher ist mir ebenfalls nicht geläufig«, erwiderte Oculus. »Eine Waffe von besonderer Schlagkraft, nehme ich an?«

»Das kann man so sagen.«

»Das weiße Pferd, oder der Zauberstab?«

Ich war nicht sicher, ob er mich wirklich auf den Arm nahm und suchte nach einer entsprechend spöttischen Entgegnung, doch seine Worte brachten mich auf eine andere Frage, die mich schon eine ganze Weile beschäftigte. »Wie habt ihr mich überhaupt ... wiedererweckt?«

»Die Formulierung ist ein wenig irreführend«, antwortete die körperlose Stimme. »Es ist nichts Mystisches, sondern ein streng technischer Vorgang. Das zugrunde liegende Prinzip war auch zu Ihrer Zeit schon bekannt, und es gab bereits erste praktische Versuche, aus extrahiertem Erbmaterial neue Körper zu züchten.«

»Klonen«, sagte ich.

»Sie haben davon gehört?«

»Und es gesehen«, bestätigte ich. »Das hat jeder, der *Jurassic Park* kennt. Michael Crichton war ein Mann mit Visionen.«

»Michael Crichton? Ist das der Name des Wissenschaftlers, der die Methode zum ersten Mal angewandt hat?«

Jetzt war ich sicher, dass er mich veralberte, aber ich verspürte wenig Lust, mich darauf einzulassen. »So ungefähr«, sagte ich todernst. »Aber ich dachte, man kann bestenfalls die Kopie eines Körpers herstellen.«

Ich war ein Klon? Das musste ich erst einmal verarbeiten. Und ich war ganz und gar nicht sicher, dass mir diese Vorstellung gefiel.

»Die Technik ist nicht stehengeblieben, John. Es gab schon zu Ihren Lebzeiten die Theorie, dass Erinnerung und Persönlichkeit nicht an den Körper allein gebunden sind, sondern in einer übergeordneten Sphäre existieren.«

Das war alles andere als eine Theorie, wie ich nur zu gut wusste, aber manchmal konnte es durchaus von Vorteil sein, den Unwissenden zu spielen, und genau das tat ich auch. »So wie eine Seelen-Cloud?«, fragte ich.

»Ein interessanter Vergleich«, antwortete Oculus. »Und in gewissem Sinne durchaus zutreffend. Tatsächlich konnten wir nachweisen, dass Seelen – wenn Sie diesen vereinfachenden Ausdruck gestatten – niemals verloren gehen, sondern in einer übergeordneten Dimension weiterexistieren. Es ist uns gelungen, die Sequenz der Doppelhelix zu isolieren, die für die Verbindung zwischen der körperlichen und der astralen Existenzebene zuständig ist.«

Ich gab mir selbst einen Moment, um die Worte zu sortieren, doch dann riss ich erstaunt die Augen auf. »Moment mal! Willst du damit sagen, ihr könnt mit den Toten reden?«

»Nein«, antwortete Oculus. »Nicht mit allen. Die DNS-Sequenz ist mit einem Schlüssel vergleichbar, der nur in ein ganz spezielles Schloss passt.«

»Es ist also nicht möglich, aus Versehen die falschen Erinnerungen ... herunterzuladen?«, fragte ich. Oder vielleicht sogar absichtlich?

»Eine interessante Formulierung«, sagte Oculus. Es klang amüsiert. »Und die Antwort ist *nein*. Warum fragen Sie?«

Statt zu antworten, hob ich beide Hände vor das Gesicht und betrachtete sie eingehend. Nichts daran war mir unvertraut, oder gar falsch. Und dennoch ...

»Wo finde ich hier einen Spiegel?«

Warum war ich eigentlich überrascht, als sich ein Teil der Wand vor mir in einen metergroßen, blitzenden Spiegel verwandelte?

Auch das Gesicht, das ich darin erblickte, war ganz genau das, das ich erwartet hatte, mein eigenes, vertrautes Gesicht, das mir zeit meines Lebens aus dem Spiegel entgegengeblickt hatte, nicht mehr dieses andere, fremde Antlitz mit den durchdringenden Augen, dem sorgsam ausrasierten Bart und der sonderbaren Haarsträhne, die an einen Blitz erinnerte. Ich musste es mir eingebildet haben – was angesichts der Umstände meiner Ankunft in dieser Albtraumrealität auch nicht sehr verwunderlich gewesen wäre. Trotzdem fragte ich: »Und es kann nicht sein, dass da etwas durcheinanderkommt?«

»Ich kann Ihre Befürchtungen verstehen«, antwortete Oculus in einem Ton, als rede er mit einem verstockten Kind. »Es geht nahezu allen Wiedererweckten so. Eine gewisse Desorientierung gehört zu den wenigen unangenehmen Nebenwirkungen des Vorgangs; wobei die Vorteile eindeutig überwiegen.«

»Die da wären?«

Oculus tat so, als müsse er einen Moment über diese Frage nachgrübeln. »Am Leben zu sein?«, schlug er dann vor.

Ich betrachtete weiter mein eigenes Konterfei im Spiegel, und so angestrengt ich es auch tat und so sehr ich der körperlosen Stimme auch glauben wollte, es blieb dabei: Das Bild kam mir im gleichen Maße vertraut wie falsch vor, vollkommen richtig wie auch fremd. Oculus konnte von mir aus behaupten, was er wollte: Etwas war gründlich schiefgegangen. Aber ich behielt diese Überzeugung vorerst für mich.

Stattdessen stellte ich eine andere Frage, die mich mindestens genauso bewegte. »Du hast mir immer noch nicht verraten, wie genau ihr mich nun ... wiedererweckt habt.« Ich schrak innerlich noch immer vor dem Wort geklont zurück.

»Es ist uns gelungen, Ihr Grab zu finden. John. Und wir hatten großes Glück, dass trotz der langen Zeit noch genügend Material für eine DNS-Extraktion vorhanden war.«

»Und das habt ihr dann in euer kleines Frankenstein-Labor geschafft und mich wiedererweckt?«

Oculus lachte. Es klang beinahe überzeugend. »Unser kleines Frankenstein-Labor ist eine vollautomatisierte Drohne, die die Extraktion vornimmt und die gewonnene Sequenz mit einem vorbereiteten Körper verschweißt.«

»Vorbereiteter Körper?«, ächzte ich. »Soll das heißen, ich bin so eine Art ... Rohling?«

»Sie waren es, John«, erwiderte Oculus, noch immer in einem vage amüsierten Tonfall, den ich ihm allmählich ernsthaft übel zu nehmen begann. »Einen erwachsenen Körper heranreifen zu lassen ist ein äußerst zeitintensiver Prozess, der Jahre beansprucht.« Eine winzige Pause, als warte er auf eine Antwort, dann: »Möchten Sie es sehen?«

»Ist das denn erlaubt?«, fragte ich überrascht.

»Aber warum denn nicht?« Der Spiegel verschwand, und an seiner Stelle erschien eine haarfeine senkrechte Linie in der Wand, die sich rasch zu einer Tür verbreiterte. »Wir sind nur noch sehr wenige, John. Auf jeden Fall nicht mehr genug, um Geheimnisse voreinander zu haben.«

Ich wartete darauf, dass er weitersprach, doch das geschah nicht, und nach ein paar weiteren Sekunden verließ ich meine Unterkunft. Der Gang davor war leer und nur zur Linken beleuchtet, also bog ich auch in diese Richtung ab. Das Licht erlosch hinter mir und wies mir auf diese Weise auch an den nächsten beiden Abzweigungen den Weg, und noch bevor ich die dritte erreichte, kam mir eine Gestalt in dem hier scheinbar allgegenwärtigen schwarzen Leder und Kevlar entgegen. Nach dem zweiten Schritt erkannte ich auch das dazugehörige Gesicht.

»Saron!«, rief ich aus, ebenso überrascht wie erfreut. »Du lebst! Ich dachte, du …« Dann unterbrach ich mich und setzte neu an: »Saron! Wie schön, Sie zu sehen!«

»Mister Sinclair«, sagte er.

»John. Und ich bin erleichtert, Sie zu sehen. Ich dachte, Sie wären schwer verletzt.«

»Das war ich auch«, bestätigte er. »Und ich habe gehört, was Sie getan haben und bin Ihnen sehr dankbar. Ohne Sie wäre ich tot.«

Weil seine Kameraden ihn einfach zum Sterben zurückgelassen hätten, wie ich mich nur zu gut erinnerte. Dennoch verschwendete ich kaum einen Gedanken daran, denn ich erinnerte mich auch noch daran, wie schwer er verletzt worden war. Ich war im ersten Moment nicht einmal sicher gewesen, ob er überhaupt noch lebte. Jetzt, keine zwei Stunden später stand er nicht nur aufrecht vor mir, sondern strotzte geradezu vor Gesundheit und Energie. Wie war das möglich?

Saron kam meiner entsprechenden Frage zuvor, indem er sich halb herumdrehte und zugleich eine übertrieben einladende Geste machte. »Oculus hat mich angewiesen, Sie herumzuführen und Ihnen alles zu zeigen.«

Das Wort angewiesen gefiel mir nicht, aber ich behielt auch das für mich und reagierte nur meinerseits mit einer entsprechenden Handbewegung, vorauszugehen, was er auch tat. Schon nach kaum zwei Dutzend Schritten betraten wir eine Liftkabine, die genauso lebenslustig und fröhlich aussah wie so ziemlich alles hier: Nackte Wände aus blankem Metall, in denen die Bedieninstrumente im gleichen Moment erschienen, in dem sie gebraucht wurden, und unmittelbar darauf auch wieder verschwanden. Immerhin spürte ich, dass wir uns abwärts bewegten, und das wohl mit enormer Schnelligkeit.

»Der Angriff vorhin«, begann ich vorsichtig. »Wie oft kommt so etwas vor?«

»Hier?« Saron schüttelte den Kopf. »Noch nie. Diese Festung ist uneinnehmbar, und das wissen sie auch.«

Keine Festung war uneinnehmbar, aber ich sparte mir auch diese Bemerkung und sah ihn nur fragend an. »Wir sind von einer Meile massivem Granit umgeben«, fuhr er fort. »Es gibt nicht viel, was sie aufhalten kann, aber das gehört dazu.«

»Das kam mir vorhin aber gar nicht so vor«, wandte ich behutsam ein, doch Saron winkte nur ab.

»Unsere Langstreckenüberwachung hat einen Fehler gemacht«, räumte er ein, »aber das kommt bestimmt nicht noch einmal vor.«

In diesem Moment erreichten wir unser Ziel, und die verchromten Türhälften glitten auseinander. Ich trat rasch aus der Kabine hinaus – und hinein in eine vollkommen andere Welt, wie sie unterschiedlicher nicht mehr sein konnte. War mir vieles in der High-Tech-Welt dort oben zu steril und modern und kalt vorgekommen, so erblickte ich hier das genaue Gegenteil.

Wir standen auf einem schmalen Gittersteg, der in halber Höhe (und ohne ein Geländer) um eine Felsenhöhle von wahrhaft gigantischen Abmessungen herumführte. Sie war groß genug, um nicht nur eine, sondern gleich zwei Kathedralen aufzunehmen, sowohl in Länge und Breite als auch in der Höhe. So tief unter uns, dass sie kaum größer als Ameisen schienen, bewegten sich zahllose Gestalten zwischen zyklopischen Maschinen, die die Luft mit emsigen Hämmern und Wispern und Rumoren erfüllten, und drei der vier Wände verbargen sich hinter titanischen Metallverkleidungen, in denen es von beleuchteten Bullaugen und Türen, flackernden Lichtern und tausend anderen und zum Großteil unverständlichen Dingen nur so wimmelte. Die Decke, die sich zumindest einen gefühlten halben Kilometer über unseren Köpfen erhob, wurde von einer Anzahl monströser gotischer Spitzbögen wie von missgestalteten Rippen aus rostigem Eisen gestützt, und überall war Bewegung, schwarze stampfende Kolben und flackernde Lichter und gewaltige rotierende Zahnräder, die sich zu einem Chaos aus viel zu vielen Eindrücken vereinten, die meine Sinne überforderten und mich schwindeln ließ.

Saron deutete nach rechts und ging mit traumwandlerischer Sicherheit über den hallenden Steg voraus. Ich überwand meine Höhenangst und folgte ihm zu der steilen Treppe, auf die er zusteuerte.

Der Eindruck, den ich von der Galerie aus gewonnen hatte, bestätigte sich, als wir unten angekommen waren. Alles hier war riesig, fast schon monströs und erweckte den Eindruck brachialer Kraft, und auch wenn ich annahm, dass dies hauptsächlich der Tatsache geschuldet war, dass diese Anlage für die Ewigkeit gebaut war, fühlte ich mich in dieser Umgebung nicht nur winzig und verloren, sondern auch unwillkommen und bedroht.

Ich hütete mich, auch nur eine entsprechende Silbe über meine Lippen kommen zu lassen, aber Saron schien meine Gedanken zu erraten, oder sie – viel wahrscheinlicher – von meinem Gesicht abzulesen. Wir waren noch keine zehn Schritte weit gekommen, als er stehen blieb und eine ausladende Bewegung in die Runde machte.

»Das Herz der Festung«, sagte er. »Ich weiß, dass es einschüchternd wirkt, aber das ist wirklich nicht nötig. Wir sind hier so sicher, wie man nur sein kann.«

Ich glaubte ihm. Aber das änderte nichts daran, dass mir all diese schnaubenden und hämmernden eisernen Monstrositäten Angst machten, die uns aus allen Richtungen belagerten wie eine Armee eiserner Raubtiere. Ich nuschelte eine Antwort, die ich nicht einmal selbst verstand.

»Soll ich Ihnen nun die Brutkammern zeigen?«, fragte Saron.

Ich war nicht ganz sicher, ob ich etwas sehen wollte, das sich Brutkammer nannte, nickte aber trotzdem, und Saron ging voraus und führte mich durch das Labyrinth aus schwarzen Maschinenblöcken und unverständlichen keuchenden und wummernden Apparaturen. Die meisten davon blieben mir rätselhaft. Ich meinte eine überdimensionierte Dampfmaschine zu identifizieren, ein Ungetüm aus stampfenden Kolben und zwitschernden Federn, die größer waren als ausgewachsene Männer, und etwas wie einen monströsen Schiffsdiesel, der auch wie ein ebensolcher tuckerte und stampfte, aber so groß wie ein Kriegsschiff war.

Aber da war auch noch etwas, das sich nicht in Worte fassen ließ, jedenfalls nicht auf Anhieb, etwas wie eine unterschwellige Bedrohung, die alles durchdrang und vergiftete und es meinem Herzen unmöglich machte, anders als angstvoll und hart zu schlagen. Ich hatte das Gefühl, belauert zu werden. Nicht zum ersten Mal.

Mir fiel auch noch etwas auf: Wir waren hier unten alles andere als allein. Zahlreiche Männer (und einige wenige Frauen) bewegten sich rings um uns oder taten Dinge, die ich nicht verstand, und hier und da gewahrte ich auch einen Mann mit einer der klobigen Waffen, wie ich sie schon in Sarons Händen gesehen hatte.

Bewaffnete Wächter hier unten, im Herzen einer angeblich uneinnehmbaren Festung?

Das kam mir sonderbar vor, doch ich kam nicht dazu, dieses gedachte Fragezeichen in gesprochene Worte umzuwandeln, denn wir hatten unser Ziel erreicht. Saron öffnete eine Tür, hinter der ein gewaltiger Saal auf uns wartete. Er war nur schwach erleuchtet, was die erschreckende Wirkung dessen, was er enthielt aber nur noch unterstrich. Es waren Betten, schlichte, nackte Metallpritschen, auf denen nackte Körper lagen, Männer wie Frauen, die an Infusionen und lautlos blinkende Apparaturen angeschlossen waren. Es mussten Hunderte sein, wenn nicht Tausende. Irgendetwas sagte mir, dass dieser Saal nicht der einzige seiner Art war. Mit schneller klopfendem Herzen trat ich näher, und mir fielen gleich mehrere Umstände auf, von denen mir einer weniger gefiel als der andere. Jeder der zahlreichen Körper, die ich im schwachen Licht erkennen konnte, war der eines jungen, aber erwachsenen Menschen. Sie alle waren vollkommen haarlos, und sie wirkten sonderbar unfertig: Keine einzige Brust hob oder senkte sich. Niemand atmete. Niemand lebte.

»Sind sie … tot?«, fragte ich ungläubig.

»Ja«, antwortete Saron. »Noch.«

»Noch?«

»Einen Körper zu züchten ist nicht besonders schwer, John«, sagte die körperlose Stimme des Oculus, bevor Saron antworten konnte. »Aber mehr wäre es auch nicht. Nur Fleisch, ohne Leben. Um ein lebendiges Individuum zu erschaffen, braucht es eine Seele, die dieses Behältnis füllt.«

»Heißt das, dass ich auch so ausgesehen habe, bevor ich ... erweckt wurde?«, fragte ich stockend.

»Jeder Mensch würde so aussehen, würde er ohne Seele geboren«, antwortete der Oculus.

»Was haben Sie hier zu suchen, Mister Sinclair?«

Ich hatte es gespürt, bevor die Stimme hinter uns erklang, wie eine unsichtbare Gewitterwolke, die sich über uns auftürmte und einen dräuenden Schatten über die Welt der Dinge warf. Hinter mir standen Jarvin und zwei Wachen, die ihre Waffen in den Armbeugen hielten.

»Jarvin«, begrüßte ich ihn bewusst kühl.

»Wer hat dir erlaubt, einen Fremden hierher zu bringen, Zombie?«, blaffte er Saron an.

»Niemand«, antwortete Saron verdattert. »Aber Oculus ...«

»Oculus«, unterbrach ihn Jarvin in schneidendem Ton, »steht diese Entscheidung nicht zu, und dir schon gar nicht. Für die Sicherheit der Festung bin allein ich zuständig, das sollte selbst einer wie du wissen.«

»Es geht mich ja nichts an ...«, begann ich.

Jarvin fuhr mit einem Ruck herum und schnitt mir das Wort ab. Seine Augen sprühten vor Zorn. »Und damit haben Sie sogar ausnahmsweise vollkommen Recht, Mister Sinclair. Es geht Sie nichts an, und das sollten Sie besser nicht vergessen. Und jetzt verschwinden Sie, und nehmen Sie diesen Zombie mit!«

Allmählich schwoll mir innerlich der Kamm. Ich hielt mich

im Allgemeinen für einen halbwegs duldsamen Menschen, aber dieser Kerl machte es einem wirklich schwer, ihn gern zu haben.

Saron schien jedoch auch jetzt wieder in meinem Gesicht zu lesen, denn er legte mir besänftigend die Hand auf die Schulter und deutete zugleich zur Tür. »Kommen Sie, John. Ich erkläre Ihnen alles draußen.«

»Ja, und zwar sofort!«, polterte Jarvin. »Bevor ich meine guten Manieren vergesse!«

Und ich dachte, das hätte er schon längst, aber Saron kam mir auch jetzt wieder zu Hilfe und schob mich kurzerhand durch die Tür, bevor ich etwas Dummes sagen konnte. Oder etwas Wahres. Was in diesem Falle wahrscheinlich dasselbe gewesen wäre.

Draußen wartete eine weitere Anzahl Bewaffneter auf uns, die Saron und vor allem mich misstrauisch beäugten, uns aber anstandslos passieren ließen. Saron schob mich an ihnen vorbei und auch noch ein gutes Stück weiter, bevor er endlich die Hand von meiner Schulter nahm und stehen blieb.

»Was geht hier vor, Saron? Was gibt es hier, das ich auf keinen Fall sehen darf, und wieso nennt Jarvin Sie andauernd Zombie?«

Saron rang mit sich, öffnete aber schließlich doch den Mund zu einer Antwort – aber anstelle von Worten kam nur eine dreieckige Knochenklinge über seine Lippen, gefolgt von einem Sprühregen aus hellrotem Blut und einem gurgelnden Schrei. Noch bevor ich auch nur begriff, was geschah, wurde Saron zurück und in die Höhe gerissen, und die Dunkelheit hinter ihm spie gleich ein halbes Dutzend Albtraumkreaturen mit peitschenden Tentakeln und schnappenden Mäulern aus.

Die Hölle brach los. Schreie gellten, ein einzelner, lang nachhallender Schuss peitschte, und plötzlich waren überall schlängelnde tödliche Bewegungen, rennende Menschen und pure, explosive Gewalt.

Noch während ich endlich aus meiner Schockstarre erwachte und zurückwich wurde Saron wie eine kaputte Marionette in die Höhe gerissen, und sein gurgelnder Todesschrei erlosch. Um mich herum vermischten sich Schreie und ganze Salven krachender Schüsse mit dem Wummern der Maschinen und hastenden Schritten zu einem höllischen Crescendo.

Sarons Leichnam verschwand mit haltlos zuckenden Gliedmaßen in der verzehrenden Woge aus schwarzer Bewegung und glotzenden Zyklopenaugen, die den hinteren Teil der Halle verschlungen hatte und rasend schnell näher kam. Bevor ich mich versehen konnte, schlug ich rücklings und so schwer auf den Boden, dass mir die Luft aus den Lungen gepresst wurde und bunte Blitze vor meinen Augen aufzuckten.

Als ich wieder sehen konnte, war das Ungeheuer über mir.

Ich konnte nicht sagen, ob es dasselbe Tentakelmonster war, das Saron getötet hatte, aber es verfolgte auf jeden Fall dieselbe Absicht. Etwas wie die groteske Verhöhnung eines Fußes stampfte mit einem widerlich platschenden Laut kaum eine Handbreit neben meinem Gesicht auf den Boden, und als ich mich verzweifelt herumwarf, hackte eine dreieckige Knochenklinge am Ende einer lebendigen Peitschenschnur nach mir. Sie verfehlte mich ebenfalls und bohrte sich fast zwei Fingerbreit tief in den massiven Fels, auf dem ich lag.

Ein silberner Blitz raste heran und kappte den Tentakel nur eine Handbreit über der knöchernen Spitze. Schwarzes, kochend heißes Blut besudelte mich, als der abgetrennte Tentakel wie ein überdehntes Gummiband zurückschnappte, aber schon zuckten weitere Knochendolche auf mich herab. Zwei, drei, sogar vier der mörderischen Klingen konnte ich ausweichen, die fünfte durchbohrte meinen Unterarm und nagelte ihn an den Boden. Grellweißer Schmerz explodierte in meiner gesamten linken Körperhälfte und löschte für eine halbe Sekunde alles andere aus.

Als ich wieder sehen konnte, war das Ungeheuer endgültig über mir und holte mit einem halben Dutzend wirbelnder Tentakel zum tödlichen Schlag aus.

Dann raste ein ganzer Strom silberfarbener Blitze über mich hinweg, stanzte in einer diagonalen Linie in den aufgeblähten Leib der Bestie und riss sie einfach in Stücke. Herausgerissene Brocken aus schwarzem Fleisch und heißes Blut regneten auf mich herab, und Angst und Ekel gaben mir die Kraft, die Knochenklinge aus meinem Arm zu reißen und rücklings davonzukriechen. Ich registrierte kaum, wie eine starke Hand nach meinem unversehrten Arm griff und mich auf die Füße zerrte, und stolperte hastig zwei weitere Schritte zurück, bevor ich mich losriss und zu dem Mann herumdrehte, der mich gerettet hatte.

Er bezahlte für seine Hilfe, indem er von gleich zwei Tentakelmonstern gepackt und in die brodelnde Masse der Angreifer gezerrt wurde. Seine Waffe polterte zu Boden, und ihm blieb nicht einmal mehr Zeit für einen Schrei.

Ich empfand eine sonderbare Mischung aus Bedauern und Entsetzen, was mich aber nicht daran hinderte, die fallen gelassene Waffe aufzuheben. Ich brauchte eine Sekunde, um ihre Funktionsweise zu ergründen, in der ich nur durch schieres Glück nicht in Stücke gerissen wurde, dann aber richtete ich den an einen Entenschnabel erinnernden Lauf auf das vordere Ungeheuer und drückte ab.

Die Waffe bockte und ratterte in meiner Hand und spie einen Strom silberner Blitze aus, der das Ungetüm zerfetzte, und ich sprang zurück, schwenkte die Waffe herum und schredderte noch drei weitere Shoggoten, bevor ich nur noch ein hohles Klackern hörte und das Magazin leer war.

Ich funktionierte die Waffe kurzerhand zur Keule um, die

ich auf den nicht vorhandenen Schädel einer weiteren Kreatur niedersausen ließ, bevor ich sie fallen ließ und hastig zurücksprang.

Die kurzfristige Euphorie, die mich angesichts meines vermeintlichen Sieges ergriffen hatte, verging so schnell, wie sie gekommen war. Wir waren eingekreist. Jarvin und den überlebenden Männern und mir stand eine ganze Armee trällernder und pfeifender Shoggoten gegenüber, die immer nur noch größer und größer wurde. Noch hielten die Männer sie mit ihren bizarren Waffen auf Abstand, aber die Front der Bestien rückte unaufhaltsam näher, ganz gleich wie viele auch niedergeschossen wurden.

Ein rumpelndes Krachen erscholl, und im hinteren Teil der Höhle stob eine gewaltige Staubwolke in die Höhe, während ich ebenso verzweifelt wie vergeblich nach einem Fluchtweg Ausschau hielt.

Es gab keinen, aber dafür registrierte ich, dass ein hausgroßer Teil der Rückwand zusammengebrochen war, und in der gewaltsam geschaffenen Öffnung ein lebendiger Albtraum aus brodelndem schwarzem Fleisch und glotzenden Augen zum Vorschein kam. Und Zähnen. Unendlich vielen, gigantischen Zähnen, die härter als Diamant sein mussten, denn sie zermalmten den Granit mühelos zu Staub.

Und diese lebendig gewordene Tunnelbohrmaschine war nicht allein. Dutzende, Hunderte und vielleicht Tausende Shoggoten quollen an ihr vorbei aus der Öffnung, wobei sie nur zu oft von den gewaltigen Zähnen ergriffen und ebenfalls zermalmt wurden. Ihre Zahl schien kein Ende zu nehmen.

So viel zu der Behauptung, diese Festung wäre uneinnehmbar.

»Raus!«, brüllte Jarvin. »Rückzug! Sofort!«

Seine Männer versuchten gehorsam, den immer weiter zusammenschrumpfenden Belagerungsring der Shoggoten zu durchbrechen, indem sie ihren Beschuss auf eine bestimmte Stelle konzentrierten, aber mir entging auch nicht, dass ihnen langsam die Munition ausging. Immer öfter mussten sie ihr Feuer unterbrechen, um Magazine zu wechseln, und mehr als einer hatte seine sonderbare Waffe auch schon fallen gelassen und eine kleinere, nicht minder bizarr geformte Waffe gezogen. Aber selbst die doppelte Anzahl an Waffen und Männern hätte wohl nichts mehr geändert. Die Übermacht war einfach zu groß. Wir würden überrannt werden.

Gerade, als ich glaubte, es wäre so weit, zischte etwas Winziges und weiß Glühendes über unsere Köpfe hinweg, traf das riesige Grabungsmonster und verzehrte es in einem roten Feuerball, dessen Hitze selbst über die große Entfernung hinweg noch so grausam war, dass ich die Hitze auf meinem Gesicht spüren konnte. Explosionen krachten. Ein gutes Dutzend Shoggoten in unserer unmittelbaren Nähe ging in Flammen auf, ohne dass irgendein Grund dafür zu erkennen gewesen wäre. In der Wand hinter uns flog eine ganze Reihe von Türen gleichzeitig auf, und Gestalten in schwarzen Kampfanzügen stürmten herein und eröffneten das Feuer. Zwei heulende Linien aus Myriaden silberfarbener Blitze näherten sich dem lebenden Belagerungsring von zwei Seiten, rissen ihn wie eine Kreissäge auf und brachen im letzten Moment ab, bevor sie auch die Verteidiger erreichen konnten. Die übrig gebliebenen Shoggoten wurden von Jarvins Wache mit wenigen, gezielten Salven niedergestreckt, und wir konnten endlich die Flucht antreten.

Es war wie ein Marsch durch die Hölle. Immer mehr Männer strömten herein und begannen, auf die Tentakelmonster zu schießen, und eine zweite Rakete heulte über unsere Köpfe hinweg und verschwand in der gewaltsam geschaffenen Öffnung hinter uns, um nur einen Augenblick später mit gewaltigem Getöse zu explodieren. Flammen und zerfetztes schwarzes Protofleisch schossen aus dem Tunnel, und die wenigen Shoggoten, die den ersten Ansturm überlebt hatten wurden von den frisch eingetroffenen Truppen buchstäblich niedergemäht.

Aber es war noch nicht vorbei. Das Gefühl einer finsteren Präsenz war immer noch da, und die Bedrohung mittlerweile so stark, dass es mir schier den Atem abschnürte. Etwas kam. Schnell.

Der Angriff der Tentakelmonster dauerte vielleicht erst wenige Augenblicke, aber er hatte bereits entsetzlich viele Opfer gefordert. Ich sah zahlreiche reglose Gestalten, manche verletzt und vergeblich um Hilfe rufend, und trotz des verheerenden Silberfeuers machten noch immer zahlreiche Shoggoten Jagd auf flüchtende Arbeiter und verletzte Soldaten.

Aber wir hatten es fast geschafft. Die ersten Männer näherten sich bereits dem Ausgang, und als sie ihn fast erreicht hatten, brach der Boden vor ihnen ein und spie einen ganzen Wald aus peitschenden Tentakeln und schnappenden Mäulern aus. Die ersten Männer wurden gepackt und in die Tiefe gezerrt, bevor sie auch nur wirklich begriffen, wie ihnen geschah, die anderen prallten so erschrocken zurück, dass die Hälfte das Gleichgewicht verlor und stürzte, und auch Jarvin kämpfte mit wild rudernden Armen um sein Gleichgewicht, bevor er so schwer auf die Knie fiel, dass er vor Schmerz aufschrie.

Dennoch rettete ihm der Sturz das Leben, denn der Mann, der sofort hinzusprang, um ihm aufzuhelfen, wurde von einem Tentakel getroffen und nahezu entzweigerissen; einem weiteren bohrte sich eine Knochenklinge wuchtig genug in den Oberschenkel, um ihn auf der Stelle niederzuwerfen. Ein anderer Tentakel wickelte sich um den Knöchel des unglücklichen Soldaten und zerrte ihn in den Abgrund.

Ich reagierte, ohne auch nur nachzudenken, setzte mit einem beherzten Sprung über einen ganzen Wust gierig umhertastender Tentakel hinweg und ergriff Jarvin unter beiden Armen; wenigstens versuchte ich es. Mein linker Arm schmerzte immer noch höllisch, sodass ich ihn mit nur einer Hand auf die Füße zerren musste.

Hinter uns erweiterte sich der Abgrund und erbrach eine wahre Flut pfeifender und zwitschernder Monster. Männer verschwanden schreiend in der Tiefe oder wurden von einem Wald von Schlangenarmen verschluckt, und plötzlich brach überall der Boden auf, um eine wimmelnde schwarze Flut aus Gestalt gewordenem Wahnsinn auf die Wirklichkeit loszulassen.

Von einem Atemzug auf den anderen wendete sich das Kriegsglück, und aus der Übermacht der Verteidiger wurde eine hoffnungslose Unterzahl. Überall waren Shoggoten, zu Realität geronnener Wahnsinn, der aus allen Richtungen zugleich auf die Verteidiger losstürmte und sie einfach überrannte.

»Verdammt, lass mich los!«, keuchte Jarvin.

Tatsächlich versuchte er sich loszureißen. Ich verpasste ihm eine Kopfnuss, die ihn zu der Einsicht brachte, dass das keine so gute Idee war, wich einem heimtückischen Tentakelhieb aus und zerrte den widerspenstigen Trottel einfach hinter mir her.

Unmittelbar vor uns entstand ein gezackter Riss im Fels, der sich rasend schnell zu einem handbreiten Spalt und dann zu einem Abgrund weitete, aus dem schwarze Fangarme hervorzuckten. Jarvin versuchte zurückzuweichen, aber ich zerrte ihn einfach hinter mir her, sprang mit einem schon fast verzweifelten Satz über den breiter werdenden Spalt und fiel der Länge nach hin.

Jarvin krachte neben mir auf den Fels, kam aber fast genauso schnell wieder in die Höhe wie ich. Ich packte seinen Arm und setzte unsere Flucht fort, indem ich ihn einfach vor mir herschob.

Die Höhle wimmelte von Shoggoten, wohin ich nur sah, und aus zahllosen Rissen und Spalten im Boden quollen immer mehr Ungeheuer. Der ganze Berg bebte, als wolle er über unseren Köpfen zusammenbrechen. Silberfarbenes Metall regnete neben uns zu Boden, und etwas streifte meine Wange und brannte sich wie ein glühender Draht hinein.

Aber im gleichen Moment sah ich auch etwas, das mir doch noch einmal neue Hoffnung gab: Die steile Metalltreppe, die eine gefühlte Meile weit in die Höhe führte und über die Saron und ich hier heruntergekommen waren.

Ich riss Jarvin mit und stieß ihn die scheppernden Metallstufen hinauf. Schatten bewegten sich über uns, aber ich sah nicht einmal hin. Wenn dort oben ebenfalls Ungeheuer auf uns warteten, dann war alles aus.

Stattdessen sah ich noch einmal über die Schulter nach unten und bedauerte fast, es getan zu haben, denn der Anblick war noch einmal schlimmer geworden.

Die Verteidiger waren endgültig überrannt worden, und es strömten immer nur noch mehr Ungeheuer herein.

Und nicht wenige davon direkt auf uns zu.

Ich schöpfte neue Hoffnung, als ich nach oben sah und Dutzende schwarzgekleideter und bis an die Zähne bewaffneter Gestalten erblickte, die auf den geländerlosen Steg herausquollen und unverzüglich das Feuer in die Tiefe eröffneten. Ein Geräusch erklang, als würde eine Handvoll Nägel gegen die Wand über uns geworfen, und heißes schneidendes Metall regnete auf uns herab.

Plötzlich wetterleuchtete es unter uns so grell, dass ich unwillkürlich noch einmal nach unten sah. Kein einziger Verteidiger war noch auf den Beinen, doch dafür wimmelte es nur so von schwarzen Ungeheuern, nicht nur Shoggoten, sondern auch anderen und ungleich größeren und grässlicheren Monstrositäten, aber plötzlich loderte überall weißes Feuer auf, das die Ungeheuer wie trockenes Laub verzehrte. Vielleicht hatten wir ja doch noch eine Chance.

Etwas klatschte mit solcher Gewalt hinter mir gegen die Wand, dass ich den Luftzug spüren konnte, und die Männer oben auf dem Steg hatten die Gefahr endlich auch bemerkt.

Ein halbes Dutzend von ihnen eröffneten das Feuer auf die Treppe hinter uns, und mindestens zwei kamen uns auch entgegen und streckten die Arme aus, um Jarvin zu helfen. Zugleich wuchs etwas Riesiges und Bösartiges hinter mir auf, und ein schreckliches Pfeifen und Trällern gellte in meinen Ohren.

Vor uns lagen noch drei oder vier Stufen, und noch einmal dieselbe Entfernung bis zu den heranstürmenden Männern.

Ein Strom silberner Blitze raste an mir vorüber und stanzte mit sonderbar weichen Lauten in irgendetwas hinter uns, und mindestens eines der Geschosse streifte meine Seite und fuhr wie ein rotglühendes Skalpell über meine Rippen, sodass ich schon wieder vor Schmerz aufschrie. Zugleich traf mich ein harter Schlag in den Rücken, der mich nach vorne und auf den Gittersteg hinaufstolpern ließ, und ich nutzte meinen Schwung, um Jarvin meinerseits einen Stoß zu versetzen, der ihn in die Arme seiner Männer warf. Geschickt fingen sie ihn nicht nur auf, sondern führten ihn in aller Hast weg, und auch ich wollte ihnen folgen, aber ich konnte es nicht.

Etwas hielt mich fest.

Wieder jagte ein Strom silberfarbener Geschosse an mir vorbei, und der Widerstand verschwand.

Aber ich konnte immer noch nicht weitergehen.

Stattdessen sank ich schwer auf die Knie, sah an mir hinunter und wunderte mich über die mit Blut besudelte dreieckige Knochenklinge, die dicht unterhalb des Herzens aus meiner Brust ragte.

Dann war da nichts mehr.

Ashton Place, London. 1937

»Ich rühre mich hier keinen Schritt weit weg, bevor du mir nicht ganz genau erklärt hast, was das alles bedeutet«, sagte Robert. Er konnte sogar selbst hören, wie sehr seine Stimme bei diesen Worten zitterte. Allerdings konnte er nicht sagen, ob es an der Empörung über die unwürdige Charade lag, die sich Howard und Rowlf mit ihm erlaubt hatten, oder nicht vielmehr an dem, was Rowlf in den Händen hielt.

Eingebunden in Leder aus gegerbter Menschenhaut, war es so groß wie ein Atlas, wie Kinder ihn in der Schule benutzten, aber ungleich voluminöser und so schwer, dass es schon der Kraft eines Mannes wie Rowlf bedurfte, um es so locker zu halten, wie er es gerade tat. Allein der Anblick bescherte Robert ein Gefühl saurer Übelkeit. Hieroglyphen und barbarische Runen besudelten den Einband, Bilder und winzige Basreliefs, die den fatalen Hang hatten, lebendig zu werden, wenn man sie zu lange ansah, und den Blick in ebenjene sinisteren Abgründe hinabzuziehen, aus denen sie selbst stammten. Und was das Auge sah, war nur die Oberfläche, denn was darunter lauerte, war noch ungleich schlimmer, denn was dieses grässlichste aller Bücher enthielt, das waren Dinge und Wahrheiten, die niemals Realität und niemals ausgesprochen werden durften. Schon die bloße Nähe dieses schrecklichen Buches war schädlich.

»Leg das weg«, verlangte Robert.

Was Rowlf natürlich nicht tat. Stattdessen antwortete er auf das, was er davor gesagt hatte. »Dann werden wir hier wohl überwintern tun«, sagte er. »Ich kann dir nich mehr erzählen, als du schon weißt!«

»Oh ja, das klingt überzeugend«, höhnte Robert. »Ich nehme an, es hat uns ganz *zufällig* hierher nach England verschlagen, nicht wahr? Und du weißt auch nicht, weshalb wir ausgerechnet zum Ashton Place gefahren sind, habe ich Recht? Und dann hast du in die Tasche gegriffen und warst ganz überrascht, den Tresorschlüssel darin zu finden – war es ungefähr so?«

Und was sollte der Unsinn mit dem Grab? Aber diese Frage wollte ihm nicht über die Lippen kommen, so sehr er es auch wollte.

»Wir sollten das alles später besprechen«, sagte Rowlf, womit er einer Antwort auch diesmal wieder auswich. »Das hier ist kein Ort, an dem man länger als nötig sein sollte.«

Kein Ort, an dem man länger als nötig sein sollte? Robert wurde zornig. Ashton Place hatte schon bessere Zeiten erlebt, aber er sprach immerhin über sein Zuhause. »Warum sind wir hier?«, fragte er noch einmal und mit mühsam beherrschter, aber fester Stimme. »Ich meine es ernst, Rowlf. Ich rühre mich nicht von der Stelle, bevor ich nicht ein paar Antworten bekommen habe.«

Rowlf erwiderte: »Antworten auf welche Fragen?«

Allmählich fiel es Robert wirklich schwer, noch die Fassung zu bewahren. Rowlf erwartete aber wohl gar keine Antwort, sondern drückte die Safetür mit der Schulter zu und trug seine schreckliche Last zu einem kleinen Tisch am Fenster. Staub wirbelte auf, als er sie mit einem Knall darauf ablud und begann in den schräg hereinfallenden Sonnenstrahlen zu tanzen, wobei er unheimliche, bedrohliche Formen und Figuren zu bilden schien. Vielleicht versuchte er auch vor dem Eindringling aus einer fremden Welt zu fliehen.

Rowlfs Fingerspitzen strichen über den Einband des Necronomicon, das unter seiner Berührung lebendig zu werden schien.

Natürlich war Robert klar, dass es sich nur um Einbildung

handeln konnte, aber das änderte nichts an der unheimlichen Wirkung des Anblicks: Verwirrende Muster schienen über die gegerbte Menschenhaut zu laufen und ununterbrochen zu zerbrechen und sich wieder neu zu formen, als wäre da etwas unter der Oberfläche des Sichtbaren, das Gestalt annehmen wollte. Etwas kratzte an seinen Gedanken und verlangte nach seiner Aufmerksamkeit, die er ihm aber nicht zollen wollte, ahnte er doch, dass ein noch viel größerer namenloser Schrecken am Ende dieser Aufmerksamkeit auf ihn wartete. Es gelang ihm auch diesen Gedanken abzuschütteln. Auch wenn es ihm schwerfiel.

»Rowlf!«

Er konnte Rowlf ansehen, dass er zu einer neuerlichen unsinnigen Erwiderung ansetzte, dann aber wohl etwas in seinen Augen zu gewahren schien, das ihn zu der Überzeugung brachte, es besser bleiben zu lassen. »Howard hat mir den Schlüssel gegeben, und mir gesagt, was wir in dem Tresor finden tun«, sagte er. »Und er hat mir auch die Zeitung gezeigt. Aber vielmehr weiß ich nicht.«

Robert konnte ihm ansehen, dass er log. »Und was soll der Unsinn mit dem Grab?«

»Das is kein Unsinn. Ich weiß, wo es ist. Howard hat's mir beschrieben. Ich soll dich hinbringen. Er hat gemeint, du wüsstest dann schon, was zu tun ist.«

»Mein Grab?«, vergewisserte sich Robert. »Es hört sich ja vielleicht ein bisschen komisch an, aber ich fühle mich noch ganz lebendig. Meinst du nicht, es würde mir auffallen, wenn ich schon tot und beerdigt wäre?«

Rowlf blieb ernst. »Vielleicht ist es ja das Grab, in dem du eines Tages liegen wirst?«, fragte er.

Normalerweise hätte Robert solchen Unfug abgetan, doch er musste an die Zeitung denken, die Rowlf schon fünf Jahre vor ihrem Erscheinen gelesen hatte.

»Und Howard hat dir sonst wirklich nichts gesagt? Was ist mit diesem Sinclair-Jungen? Wieso durften wir ihn retten, während seine Eltern sterben mussten?«

»Es geht nich um den Jungen, sondern um den Sohn, den er eines Tages haben wird«, antwortete Rowlf. »So viel hat mir Howard verraten. Und wir hätten seine Eltern auf gar keinen Fall retten können, nichtmal, wenn wir's versucht hätten.«

»Weil es so geschrieben steht?«

»Ja, und zwar in der Zeitung«, bestätigte Rowlf ungerührt. »Der von nächster Woche. Wir können nichts ändern tun, was schon passiert ist.«

»Streng genommen war es das noch nicht, als wir in der Front Street waren«, gab Robert zu bedenken, aber Rowlf wischte sein Argument mit einer ärgerlichen Handbewegung beiseite, als wolle er eine lästige Fliege verscheuchen.

»Davon versteh ich nix«, behauptete er. »Howard hat's mir zu erklären versucht, aber ich hab's nicht wirklich verstanden. Er sagt, dass man die Zeit nicht verändern kann. Oder nur für drei Sekunden.«

»Nur für drei Sekunden?« Was sollte denn dieser Unsinn jetzt wieder?

»Oder *in* drei Sekunden«, antwortete Rowlf mit einem irgendwie hilflos wirkenden Schulterzucken. »Keine Ahnung, aber er hat nur gesagt, dass das die Gegenwart ist, oder was wir als Gegenwart empfinden. Und dass wir nur in der Gegenwart was verändern können. Alles was vorher gewesen ist, ist schon gewesen und nicht mehr zu ändern.«

»Die Vergangenheit ist unveränderlich«, bestätigte Robert, schüttelte aber auch praktisch zugleich den Kopf. »Aber als wir in der Front Street waren, da war es noch keine Vergangenheit.«

»Von einem zukünftigen Standpunkt aus gesehen schon«, beharrte Rowlf. »Howard meint, wenn man die Zeit verändert, dann nur um was zu tun, was nötig ist, damit passiert, was schon passiert ist.«

Robert starrte ihn an, und Rowlf machte ein betrübtes Gesicht.

»Und was passiert, wenn wir zu meinem ... Grab gehen?«, fragte Robert.

»Wir werden in jedem Fall dort hingehen tun«, antwortete Rowlf. »Jedenfalls hat Howard das gesagt. Entweder weil wir von selbst hingehen tun, oder tot sind und hingebracht werden, oder aus irgendeinem schlimmern Grund – den ich aber vergessen habe.« Er zögerte einen kurzen Moment. »Wir müssen in zwei Stunden da sein. Kurz nach Sonnenuntergang.«

Robert nickte zwar stumm, schüttelte aber auch augenblicklich und sehr heftig den Kopf, als Rowlf nach dem Necronomicon greifen wollte. »Es wäre mir lieber, wenn du es wieder in den Safe legst.«

»Howard hat gesagt, wir werden's brauchen tun«, beharrte Rowlf, dachte aber trotzdem eine Sekunde lang nach und ging dann zu einem anderen Tisch, um eines der zerschlissenen Laken zu holen, mit denen die Möbel abgedeckt waren. Es löste sich unter seiner Berührung halbwegs in graue Fetzen auf, und als er das verfluchte Buch darin einwickelte, kam es Robert so vor, als ob sich der Stoff wie unter Schmerzen wand, von etwas so Grässlichen berührt zu werden.

Er versuchte es ein allerletztes Mal. »Mir wäre wirklich wohler ohne dieses Ding.«

»Mir auch«, antwortete Rowlf, wickelte den Folianten in eine zweite Lage aus vermodertem Stoff und klemmte ihn sich unter den Arm. »Und jetzt weg hier.«

Nicht nur die modernden Dachbalken über ihren Köpfen gaben ein zustimmendes Knacken von sich, auch Robert war in diesem Fall eindeutig seiner Meinung und drehte sich augenblicklich auf dem Absatz herum, und während er es tat, meinte er aus den Augenwinkeln heraus eine Bewegung wahrzunehmen, wie einen Schatten, der sich in noch tiefere Dunkelheit zurückzog. Und selbstverständlich war er auch nicht mehr da, als er genauer hinzusehen versuchte – was zweifellos daran lag, dass es ihn auch zuvor nicht gegeben hatte. Zumindest hoffte Robert das.

Er rief sich in Gedanken scharf zu Ordnung. Diese Umgebung begann allmählich ernsthaft an seinen Nerven zu zehren, und wenn sie tausendmal sein Zuhause war. Seine Hand schloss sich um den Stockdegen, als wäre es das Einzige, was ihn noch daran hinderte, den Halt in der Wirklichkeit zu verlieren. Er merkte es nicht einmal.

Rowlf bedeutete ihm mit einer Kopfbewegung vorauszugehen, und Robert hatte es sehr eilig, zu gehorchen. Er durchquerte den angrenzenden Saal und schritt sogar noch einmal zügiger aus, um in die Halle hinauszustürmen, sodass er um ein Haar in den schwarzen See hineingelaufen wäre, der sich nun da ausbreitete, wo gerade noch die schwarz-weißen Marmorfliesen der großen Empfangshalle gewesen waren. Im buchstäblich allerletzten Moment prallte er zurück und so heftig gegen Rowlf, dass dieser um ein Haar das Buch fallen gelassen hätte.

»Was zum Teufel ...?«, entfuhr es Rowlf, aber er führte den Satz nicht zu Ende, denn er kannte die Antwort ebenso gut wie Robert selbst.

Natürlich war es kein See. Es war nicht einmal Wasser, sondern eine übelriechende, klebrig-schwarze Pampe, die durch die Fugen des Fliesenbodens quoll, aus den Heizungsgittern tropfte und zähe Fäden an den Seidentapeten hinabzog, wo sie in den Wänden nach oben gestiegen war und Mauerwerk und Putz durchdrang. Überall in der zähen schwarzen Masse zitterte und blubberte es, und manchmal bildeten sich kurzlebige Wellenmuster und -kreise, als versuche etwas darunter

Gestalt anzunehmen, scheitere aber jedes Mal im letzten Moment.

»Zurück!«, sagte Robert nicht nur, sondern schloss auch die Tür, bevor er Rowlf hastig in die Bibliothek zurück folgte. Er drückte auch deren Tür hinter sich ins Schloss, obwohl er wusste, wie wenig das nutzte, wenn es sich bei dieser unheimlichen Masse wirklich um das handelte, was er befürchtete.

Nicht dass es daran auch nur den geringsten Zweifel gab.

Rowlf war bereits wieder an dem Fenster angekommen, dessen Verbretterung er gerade abgerissen hatte. Er öffnete es und wollte sich hinausschwingen, dann hielt aber abrupt inne. Auch Robert konnte nur noch mit Mühe einen erschrockenen Aufschrei unterdrücken, als er neben ihm anlangte und sah, wie sehr sich der ehemals gepflegte Garten hinter dem Haus verändert hatte.

Alles war schwarz geworden. Verwildertes Gras und Büsche ragten aus einer brodelnden Masse, die aus dem Boden drängte und blubbernd und zischend höher stieg, als hätte sich unter dem gesamten Grundstück eine prähistorische Teergrube aufgetan, die sich nun daran machte, die Welt zu verschlingen. Selbst die uralten Eichen wirkten leidend und standen schräg, wie von einem unsichtbaren Sturmwind in hundert unterschiedliche Richtungen gedrückt, und Schwärze kroch in ihren Stämmen empor, erreichte Zweige und Blätter und ließ sie verdorrt zu Boden sinken.

»Es … es kommt aus dem Boden«, stammelte Rowlf. »Aus dem Grundwasser!«

Das klang verrückt, aber Robert spürte auch instinktiv, dass es die Wahrheit war, und auch, worum es sich bei dieser unheimlichen verzehrenden Masse handelte, die vielleicht nicht einmal wirklich schwarz war, sondern gar keine Farbe hatte, und wenn, dann eine, die der menschliche Verstand nicht erfassen konnte, sodass er sie nur als schwarz wahrnahm. Und er ahnte auch, womit sie es zu tun hatten; auch wenn er so etwas noch nie zuvor gesehen hatte. Die Ähnlichkeit mit den Dienerkreaturen der Großen Alten war einfach zu groß, um Zufall zu sein.

Robert sah über die Schulter zurück.

Die Tür war immer noch geschlossen, aber das würde ihnen nicht mehr helfen, denn darunter rann flüssige Schwärze in den Raum. Im ersten Moment sah es aus wie schwarzes Wasser oder Teer, doch das konnte nicht sein, denn es bewegte sich nicht so, wie Wasser oder Teer es getan hätten. Direkt hinter der Tür breitete sich eine halbrunde Lache aus, bildete aber schon bald Verästelungen und dünne, hin und her zitternde Ärmchen, die sich wie suchend bewegten und immer neue Abzweigungen und Verästelungen ausformten.

Und einer dieser gierig tastenden Zweige kroch genau auf Rowlf und ihn zu.

»Rowlf!«, sagte Robert beunruhigt.

Rowlf riss seinen Blick mit einiger Mühe vom Bild des schwarzen Wahnsinns los, der den Garten verschlang, fuhr herum und wurde sogar noch einmal blasser, überwand seinen Schrecken aber eindeutig schneller als Robert. Hastig (und vollkommen sinnlos) schloss er das Fenster und legte den Riegel vor, machte einen Schritt an Robert vorbei und blieb ebenso abrupt wieder stehen, als sich gleich mehrere weitere schwarze Zungen in seine Richtung schoben, um ihm den Weg abzuschneiden.

Eines der Bücherborde zur Linken brach in einer Staubwolke zusammen, als die Wand dahinter flüssige Schwärze zu schwitzen begann, und sie zogen sich erschrocken noch weiter zurück. Allerdings gab es nicht mehr viel, wohin sie fliehen konnten. Rowlf und er standen bereits mit dem Rücken zum Kamin. Auch auf der anderen Seite des geschlossenen Fensters tasteten nun dünne, gierige Ärmchen über das Glas, und obwohl er nicht direkt hinsah, bemerkte er doch den tropfenden schwarzen Fleck, der sich auch an der Decke über ihnen bildete. Das gesamte Zimmer schien sich zu verbiegen und nach innen zu stülpen, ein Gefühl, das körperliche Übelkeit in ihm auszulösen begann.

Der Spazierstock in seinen Händen vibrierte stärker, und sein Kristallknauf begann, in einem intensiven, gelben Licht zu glühen, vor dem sich der darin eingebettete Shoggotenstern immer deutlicher abzeichnete.

Robert wusste nicht wirklich, was er tat. Er tat es einfach.

Sein Daumen fand den verborgenen Federmechanismus, und der leuchtende Kristall ruckte ein Stück nach oben und wurde zu einem Schwertgriff, als der vermeintliche Spazierstock sein Geheimnis preisgab und sich als der Stockdegen entpuppte, der er in Wahrheit war. Rowlf riss die Augen auf und setzte zu einer Frage an, aber Robert machte einen entschlossenen Schritt nach vorne und rammte die Degenspitze in eine der heranschwebenden schwarzen Zungen.

Das Ergebnis war spektakulär. Die unheimliche Masse begann zu brodeln und Blasen werfend zu qualmen, dann zischte eine gelbe Stichflamme hoch und griff rasend schnell um sich, bis Robert den Degen ebenso erschrocken wie verdutzt zurückzog. Beißender grauer Rauch erfüllte die Luft und reizte sie beide zum Husten, doch die Flammen erloschen zum Großteil ebenso schnell, wie sie aufgelodert waren. Robert trat die wenigen verbliebenen Glutreste aus, wobei er sorgsam darauf achtete, nicht mit den Resten der schwarzen Pampe in Berührung zu kommen, und spießte eine weitere schwarze Zunge auf. Diesmal zog er die Klinge zurück, bevor die Flammen um sich greifen konnten, wandte sich sofort einer weiteren zitternden Ranke zu und äscherte sie ebenfalls ein, bevor er sich zum Fenster drehte und die Degenspitze mit einem in den Zähnen schmerzenden Laut über das Glas zog. Die Ranken auf der anderen Seite prallten erschrocken zurück, und Robert schnitt in der Rückwärtsbewegung auch noch eine weitere schwarze Dämonenzunge ab, die funkensprühend zu qualmen begann und zu grauer Asche zerfiel.

Aber er machte sich nichts vor.

Für jede der mörderischen schwarzen Ranken, die er vernichtete, rückten gleich mehrere neue vor, und auch vor dem Fenster reckte sich bereits wieder eine tausendfingrige Hand aus lebenfressender Bedrohung hoch. Ätzender grauer Rauch schwängerte die Luft und ließ nicht nur ihre beider Augen Tränen, sondern machte jeden Atemzug zur Qual. Das Bücherregal brach endgültig in Stücke, als sich die gesamte Wand dahinter in schwarzes Wachs zu verwandeln schien, das geschmolzen nach unten floss. Sie hatten nur noch eine einzige Chance.

»Los!«, brüllte Robert. »Bleib hinter mir!«

Ohne sich davon zu überzeugen, ob Rowlf ihm wirklich folgte, lief er los und scharrte dabei mit der Degenspitze wie ein Curling-Spieler vor sich über den Boden. Schwarze, brodelnde Protomasse verbrannte qualmend zu flockiger Asche, und wieder loderten Flammen auf, die er diesmal nicht austrat, sondern sein Tempo beschleunigte und die Tür zum Salon mit einem wuchtigen Tritt aufsprengte. Hinter ihnen explodierten die Flammen zu roter Glut, als sie in den seit Jahrzehnten ausgetrockneten Büchern reichhaltige Nahrung fanden, und auch vor ihnen breitete sich ein brodelnder Sumpf aus, der bereits den halben Salon überschwemmt hatte und durch die aufgesprengte Tür immer nur noch mehr Nachschub erhielt.

Roberts Stockdegen brannte eine lodernde Schneise hindurch, während der Kristallknauf immer heller und heller glühte, als hätte er eine winzige, flammende Sonne in den Händen, ohne dass er auch nur die geringste Hitze spürte. In der Bibliothek erscholl ein dumpfes, machtvolles *Whump!*, als der gesamte Raum in einer einzigen Explosion aus schwarzer Verheerung Feuer fing und das Haus in seinen Grundfesten erzitterte. Putz und brennende Buchseiten stoben aus der Bibliothek, und gerade jenseits des Wahrnehmbaren regte sich etwas Uraltes und Böses, das seinen Zorn auf sie zu richten begann.

Das Glühen des Kristallknaufs in seiner Hand wurde intensiver, und Robert fühlte zwar immer noch keine Hitze, aber etwas wie eine beständig größer werdende Anstrengung, die sich gegen eine ebenso unaufhaltsam wachsende Kraft stemmte; als fänden hier zwei Schlachten auf zwei unterschiedlichen Ebenen der Existenz statt.

Und er war ganz und gar nicht sicher, ob sie den Kampf auf dieser Ebene gewinnen konnten.

Die magische Klinge verbrannte die Protomasse zu grauer Asche, wo sie ihr auch nur nahe kam, aber aus dem Boden und den Wänden und selbst der Decke drang immer mehr der grässlichen Substanz, und sie wurden langsam, aber unerbittlich eingekreist.

Sie schafften es um Haaresbreite. Am Ende einer flammenden Schneise, die der Stockdegen in die Protomasse sengte, durchquerten sie die Halle und stürmten auf die Treppe hinaus, oder das, was davon noch übrig war.

In seiner Panik kam es Robert vor, als wäre die ganze Welt nach links gekippt und senke sich noch weiter. Mit gewaltigen Sätzen jagten sie die Stufen hinab und auf das aus den Angeln gerissene Tor zu, dessen Pfeiler schon zur Hälfte in der breiigen schwarzen Masse verschwunden waren, die ihn an zähflüssiges schwarzes Pech erinnerte, nur dass sie zugleich auf schreckliche Weise lebendig wirkte.

Dann sah er etwas, das ihm schier das Blut in den Adern gefrieren ließ: Vor dem zusammengebrochenen Tor stand eine schmale Gestalt, die sich schwer auf einen Gehstock mit einem großen silbernen Knauf stützte und aus aufgerissenen Augen zu ihnen herüberstarrte.

Wieder reagierte Rowlf schneller als er. »Bentley!«, brüllte er in einer Lautstärke, als wollte er seine Stimmbänder zerreißen. »Hau ab!«

Doch Bentley rührte sich nicht von der Stelle. Er machte ganz im Gegenteil einen Schritt auf das aufgebrochene Tor zu und einen zweiten hindurch, und es war der letzte, den er je tun sollte. Eine fingerdünne, schwarze Ranke peitschte in seine Richtung, wickelte sich um sein Handgelenk und riss ihn mit einem einzigen brutalen Ruck nach vorne. Bentleys begonnener Schrei brach abrupt ab, als er mit dem Gesicht voran in die brodelnde Masse fiel und augenblicklich darin zu versinken begann.

Robert war mit schnellen Schritten bei dem hilflosen alten Mann, der verzweifelt mit Armen und Beinen um sich schlug, während er sich aus dem Würgegriff der lebendig gewordenen Schwärze zu befreien versuchte und schwang seinen Degen. Die Klinge zerteilte die unheimliche Masse, ohne auf fühlbaren Widerstand zu treffen und setzte die Reste in Brand, und Robert fiel auf die Knie und streckte die freie Hand nach Bentley aus, um ihm aufzuhelfen.

»Nicht anfassen!«, brüllte Rowlf, riss Robert mit solcher Gewalt in die Höhe und von Bentley weg, dass er hilflos auf die Straße hinaustorkelte und tat dann genau das, wovon er Robert gerade abgehalten hatte: Indem er das Großformatige Buch unter die Jacke und den Hosenbund schob, griff er mit beiden Händen nach Bentley und zerrte ihn so mühelos auf die Füße hoch, als wöge er gar nichts. In derselben Bewegung schob er ihn aus dem Tor und begann die unterschiedlich dicken Ranken, die der bedauernswerte Alte hinter sich herzog, mit bloßen Händen zu zerreißen. Bentley begann zu husten und qualvoll nach Luft zu ringen, und Rowlf zerrte ihn noch ein paar Schritte weiter mit sich, bevor er immer noch mit bloßen Händen die klebrige Masse von seinem Gesicht und seinen Gliedmaßen zu wischen begann. Robert hatte das unheimliche Gefühl, dass die Protomasse erschrocken vor Rowlfs Berührung zurückzuckte, war aber viel zu aufgeregt, um dem Gedanken weiter zu folgen und sprang rasch hinzu, um Rowlf zu helfen.

»Nicht anfassen!«, knurrte Rowlf erneut, während er selbst mit beiden Händen an Bentley herumzerrte, um ihn auch noch von den letzten Resten des grässlichen Schleims zu befreien.

Die kriechende Schwärze hatte das Tor erreicht, machte aber keinen Versuch, diese unsichtbare Linie zu überschreiten. Dafür hatte sie das Gartengrundstück mittlerweile zur Gänze erobert – und Robert hatte sich nicht getäuscht, was das Lebendige darin betraf. Büsche und kleineres Geäst waren vollkommen verschwunden, und selbst die Bäume begannen ihren inneren Halt zu verlieren und sanken in sich zusammen wie Wachsfiguren in der Wüstensonne. Und auch das Haus selbst begann sich jetzt schwarz zu färben, als stiege schmutziges Wasser in den Wänden nach oben.

Robert begriff, dass das Gebäude verloren war, nicht nur wegen des Feuers, das noch immer in seinem Inneren wütete und Funkenschauer und schwarzen Rauch aus den Fenstern auf der Rückseite spie. Selbst wenn die Flammen wie durch ein Wunder wieder erloschen, bevor sie das ganze Haus verzehren konnten, war es doch endgültig nicht mehr sein Heim, denn die Berührung des Wahnsinns hatte es besudelt und für immer zu einem Ort des Schreckens gemacht, an dem kein Leben mehr gedeihen konnte. Und er sah nun auch, dass es eben keine Einbildung gewesen war: Das ganze Haus stand tatsächlich schräg und begann, im Boden zu versinken.

Robert kam zu einem Entschluss. Er wusste nicht, ob es funktionieren würde, aber er hatte das Gefühl, es seinem

Heim schuldig zu sein, wie einem guten alten Freund, dem man noch einen letzten Liebesdienst erweist. Langsam ging er zurück zum Tor, senkte den Degen und rammte ihn so tief in die schwarze Masse und den Boden darunter, wie er nur konnte. Zugleich entfesselte er seinen ganzen Zorn.

Der Kristallknauf loderte in so grellem Weiß, dass Robert geblendet die Augen schloss, und nun wurde er heiß; heiß genug, um so wehzutun, als hätte er glühendes Eisen in der Hand. Er ließ trotzdem nicht los, sondern mobilisierte jeden Funken Energie, den er noch irgendwo in sich fand, und diesmal erloschen die Flammen nicht mehr, sondern wuchsen zu prasselnden mannsgroßen Feuersäulen heran, die sich rasend schnell ausbreiteten, auch dann noch, als er den Degen schließlich wieder hob und erschöpft zurückwich. Binnen weniger Augenblicke griffen die Flammen weiter um sich, setzten den gesamten Garten in Brand und nagten nun auch von außen an den Mauern des alten Herrenhauses. Schwarzer Rauch stieg in einer fast senkrechten Säule in den Himmel, und Hitze und Funkenflug trieben Bentley, Rowlf und ihn weiter zurück.

Robert registrierte aus den Augenwinkeln, dass sie nicht mehr allein auf der Straße waren. Zahlreiche Menschen waren aus ihren Häusern gelaufen oder hatten auch ihre Automobile angehalten und waren ausgestiegen, um dem schrecklichen Geschehen zuzusehen.

Jetzt ging alles unglaublich schnell. Die Flammen verzehrten den Garten und die Reste der zusammengeschmolzenen Bäume in Windeseile, leckten gierig an den Außenwänden der Villa empor und erreichten binnen kaum einer Minute den Dachstuhl, um ihn in einer gewaltigen Explosion aus Funken und fliegenden Trümmerstücken in Brand zu setzen. Eine Woge intensiver Hitze trieb sie ein weiteres gehöriges Stück zurück und fast bis zur Mitte der Straße, und rings um sie herum kamen weitere Automobile zum Teil mit quietschenden Reifen zum Stehen.

»Wie um alles in der Welt hast du das gemacht?«, fragte Rowlf verdutzt.

»Ich habe keine Ahnung, aber …« Robert brach mitten im Satz ab, denn während er sprach, hatte er sich zu Rowlf und seinem ehemaligen Nachbarn herumgedreht, und sein Blick fiel auf Bentleys Gesicht.

Der alte Mann war noch blasser geworden, und seine Haut war mit unzähligen, winzigen schwarzen Pünktchen gesprenkelt und vom Sturz zerschrammt und blutig. Dasselbe galt für seine Hände, und auch seine Kleider waren zerrissen und gewährten an zahlreichen Stellen einen Blick auf zerschundene und von schwarzer Fäule besudelte Haut, doch in seinem Gesicht war nicht der allermindeste Schmerz zu erkennen.

Und im gleichen Moment, in dem Robert in seine Augen sah, erlosch das Leben darin und machte etwas Uraltem und durch und durch Bösem Platz. Zugleich begannen sich seine Züge zu verändern, verloren Halt und Farbe und flossen, zu Blasen werfender Schwärze geschmolzen, am Schädel herab, um sich neu und grässlich verunstaltet zu bilden. Alles daran war aufs Schrecklichste verzerrt und missgestaltet, wie um zu seiner eigenen, boshaften Verhöhnung zu werden. Dasselbe galt für die Hände, deren Finger miteinander verschmolzen und dann zu ganzen Bündeln peitschender schwarzer Fäden explodierten. Bentleys gesamte Gestalt schrumpfte und verbog sich auf grässliche Weise, um zu etwas Buckeligem und durch und durch Unmenschlichem zu werden. Der Anblick war so grauenhaft, dass Robert einfach nur dastehen und ihn anstarren konnte, selbst als das grässliche Ding, das einmal sein Nachbar und ein harmloser alter Mann gewesen war den Arm hob und eine seiner wuselnden Fädenhände nach ihm ausstreckte.

Zum dritten Mal an diesem Tag war es Rowlf, der eindeutig

schneller reagierte und Robert diesmal vermutlich das Leben rettete, indem er ihn im buchstäblich letzten Moment zur Seite stieß und dem Bentley-Monster im gleichen Augenblick seine gewaltige Faust ins Gesicht hämmerte.

Wäre Bentley noch Bentley gewesen, hätte der Schlag ihn auf der Stelle getötet oder zumindest schwer verletzt und zu Boden geworfen. Aber Bentley war nicht mehr Bentley. Bentley war nicht einmal mehr ein Mensch. Er stolperte einfach zwei oder drei Schritte weit zurück, fing sich wieder und ging unverzüglich zum Gegenangriff über, und nun war es Rowlf, der plötzlich alle Hände voll zu tun hatte, sich des deutlich kleineren und schmaleren Angreifers zu erwehren. Seine verschränkten Fäuste krachten auf den Schädel der grotesken Kreatur und verformten ihn noch weiter, während er gleichzeitig das Knie in die Höhe riss, um es ihm in den Leib zu rammen.

Nichts davon beeindruckte das Ding, in das sich Bentley verwandelt hatte. Seine fürchterlichen Hände fuhren über Rowlfs Gesicht, tasteten nach seinen Augen und Ohren, der Nase und dem Mund, und es kam Robert zumindest so vor, als begänne sich auch Bentleys Kleidung zu verflüssigen, um mit dem Körper darunter zu verschmelzen und sich dem brutalen Angriff anzuschließen.

Aber endlich erwachte er aus seiner Erstarrung, sprang hinzu und hinter Bentley und riss den Stockdegen in die Höhe. Der Shoggotenstern im Inneren des Kristalls leuchtete in grellgelber Vorfreude auf neues Dämonenblut, das er trinken konnte.

Robert kam nicht dazu, zuzustoßen, denn als hätte das Ungeheuer die Gefahr in seinem Rücken gespürt, ließ es blitzartig von Rowlf ab, machte einen ebenso grotesken wie weiten Hüpfer zur Seite und humpelte in wilder Flucht davon. Noch ehe Robert auch nur richtig begriff, was geschah, war es auch schon zwischen den stehengelassenen Automobilen verschwunden und außer Sicht. Ein Chor erschrockener Rufe und hastig flüchtender Bewegung markierte die Richtung, in die er sich weiterbewegte, und zumindest ein Fahrer verlor in seiner Panik wohl die Kontrolle über seine Motordroschke und kollidierte lautstark mit einem anderen Automobil.

»Hinterher!«, keuchte Rowlf. »Es darf nicht entkommen!«

Unverzüglich stürmte er los – allerdings nicht in die Richtung, in der das Bentley-Ding verschwunden war. Stattdessen steuerte er ein Automobil nur wenige Schritte entfernt an, dessen Fahrer zwar ebenfalls angehalten hatte, aber nicht ausgestiegen war. Rowlf holte es für ihn nach, indem er die Tür aufriss und den verdutzten Fahrer so wuchtig aus dem Wagen zerrte, dass er ein halbes Dutzend Schritte weit davonstolperte, bevor er der Länge nach auf der Straße landete. »Steig ein!«, brüllte er.

Robert war so perplex, dass er nicht anders konnte, als zu gehorchen, und er hatte es noch nicht einmal ganz getan, da prügelte Rowlf auch schon den Gang hinein, und der Wagen schoss mit aufheulendem Motor und qualmenden Reifen los.

Croyden Street, auf halbem Wege nach London. Morgen

Bill hatte das Kunststück fertig gebracht, den modernen Wagen trotz seines genauso modernen Antiblockiersystems mit blockierenden Rädern vor den drei Zapfsäulen der kleinen Tankstelle zum Stehen zu bringen.

Das war auch schon die einzig gute Nachricht. Der Himmel war immer noch vollkommen schwarz, kaum zwei Meilen hinter ihnen war immer noch eine Atombombe explodiert und Shao war immer noch tot.

Bill riss die Tür auf und eilte mit schnellen Schritten zum Kassenhäuschen. Suko folgte ihm.

»Das Telefon!«, blaffte Bill den Mann hinter der Verkaufstheke mit scharfer Stimme an.

»Wo seid ihr Vögel denn ausgebrochen?«, ächzte der Mann und betrachtete Bill und Suko entgeistert, die noch immer die dünnen weißen Plastikanzüge am Leib trugen.

»Das Telefon!«, knurrte Bill. »Wo?«

Während der Tankwart irgendetwas Unfreundliches antwortete, das Suko nicht verstand, sah er sich in der Tankstelle um. Angesichts der gerade einmal drei Zapfsäulen entpuppte sie sich als überraschend groß – ein sicherlich zehn auf fünfzehn Meter messender, zum größten Teil aus Glas bestehender Raum, der nicht nur den Kassenbereich beherbergte, sondern auch eine Anzahl billiger Plastikstühle und -tische, an denen sich auch eine Handvoll Männer aufhielten und Kaffee tranken oder kleine Snacks verzehrten, die hier ebenfalls feilgeboten wurden.

Bis auf einen einzigen waren alle Gäste aufgesprungen und

zu den Fenstern gelaufen, um in den pechschwarzen Himmel hinaufzublicken, wo keine Sonne, kein Mond oder nur ein einziger Stern zu sehen waren. Als wäre der Himmel nicht nur dunkel geworden, sondern einfach nicht mehr da. Der einzige andere Gast folgte mit gerunzelter Stirn dem immer lautstärker werdenden Streit zwischen Bill und dem Tankwart – und das auf eine Art, die Suko alarmierte, zumal es sich um einen besonders großen, vierschrötigen Burschen handelte, von dem etwas spürbar Gewalttätiges ausging.

Die Auseinandersetzung drohte inzwischen mehr und mehr zu eskalieren, denn Bill hatte sich über die Theke gebeugt und nach dem Telefonhörer gegriffen, was dem Tankstellenbesitzer gar nicht zu gefallen schien, denn seine Hand hatte sich seinerseits um Bills Handgelenk geschlossen.

»Verdammt, lassen Sie los!«, schnauzte Bill. »Ich muss telefonieren!«

Der vierschrötige Bursche stand von seinem Platz auf und schlenderte zu den beiden hinüber. Er blieb neben Bill stehen, den er um einen guten Kopf überragte.

»Gibt's ein Problem, Tommy?«, fragte er.

»Tommy hat gleich ein Problem, wenn er mich nicht loslässt«, sagte Bill, strengte sich noch einmal an und riss das Telefon an sich.

»He!« Der große Bursche streckte den Arm nach Bill aus, und Suko trat mit einem raschen Schritt zwischen die beiden Streithähne und machte eine besänftigende Geste.

»Bitte, Sir«, sagte er rasch. »Wir wollen keinen ...«

Der Bursche holte aus, um ihm eine Faust ins Gesicht zu rammen, die nicht viel kleiner war als Sukos Kopf. Doch Suko streckte ihn mit einem Karate-Schlag nieder, den er vermutlich nicht einmal kommen sah.

»... Ärger«, schloss Suko den Satz, bevor der Mann auf dem schmutzigen Linoleumboden aufgeschlagen war.

Normalerweise wäre das jetzt der Moment gewesen, in dem die Hölle losbrach und Suko sich gegen seinen Willen genötigt sah, wieder einmal zu beweisen, dass er nicht nur das klassische Karate meisterlich beherrschte, sondern auch noch diverse andere exotische Kampfkünste. Jetzt aber schien niemand auch nur Notiz von dem Zwischenfall genommen zu haben. Alle standen einfach weiter am Fenster und starrten nach oben, während Bill bereits hastig die Nummer von Scotland Yard zu wählen begann.

»He!«, beschwerte sich der Tankwart – wenn auch jetzt mit deutlich weniger Nachdruck als gerade, und sein Blick wurde auch immer unsicherer, während er unentwegt zwischen Suko und dem gefallenen Riesen hin und her irrte. Suko nahm an, dass er sich immer noch fragte, was eigentlich passiert war.

»Machen Sie sich keine Sorgen«, sagte er rasch. »Es ist nicht so, wie es aussieht. Wir müssen nur dringend mit Scotland Yard telefonieren.«

»Scotland ... Yard?«, vergewisserte sich der Tankwart stockend.

»Oder auch nicht.« Bill legte auf und hob den Hörer in derselben Bewegung gleich wieder, um erneut zu wählen. Schon nach der vierten oder fünften Ziffer hörte er damit auf und legte frustriert auf. »Tot.«

Suko war nicht wirklich überrascht. »Haben Sie ein Handy?«, fragte er.

So aufgebracht der Tankwart gerade gewesen war, so eilig hatte er es jetzt, ein Smartphone aus der Tasche zu ziehen und es Bill zu reichen, wobei er allerdings den Kopf schüttelte: »Hier, Sie können es gerne versuchen. Aber Sie werden kein Glück haben. Wir sind hier in einem Funkloch, wahrscheinlich dem letzten in ganz England. Sie sind wirklich von Scotland Yard? Hat es was mit der Sonnenfinsternis zu tun?«

»Sonnenfinsternis?«, wiederholte Suko verständnislos.

»Das da draußen ist doch eine Sonnenfinsternis oder?«, fragte der Tankwart, zögerte einen Moment und wiederholte dann deutlich unsicherer: »Oder?«

»Etwas zum Anziehen wäre auch nicht schlecht.« Bill wählte auf dem Handy die Nummer von Scotland Yard, beendete den Anruf aber erfolglos. »Kein Netz!«

»Wir verkaufen hier keine Kleidung«, sagte der Tankwart. »Aber im Spind sind Overalls und Arbeitsschuhe für das Personal.« Er machte eine Kopfbewegung hinter sich. »Aber die Sachen sind nicht sauber.«

Bill legte das Telefon zurück und verschwand durch die Tür, auf die der Mann gedeutet hatte. Auf dem Fußboden vor der Theke regte sich der Bursche stöhnend, sodass Suko rasch in die Hocke ging und die Hand ausstreckte. »Ist alles in Ordnung?«, fragte er. »Sie sind plötzlich umgefallen. Wahrscheinlich der Kreislauf.«

Ganz langsam klärte sich der Blick des Mannes, und für einen einzelnen Moment drohte die Situation noch einmal zu kippen, als etwas in seinen Augen erschien, das Suko gar nicht gefiel. Aber dann siegte seine Vernunft (oder die Feigheit), und er begann sich umständlich aufzurappeln, wobei er Sukos ausgestreckte Hand trotzig ignorierte.

»Da draußen ist was«, sagte einer der anderen Männer.

Suko war mit zwei schnellen Schritten bei der Tür und sah ebenfalls nach draußen. Im allerersten Moment erkannte er kaum etwas ... aber vielleicht war es ja auch ganz genau das, was der Mann gemeint hatte. Es war die Dunkelheit selbst, mit der irgendetwas nicht stimmte. Es war nicht einfach nur die Abwesenheit von Licht. Es war die Abwesenheit von allem, so verrückt ihm der Gedanke auch selbst vorkommen mochte.

Einer der Männer streckte die Hand nach der Tür aus, und Suko hielt ihn mit einer fast schon erschrockenen Bewegung zurück. »Nicht!«

Der Mann gehorchte, indem er ebenso rasch den Arm sinken ließ und einen großen Schritt zurück tat, aber nun sah sich Suko im Fokus der allgemeinen Aufmerksamkeit, und wenn er eines nicht gewollt hatte, dann das. Wenn es bisher noch nicht so gewesen war, dann nahm die Handvoll Männer spätestens jetzt Notiz von seiner abenteuerlichen Aufmachung.

»Was geht da vor?«, fragte einer.

»Ich habe keine Ahnung«, antwortete Suko, was natürlich nicht ganz der Wahrheit entsprach.

»Und warum sollen wir nicht raus?«, fragte der Mann, den er gerade zurückgehalten hatte.

»Weil mir das alles nicht gefällt«, antwortete Suko, was jetzt voll und ganz der Wahrheit entsprach, »und niemand hinausgehen sollte, bevor wir nicht wissen, was da eigentlich vorgeht.«

Zumindest zwei der anderen Burschen schien das einzuleuchten, während zwei weitere skeptisch blieben, und nun gesellte sich auch sein Freund von der Theke hinzu, in dessen Blick sich zwar unübersehbarer Respekt abzeichnete, was ihn aber nicht daran hinderte, etwas zu der Diskussion beizusteuern.

»Und wer hat Sie zum Anführer gemacht?«

»Niemand«, antwortete Suko. Er machte einen demonstrativen Schritt zur Seite, und einen Moment lang sah es tatsächlich so aus, als wäre der Bursche dumm genug hinauszugehen, nur um sich selbst etwas zu beweisen. Aber dann siegte doch die Vernunft.

Suko gewahrte eine Bewegung aus den Augenwinkeln und zugleich einen Ausdruck irgendwo zwischen Erstaunen und blankem Entsetzen auf den Gesichtern der anderen, sodass er erschrocken herumfuhr und wieder aus dem Fenster sah.

Die Dunkelheit hatte sich verändert und schien – soweit überhaupt möglich – noch einmal massiver geworden zu sein.

Etwas bewegte sich darin, kroch immer wieder lautlos bis gerade an die Grenze heran, an der es wirklich Gestalt angenommen hätte, und schrak im allerletzten Moment wieder zurück. Was immer es war, Suko war sicher, dass er es gar nicht sehen wollte.

Bill kam zurück, in einen grünen Arbeitsanzug mit dem knallgelben Firmenlogo der Tankstellengesellschaft gekleidet und Schuhen, die mindestens zwei Nummern zu groß waren, aber Sukos schadenfrohes Grienen erlosch praktisch sofort wieder, als er die zweite Garnitur Kleider über dem Arm seines Freundes sah.

»Was Besseres war nicht da«, erklärte Bill finster, während er Suko die Kleider zuwarf. »Ist einer der Herren hier zufällig Trucker?«

Suko war nicht überrascht, als der Vierschrötige mit einem knappen Nicken und einem fragenden Gesichtsausdruck reagierte. Während er sich daranmachte, sich in den nach Öl und kaltem Schweiß riechenden (und viel zu kleinen) Overall zu zwängen, fuhr Bill fort: »Dann hast du doch bestimmt ein CB-Funkgerät im Auto, oder?«

»Hab ich«, antwortete der Große misstrauisch. »Warum?«

»Weil wir dringend mit Scotland Yard reden müssen«, antwortete Bill. Suko schloss mit einiger Mühe den seitlichen Reißverschluss und beäugte misstrauisch die Schuhe, die genau wie die Bills um mindestens zwei Nummern zu groß waren.

»Scotland Yard?«, vergewisserte sich der Trucker. »Was seid ihr? Bullen? Im Undercovereinsatz für die Modepolizei?«

Suko biss sich auf die Zunge, um nichts zu sagen, was die Stimmung noch mehr verschlechterte, schlüpfte in die Schuhe und zog die Schnürsenkel so fest zu, wie es gerade noch ging, ohne sie zu zerreißen. Rennen würde er in diesen Tretern trotzdem nicht können.

»Draußen tut sich was«, sagte der Tankwart.

»Ich weiß«, antwortete Suko, »aber …«

»Nein, da kommt was«, sagte ein anderer Mann. Er sagte es nicht nur, sondern ging an Suko vorbei und streckte die Hand nach der Tür aus, und diesmal reagierte Suko gerade einen Sekundenbruchteil zu spät, um ihn noch einmal zurückhalten zu können. Er trat durch die Tür, und es war, als hätte die Dunkelheit selbst zwar Substanz, aber keine Gestalt angenommen. Sie griff mit peitschenden Armen und sich ununterbrochen verändernd nach dem Mann, um ihn einfach aus der Wirklichkeit herauszureißen. Noch bevor irgendjemand wirklich begriff, was geschah, war es auch schon wieder vorbei und der Mann so spurlos verschwunden, als hätte es ihn nie gegeben.

Der Schrecken schlug erst mit Verzögerung zu, dann aber umso heftiger. Für einen Moment drohte Panik auszubrechen. Die Männer schrien durcheinander, irgendetwas zerbrach, und Suko konnte einen zweiten Mann gerade noch daran hindern, ebenfalls nach draußen zu stürzen.

»Was zum Teufel …?«, keuchte der Trucker und wich so weit zurück, bis er gegen einen der billigen Plastikstühle stieß.

Es dauerte eine Sekunde, bis Suko aufging, was er meinte: Die Dunkelheit war noch einmal näher gekommen, wie eine würgende Schlinge, die sich unerbittlich zusammenzog. Wenn sie das Gebäude erreichte, würde etwas Entsetzliches geschehen, das wusste er einfach.

Allerdings hatte er nicht vor, so lange zu warten. »Wo steht Ihr Truck?«, wandte er sich an den Großen.

»In der Werkstatt, aber ich …«

Suko drehte sich auf dem Absatz zu dem Tankwart herum. »Gibt es einen Hinterausgang?«

»Hinter dem Waschraum, und am Lager vorbei«, sagte der Tankwart. »Ich hole den Schlüssel!«

Während er augenblicklich losstürmte, um seine Ankündigung in die Tat umzusetzen, ging ein erneutes, erschrockenes Raunen durch den Raum, und Suko wandte sich mit dem Gefühl wieder zum Fenster um, gar nicht sehen zu wollen, was dort draußen war.

Er sollte Recht behalten.

Die unnatürliche Nacht war näher gekommen, wenn auch nicht so nahe, wie er befürchtet hatte, und innerhalb dieser Dunkelheit war etwas. Unmöglich zu sagen was, wenigstens im ersten Moment, aber es war eine peitschend-schlängelnde Bewegung, die Suko auf beunruhigende Weise bekannt vorkam. Umrisse begannen in der Düsternis Gestalt anzunehmen, verschwommene schwankende Dinge mit Bündeln peitschender Schlangenarme anstelle von Köpfen und glotzenden Zyklopenaugen. Es waren viele, Dutzende allein, die er erkennen konnte, und vielleicht noch viel mehr, die sich in der Dunkelheit dahinter verbargen.

»Wir müssen hier weg!«, stammelte einer der Männer.

Dem konnte Suko nur zustimmen. Aber wohin? Die Dunkelheit belagerte die kleine Tankstelle aus allen Richtungen, und der Kreis zog sich enger zusammen, langsam, aber unerbittlich.

Der Tankwart kam mit dem Schlüssel, und Bill nahm ihn schweigend entgegen und wollte etwas sagen, kam aber nicht dazu, denn in diesem Moment prallte etwas von außen gegen die Scheibe. Nicht einmal besonders laut, aber auf eine sehr machtvolle Art, die das gesamte Gebäude in seinen Grundfesten zu erschüttern schien. Der zweite Schlag war schon etwas heftiger, und der dritte hinterließ einen handlangen, halbmondförmigen Riss in der dicken Scheibe.

Ein weiterer und noch heftigerer Schlag verwandelte ihn in ein milchiges Spinnennetz, das sich knackend über das gesamte untere Drittel der Scheibe ausbreitete, und Suko sog scharf die Luft zwischen den Zähnen ein.

Sein Erschrecken galt nicht dem splitternden Glas, sondern der einzelnen Gestalt, die aus der Dunkelheit heraustrat und sich der geborstenen Scheibe näherte. Es war kein Monster mit peitschenden Tentakeln und schnappenden Mäulern, womit Suko gerechnet hatte, es war etwas viel Schlimmeres.

»Um Gottes willen«, entfuhr es Bill. »Das ist John!«

»Nein«, murmelte Suko erschüttert. »Das ist er nicht. Nicht mehr.«

Die Gestalt sah aus wie John. Sie bewegte sich wie John. Sie hatte seine Umrisse, seine Größe und soweit Suko das bei dem kaum vorhandenen Licht erkennen konnte, auch sein Gesicht – und doch war sie das genaue Gegenteil von allem, was John Sinclair je gewesen war, etwas Finsteres, auf heimtückische Weise Lauerndes und abgrundtief Böses, das nicht nur ihn instinktiv zurückweichen ließ.

»Wir sollten …«, begann einer der Männer, und hinter dem grässlichen John-Sinclair-Doppelgänger erschienen zwei der schwarzen Protomonster, die Suko schon aus dem Labor und später vom Flugfeld her kannte. Und ihm blieb nicht einmal genug Zeit, um wirklich zu erschrecken, da zerbrach die Scheibe auch schon in Millionen Splitter, und ein ganzer Schwall Tentakel peitschte herein, ergriff den Mann gleich neben ihm und riss ihn nach draußen, noch bevor er auch nur einen Schrei ausstoßen oder überhaupt etwas tun konnte. Zugleich sprang eine zweite Kreatur vor, barst in einer Explosion aus Millionen Glasscherben durch eine zweite Scheibe und riss einen weiteren Mann nach draußen.

Vielleicht wäre es auch Bill nicht anders ergangen, hätte Suko ihn nicht im letzten Augenblick gepackt und zurückgerissen. Daumendicke, mit tödlichen Knochenspitzen versehene Tentakel peitschten dort durch die Luft, wo er vor einer halben Sekunde noch gestanden hatte, und ein weiterer Mann brach mit einem Schrei in die Knie und schlug die Hände gegen den Hals. Hellrotes Blut quoll zwischen seinen Fingern hervor. Suko zerrte ihn so hastig weiter mit sich, dass Bill über seine eigenen Füße stolperte und beinahe gestürzt wäre, und auch der Tankwart und die beiden anderen überlebenden Gäste prallten entsetzt zurück, aber sie hatten keine Chance. Eine schwarze, Tentakel schwingende Flut strömte durch die zerborstenen Fenster herein, alles zermalmend und zerschmetternd, was ihr in den Weg geriet, und so schnell und unaufhaltsam wie ein Tsunami.

Gerade, als sie die flüchtenden Männer zu erreichen drohte, faltete sich die Wirklichkeit auseinander, und eine zierliche Gestalt in schwarzes Leder gekleidet, mit flammend roten Haaren und einem Paar gewaltiger schlagender Flügel trat hervor und hob einen Bogen, auf dessen Sehne bereits ein Pfeil lag, gefolgt von einem zweiten Todesengel. So mühelos wie nasses Papier durchschlugen die magischen Pfeile die schwarzen Angreifer und mähten ein halbes Dutzend von ihnen mit dem ersten Doppelschuss nieder.

Suko versuchte erst gar nicht zu verstehen, was er da sah. Alle schrien durcheinander. Glas und Holz und Plastik zersplitterten, und in der Luft lag von einer Sekunde auf die andere ein so durchdringender Schwefelgestank, dass das Atmen beinahe unmöglich wurde.

»Lauft!«, gellte eine Stimme, die aus dem Nichts zu kommen schien und einer zornigen Göttin gehören musste, denn sie war laut genug, um die ganze Welt in ihren Grundfesten zu erschüttern. »Zum Auge!«

Das verstand Suko sogar noch viel weniger, aber jetzt war auch nicht der Moment, sich mit einer Geisterstimme zu streiten. Stattdessen konzentrierte er sich lieber darauf, seine begonnene Bewegung zu Ende zu führen und hinter den anderen herzustürmen.

Die beiden Todesengel wüteten unter den Angreifern, aber

es war wie der Versuch, eine Springflut mit bloßen Händen aufzuhalten: Durch die zerborstene Fensterfront strömten immer mehr Ungeheuer herein, und die allermeisten erschlagenen Monster erhoben sich auch schon nach wenigen Augenblicken wieder, um sich erneut auf die beiden geflügelten Dämoninnen zu stürzen. Noch hielten die beiden Todesengel dem Angriff stand, aber wie lange noch?

Der Tankstellenpächter hatte in seiner Panik alle Mühe, das Schloss aufzubekommen. Hinter ihnen gellte ein weiterer Todesschrei, elektrische Blitze zuckten, und das gesamte Gebäude zitterte und bebte immer heftiger, als näherte sich die größte Stampede aller Zeiten, um es in Grund und Boden zu stampfen. Es roch nach brennendem Schwefel und Verwesung und noch etwas Anderem und viel Schlimmerem. Irgendwo musste ein Feuer ausgebrochen sein. Ein Rauchmelder quäkte.

Gerade als Suko eingreifen wollte, sprang die Tür mit einem hellen Klicken doch auf, und der Tankwart stürzte hindurch – und im nächsten Moment enthauptet zu Boden, von einer mörderischen Knochenklinge am Ende eines peitschenden Tentakels geköpft, der zu einem ganzen Wust weiterer Fangarme gehörte, die gierig in ihre Richtung züngelten. Bill entging um Haaresbreite einer gebogenen Knochenklinge, die Splitter aus dem Türrahmen über seinem Kopf fetzte, und auf der anderen Seite wuchs ein weiteres Tentakelmonster in die Höhe und zerfiel zu schwarzem Matsch, von einem magischen Pfeil getroffen, der ebenfalls aus dem Nichts auftauchte, genau wie der Todesengel, der bereits einen weiteren Pfeil auf die Sehne legte.

Bill stürzte einfach weiter, verpasste einem weiteren Monster einen wuchtigen Fußtritt und wich dann hastig zur Seite, um dem Pfeil auszuweichen, mit dem der Todesengel zu Ende brachte, was Bill vergeblich zu beginnen versucht hatte. Hintereinander stürmten sie durch einen hoffnungslos zugemüllten Raum, der einmal eine Mischung aus Lager und Werkstatt gewesen sein mochte und durch eine weitere Tür, und endlich ragte der Truck vor ihnen auf, eine chromblitzende, monströse Zugmaschine ohne Auflieger, die wie ein Bote aus einer gewalttätigen fernen Zukunft in der Mitte der Halle hockte.

Der Trucker – mittlerweile außer Bill und ihm selbst der einzige Überlebende, wie Suko voller Entsetzen registrierte – sprintete noch einmal schneller voraus, riss die Tür auf und war mit einem Geschick und einer Schnelligkeit hinter dem Steuer, die man einem Mann dieser Größe niemals zutrauen würde, und noch bevor Suko und Bill den Wagen auch nur halb umrundet hatten, erwachte der Motor mit einem machtvollen Grollen zum Leben. Das typische Zischen einer gelösten Hydraulikbremse erklang, und Suko kniff nicht nur geblendet die Augen zusammen, als die riesigen Scheinwerfer aufflammten, sein Entsetzen erreichte auch ungeahnte Höhen, während ihm klar wurde, dass der Mann keineswegs vorhatte, auf Bill und ihn zu warten. Die gewaltige Zugmaschine machte einen Satz nach vorne und kam auf wippenden Federn wieder zum Stehen, und die monströse Stoßstange touchiert Bills Oberschenkel heftig genug, um ihn von den Beinen zu holen.

Suko riss ihn in die Höhe, ohne auch nur langsamer zu werden, streckte die andere Hand nach der Tür aus und zerrte sie auf. Etwas Schwarzes wuchs in seinen Augenwinkeln hoch und kam rasend schnell näher, aber Suko gestattete sich nicht, auch nur einen Gedanken daran zu verschwenden, sondern stieß Bill wuchtig genug hoch und nach vorne, dass er mehr auf den Beifahrersitz fiel, als er wirklich hinaufkletterte. Aus derselben Bewegung heraus sprang er ebenfalls in die Höhe und zog die Tür mit einem Knall hinter sich zu.

Gerade im richtigen Moment, um zu sehen, wie etwas Schwarzes und Tödliches durch die offene Fahrertür auf der anderen Seite hereinwirbelte, den Trucker ergriff und aus dem Wagen zerrte. Eine Sekunde später bäumte sich eine zweite schwarze Höllenkreatur in der Tür auf und grabschte mit peitschenden Tentakeln herein. Bill warf sich mit einem entsetzten Schrei zurück und gegen ihn, doch er hatte keine Chance. Die Fahrerkabine bot einfach nicht genug Platz, um dem angreifenden Monster auszuweichen. Ein magischer Pfeil hieb in den Tentakel, und das Ungeheuer rutschte mit einem trällernden Schrei zurück, wandte sich dem neuen Angreifer in seinem Rücken zu und bekam prompt den nächsten Pfeil ins glotzende Zyklopenauge geschossen.

Bill fegte mit einem angewiderten Laut die abgeschnittenen Tentakel aus dem Wagen, zerrte die Tür ins Schloss und griff nach dem riesigen Lenkrad. Er sah ein bisschen hilflos aus, fand Suko.

»Kannst du das Ding fahren?«, fragte er beunruhigt.

»Ich kann alles fahren«, behauptete Bill mit einer Miene, die das genaue Gegenteil zu behaupten schien.

Bill gab Gas. Der Wagen machte einen Zwei-Meter-Satz und kam sofort wieder mit einem Ruck zum Stehen, der sie beide nach vorn und gegen das Armaturenbrett warf.

Der Motor ging aus.

Suko blinzelte die bunten Lichtblitze weg, die vor seinen Augen tanzten, schmeckte sein eigenes Blut und stemmte sich unsicher auf den Sitz zurück. Neben ihm machte sich Bill fluchend an der Zündung zu schaffen, und Suko sah, wie die Todesengel draußen trotz des gewaltigen Blutzolls, den ihre Pfeile einforderten, unter einer Flut schwarzer Ungeheuer verschwanden, die durch die Tür hereinströmte. Der Wagen begann zu beben. Weiche, unglaublich starke Fäuste schienen auf ihn einzuhämmern, und etwas rüttelte an der Tür.

Bill hatte endlich Erfolg, und der Motor sprang nach zwei vergeblichen, röchelnden Versuchen an. Sukos Erleichterung hielt jedoch nur gerade so lange, wie er brauchte, um nach vorne und das massive, geschlossene Rolltor zu sehen, das den Ausgang versperrte.

»Und jetzt?«, keuchte er.

Bill ließ die Hand auf den Schalthebel klatschen und stülpte kampflustig die Unterlippe vor. »Das wollte ich immer schon mal machen«, sagte er grimmig.

Bill trat das Gaspedal bis zum Boden durch, und die Tausend-PS-Zugmaschine sprang mit einem gewaltigen Satz nach vorne und brach durch das Tor, als bestünde es aus nasser Pappe. Doch das Gefühl der Erleichterung, auf das Suko wartete, wollte sich auch jetzt nicht einstellen.

Das Gelände hinter der Tankstelle war schwarz vor Ungeheuern.

Es mussten Hunderte sein, wenn nicht Tausende, eine wogende, peitschende, pfeifende und trällernde Flut, die aus allen Richtungen zugleich heranraste und so heftig gegen den Wagen prallte, dass das riesige Gefährt wankte.

Bill fluchte so inbrünstig, als hoffe er ernsthaft, die Ungeheuer allein dadurch in die Flucht schlagen zu können, kurbelte wie wild am Lenkrad und gab noch einmal mehr Gas, und der riesige Wagen bockte so heftig, dass Suko ernstlich damit rechnete, er würde im nächsten Moment einfach umkippen, fing sich dann aber im letzten Augenblick wieder und raste mit aufbrüllendem Motor los.

Der Truck pflügte jetzt gnadenlos durch die schwarzen Monster, die vergeblich versuchten, sich in seiner Karosserie festzuklammern oder mit ihren Knochendolchen die dicken Reifen aufzuschlitzen. Der Wagen grub eine breite Schneise matschiger Verheerung durch die lebendige Flut, an deren Ende er mit einem Satz auf die Straße hinausrumpelte und endlich schneller wurde.

Bill machte eine abgehackte Kopfbewegung auf das Funkgerät über sich, hielt das Lenkrad aber verbissen weiter mit beiden Händen fest, und Suko meinte ihm auch ansehen zu können, wie viel Mühe es ihm abverlangte.

Wortlos griff Suko nach dem Mikrofon, schaltete den CB-Funk ein und scannte mehrmals hintereinander durch sämtliche Kanäle, ohne mehr als statisches Rauschen zu hören. Bill blickte fragend.

»Tot«, murmelte Suko. Er fummelte weiter am Funkgerät herum, obwohl er ziemlich sicher war, das Ergebnis seiner Bemühungen bereits zu kennen. Aber nichts zu tun hätte er nicht ertragen.

»Genau wie das Telefon«, sagte Bill düster. »Das gefällt mir ganz und gar nicht. Mein Gott, was ist mit Sheila und Johnny?«

Bevor Suko etwas erwidern konnte, tauchte ein grelles Licht am Himmel vor ihnen auf und war zu schnell über sie hinweg, um es wirklich erkennen zu können, doch nur eine halbe Sekunde später drang das schrille Heulen einer Helikopterturbine an ihr Ohr. Suko sah in den Außenspiegel, erblickte zunächst nichts als die unheimliche Schwärze, die die ganze Welt verschlungen hatte. Doch dann erschien ein greller Blitz, gefolgt von orangeroten Flammen, die gierig in den Himmel leckten. Eine Sekunde später erfolgte eine zweite und noch gewaltigere Explosion, und dann jagte eine ganze Staffel weiterer Kampfhubschrauber so dicht über sie hinweg, dass Suko meinte, den Luftzug zu spüren, unter dem sich der Wagen schüttelte.

»Da hat jemand schnell reagiert«, lobte Bill.

Das stimmt wohl, dachte Suko. Aber er war ganz und gar nicht sicher, ob alle Waffen der Welt etwas gegen die Gefahr ausrichten konnten, die hinter ihnen herantobte.

Die Geschichte geht weiter in:
OCULUS – Das Ende der Zeit
Erscheint im November 2017